CONCLAVE

CONCLAVE

콘클라베

◆ 신의 선택을 받은 자 ◆

로버트 해리스 장편소설 | 조영학 옮김

RHK

"기발하고 교활한 소설.《악마의 시》의 천주교판이라 할 수 있다."　　　뉴욕 타임스

"로버트 해리스는 실망시키는 법이 없다. 신과 교회를 믿든 않든 여러분은《콘클라베》에 푹 빠져들 것이다."　　　워싱턴 포스트

"대박! 로버트 해리스의 신작《콘클라베》를 말하려면 아무래도 이 단어밖에 없을 것 같다. 대박! 도저히 책을 덮을 수 없다!"　　　가디언

"해리스 특유의 흥미진진한 소설.《콘클라베》는 단순한 범죄소설이 아니라 심리 스릴러, 정치 스릴러이기도 하다. 보면 볼수록 기발한 소설. 해리스의 화려한 목록에 또 한 권의 명작이 더해졌다."　　　선데이 타임스

"기발하고 긴박한 스릴러. 이 흥미진진한 소설은 야심가들의 마키아벨리적 음모를 드러낸다. 하지만 권력 투쟁은 결국 흰 연기와 허망한 야심으로 막을 내릴지니."　　　데일리 익스프레스

"야심과 음모는 정치부 기자 출신의 작가 로버트 해리스의 고향과도 같다."　옵저버

"서스펜스와 스릴. 최고의 이야기꾼이 지어낸 최고의 만찬."　　　메일 온 선데이

"베스트셀러 작가의 신작《콘클라베》는 현대소설로써 신임 교황 선출 과정 이면의 권력, 영광, 음모를 탐색한다."　　　에스콰이어

"선거의 드라마를 온전히 드러내면서도 결코 멜로드라마에 안주하지 않는다. 작가는 교활한 트릭을 발휘하여 추기경들의 어리석음을 드러내면서도 성스러움까지 빼앗지는 않는다. 이 묵상적이면서도 묵직한 소설은 해리스의 다른 소설과 다르되 작품성은 그 이상이다."
선데이 익스프레스

"해리스가 낳은 또 하나의 고품격 스릴러."
리더스 다이제스트

"다재다능한 작가의 인상적인 신작."
퍼블리셔스 위클리

"스릴러 거장 로버트 해리스는 허구의 교황 서거 후 바티칸에서 벌어지는 사건들로 소설의 실내악을 연주한다. 천주교의 내부 사정에 관심 있다면 누구나 읽어야 할 대작이며, 고위 성직자 얘기의 광팬이라면 더더욱 놓칠 수 없다."
커커스 리뷰

"올해의 스릴러. 교활하고도 사악한 음모에 도무지 책을 내려놓을 수 없다."
데일리 메일

"로버트 해리스의 스릴러는 다르면서도 놀랍도록 일관성이 있다."
미러

"로버트 해리스는 우리 시대의 거물 이야기꾼이다. 구성은 아름답고, 이야기는 극적이며 정치적으로 교활한 데다 마지막 반전은 사랑스럽기까지 하다. 어느 이야기가 이보다 더 좋으랴."
스코츠맨

Dramatis Personae

야코포 로멜리 추기경 *Jacopo Lomeli*　이탈리아 로마 아퀼레이아의 명의대주교였다가, 성 마르첼로 알 코르소의 사제추기경을 거쳐 현재 로마 시의 서남쪽에 있는 오스티아의 주교 추기경을 지내고 있다. 서품을 받은 후 처음에는 교회법 교수로 있다가 외교관을 거쳐 짧게나마 국무원장으로 봉사의 길을 걷다가 현재 추기경단 단장직을 겸임하고 있다. 갑작스레 교황이 선종하면서 콘클라베 선거 관리 임무를 떠맡게 된다.

알도 벨리니 추기경 *Aldo Bellini*　현재 국무원장을 지내고 있으며, 그레고리오 대학 총장과 밀라노 대주교를 역임했다. 성정이 차갑기로 소문이 났으며, 늘 초연하고 냉정하고 지적이어서 아주 오래전부터 진보주의자들의 위대한 지적 희망으로 군림하고 있다. 키가 크고 바싹 마른 외모로, 책과 서류가 많아 잘 닫히지도 않는 검은색 서류가방을 들고 콘클라베에 나타난다.

조슈아 아데예미 추기경 *Joshua Adeyemi*　나이지리아 출신의 추기경이자 바티칸 시국 내사원장. 금테 안경을 썼으며 거한인 까닭에 존재감도 압도적이다. 60대 초반의 나이에 몸놀림이 신중하고 늘 품위를 챙겨 사람들로부터 '교회의 왕자'라 불린다. 늘 혁명의 가능성을 신성의 불꽃처럼 품고 다니는데, 이 때문에 언론 매체의 주목을 받기에 언젠가는 '최초의 흑인 교황'이 될 것이라 예견되고 있다.

조지프 트랑블레 추기경 *Joseph Tremblay*　사도궁무처장과 인류복음화성 장관을 동시에 맡고 있으며, 제3 세계와 관련해 후보 자격이 있다. 단정한 짙은 은발에 날씬한 몸, 가벼운 몸놀림으로 은퇴 후 TV 스포츠 해설가로 변신에 성공한 운동선수처럼 보이는 외모. 방송 매체에 관해 잘 알아 십분 활용할 줄 아는 프랑스계 캐나다인으로, 교황이 선종 전 마지막으로 만난 사람이기도 하다.

고프레도 테데스코 추기경 *Goffredo Tedesco*　베네치아 총대주교로, 신학 학위가 두 개이고 5개 국어를 유창하게 하여 전통주의자 사이에서 추종자가 적지 않다. 그 때문에 유망한 승계 후보로 떠오르는 인물. 바실리카타의 농가 출신으로 열두 남매 중 막내로 자랐으며, 누구보다 추기경처럼 생기지 않은 외모를 지녔다. 생전에 교황과 벨리니를 상대로 비난을 서슴치 않은 대표적인 인물로 알려져 있다.

빈센트 베니테스 추기경 *Vincent Benítez*   67세로, 필리핀 마닐라에서 태어났다. 마닐라 극빈촌에서 봉사 활동을 하다가 콩고 민주공화국에 자원해, 그곳에서 선교 활동을 했다. 2017년 교황이 아프리카를 방문했을 때 베니테스의 업적에 크게 감명받아 몬시뇰로 임명했고, 바그다드 관구가 비었을 때 그를 바그다드 대주교로 임명했다. 그리고 지난해 교황이 직접 의중 결정 추기경으로 이름을 올렸다.

야누시 보지니아크 대주교 *Janusz Wozniak*   철테 안경에 회색 눈을 지닌 사도궁내원장. 교황과 가장 가까웠으며 교황 선종 후 그 현장을 제일 먼저 목격했다. 콘클라베가 시작되기 직전, 퉁퉁 부은 눈으로 로멜리를 찾아와 다급하게 고해성사를 요청한다.

빌헬름 만도르프 대주교 *Wilhelm Mandorff*   60세의 나이에 키가 크고 머리는 달걀처럼 매끈하고 둥근 대머리의 성직자. 아이히슈태트-잉골슈타트 대학에서 금욕의 기원과 이론적 배경을 다룬 논문으로 이목을 끌며 명성을 쌓았다. 전례처장을 지내고 있으며, 추기경단 부단장 레이먼드 오말리 몬시뇰과 함께 추기경단 단장의 좌우를 보좌한다.

레이먼드 오말리 몬시뇰 *Raymond O'Malley*   40대 후반의 나이에 키가 크고 벌써부터 비만 증세를 보이는 아일랜드계 성직자. 얼굴은 퉁퉁하고 불그레해 마치 평생을 야외에서 사냥 따위를 한 듯 보이지만, 실제로는 위스키를 좋아하는 킬데어 가문의 특징일 뿐 그런 일과는 거리가 멀다. 현재 로멜리를 도와 추기경단 부단장을 맡고 있다.

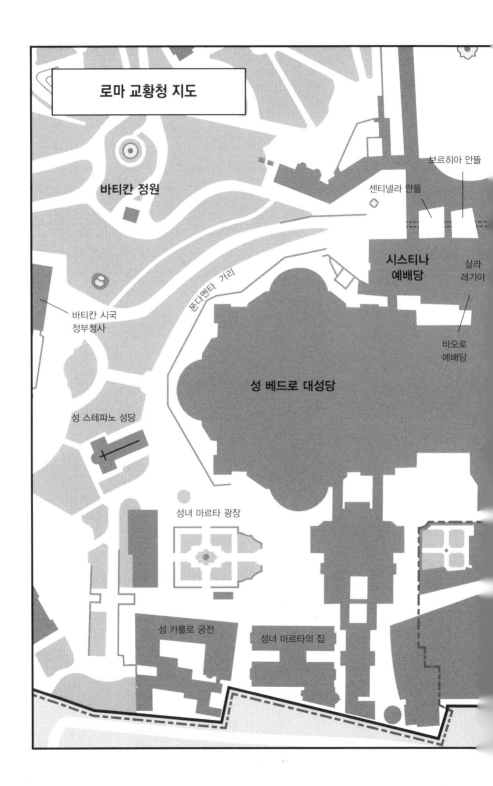

로마 교황청 지도

보르히아 안뜰

센티넬라 안뜰

바티칸 정원

시스티나
예배당

살라
레기아

폰다멘타 거리

바티칸 시국
정부청사

바오로
예배당

성 베드로 대성당

성 스테파노 성당

성녀 마르타 광장

성 카를로 궁전

성녀 마르타의 집

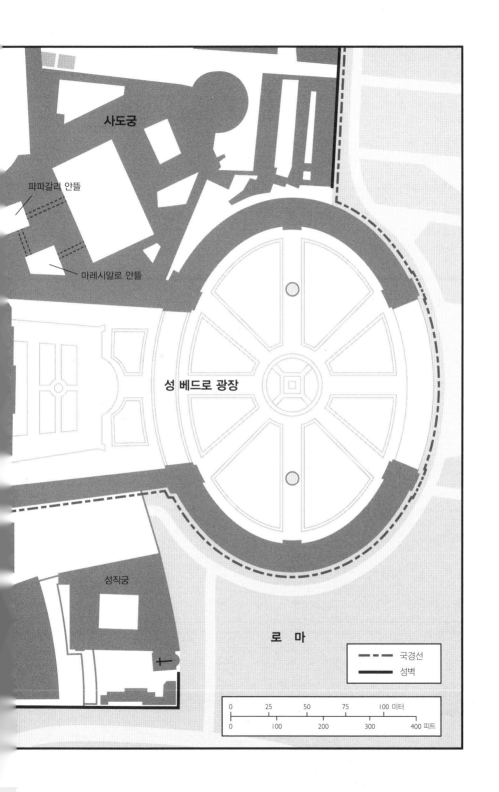

사도궁

파파갈리 안뜰

마레시알로 안뜰

성 베드로 광장

성직궁

로 마

- – - – - 국경선
━━━━━ 성벽

| 0 | 25 | 50 | 75 | 100 미터 |
| 0 | 100 | 200 | 300 | 400 피트 |

일러두기

이 책은 허구의 산물입니다. 등장인물, 사건, 대화 내용 등은 모두 작가의 상상력을 토대로 창작된 것이기에 실제로 해석되어서는 안 됩니다. 생사를 막론하고 어떠한 사람이나 사건과의 유사성은 전적으로 우연의 일치임을 밝혀둡니다.

* 원저자 주의 경우 괄호 안에 표기하였고, 옮긴이 주의 경우 괄호 안에 '옮긴이' 표기를 별도로 하였습니다.
* 원문에서 이탤릭체 혹은 대문자로 강조된 부분은 고딕체 혹은 작은따옴표로 구분하여 표기하였습니다.

c o n t e n t s

찰리에게

*

작가 노트

개연성을 확보하기 위해 실제 직함을 사용했지만
(밀라노 추기경, 추기경단 단장 등등), 이유는 미국
대통령이나 영국 수상 얘기를 픽션으로 그릴 때와
다르지 않다. 즉, 직함에 맞게 등장인물을 만들어냈
다 해도 실제로 현직 사제들을 염두에 두지는 않았
다는 얘기다. 우연이나마 유사한 점이 있다면 순전
히 내 실수이며 잘못이다. 피상적으로 비슷한 면이
일부 있다 해도《콘클라베》에 묘사한 교황 역시 현
재 교황과 전혀 관계가 없다.

✠ ✠

"내 생각에 바보가 아닌 다음에야 추기경들과의 식사는 절대 금물이다. 난 내 방에서 식사했다. 나는 무려 열한 번의 투표 끝에 교황으로 당선됐다. 오, 맙소사, 비오 12세가 교황 등극 시 이런 말을 했는데, 딱 내 심정이다. '지극히 자비로우신 주여, 소인을 긍휼히 여기소서.' 혹자는 꿈같다고 말할지 몰라도, 교황직은 일생일대에 가장 엄중한 현실이다. 그러니, 주여, '기꺼이 주님과 함께 살고 또 죽겠나이다.' 내가 성 베드로 대성당 발코니에 서자 무려 30만 명이 환호를 보냈다. 아크등 불빛은 나를 그저 무형의 그림자 덩어리로 만들어버렸다."

교황 요한 23세, 1958년 10월 28일 일기

"예전에는 그저 외롭기만 했다. 이제 외로움은 실체가 되고 두려운 상대가 되었다. 아아, 어지럽고 혼란스럽도다 ― 삶이 마치 대좌에 세워둔 조각상 같구나."

교황 바오로 6세

1
사도좌 공석

로멜리 추기경은 새벽 2시 직전 검사(檢邪)성성을 떠난 뒤, 바티칸 수도원을 지나 황급히 교황 침실로 향했다.

마음속으로는 계속 기도했다. 오, 주여, 성하께서는 아직 할 일이 많습니다. 반면에 주님을 향한 제 봉사는 이제 명을 다하였나이다. 저는 잊혔으되 성하는 여전히 사랑받고 계시오니, 주여 그를 구하시고 대신 이 죄인을 데려가소서.

로멜리는 노구를 이끌고 비탈길을 올라 성녀 마르타 광장으로 향했다. 로마의 대기는 따스하고 안개도 짙었으나 아련하나마 벌써 초가을 기운을 느낄 수 있었다. 가볍게 비도 내렸다. 사도궁내원장의 전화 목소리는 너무도 황망했다. 그래서 지금쯤 대혼란이 벌어졌으리라 생각했건만 광장은 오히려 너무도 조용했다. 다만 구급차 한 대가 사람들 눈을 피해 서 있었는데 성 베드로 대성당의 남쪽 투광조명 때문에 그마저 실루엣만 간신히 보였다. 차내 조명은 켜져 있고 와이퍼가 앞뒤로 바쁘게 움직였다. 로멜리는 가까이 다가가 운전사와 조수 얼굴을 확인했는데 운전사는 휴대폰으로 누군가와 통화 중이었다. 오, 세상에, 저 친구들, 환자를 병원에 데려가려고 이곳에 온 것이 아니야. 시체를 치우러 왔어. 성녀 마르타의 집 입구에서 스위스 근위병이 흰 장갑을 낀 손을 붉은 깃털 모자에 붙여 경례했다.

"예하."

로멜리는 구급차를 고갯짓으로 가리키며 물었다.

"저 남자가 기자한테 전화하지 않도록 해주겠나?"

숙소는 무척이나 검소하고 깨끗해 마치 개인의료원처럼 보였다. 하얀 대리석 로비에 사제 10여 명이 모여 화재경보라도 울린 것처럼 웅성거렸다. 다들 어떻게 할지 몰라 난감한지 잠옷 차림도 셋이나 보였다. 로멜리는 문지방에서 머뭇거렸다. 왼손의 느낌이 이상해 내려다보니 자기도 모르게 붉은 모관(毛冠)을 잔뜩 움켜쥐고 있었다. 도대체 언제 집어 들었을까? 기억나지 않았다. 추기경은 모자를 매만진 후 머리에 얹었다. 머리도 땀으로 축축했다. 승강기에 다가가자 아프리카 출신 주교가 막아서려 했다. 로멜리는 고개 인사만 하고 계속 걸었다.

승강기는 무척이나 더뎠다. 계단을 이용할 생각도 했으나 숨이 너무 가빴다. 문득 등 뒤로 사람들의 시선을 느낄 수 있었다. 무슨 말이든 해야 한다는 뜻이리라. 마침내 승강기가 도착하고 문이 열렸다. 로멜리는 돌아서서 손을 들어 보였다.

"그대들에게 축복을."

그리고 2층 버튼을 누르자 문이 닫히고 승강기가 오르기 시작했다.

행여, 주님 뜻대로 그분을 부르시고 나를 남기신다면 부디 힘을 주시어 사람들의 반석이 되게 하소서.

누런 불빛 아래 거울을 보니 잿빛 얼굴 여기저기 반점이 가득했다. 부디 계시라도 있기를, 내게 힘을 내리시기를. 승강기가 덜컥하며 멈췄는데도 위장은 계속 올라가는 것만 같았다. 결국 손잡이에 의지해 중심을 잡아야 했다. 교황의 즉위 초기 함께 이 승강기에 탔을 때였다. 대주교 둘이 들어오더니 곧바로 무릎을 꿇었다. 주님의 대리자를 직접 마주하자 당혹스럽기 그지없었던 것이다. 그러자 교황이 웃으며 이렇게 말했다. "걱정 말고 일어나시게나. 나도 늙은 죄인일 따름이라네. 그대들과 마찬가지로……."

추기경은 고개를 들고 표정을 가다듬었다. 문이 열리고 암막 커튼이 갈라졌다. 안으로 들어서는데 근위병 하나가 자신의 소매에 대고 속삭였다. "추기경단 단장님께서 오셨습니다."

교황실 밖 층계참에 성 빈센트 수녀회의 수녀 셋이 서로 손을 잡고 울고 있었다. 사도궁내원장 보지니아크 대주교가 나와 그를 맞이했다. 그도 얼마나 울었던지 철테 안경 너머 회색 눈이 퉁퉁 부어 있었다. 그가 두 손을 올리며 맥없이 인사했다. "예하……."

로멜리는 대주교의 양 볼을 두 손으로 어루만졌다. 젊은 사제의 그루터기가 손에서 까끌거렸다.

"야누시, 자네 덕분에 그분도 행복했을걸세."

그때 검은 옷차림의 경호원 한 명이 교황 숙소 문을 열었다. 아니, 어쩌면 장의업자일 수도 있겠다. 두 보직 모두 옷이 비슷했다.

작은 객실과 그 옆에 더 작은 침실 모두 사람들로 북적였다. 후에 목록을 작성해보니 경비를 빼고도 열 명이 훨씬 넘었다. 의사 둘, 개인 비서 둘, 전례처장 만도르프 대주교, 사도궁무처에서 온 사제 4~5명, 보지니아크가 있고, 가톨릭 성당의 선임 추기경 넷, 국무원장 알도 벨리니, 사도궁무처장 조지프 트랑블레 추기경, 내사원장 조슈아 아데예미도 보였다. 그밖에는 로멜리 자신, 즉 추기경단 단장이다. 솔직히 자신을 제일 먼저 불렀으리라 여겼으나 지금 보니 마지막이었다.

로멜리는 보지니아크를 따라 침실로 들어갔다. 그전에는 언제나 육중한 이중 문을 잠가두었기에 침실은 그도 처음이었다. 교황 침대는 르네상스 시대의 유물로, 머리맡 위에 십자가가 걸리고 방향은 객실을 마주 보고 있었다. 실내 공간은 거의 침대가 다 차지했다. 사각의 오크 침대는 잘 닦아 윤이 번들거렸는데 방에 비해 너무나 커서 차라리 장엄해 보였다. 벨리니와 트랑블레는 침대 곁에 무릎을 꿇고 고개를 숙이고 있었다. 로멜리는 두 사람의 발꿈치를 넘어 베개 쪽으로 건너갔다. 교황은 침대 맡에 가볍게 몸을 걸친 채였다. 상체는 흰색 이불로 덮고 두 손은 포개어 가슴에 두었는데 그 아래로 소박한 철제 패용 십자가가 보였다.

교황은 사람을 만날 때면 늘 안경을 썼기에 콧날 양쪽으로 불그레한 안경 자국이 남아 있었다. 지금은 고이 접어 협탁 위, 낡은 여행용 알람 시계 옆에 둔 상태였다. 경험에 따르면 사자의 얼굴은 대개 축 늘어지고 열도 없었으나 교황은 여전히 생기가 있고 마치 대화 중이기라도 한 듯 기분까지 좋아 보였다. 상체를 굽혀 이마에 입을 맞추려다 보니 얼핏 왼쪽 입꼬리에 하얀 치약 찌꺼기가 남아 있었다. 그리고 보니 페퍼민트 향이 나고 꽃향기 샴푸 향도 어렴풋하게 났다.

"왜 성하께서 부르지 않으셨을까? 나도 하고 싶은 말이 많은데……." 그가 중얼거렸다.

"오소서, 주님의 성인들이여(Subvenite, Sancti Dei)……."

아데예미가 전례문을 읊기 시작했다. 그제야 로멜리는 사람들이 그를 기다렸다는 사실을 깨달았다. 그는 잘 닦인 쪽마루에 조심스레 무릎을 꿇은 뒤 두 손을 모아 이불 옆에 놓고 손바닥으로 얼굴을 가렸다.

"……오소서, 주님의 성인들이여, 달려와 그를 영접하소서, 주님의 천사들이여 (occurrite, Angeli Domini)……."

나이지리아 추기경의 중저음이 작은 방에 울려 퍼졌다.

"……그의 영혼을 받으시어 주님 안전으로 이끄소서(Suscipientes animam eius. Offerentes eam in conspectu Altissimi)……."

기도문은 아무 의미 없이 로멜리의 머리에서 윙윙거렸다. 요즘 점점 이런 현상이 많아졌다. 주여, 이렇게 애원하나이다. 하오나 주님은 대답이 없으시군요. 지난해 내내 영적 불면증, 또는 어지러운 상념이 심신을 괴롭히고 성령과의 영교를 방해했다. 예전에는 너무도 자연스럽게 해왔던 일들이 아니던가. 취침 시간도 다르지 않았다. 성스러운 기도를 갈망할수록 점점 혼란스럽기만 했다. 지난번 만났을 때, 교황에게 자신의 위기를 고해하고, 로마를 떠나게 해달라고 요청했다. 수석추기경 자리를 내놓고 수도회로 돌아가고 싶었다. 벌써 일흔다섯, 은퇴할 나이가 아닌가. 하지만 교황은 그를 크게 나무랐다. 사실 의외의 반응이었다. "누군가는 목자로 선택받고 누군가는 목장을 관리해야 하오. 당신 임무는 목사도 아니고 목자도 아니요, 바로 관리자요. 난들 쉬운 줄 아오? 나한테는 당신이 필요하오. 자, 걱정하지 맙시다. 늘 그렇듯, 주님께서 다시 추기경을 찾을 터이니." 로멜리는 실망했다. 관리자라고? 교황이 정말 그렇게 생각하는 걸까? 그 바람에 헤어질 때도 서먹서먹했건만…… 맙소사, 그때가 마지막이라니!

"……주여, 그에게 영원한 안식을 허하옵소서. 빛이 영원히 그를 비추게 하소서 (Requiem aeternam dona ei, Domine: et lux perpetua luceat ei)……."

기도를 마친 후에도 추기경들은 침대를 떠나지 않고 조용히 묵상을 올렸다. 2분쯤 지나 로멜리가 고개를 조금 돌리며 눈을 반쯤 떠봤으나 등 뒤 객실에서도 다들 무릎을 꿇고 고개를 숙인 채였다. 그는 다시 두 손에 얼굴을 묻었다.

교황과의 오랜 관계가 그렇게 간단히 통보만으로 끝났다 생각하니 불현듯 슬퍼졌다. 그때가 언제였더라? 2주 전? 아니, 한 달 전이다. 정확히 9월 17일, 성 베드로 대성당에서 주님의 성흔(聖痕)을 축원하는 미사가 끝난 후가 마지막이었다. 교황이 되고 이렇게 오랫동안 독대하지 못한 적은 한 번도 없었다. 모르긴 몰라도, 그때 이미 죽음이 임박해 사명을 다하지 못하리라 직감했을 것이다. 그렇게 초조해한 것도 그 때문이었을까?

방은 적막하기만 했다. 이 적막한 분위기를 누가 깰 수 있을까? 로멜리가 보기엔, 당연히 트랑블레였다. 프랑스계 캐나다인답게 북미 특유의 조급함이 있기 때문인데, 아니나 다를까, 잠시 후 그가 한숨을 내쉬었다. 길고도 극적인 한숨, 황홀경에라도 이른 듯한 사람의 발산. "교황 성하께서는 이제 하느님과 함께 계십니다." 그가 이렇게 내뱉으며 두 팔을 양옆으로 뻗었다. 축복을 할 모양이라고 생각했는데 예상과 달리 그저 조수를 부르는 신호에 불과했다. 사도궁무처 조수 둘이 침실로 들어와 주교가 일어나도록 도와주었다. 한 조수의 손에는 은제 상자가 들려 있었다.

"보지니아크 대주교, 미안하지만 교황 성하의 반지를 빼주시겠소?" 트랑블레가 부탁했다. 다른 사람들도 자리에서 일어나기 시작했다.

로멜리도 상체를 일으켜 세웠다. 70년간 궤배(跪拜)를 반복한 탓에 두 무릎이 삐걱거렸지만, 그래도 벽에 바짝 붙어 사도궁내원장이 지나가게 해주었다. 반지는 쉽게 빠지지 않았다. 불쌍한 보지니아크. 당혹감에 땀까지 흘리며 반지와 씨름하고 있지 않은가. 아무튼 반지가 빠졌

다. 보지니아크가 반지를 건네자 트랑블레가 은제 상자에서 가위를 꺼
냈다. 로멜리가 보기엔 장미 꺾꽂이에나 쓸 법한 종류였다. 트랑블레는
반지의 인장 부분을 가위 사이에 넣고 인상까지 써가며 힘껏 눌렀다.
순간 딱 소리와 함께 금속 원반이 반으로 잘렸다. 베드로가 어망을 던
지는 문양도 반 동강 났다.

"세데 바칸테(Sede Vacante). 이제 교황 자리는 공석입니다." 트랑블
레가 선언했다.

✣　✣　✣

로멜리는 몇 분간 침대를 내려다보며 교황과 조용히 작별인사를 하
고, 그다음엔 트랑블레를 도와 백색 베일로 교황 얼굴을 덮었다. 사제
들은 삼삼오오 웅성거리며 흩어졌다.

로멜리는 객실로 빠져나왔다. 교황은 이런 삶을 어떻게 견뎌냈을까?
하루하루, 한 해 한 해. 무장 경호원들한테 둘러싸인 것도 그렇지만, 이
방은 또 어떤가? 50평방미터의 무미건조한 공간. 실내 장식이라고 해
야 기껏 중상층 상인의 수입과 취향 수준이었다. 개인 취향은 어디에도
보이지 않았다. 연한 레몬색 벽과 커튼, 청소 편이를 위해 설치한 쪽마
루, 특징 없는 탁자, 책상. 팔걸이의자 두 개는 등받이가 부채꼴 모양에
외피는 세탁용 직물이었다. 심지어 짙은 색의 목제 기도대(祈禱臺)마저
숙소 어디에서나 쉽게 볼 수 있는 종류였다. 콘클라베에서 선출되기 이
전, 교황은 추기경 시절부터 이곳에서 지냈으며 그 이후로도 밖에 나가
지 않았다. 스스로 사도궁 입성을 거절했지만, 그곳의 화려한 공관과
도서관, 개인 예배당을 한 번만 보았더라도 교황은 필경 이곳에서 달아

났을 것이다. 늙은 바티칸 경호원과의 싸움도 이곳에서 시작했다. 첫날, 바로 그 문제 때문이었다. 교황 신분에 어울리지 않는다는 이유로 교황청 원로들이 반대하자 그는 학생들을 가르치듯 예수님이 제자들에게 한 말을 인용해주었다. **여행은 빈손으로 떠나라. 동행, 가방, 일용품, 하물며 돈도 두고 가라. 갈아입을 옷도 필요 없노라.** 하지만 그도 인간이기에 원로들이 화려한 공관으로 물러날 때마다 비난의 눈빛을 던지고, 역시 인간이기에 원로들도 그에게 반발했다.

국무원장 벨리니는 방을 등진 채 책상 옆에 서 있었다. 그의 임기는 교황의 반지를 자르는 의식과 더불어 끝났다. 얼마 전만 해도 몸이 양버들만큼이나 크고 날렵하고 금욕적이었건만, 지금 보니 교황의 선종과 더불어 반쯤 꺾인 것처럼 보였다.

"친애하는 알도, 너무도 유감입니다." 로멜리가 위로 인사를 건넸다.

벨리니는 여행용 체스를 만지작거렸다. 교황이 늘 가방에 넣어 다니던 세트였다. 국무원장이 청색과 백색 말들 위로 길고 가냘픈 손가락을 이리저리 움직여 보였다. 말은 체스판 중앙에 어지럽게 모여 있었는데, 흡사 난해한 전쟁에 얽혀 영원히 풀지 못할 전투를 벌이는 것처럼 보였다. 벨리니가 심란한 표정으로 물었다.

"제가 챙겨도 괜찮겠죠? 기념으로?"

"누가 뭐라 하겠습니까?"

"일과가 끝나면 함께 체스를 두곤 했습니다. 체스를 두면 마음이 편해진다고 하셨죠."

"누가 이겼습니까?"

"교황 성하죠. 늘 이기셨습니다."

"가져가세요. 누구보다 원장님을 사랑하셨으니 성하께서도 원장님이 챙기길 바라셨을 겁니다. 가져가세요."

벨리니가 힐끔 주변을 살폈다.

"기다렸다가 허락을 구해야겠지만, 보아하니 질투의 화신 궁무처장께서 문을 닫으실 모양이로군요."

벨리니는 트랑블레와 그의 조수들을 향해 고갯짓을 해보였다. 세 사제는 커피 테이블 주변에 모여 뭔가 늘어놓고 있었다. 붉은 리본, 왁스, 테이프…… 방의 봉인에 필요한 재료들이다.

갑자기 벨리니의 두 눈에 눈물이 가득 고였다. 성정이 차갑기로 소문이 난 이다. 늘 초연하고 냉정하고 지적이었건만, 그런 그가 감정을 내비치다니……. 로멜리로서도 처음이라 당황하지 않을 수 없었다. 그가 벨리니의 팔을 잡으며 걱정스럽게 물었다.

"사인이 뭔지 아십니까?"

"심장발작이라고 하더군요."

"하지만 그분 심장은 황소보다 건강하지 않았던가요?"

"솔직히 그렇지만은 않았어요. 위험신호가 있긴 했죠."

로멜리는 놀라 눈을 끔벅였다.

"의외로군요."

"에, 아무한테도 알리고 싶지 않으셨으니까요. 그 말이 퍼지는 순간, 그 사람들은 그분이 사임한다고 소문을 퍼뜨리기 시작했을 겁니다."

그 사람들. 그 사람들이 누군지 거론할 필요도 없었다. 로마 교황청. 그날 밤 두 번째로 무시당한 기분이 들었다. 교황한테 만성적인 건강 문제가 있다고 했건만, 그 사실을 몰랐던 이유도 그 때문일까? 교황이 그를 관리자가 아니라 **그 사람들** 일당이라고 여겨서?

"성하의 상황을 신문방송에 알릴 때 신중해야 할 것 같군요. 그 사람들이 어떤지는 저보다 잘 아시잖습니까? 아마 심장 문제는 물론, 우리가 어떻게 대처했는지까지 탈탈 털려고 할 겁니다. 그런데 모두가 입을 다물고 조치도 하지 않았다고 판단하면, 이유부터 따져 묻겠죠." 로멜리가 말했다. 최초의 충격이 가시면서 일련의 의혹들이 떠오르기 시작했다. 당연히 세상은 대답을 듣고자 할 것이다. 아니, 사실 로멜리 자신한테도 대답은 필요했다. "그래, 성하께서 선종하실 때 누가 함께 있었습니까? 보속(補贖)은 하셨겠죠?"

벨리니는 고개를 저었다.

"아뇨, 유감스럽게도 돌아가신 다음에 발견되셨답니다."

"누가 제일 먼저 목격했나요? 언제?" 로멜리는 보지니아크 대주교를 손짓으로 불러들였다. "야누시, 물론 자네도 괴롭겠지만 아무래도 논평을 신경 써서 준비해야 할 것 같네. 누가 성하의 시신을 발견했던가?"

"접니다, 예하."

"그래, 맙소사, 그나마 다행이로군." 사도궁내원에서도 보지니아크가 교황과 제일 가까웠다. 그가 현장을 제일 먼저 목격했다니 불행 중 다행인 셈이다. 여론의 관점에서 보더라도 경호원보다 그가 낫고, 수녀보다도 훨씬 낫다. "그래, 그래서 어떻게 했나?"

"예, 성하의 주치의를 불렀습니다."

"금세 왔던가?"

"예, 곧바로 달려왔습니다, 예하. 늘 옆방에서 잠을 자니까요."

"그런데도 늦었다?"

"예. 인공호흡 장비도 있습니다만 너무 늦었습죠."

로멜리는 그 문제를 잠시 생각해보았다.

"침대에 누워 계셨나?"

"예, 무척 평안해 보이셨습니다. 지금처럼. 처음에는 주무시는 줄 알 았는걸요."

"그때가 몇 시였지?"

"11시 30분경입니다, 예하."

"11시 30분?" 맙소사, 벌써 2시간 30분 전이 아닌가.

로멜리의 표정을 읽었는지 보지니아크가 재빨리 덧붙였다.

"예하께 곧바로 연락하려 했습니다만, 트랑블레 추기경께서 알아서 처리하시겠다고 하기에……."

자기 이름이 나오자 트랑블레가 그쪽으로 고개를 돌렸다. 좁은 방에 기껏 두어 걸음 옆인지라 그가 곧바로 합류했다. 늦은 시간임에도 얼굴은 여전히 생기가 있고 깔끔해 보였다. 짙은 은발도 단정하며 몸은 날씬하고 몸놀림은 가벼웠다. 어쩐지 은퇴 후 TV 스포츠 해설가로 변신에 성공한 운동선수처럼 보이기도 했다. 맞아, 젊었을 때 아이스하키 선수였다고 했던가? 프랑스계 캐나다인 트랑블레가 서툰 이탈리아어로 설명하기 시작했다.

"연락이 늦어 기분이 상하셨다면 죄송합니다, 야코포. 성하께서 두 분을 누구보다 가까이 두셨다는 사실을 알지만 궁무처장으로서 교회의 안전을 먼저 생각해야 했죠. 그래서 야누시에게 아직 연락드리지 말라고 당부한 겁니다. 짧은 시간이나마, 차분하게 상황을 확인할 필요가 있어서요." 그가 기도하듯 공손히 두 손을 모았다.

역겨운 인간 같으니.

"친애하는 조, 내 관심사 또한 성하의 영혼과 교회의 안정뿐입니다. 내 문제라면, 전갈을 받은 시간이 자정이든 2시든 하등 상관이 없습니다. 물론 적절하게 조치하셨습니다."

"교황께서 갑자기 돌아가시면 충격과 혼란이 따르게 마련이죠. 그 와중에 조금이나마 실수가 있으면 사악한 소문이 나돌게 됩니다. 단장께서도 요한 바오로 1세의 비극을 기억하시죠? 교황이 살해당하지 않았다는 사실을 증명하는 데 무려 40년이 걸렸습니다. 교황의 시신을 수녀가 발견했다는 얘기를 아무도 받아들이려 하지 않았기 때문에 말입니다. 이번만큼은 공식 논평에 일말의 착오도 없어야 하지 않겠습니까?"

그는 수단 안에서 접지를 하나 꺼내 로멜리에게 건넸다. 아직 따뜻했다(그야말로 따끈따끈한 소식이로군). 종이는 워드프로세서로 단정하게 인쇄했고 제목은 영어로 '경과 보고'였다. 로멜리는 손가락으로 항목을 하나하나 훑어 내려갔다.

오후 7시 30분. 성하께서 보지니아크와 식사. 장소는 성녀 마르타의 집 식당 교황 전용 공간. 8시 30분. 숙소로 물러나 《그리스도를 본받아》(8장. 지혜롭게 사귀기)를 읽고 명상. 9시 30분. 침실에 드심. 11시 30분. 보지니아크 대주교에 따르면, 그때까지는 아무 일 없었으며 생명 기능의 이상도 발견하지 못함. 11시 34분. 바티칸의 성 라파엘 병원(밀라노 소재)에서 줄리오 발디노티 박사가 황급히 달려와 응급처치. 심장 마사지와 제세동을 동시 시행했으나 구명에 실패. 새벽 12시 12분. 성하 선종 공식 확인.

추기경 아데예미가 로멜리 뒤로 다가와 어깨너머로 자료를 읽기 시작했다. 나이지리아 출신 추기경한테서 향수 냄새가 진동했다. 목덜미로 추기경의 더운 입김도 전해졌다. 아데예미는 거한인 까닭에 존재감도 압도적이었다. 로멜리가 그에게 접지를 넘기고 돌아서는데 그때 트랑블레가 서류 몇 장을 더 찔러주었다.

"뭔가요?"

"성하의 최근 의료기록입니다. 진작에 신청해 받았는데 지난달에 혈관을 촬영하셨어요. 여기 보이죠? 이렇게 폐색 흔적이……." 트랑블레가 엑스레이를 중앙 조명에 비추며 말했다.

단색 이미지는 온통 덩굴손과 실뿌리가 엉킨 모습이라 보기에도 섬뜩했다. 로멜리는 움찔했다. 맙소사, 왜 이런 걸 보여주지? 교황은 벌써 80대, 사망해도 이상할 것은 없었다. 도대체 얼마나 더 살아야 했다는 얘긴가? 이 시점이라면 오히려 교황 영혼에 신경을 써야 하잖아? 혈관이 아니라?

"필요하다면 자료는 배포해도 사진은 빼죠. 너무 거슬려요. 교황 성하의 모습 그대로이니."

"제 생각도 그렇습니다." 벨리니가 끼어들었다.

"이러다가 다음엔 부검을 해야겠다고 나서는 것 아닙니까?" 로멜리가 덧붙였다.

"에, 부검을 하지 않으면 소문이 돌 겁니다."

"옳으신 말씀입니다. 옛날엔 주님께서 비밀을 모두 밝히셨지만, 지금은 그분도 음모론자들한테 시달리는 판인걸요. 이 시대의 이교도들이죠." 벨리니가 다시 나섰다.

아데예미는 일과표를 다 읽더니 금테 안경을 벗어 안경다리를 입에 물었다.

"성하께서 7시 30분 전에 무슨 일을 하셨죠?"

대답은 보지니아크가 했다.

"저녁 기도를 축원하셨습니다, 예하. 이곳 성녀 마르타의 집에서."

"그럼 우리도 그렇게 말해야 하오. 마지막 성사셨으니까. 게다가 임종 성찬을 하지 못하셨으니 마지막 은총 상태이기도 하고."

"좋은 지적이오. 내용에 추가하죠." 트랑블레도 동의했다.

"그럼 조금 더 들어가서…… 저녁 기도 이전은? 그때 무슨 일을 하셨습니까?" 아데예미가 집요하게 물고 늘어졌다.

"듣기로는 일상적인 만남들이지만 나도 모두 알지는 못하오. 임종 직전 몇 시간에만 집중했기에." 트랑블레는 변명하듯 대답했다.

"일정표엔 제일 마지막에 누굴 만났다고 적혀 있나요?"

"아무래도…… 내가 될 것 같군. 4시에 뵈었으니. 야누시, 사실인가? 내가 마지막이었나?" 트랑블레가 물었다.

"그렇습니다, 예하."

"그때는 어땠나요? 성하께서 아파 보였습니까?"

"아니, 아니오. 내가 아는 한은."

"그 후에는? 아마 대주교, 당신과 저녁식사를 했죠?"

보지니아크가 트랑블레를 보았다. 마치 대답하기 전에 허락을 구하는 사람 같았다.

"피곤해 보이셨습니다. 아주아주 피곤해하셨죠. 식욕도 없으시고 목소리도 갈라지셨고요. 그때 눈치챘어야 했는데……." 보지니아크가 말꼬리를 흐렸다.

"자책할 필요까지는 없소." 아데예미는 자료를 트랑블레에게 돌려주고 다시 안경을 썼다. 몸놀림이 어찌나 신중한지 부자연스럽기까지 했다. 늘 품위를 챙기는 사람이라 사람들도 교회의 왕자라고 부르곤 했다. "그날 성하께서 누구를 만났는지 모두 기록하죠. 그럼 성하께서 격무에 시달렸다고 생각할 겁니다. 마지막까지. 그래서 성하께서 편찮으시다는 사실조차 아무도 눈치채지 못한 겁니다."

"오히려 스케줄을 모두 밝히면 위험하지 않겠소? 병자한테 격무를 안긴 것처럼 보일 수도 있는데?" 트랑블레가 지적했다.

"교황직은 어차피 격무입니다. 사람들도 그 사실을 상기할 필요가 있어요."

트랑블레는 인상을 찌푸렸지만 말은 하지 않았다. 벨리니는 시선을 떨구었다. 묘한 긴장감. 로멜리는 잠시 후에 이유를 알 수 있었다. 교황직이 격무라는 사실을 외부에 알릴 경우 사람들은 더 젊은 남자가 교황이 되어야 한다는 뜻으로 받아들일 것이다. 그리고…… 아데예미는 겨우 60대 초반이며 다른 두 추기경보다 거의 10년이나 젊었다.

마침내 로멜리가 나섰다.

"이렇게 하면 어떻겠소? 자료를 수정해서 성하께서 저녁 기도에 참석하신 사실은 포함하되 다른 문제는 그대로 둡시다. 다만 만약에 대비해 제2의 보고서를 만들어 그곳에 성하의 당일 모임을 모두 기록하는 거요. 피치 못할 경우를 위해 대비하는 차원에서."

아데예미와 트랑블레가 짧게 시선을 교환하다가 고개를 끄덕였다. 벨리니가 대수롭지 않다는 듯 이렇게 말했다.

"단장님께 축복을. 머지않아 예하의 외교 능력이 빛을 발하리라 믿습니다."

✣　✣　✣

후일 로멜리는 이때를 돌아보며, 바로 그 순간 교황위 승계 전쟁이 시작됐다는 생각을 하곤 한다.

세 추기경 모두 선거인단 내에 지지파가 있었다. 벨리니는 그레고리오 대학 총장과 밀라노 대주교를 역임했으며, 아주 오래전부터 진보주의자들의 위대한 지적 희망이었다. 트랑블레는 교황청 사도궁무처장과 인류복음화성 장관을 동시에 맡고 있기에 제3 세계와 관련해 후보 자격이 있었다. 더욱이 미국인처럼 보인다는 이점도 있었다(실제로 미국인이라면 선출은 거의 불가능하다). 그리고 아데예미는 혁명의 가능성을 신성의 불꽃처럼 품고 다니는데, 늘 언론매체의 주목을 받기에 언젠가는 '최초의 흑인 교황'이 될 것 같은 인물이다.

더욱이 성녀 마르타의 집에서 보았듯이, 추기경단 단장으로서 선거관리 임무가 자신에게 떨어지리라는 사실도 깨달았다. 솔직히 한 번도 생각해보지 않은 일이었다. 몇 년 전 전립선암 진단을 받았기에, 비록 지금은 완치됐다고 믿지만 그럼에도 불구하고 늘 교황보다 먼저 세상을 뜰 것이라고 생각했다. 그 후로는 오로지 임시방편으로만 여기고 살았으며, 실제로 사임까지 하려고 했다. 그런데 이제 와서 보니 이런 난감한 상황에 콘클라베를 조직하게 된 것이다.

로멜리는 두 눈을 질끈 감았다. 주여, 당신의 뜻대로 이 임무를 수행해야 한다면 부디 지혜를 주옵소서. 그리하여 이 일과 더불어 교회의 권위를 강화하게 하소서.

무엇보다…… 공평해야 한다.

"누가 테데스코 추기경한테 연락했어요?" 로멜리가 두 눈을 뜨며 물었다.

"아뇨. 다른 사람도 아니고 테데스코라뇨? 왜죠? 연락해야 합니까?" 트랑블레가 이해 못 하겠다는 듯 되물었다.

"에, 교회에서의 위치를 감안하더라도 예우 차원으로……."

"예우라고요? 그가 예우를 받을 자격이 있습니까? 성하께서 누군가에게 살해됐다고 한다면 당연히 그가 장본인입니다." 벨리니가 외쳤다.

로멜리도 그의 분노를 이해했다. 생전에 교황을 비난하는 자들이 있었는데 테데스코가 제일 악랄했다. 교황과 벨리니를 어찌나 심하게 몰아댔던지 혹자는 교회가 박살나는 줄 알았다고 걱정하기까지 했다. 심지어 파문 얘기까지 돌았으나, 그럼에도 불구하고 전통주의자들 사이에서 추종자가 적지 않았고, 그 때문에라도 유망한 승계 후보가 분명했다.

"그래도 연락은 해야겠소. 아무래도 기자보다 우리한테 듣는 쪽이 낫지 않겠어요? 그가 어떤 막말을 할지 누가 알겠습니까?"

로멜리는 그렇게 결론을 내린 뒤 전화를 들고 0번을 눌렀다. 교환이 무엇을 도와드릴까요, 라고 묻는데 감동했기 때문인지 목소리가 살짝 흔들렸다.

"베네치아 총대주교궁에 연결해줘요. 테데스코 추기경의 개인 전화로요."

아무도 받지 않을 줄 알았다. 기껏 새벽 3시가 아닌가. 그런데 첫 번째 전화벨이 끝나기도 전에 누군가 수화기를 들었다. 거친 목소리.

"테데스코입니다."

다른 추기경들이 장례 일정을 논하기에 로멜리는 손을 들어 조용히 시키고 등을 돌려 통화에 집중했다.

"고프레도? 로멜리요. 유감스럽게도 슬픈 소식이 있어요. 성하께서 지금 막 선종하셨습니다." 한참 동안 아무 말이 없었다. 전화기 너머로 소음이 들리기도 했다. 발소리? 문? "총대주교, 내 말 들었습니까?"

테데스코의 공관이 동굴 같은 터라 목소리가 윙윙 울렸다.

"고맙습니다, 로멜리. 그분의 영혼을 위해 기도하겠습니다."

딸깍 소리가 들리고 전화가 끊겼다. "고프레도?" 로멜리는 전화기를 귀에서 뗀 채 한참을 노려보았다.

"왜요?" 트랑블레가 물었다.

"벌써 알고 있군요."

"설마?" 트랑블레가 자기 수단에서 뭔가를 꺼냈다. 처음엔 검은 가죽 커버 기도서라고 생각했는데 그게 아니라 휴대폰이었다.

"당연히 아시겠죠. 이곳은 그분 지지자들이 가득합니다. 모르긴 몰라도 우리보다 먼저 아셨을 거예요. 서두르지 않으면 그분이 직접 공식발표를 할지도 모르죠. 그것도 성 마르코 광장에서." 벨리니가 대답했다.

"지금도 누군가 함께 있는 것 같던데······."

트랑블레는 엄지로 재빨리 화면을 끌어 내리며 자료를 검색했다.

"가능합니다. 선종 소식이 벌써 SNS에 흘러들고 있어요. 아무래도 서둘러야겠습니다. 제가 제안 하나 할까요?"

그리하여 그날 밤 두 번째 의견 충돌이 있었다. 트랑블레는 교황의 시신을 아침까지 기다리지 않고 당장 안치소로 운구해야 한다고 주장했다. ("언론보다 늦으면 곤란합니다. 그럼 재앙이 닥쳐요.") 곧바로 공식 발표도 하고, 바티칸 텔레비전 센터에서 촬영기사 둘, 사진사 셋, 그리고 신문기자를 성녀 마르타 광장으로 불러, 이 건물에서 구급차까지 시신 운구 과정도 기록해야 한다는 얘기도 했다. 그의 주장에 따르면, 우리가 서두른다면 화면은 생방송으로 나가고 교회는 크게 주목을 받을 수 있다. 가톨릭 신앙 아시아 센터는 어디나 아침이고 남미와 북미는 저녁시간이다. 오직 유럽과 아프리카만 잠에서 깬 후에 뉴스를 접할 것이다.

이번에도 아데예미가 반대했다. 교황은 존엄한 분이시며, 따라서 일출을 기다렸다가 교황을 모실 영구차와 관을 교황기로 덮어야 한다는 이유였다. 하지만 벨리니가 곧바로 반박했다.

"성하께서는 존엄 따위 개나 주라고 하실 거요. 그분께서 선택한 삶은 지상에서도 제일 초라한 삶이 아니셨소이까? 마찬가지로 이승에서도 제일 궁핍한 이들과 함께하고 싶으실 게요."

그 말에는 로멜리도 동의했다.

"잊지들 맙시다. 생전에 리무진도 거부하신 분입니다. 지금 대중교통을 준비한다면 구급차가 제일 가깝지 않겠습니까?"

아데예미는 고집을 꺾지 않았으나 그래 봐야 3 대 1이었다. 그 밖에는 교황의 시신을 방부처리 한다는 데 동의했다. "방부처리는 제대로 해야 할게요." 로멜리가 강조했다. 1978년 성 베드로 대성당에서 교황 바오로 6세의 운구 행렬을 잊을 수가 없었다. 8월의 폭염에 얼굴이 녹회색으로 변하고 턱이 늘어지고 심지어 부패 징후까지 보였던 것이다. 하지만 그 끔찍한 사건도 그보다 20년 전에 비하면 아무것도 아니었다. 교황 비오 12세의 시신은 관 속에서 발효하다가 성 라테라노 교회 밖에서 폭죽처럼 터지고 말았다. "또 하나, 누구도 성하의 시신을 촬영해서는 안 되오." 로멜리가 이렇게 덧붙였다. 역시 모욕을 당한 당사자는 비오 12세였다. 그의 시신이 전 세계 뉴스잡지에 실렸기 때문이다.

트랑블레는 교황청 미디어팀과 약속을 잡겠다며 자리를 떴다. 그리고 30분이 채 안 되어, 구급요원들이 들어와(물론 휴대폰은 압수했다) 교황을 흰색 시신가방에 넣고, 들것에 실어 공관 밖으로 끌고 갔다. 요원들은 2층에서 잠시 멈추었다. 공관을 벗어나려면, 추기경 넷이 승강기를 타고 미리 내려와 로비에서부터 시신을 에스코트해야 하기 때문이다. 시신은 너무나 보잘것없고 왜소했다. 심지어 발과 머리는 작고 전체적으로 둥근 태아처럼 보였다. 로멜리는 이렇게 외치고 싶었다. **고급 리넨 천을 사오겠어. 그래서 성하를 리넨으로 감싼 다음 성묘에 안치하겠어……** 그리스도의 자식은 마지막 순간 누구나 평등하다. 문득 그런 생각이 들었다. 부활의 희망은 오로지 주님의 은총에 달려 있지 않은가.

로비와 저층 계단은 온갖 계급의 수사, 수녀가 열을 지어 대기 중이었다. 그때 로멜리의 마음에 영원히 잊지 못할 각인을 새긴 것은 바로 그 사람들의 침묵이었다. 승강기 문이 열리고 들것이 밖으로 나왔을 때 놀랍게도 휴대폰 카메라가 찰칵하는 소리와 때때로 누군가 흐느끼는 울음소리가 고작이었던 것이다. 트랑블레와 아데예미가 들것 앞에서 걷고 로멜리와 벨리니가 뒤를 지켰다. 그 뒤로는 사도궁무처 고위성직자들이 줄을 지어 따라왔다. 행렬은 문을 지나 10월의 한기 속으로 빠져나왔다. 이슬비는 어느새 그치고 별까지 몇 개 보였다. 스위스 근위병 사이를 통과하자 온갖 다채로운 조명이 운구를 맞이했다. 구급차 경광등, 사진사들의 백색 스트로보 효과, TV 촬영팀의 노란색 섬광. 그리고 그 너머, 성 베드로 대성당의 거대한 윤곽이 어둠을 비집고 희미하게 모습을 드러냈다.

운구가 구급차에 도착할 때쯤, 로멜리는 작금의 세계 교회를 그려보았다. 교황 성하와 25억의 영혼들. 마닐라와 상파울루 슬럼에서 TV 주변에 모여든 빈민들, 도쿄와 상하이의 휴대폰에 빠진 출근 인파, 보스턴과 뉴욕 술집에서 스포츠를 즐기던 사람들이 갑자기 들어온 속보에…….

가라, 그리하여 온 세상을 제자로 만들고 성부와 성자와 성령의 이름으로 세례하라…….

시신의 머리가 먼저 구급차 뒤 칸으로 미끄러져 들어갔다. 뒷문이 닫혔다. 구급 행렬이 떠나는 동안 4인의 추기경은 그 자리에 서서 멀끔히 지켜보기만 했다. 오토바이 두 대, 경찰차, 구급차, 그리고 다시 경찰차와 오토바이 몇 대. 행렬은 잠시 광장을 휩쓸다가 사라졌다. 그리고 눈앞에서 사라지는 순간 사이렌 소리도 터져 나왔다.

굴욕 따위야 아무려면 어때. 이 땅의 가난한 자들도 다 헛소리야. 어느 독재자의 자동차 행렬일 수도 있었건만.

구급차 사이렌 소리가 밤공기 속으로 멀어져 갔다. 차단봉 안쪽에서 기자들과 사진사들이 추기경들을 부르기 시작했는데 그 모습이 마치 동물원 짐승들에게 가까이 오라고 유혹하는 관광객들 같았다.

"예하, 추기경 예하! 여깁니다!"

"누가 무슨 말이든 해야겠죠?" 트랑블레는 그렇게 선언하고는 대답도 기다리지 않고 광장을 가로질렀다. 조명 불빛이 그의 실루엣에 불의 후광을 씌워주는 듯했다. 아데예미도 잠시 머뭇거리는가 싶더니 이내 그 뒤를 따라갔다.

벨리니가 역겹다는 듯 나지막이 뇌까렸다.

"이런, 대단들 하십니다."

"국무원장도 가시지 그러십니까?" 로멜리가 제안했다.

"맙소사, 싫습니다! 군중에 빌붙고 싶은 생각은 추호도 없어요. 차라리 예배당에 가서 기도나 하렵니다." 그가 슬픈 듯 말하고는 손으로 뭔가를 흔들었다. 딸각딸각. 로멜리가 보니 여행용 체스 세트였다. "가시죠, 우리는 친구를 위해 함께 미사나 올립시다." 그리고 둘은 성녀 마르타의 집 안으로 돌아갔다. 벨리니가 로멜리의 팔을 잡았다. "기도에 어려움을 겪으신다고요? 성하께서 그렇게 말씀하시더군요. 어쩌면 제가 도움이 될 수 있을 겁니다. 아시겠지만 그분도 종국엔 회의 때문에 고통받으셨답니다."

"성하께서 하느님을 의심하셨단 말씀입니까?"

그 후 벨리니의 말은 영원히 잊을 수가 없었다.

"그럴 리가요! 하느님이라니요! 성하께서 신념을 잃은 상대는 교회였습니다."

2
성녀 마르타의 집

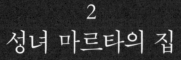

교황 선거 이야기가 나온 것은 그 후 3주가 채 되지 않았을 때였다.

교황은 복음전도사 성 루카 축일 다음 날, 즉 10월 19일에 세상을 떠났다. 10월 중순 이후와 11월 초 사이에는 교황 후계자를 뽑기 위해 전 세계 추기경들이 로마로 쏟아져 들어오고, 장례도 있기에 매일 추기경단이 모여 회의를 했다. 회의는 비밀이며 주제는 물론 교회의 미래였다. 진보파와 보수파의 알력이 이따금 표면화되기는 했어도 회의 자체는 무난하게 넘어갔다.

드디어 11월 7일 일요일, 순교자 성 헤르쿨라누스 축일, 로멜리는 시스티나 예배당 입구에 섰다. 추기경단 부단장 레이먼드 오말리 몬시뇰, 전례처장 빌헬름 만도르프 대주교가 좌우를 보좌했다. 선거인 추기경단은 바로 그날 밤 바티칸에 갇히고 투표는 다음 날 시작하기로 했다.

점심시간 직후, 주교 셋이 대리석과 연철 칸막이 문 바로 안쪽에 서 있었다. 칸막이 문 안은 시스티나 예배당 내부, 밖은 현관이었다. 셋은 함께 시스티나 예배당 내부를 지켜보았다. 임시 나무마루도 거의 마무리 단계라 그 위에 베이지색 카펫을 못으로 박아 고정했다. 텔레비전 조명이 올라가고 의자들이 들어왔으며 책상들도 나사못으로 이어 붙였다. 미켈란젤로의 천장벽화는 반라의 분홍색-회색 사람들이 손을 뻗고 손짓하고 숙이고 운반하는 등 활력이 넘쳤지만 지금은 그 아래에서도 조야하나마 그 비슷한 광경이 펼쳐졌다. 시스티나 맨 안쪽, 미켈란젤로의 거대한 프레스코화 〈최후의 심판〉 역시 망치와 전기드릴, 전기톱 소리에 맞춰 사람들이 저 푸른 하늘, 천국의 옥좌 주변을 떠다녔다.

"에, 예하, 이거야말로 지옥도가 아니겠습니까?" 추기경단 부단장 오말리가 아일랜드 억양으로 투덜댔다.

"레이, 큰일 날 소리 하지 말게. 지옥은 내일 열릴 거야. 추기경들을 불러들일 때." 로멜리가 대답했다.

그 말에 만도르프 대주교가 웃었는데 소리가 조금 컸다.

"재미있습니다, 예하! 기가 막혀요!"

로멜리가 오말리를 돌아보았다.

"저 양반, 내가 농담하는 줄 아나 보군."

오말리는 클립보드를 들고 있었다. 나이는 40대 후반, 키가 크고 벌써부터 비만 증세를 보였다. 얼굴은 통통하고 불그레해 마치 평생을 야외에서 사냥 따위를 한 듯 보이지만, 실제로는 그런 일과 거리가 멀었다. 그런 외모는 킬데어 가문의 특징인 데다 또 위스키를 너무 좋아하기도 했다. 말대가리 만도르프는 60세로 나이가 더 많았다. 역시 키가 컸으며 머리는 달걀처럼 매끈매끈하고 둥글고 또 대머리였다. 그가 명성을 쌓은 곳은 아이히슈태트-잉골슈타트 대학, 금욕의 기원과 이론적 배경을 다룬 논문으로 이목을 끌었다.

기다란 통로 양쪽에 평범하고 수수한 나무탁자 20여 개를 들여와

서로 마주 보도록 네 줄로 이어놓았다. 투표함 칸막이 문 바로 옆 탁자는 헝겊으로 덮어두었는데 정체가 뭔지 궁금했다. 로멜리는 성당 안으로 들어가 손으로 두 겹의 직물을 훑어내렸다. 진홍색의 부드러운 펠트 천은 바닥까지 닿았다. 좀 더 두껍고 부드러운 천은 카펫과 마찬가지로 베이지색이며, 윗면과 가장자리를 모두 덮어 그 위에서 글을 쓰기 좋게 만들었다. 책상 위에는 성경과 기도서, 이름표, 펜과 연필, 작은 투표용지 한 장, 그리고 투표권자 117명의 추기경 이름을 길게 적어놓은 용지가 보였다.

로멜리는 이름표를 집어 들었다. Xalxo, Saverio. 누구지? 당혹스러웠다. 교황 장례식 이후 며칠간 추기경 모두를 만나고 몇 명은 신상까지 기억하려 애도 썼다. 그런데도 모르는 사람이 너무 많았다. 교황은 생전에 60인 이상의 추기경을 임명했다. 지난해만도 열다섯 명이었으니 로멜리 자신으로서도 버거운 임무가 아닐 수 없었다.

"도대체 이 이름은 어떻게 발음하지? 살소 사베리오? 맞나?"

"할코입니다, 예하. 인도 사람이죠." 만도르프가 대답했다.

"할코. 고마워요, 윌리. 정말 고마워."

로멜리는 앉아서 의자를 점검했다. 그나마 쿠션이 있어서 다행이었다. 발을 뻗기에도 공간이 충분했다. 뒤로 기대보았다. 그래, 이 정도면 편안해. 시간을 감안한다면 다들 이곳에 갇혀 지내야 했다. 그럴 필요가 있다. 아침식사 중에 이탈리아 신문을 읽었지만 선거가 끝날 때까지 다시는 신문을 볼 기회도 없으리라. 바티칸 전문가들은 콘클라베가 길어지고 또 시끄러우리라며 입을 모았다. 로멜리는 제발 그렇게 되지 않기를 기도했다. 오, 성령이시여, 부디 시스티나에 오시어 우리가 교황을 선출하도록 이끄소서. 하지만 누군가의 이름을 끌어내지 못하면, 추기경들은 이곳에 며칠이고 갇혀 지내야 한다. 게다가 지금까지 열네 차례의 회의를 거쳤으나 아직 후보군조차 드러나지 않았다.

로멜리는 시스티나 예배당 내부를 둘러보았다. 모자이크 바닥에서 불과 1미터 위에 앉았건만 기이하게도 전망이 완전히 달라 보였다. 발 아래 공간에 보안전문가들이 전파방해 장치를 설치해두었다. 물론 도청을 염려했기 때문인데 그런 조치만으로는 부족하다고 주장하는 업체도 있었다. 예를 들어, 2층 높이 창문을 노리고 레이저 빔을 쏘면 유리의 진동을 감지할 수 있다. 대화에서 비롯된 진동이라 어떤 말이든 녹취가 가능하다는 얘기였다. 그 사람들은 창문을 모두 봉하라고 추천했으나 로멜리가 거절했다. 햇볕을 막는 것도 밀실공포증도 맘에 들지 않았다.

만도르프가 부축하려 했으나, 로멜리는 손짓으로 거절하고는 혼자 몸을 일으킨 다음 성당 안으로 조금 더 들어갔다. 카펫은 새로 깔아서인지 향이 좋았다. 보리타작하는 냄새 같아. 일꾼들이 그가 지나가도록 옆으로 물러났다. 추기경단 부단장과 전례처장이 뒤를 따라왔다. 사실 여전히 믿기는 어려웠다. 내가 책임자라니. 필경 꿈일 거야.

그가 목소리를 높여 얘기를 시작했다. 전기드릴 소리 때문에 주변이 시끄러웠다.

"58년에 제노바 신학교에 다녔지. 그때도 그렇고 그 뒤 63년에 서품 받기 전에도 그랬지만, 난 일부러 콘클라베 사진들을 찾아 감상했다네. 신문마다 예술가의 인상이 담겨 있었지. 지금도 기억나는군. 투표하는 동안 추기경들이 벽을 따라 성좌에 앉아 있었어. 그리고 선출이 끝나면 하나씩 레버를 당겨 성좌의 차양을 끌어 내렸다네. 교황으로 선출된 추기경만 빼고. 상상이 가나? 론칼리 추기경은 추기경이 된다는 생각조차 해본 적이 없었는데, 하물며 교황이라니? 몬티니는 늙은 경비원이 너무 싫어서 투표하는 동안 시스티나 예배당에서 실제로 고성이 오가기도 했어. 상상해보게나. 추기경들이 저마다 성좌에 앉아 있는 모습을. 그런데 조금 전만 해도 동료였건만 이제 교황 앞에 줄까지 서서 예를 바치는 거야!"

문득 돌아보니 오말리와 만도르프가 공손히 경청하고 있었다. 로멜리는 자신을 나무랐다. 마치 꼰대처럼 주절대고 있지 않은가. 그래도 인상적인 추억들이었다. 성좌 이벤트는 1965년 제2차 바티칸 공의회 이후, 교회의 낡은 전통들과 함께 역사 속으로 사라졌다. 요즈음 추기경단은 그런 식의 르네상스식 겉치레에 비해 너무 비대하고 너무 다국적으로 보였다. 여전히 로멜리는 한편으로 르네상스식 허영을 갈망했다. 아무한테도 얘기하지 않았지만 죽은 교황은 이따금 지나칠 정도로 검소와 겸손을 강조했다. 결국 과도한 겸손은 또 다른 차원의 허영이 아니겠는가? 더욱이 자신의 겸손을 과시한다면 그것도 죄다.

로멜리는 전선들을 타고 넘어가, 〈최후의 심판〉 앞에 서서 두 손을 엉덩이에 댔다. 성당 안은 난장판이었다. 지저깨비, 톱밥, 나무상자, 판지 상자, 깔개들. 목재와 천 입자들이 빛줄기 속에서 소용돌이쳤다. 망치질, 톱질, 드릴…… 문득 겁이 났다.

혼란. 혼란과 불경. 이거야 정말 건축현장 같지 않은가? 심지어 시스티나 예배당 안에서!

이번에도 소음 때문에 소리를 질러야 했다.

"시간 내에 공사를 끝낼 수 있을까?"

"필요하다면 밤샘 공사까지 할 겁니다. 걱정 마십시오, 예하. 늘 그랬으니까요. 이탈리아 아닙니까?" 오말리가 어깻짓을 했다.

"아, 그래, 이탈리아! 이탈리아니까!" 그가 재단에서 내려섰다. 왼쪽에 문이 있고 그 너머 '눈물의 방'이라는 이름의 작은 성구실이 보였다. 신임 교황이 선출된 이후 곧바로 들어가 옷을 갈아입는 곳이다. 작고 기이한 방. 낮고 둥근 천장, 흰색의 단조로운 사방 벽. 마치 가구로 빽빽한 지하 감옥 같았다. 탁자 하나, 의자 셋, 소파 하나. 이제 성좌를 들여오면 신임 교황이 앉아 추기경 선거인단의 예를 받으리라. 중앙의 철제 옷걸이에는 흰색의 교황 수단이 셀로판지로 포장된 채 걸려 있었다. 소, 중, 대. 물론 교황용 제의와 어깨 망토도 각각 세 벌이다. 10여 개의 상자 안에는 다양한 사이즈의 교황 신발도 들어 있다. 로멜리는 한 켤레를 집어 들었다. 구두 안에는 휴지가 가득했다. 손으로 이리저리 뒤집어보니 끈 없는 단화였다. 수수한 적색 모로코가죽 제품. 로멜리는 단화를 코 가까이 가져가 킁킁거렸다.

"모든 경우의 수에 대비하지만 그래도 늘 예외는 있는 법이라네. 예를 들어, 요한 23세는 덩치가 너무 커서 제일 큰 수단도 맞지 않았지. 결국 앞 단추를 모두 채우고 대신 등 쪽 솔기를 뜯어야 했어. 듣자 하니, 두 팔부터 해서 옷 안으로 들어간 다음에 재단사가 바느질을 했다더군."

로멜리는 단화를 상자에 넣고 성호를 그었다.

"누구든 이 신을 신는 분께 주님의 축복이 함께하기를!"

3인의 추기경은 성구실을 나와 왔던 길로 돌아갔다. 카펫 통로를 걸어, 대리석 칸막이 문을 지나고 나무 램프를 내려가니 다시 현관이었다. 한쪽 모퉁이에 어울리지 않게 회색 철제 난로 두 개가 나란히 놓여 있었다. 둘 다 허리 높이로 키가 작고 굴뚝이 구리 소재였으나 하나는 둥글고 하나는 사각형이었다. 굴뚝은 용접해 연통을 하나로 합쳤는데, 로멜리의 눈에는 아무래도 이상했다. 무척이나 위험해 보였던 것이다.

높이가 20미터, 연통은 비계 탑을 따라 올라가다가 창문 구멍 속으로 사라졌다. 둥근 난로는 투표가 끝날 때마다 투표용지를 태우는 용도다. 물론 비밀을 위해서다. 사각 난로엔 연기 탄을 터뜨리는데, 결과가 나오지 않으면 검은색, 신임 교황을 선출하면 하얀색이다. 장치 자체는 원시적이고 터무니없으며, 그럼에도 묘하게 아름다웠다.

"시스템 실험은 했나?" 로멜리가 물었다.

"예, 예하, 여러 차례 했습니다." 오말리가 공손히 대답했다.

"아, 그렇지, 자네가 안 했을 리 없지. 안달 부려 미안하이." 로멜리가 오말리의 팔을 다독였다.

셋은 다시 대리석 바닥의 살라 레기아, 즉 사도궁을 가로질러 밖으로 나갔다. 계단을 내려가자 마레시알로 안뜰의 주차장이었다. 자갈 마당은 대형 쓰레기통마다 쓰레기가 넘쳐났다.

"내일까지는 모두 치우겠지?"

"예, 예하."

아치길을 통과하자 안뜰이 계속 이어졌다. 안뜰 너머 안뜰, 또 안뜰. 비밀 회랑의 미로는 시스티나 예배당을 항상 왼쪽에 두고 돌았다. 성당의 벽돌 벽은 밋밋하고 어두침침해서 볼 때마다 실망스러웠다. 도대체 인간의 천재성은 어째서 온통 저놈의 화려한 내부에만 쏟아붓는 걸까? 로멜리가 보기엔 그놈의 천재성마저 지나쳐 미적 소화불량에 걸릴 지경이었다. 반대로 외부는 아무런 신경도 쓰지 않은 탓에 그저 창고나 공장처럼 보였다. 아니면, 일부러 그 점을 노린 걸까? 지혜와 지식의 보물은 하느님의 신비한 내부에 숨어 있기에……

오말리가 함께 걷다가 로멜리의 상념을 깼다.

"그런데 예하, 보지니아크가 드릴 말씀이 있다는군요."

“어려울 것 같은데? 한 시간이면 추기경들이 도착하기 시작할 거야.”

“그렇게 전했습니다만, 어딘가 불안해 보였습니다.”

“무슨 일인데?”

“제게는 얘기하지 않으려 합니다.”

“말이 안 되잖아! 성녀 마르타의 집은 6시에 봉쇄하니까 미리 찾아왔어야지. 지금은 시간을 낼 도리가 없네.” 로멜리가 만도르프를 보며 호소했다.

세 사람은 계속 걸었다. 초소에 이르자 스위스 근위병들이 경례를 했다. 도로를 나와 몇 걸음 걷지도 않았건만 로멜리 특유의 자책이 치고 들어왔다. 말이 너무 거칠었어. 오만한 데다 무정하기까지 했잖아. 높은 자리에 있다고 잠시 우쭐한 게지. 절대로 잊지 말자. 며칠이면 콘클라베는 끝나고, 그러면 아무도 내게 관심을 주지 않으리라. 차양이 어떻고 비만의 교황들이 어떻고 해도 더 이상 그의 얘기에 귀를 기울이지도 않을 것이다. 맙소사, 보지니아크의 심정이 어떨까? 존경하는 교황 성하뿐 아니라 자기 보직과 집, 미래까지 모두 잃은 친구가 아닌가? 그것도 한꺼번에. **오, 주여, 죄인을 용서하소서!**

“이런, 아무래도 안 되겠어. 그 친구, 얼마나 미래가 불안할까. 이렇게 전하게. 성녀 마르타의 집에서 추기경들을 만나니까, 그 후 몇 분 정도 시간을 내보겠다고.”

“예, 예하.” 오말리가 대답하곤 클립보드에 메모했다.

✠ ✠ ✠

지금으로부터 20여 년 전, 성녀 마르타의 집을 짓기 전, 추기경 선거인단은 콘클라베 동안 사도궁에 기거했다. 제노바의 유력한 대주교 시리 추기경은 네 차례 콘클라베를 치른 베테랑이자 1960년대 로멜리를 사제로 서품한 당사자인데, 콘클라베에 들어올 때마다 마치 생매장을 당하는 기분이라며 투덜댔다. 15세기에 지은 사무실과 연회장에 침대를 빽빽하게 들여놓고는 기본적이나마 사생활을 지켜주겠다며 침대 사이에 커튼을 매달아 늘어뜨렸다. 세면도구라고 해봐야 물주전자와 대야가 고작이고 용변은 실내변기에서 해결해야 했다. 결국 요한 바오로 2세가 21세기 전야에 그런 식의 비위생적 환경은 터무니없다며 바티칸 시 남서쪽 구석에 숙소를 지으라고 지시했다. 덕분에 교황청이 2천만 달러의 비용을 감수해야 했다.

성녀 마르타의 집을 보면 러시아의 아파트가 떠올랐다. 옆으로 누운 6층 높이의 회색 돌집. 사각형의 건물은 두 블록에 걸쳐 있고 층마다 창이 열네 개씩이며 중앙을 짧은 중앙터널로 이었다. 그날 아침 신문에 항공사진이 실렸는데 숙소는 H를 길게 늘여놓은 것처럼 보였다. 북쪽의 A 블록은 조금 더 높고 성녀 마르타 광장을 향했으며 남쪽은 바티칸 성벽 너머 로마 시를 건너다보았다. 건물은 128개의 객실에 각각 욕실이 딸렸으며, 푸른 옷의 성 빈센트 수녀회가 운영을 담당했다. 교황 선거가 없을 때, 그러니까 대개는 방문 사제들을 위한 숙소로 사용하거나, 로마 교황청 각 부서에 근무하는 사제들 기숙사로 반영구적으로 제공했다. 물론 투숙객들은 아침 일찍 바티칸 밖 500미터 떨어진 비아 델라 트라스폰티나의 도무스 로마나 사체르도탈리스로 모두 옮겼다. 그 때문에 시스티나 방문 후 그곳에 들어갈 때쯤엔 어딘가 을씨년스러운 폐허처럼 보였다. 그는 로비 바로 안쪽에 설치한 스캐너를 통과한 후 접수실 수녀에게서 열쇠를 건네받았다.

객실은 그 전날 제비뽑기로 배당했다. 로멜리도 A블록 2층에 하나를 얻었는데 그곳에 가려면 죽은 교황의 스위트룸을 지나야 했다. 스위트룸은 교황청 법에 따라 그가 죽은 이튿날 아침에 폐쇄했다. 로멜리는 추기경답지 않게 몰래 범죄소설을 즐겨 읽었는데, 그러고 보니 그 방이 마치 소설 속 범죄 현장처럼 보였다. 문과 문틀 사이를 붉은 리본으로 실뜨기처럼 이리저리 엮은 뒤 교황 궁무처장 문장을 찍어 봉인했다. 문가의 대형 백합 화분마다 역겨운 향이 스며 나왔다. 화분대 양쪽 탁자위, 붉은 유리 촛대에는 봉원초 20여 개가 겨울 어스름에 깜빡였다. 층계참이 한때 교회 정부의 자리였을 때는 크게 활약했으나 지금은 그저 황량할 따름이었다. 로멜리는 무릎을 꿇고 묵주를 꺼냈다. 기도를 하고자 했으나 생각은 자꾸 벗어나 교황과의 마지막 대화로 향했다.

제가 얼마나 어려운지 아셨잖습니까? 그런데도 사임을 허락하지 않으셨어요. 예, 좋습니다. 이해하죠. 성하께서도 이유가 있으셨을 테니까요. 아무튼 제게 힘과 지혜를 주시어, 이 난국을 헤쳐 나갈 수 있도록 도와주십시오. 로멜리가 닫힌 문을 향해 말했다.

등 뒤에서 승강기 소리가 들리더니 문이 열렸다. 하지만 어깨너머로 돌아보았을 때 그곳엔 아무도 없었다. 문이 닫히고 승강기는 계속 위로 올라갔다. 로멜리는 묵주를 치우고 힘겹게 자리에서 일어났다.

그의 방은 복도 중간쯤, 오른쪽이었다. 문을 여니 칠흑 같은 어둠. 벽을 더듬자 스위치가 손에 닿았다. 램프도 켰다. 놀랍게도 방은 거실 없이 침실뿐이었다. 수수한 흰색 벽, 잘 닦은 쪽마루 바닥, 철제 침대……. 그러고 보니 오히려 잘됐다는 생각도 들었다. 사도궁은 숙소가 400평방미터라 그랜드피아노를 들여놓아도 공간이 넉넉했다. 아무튼…… 지금은 검소한 삶이 자신한테도 도움이 되리라.

로멜리는 창문을 열었다. 덧문도 열고 싶었으나 잠겨 있었다. 건물의 덧문을 모두 잠갔다는 사실을 깜빡한 것이다. 텔레비전과 라디오도 모두 치웠다. 추기경들은 선거가 끝날 때까지 속세와 완전히 등을 져야 한다. 그 누구도, 그 어떤 소식도 추기경들의 고민에 영향을 줄 수 없다. 저 덧문을 열면 과연 어떤 풍경일까? 성 베드로 대성당? 아니면 로마 시? 방향감각을 잃은 지 이미 오래다.

벽장을 확인해보니 고맙게도 전속사제 자네티 신부가 아파트에서 옷 가방을 옮겨와 정리까지 다 해두었다. 제의(祭衣)도 옷걸이에 걸려 있었다. 적색 각모(角帽)는 꼭대기 칸에, 속옷은 서랍 안에 넣어두었다. 양말도 충분해 그 정도면 충분히 일주일을 버틸 수 있다. 자네티는 염세주의자다. 작은 욕실엔 칫솔, 면도기, 면도솔 등이 수면제 한 통과 함께 가지런히 놓여 있었다. 책상 위에는 성무일과서와 성경이 있고, 신임 교황 선출 규정집《주님의 양 떼》도 한 권 보였다. 훨씬 더 두꺼운 파일은 오말리가 준비했는데 투표권이 있는 추기경 모두의 상세 인적사항과 사진이 담겼다. 그 옆 가죽 폴더는 설교 초안이며, 다음 날 성 베드로 대성당에서 미사를 집전할 때 설교할 내용이었다. 미사는 TV 중계를 하기로 했기에 초안을 보기만 해도 속이 더부룩해졌다. 결국 후다닥 욕실로 달려가고 말았다. 그 후에는 침대에 걸터앉아 고개를 숙였다.

이 어색한 기분은 그저 내가 겸손해서 그렇겠지? 이렇게 자위도 해보았다. 로멜리는 현재 오스티아(이탈리아 로마 시의 서남쪽에 있는 고대 로마의 도시 - 옮긴이)의 주교 추기경이다. 그전에는 로마 성 마르첼로 알 코르소의 사제추기경이었으며, 그전에는 아퀼레이아의 명의대주교였다. 비록 명목뿐이었다 한들 어떤 자리에서든 열심히 일했다. 설교를 하고 미사를 주관하고 고해성사를 들었다. 하지만 아무리 우주 교회의 최고 왕좌에 오른다 한들 평범한 시골 사제의 기본적인 기술조차 모를 수 있다. 단 1~2년 만이라도 평범한 교구에서 지내보았으면 좋으련만! 서품을 받은 이후 처음에는 교회법 교수로, 외교관으로, 마지막으로 짧으나마 국무원장으로 봉사의 길을 따라왔다. 하지만 높이 오를수록 주님과 점점 멀어지고 천국은 점점 아득해져만 갔다. 그런데 이 미천한 존재가 추기경들을 인도해, 베드로의 열쇠를 누가 차지할지 결정해야 한다고? 세르부스 피델리스(Servus fidelis). 충실한 하인. 그의 문장에 새긴 글귀다. 고리타분한 인간을 위한 고리타분한 모토.

관리자…….

한참 후 다시 침실로 돌아가 물 한 컵을 벌컥벌컥 들이켰다.

좋아, 그럼. 관리하면 되잖아.

그가 속으로 중얼거렸다.

�֍   ✖   ✖

성녀 마르타의 집은 6시에 문을 모두 닫으면 그 이후 아무도 들어올 수 없다. "서두르세요, 추기경님들. 명심하셔야 할 일은, 일단 체크인한 이후에는 외부세계와 완전히 단절되니, 휴대폰과 컴퓨터는 프런트데스크에 제출하셔야 합니다. 혹시나 잊으실 경우에 대비해 전신 스캐너를 통과하시게 되니 소지품을 맡겨주시면 체크인 절차가 크게 빨라질 수 있습니다." 추기경들에게는 마지막 회의에서 그렇게 안내를 했다.

3시 5분 전, 로멜리는 검은색 수단 위에 겨울 외투를 걸치고 입구 밖에 섰다. 관리들도 함께였다. 이번에도 추기경단 부단장 오말리 몬시뇰, 전례처장 만도르프 대주교가 양옆을 지켰다. 만도르프의 수하도 넷이 있었다. 그중 집행요원이 둘, 하나는 몬시뇰, 하나는 사제이며, 나머지 둘은 교황 성구실 부속 성 아우구스티노 수도회 수사들이었다. 로멜리는 또한 젊은 전속사제 자네티 신부의 봉사도 허락했다. 그 밖에는 의료사고에 대비해 의사 둘을 대기하게 했다. 그러니까 이들이 지상에서 가장 강력한 영적 지도자 선거를 감시할 총인원인 것이다.

날씨는 점점 추워졌다. 11월의 어두운 하늘엔 헬리콥터가 한 대 떠돌았다. 보이지는 않았으나 불과 지상에서 200미터 정도로 아주 가까운 거리였다. 헬리콥터나 바람이 방향을 바꿀 때마다 프로펠러 소리가 파도를 치듯 오르내렸다. 로멜리는 고개를 들어 헬기가 어디 있는지 살펴보았다. 물론 텔레비전 방송국 소유이리라. 추기경들이 도착하는 장면을 항공사진으로 찍어 송출하려는 것이다. 그렇지 않으면 보안군 소속일 것이다. 이탈리아 내무장관이 보안 문제로 브리핑을 하기도 했다. 내무장관은 유명한 천주교 가문의 미남 경제 각료로서, 한 번도 정치를 떠난 적이 없는 인물이었다. 그런데 그가 메모를 읽으며 손까지 떨었다. 내무장관의 보고에 따르면 테러 위협은 즉각적이면서도 위중했기에 지대공미사일과 저격수들을 바티칸 주변 건물 옥상 여기저기에 배치했다. 정복 경찰과 군병력 5,000명도 공개적으로 주변 거리를 순찰하며 힘을 과시하고, 사복 요원 수백 명이 군중과 섞여 있었다. 회의 말미에는 장관이 로멜리에게 축복을 요청하기도 했다.

이따금 헬기 소음 너머로 시위 목소리도 들렸다. 수천의 목소리가 한목소리로 노래했다. 이따금 경적과 북소리, 호각 소리가 이어졌다. 무슨 이유로 시위를 하는지 알고 싶었지만 불가능했다. 동성 결혼 지지자, 동성 연합 반대파, 이혼 찬성 옹호자, 가톨릭 통일체 지지 가족협의회, 사제 서품을 요구하는 여성들, 낙태와 피임을 원하는 여성들, 무슬

림과 반무슬림, 이민자와 반이민자 그룹…… 이들이 하나로 모여 분노의 불협화음을 만들어내는 터라 도통 알아들을 수가 없었다. 어딘가에서 경찰 사이렌 소리도 들렸다. 하나, 둘, 다시 셋……. 소음은 마치 서로에게 구애하며 도시를 헤집는 것 같았다.

이곳이 방주로구나. 문득 그런 생각이 들었다. 혼란의 파도에 휩싸인 방주.

광장 너머 대성당에서 제일 가까운 모퉁이에 있는 멜로디 시계가 정각을 알리고 그다음에는 성 베드로 대성당 대종이 세 번 울렸다. 검은 단외투 차림의 경비원들이 씩씩하게 걷고 돌아서고, 그러곤 까마귀처럼 초조해했다.

몇 분 후 최초의 추기경들이 나타났다. 다들 평소처럼 적색 가두리의 길고 검은 수단을 입고 허리에는 넓고 붉은 비단 띠를 맸으며 머리에도 붉은 베레모를 썼다. 추기경들은 사도궁 방향에서 비탈을 올라왔는데, 깃털 투구의 스위스 근위병 하나가 미늘창을 들고 에스코트했다. 그 장면은 16세기에도 여전했겠으나 지금은 바퀴 달린 여행 가방이 자갈 위를 구르며 크게 소음을 냈다.

성직자들이 다가오자 로멜리도 양어깨를 폈다. 파일 덕분에 그중 둘은 알아볼 수 있었다. 왼쪽이 브라질 추기경이자 바이아 주 사우바도르의 사 대주교(60세, 해방신학자, 교황 자격은 있으나 이번엔 가능성이 거의 없음), 오른쪽은 노쇠한 칠레인이자 산티아고의 전임 대주교 콘트레라스 추기경이었다(77세, 초보수주의자, 아우구스토 피노체트 장군의 고해신부 역임). 가운데 인물은 작지만 위엄이 있어 보였다. 로멜리가 알아보는 데도 시간이 걸렸다. 멕시코 시 대주교 히에라 추기경. 그에 대해서라면 로멜리도 이름밖에 기억나지 않았다. 짐작건대, 셋은 함께 점심식사를 하며 동일 후보에게 표를 던지기로 합의했을 것이다. 남미 추기경 선거인단은 열아홉 명. 몰표를 던진다면 위력이 강력하다. 하지만 브라질과 칠레의 행동을 지켜보니 아예 서로에게 눈짓조차 주지 않았다. 요컨대 그런 식의 연합전선은 불가능하다는 뜻이겠다. 아니, 모르긴 몰라도 어느 식당에서 만날지조차 동의하기 어려운 사람들이다.

"형제들이여, 어서 오십시오." 로멜리가 두 팔을 벌리며 인사했다. 그러자 곧바로 멕시코 대주교가 투덜대기 시작했다. 로마를 건너올 때 스페인과 이탈리아 주교들과 동행하게 하고(팔을 보여주는데 검은 옷이 침으로 덮여 있었다) 바티칸 입구에서도 대접이 형편없었다 운운. 사실 바티칸에 들어올 때는 늘 그랬다. 여권을 보여주고, 전신을 검색하고, 짐을 열어 내용물을 보여주어야 하기 때문이다. "우리가 범죄자 집단입니까, 단장님? 어떻게 이럴 수가."

로멜리는 두 손으로 대주교의 손을 잡고 삿대질을 막았다.

"예하, 아무쪼록 점심식사라도 만족스러우셨기를 바랍니다. 당분간 그런 식사는 없거든요. 예, 대접이 소홀했다면 진심으로 사과드리겠습니다만, 저희도 콘클라베를 안전하게 치르기 위해 최선을 다해야 한답니다. 그러자니 늘 이렇게 불편이라는 대가를 치르게 되는군요. 자네티 신부가 연회실로 안내해드릴 겁니다."

로멜리는 대주교의 손을 잡은 채 가볍게 성녀 마르타의 집 입구 쪽으로 이끈 다음 놓아주었다. 오말리는 일행이 들어가는 모습을 보며 목록에 표시한 뒤 로멜리를 돌아보며 눈썹을 찡긋해 보였다. 하지만 로멜리가 꾸중하듯 인상을 쓰자 그렇잖아도 발간 얼굴이 더 붉어지고 말았다. 이 아일랜드인 몬시뇰의 유머가 맘에 들지 않아서가 아니라 추기경들을 조롱하게 놔둘 수 없기 때문이었다.

그동안 다른 삼인조가 언덕을 올라오기 시작했다. 미국인들이로군. 로멜리는 그렇게 확신했다. 미국인들은 늘 붙어 다니지 않던가. 심지어 일간신문 기자회견까지 공동으로 하는 바람에 로멜리가 말리고 나서야 했다. 모르긴 몰라도 미국 사제관 빌라 스트리치에서도 함께 택시를 타고 왔으리라. 보스턴 대주교 윌라드 피츠제럴드는 알아볼 수 있었다 (68세, 사제 직무에 집착. 여전히 추악한 아동 성추행 추문을 청소 중이며 방송 매체와 관계가 좋음). 그다음은 마리오 산투스 SJ. 갤버스턴-휴스턴 대주교 (70세, 전미 가톨릭 주교회의 의장, 온건파 개혁주의자)와 폴 크라신스키(79세, 시카고 전임 대주교, 대심원 전임 장관, 전통주의자, 그리스도 레지오 수도회의 강력한 지지자)였다. 남미처럼 북미 역시 열아홉 표를 쥐고 있으며, 소문이 맞다면, 트랑블레가 퀘벡의 전임 대주교로서 표를 대부분 가져갈 것이다. 다만 크라신스키만은 예외다. 이미 테데스코를 지원하고 나섰기 때문인데, 그 와중에 죽은 교황을 의도적으로 모욕하기까지 했다. "우리한테는 교회를 원래 자리로 돌려놓을 교황이 필요하다. 그동안 얼마나 길을 잃고 헤맸던가." 그는 지팡이 두 개를 짚고 걷다가 하나를 들어 로멜리에게 흔들어 보였다. 스위스 근위병이 그의 대형 가죽가방을 들고 있었다.

　"안녕하시오, 단장? 나를 다시 만나리라고는 생각도 못 했겠지?" 로마에 돌아와 즐거워 죽겠다는 표정이었다.

　콘클라베에서도 가장 연장자였다. 한 달만 지나면 나이가 여든인데 그 나이면 투표권이 법적으로 제한된다. 게다가 노인은 파킨슨병까지 앓는 탓에 바티칸까지 여행이 가능한지 마지막 순간까지 건강을 확인해야 했다. 그래, 결국 오고야 말았군. 로멜리가 속으로 중얼거렸다. 그렇다고 이제 와서 어떻게 말리겠는가?

"그럴 리가요. 예하가 안 계시면 어떻게 콘클라베가 가능하겠습니까?"

크라신스키가 성녀 마르타의 집을 힐끗 쳐다보았다.

"그건 그렇고 난 어디에 처박을 셈이오?"

"예하께는 지상층 스위트룸을 준비해두었습니다."

"스위트룸! 오, 친절하신 처사요, 추기경. 그런데 내가 알기론, 제비 뽑기로 방을 할당했다던데?"

로멜리가 상체를 숙여 속삭였다.

"제가 조작을 좀 했습니다."

그 말에 크라신스키가 지팡이로 자갈길을 때렸다.

"하! 당신네 이탈리아인들이라면 얼마든지 그러고도 남지! 암, 남고 말고!"

영감이 절뚝절뚝 안으로 들어갔다. 동료들은 난감해하며 어찌할 바를 몰랐다. 그러니까 흡사 가족 결혼식에 천방지축 제멋대로 늙은 친척을 데려온 꼴이 아닌가. 산투스가 어깻짓을 했다.

"늘 저런 식입니다."

"아, 괜찮아요. 우리야 벌써 몇 년째 서로 놀리는 게 취미인걸요."

사실이다. 묘하게도 로멜리는 저 늙은 야만인에게 향수를 느꼈다. 어쨌든 함께 살아남은 두 사람이 아닌가. 둘 모두에게 이번이 벌써 세 번째 콘클라베인데 그렇게 말할 사람은 얼마 되지 않았다. 참석자 대부분은 과거 한 번도 콘클라베에 참여한 적이 없었다. 만일 추기경단이 젊은 교황을 선출한다면, 거의 대부분 다시는 구경도 하지 못할 것이다. 저들은 지금 역사를 만들어가고 있었다. 오후가 깊어갈수록 더 많은 추기경들이 가방을 들고 비탈길을 올라왔다. 이따금 혼자이기도 하나 대개는 삼삼오오 무리를 지었다. 로멜리는 이 희대의 역사에 많은 이들이

고무해 있음을 보고 감동했다. 겉으로 아무렇지도 않은 사람들 역시 마찬가지였다.

저들이 얼마나 다양한 인종을 대표하는지 보라. 이 넓디넓은 우주 교회에서 문화도 지형도 다르게 태어났건만, 이렇게 주님을 향한 믿음 하나로 함께 모이다니! 동양 주교단, 마론파, 콥트파에서는 레바논과 안티오크, 알렉산드리아의 총대주교들이 참석하고, 인도에서는 트리반드룸과 어나쿨람-앙가말리의 대표 대주교, 그리고 란치의 대주교 사베리오 할코가 왔다(다행히 그 이름을 정확히 발음할 수 있었다).

"할코 추기경 예하, 콘클라베에 잘 오셨습니다."

극동에서는 겨우 열세 명뿐이었다. 자카라와 세부, 방콕과 마닐라, 서울과 도쿄, 호찌민과 홍콩…… 아프리카에서도 열세 명이었다. 마푸투, 캄팔라, 다르에스살람, 하르툼, 아디스아바바…… 아프리카 추기경들은 분명 아데예미 추기경에게 몰표를 줄 것이다. 오후가 반쯤 지날 때쯤 아데예미가 성큼성큼 광장을 가로질러 사도궁 쪽으로 가더니 몇 분 후 아프리카 추기경 그룹을 데리고 돌아왔다. 아마도 게이트까지 마중 나갔을 것이다. 돌아오는 도중 그가 성당 건물을 가리켰는데, 벌써 주인이라도 된 듯한 태도였다. 아데예미는 일행을 로멜리에게 인계해 공식 환영을 받게 했다. 놀랍게도 추기경들은 아데예미를 신봉하다시피 했다. 심지어 모잠비크의 주쿨라, 케냐의 므왕갈레처럼 머리가 희끗거리는 노인들조차 한참이나 주변을 떠나지 못했다.

하지만 아데예미가 교황이 되려면, 아프리카와 제3 세계 밖에서도 지지자가 있어야 하는데 쉽지 않은 일이다. 늘 그렇듯 '세계 자본주의의 악마', '역겨운 동성연애'를 공격하는 식으로 아프리카 표를 얻을 수는 있겠지만 대신 미국과 유럽의 표를 잃는다. 결국 콘클라베를 지배하는 집단은 유럽 추기경들일 수밖에 없다. 총 56표. 로멜리와 친한 사람들도 있었다. 예를 들어, 제노바 대주교, 우고 데 루카는 함께 신학교를 다니고 50년 동안이나 우애를 다졌다. 다른 이들도 30년 이상 총회에서 인연을 이어왔다.

이제 서유럽의 위대한 자유주의 신학자 두 명이 서로 팔짱을 하고 언덕을 올라오고 있었다. 둘 다 한때 추방자 신세였으나 최근에 교황이 불신임 표명으로 주교 모자를 수여했는데, 벨기에 추기경 반드루겐브릭(68세, 루방 대학 신학과 교수 역임, 여성 및 사회적 약자를 위한 특별위원회 대변인) 그리고 독일 추기경 뢰벤슈타인(77세, 로텐부르크-슈투트가르트 전임 대주교, 1997년 이단 문제로 교황청 신앙교리성의 조사를 받음)이다. 리스본 총대주교 루이 브란다우 드크루스는 시가를 즐겼는데 불을 끄기가 아쉬운지 성녀 마르타의 집에 도착해서도 현관 앞에서 잠시 어슬렁거렸다. 프라하 대주교 얀 얀다체크는 절룩거리며 광장을 건너왔다. 1960년대 젊은 사제 시절 반정부운동을 하다가 체코 비밀경찰한테 고문을 당했기 때문이다. 팔레르모의 전임 대주교 칼로제로 스코차치는 돈세탁으로 세 번이나 조사를 받았으나 모두 기소를 피했다. 리가 대주교, 가티스 브로츠쿠스 가문은 전후에 가톨릭으로 개종했다. 유대인 모친이 나치한테 살해당했기 때문이다. 프랑스인도 있었다. 장 바티스트 쿠르트마르슈는 보르도의 대주교이며, 한때 이단자 마르셀 프랑수아 르페브르 추종자로 파문당하기도 하고, 홀로코스트는 조작이라고 주장하는 얘기가 몰래 녹음되기도 했다. 스페인 톨레도 대주교 모데스토 비야누에바는 쉰다섯 살로, 콘클라베에서도 최연소자이자 가톨릭 청년회를 조직한 당사자로, 주님께 가는 길이 아름다운 문화 속에 있다고 주장하곤 했다.

그리고 마지막으로 어딘가 특별하면서도 고귀한 추기경 무리가 등장했다. 교황청의 추기경 24인. 영원히 로마에 살며 교회의 주요 부서를 운영하는 이들이다. 추기경단 내에서도 나름의 참사회인, 소위 부제 추기경회를 형성하고 있으며, 로멜리와 마찬가지로 대부분 바티칸 궁내, 교황청 소유의 아파트에서 생활했다. 이탈리아인이 특히 많기에 가방을 들고 광장을 건너오는 것쯤은 아무 일도 아니었다. 이번에도 느긋하게 점심을 먹고 제일 나중에 나타난 것이다. 그래서 로멜리가 다른 추기경들과 마찬가지로 따뜻하게 환대한다 해도(아무튼 이웃사람이다), 전 세계에서 찾아온 추기경들과 달리 이들한테서 경건한 모습은 찾아보기 쉽지 않았다. 선한 사람들이기는 하나 이미 너무 많이 겪었기에 무덤덤해진 것이다. 로멜리 자신도 영적 상처를 입고 그런 식의 일탈을 이기게 해달라고 기도한 바 있었다. 죽은 교황도 종종 추기경들을 다그쳤다. "마음 단단히 먹게, 형제들이여. 허영과 호기심, 악의와 험담의 죄들, 사악한 방해꾼은 어느 시대에나 존재했네. 절대 굴하지 말게나." 교황이 죽던 날 벨리니가 해준 얘기가 있었다. 교황 역시 교회를 향한 믿음을 잃었다고……. 로멜리에게는 너무도 충격적인 얘기였기에 어떻게든 마음에서 몰아내려 애썼지만…… 교황이 말한 교회란 분명 이들 관료일 것이다.

　하지만 모두 교황 자신이 뽑은 이들이 아닌가. 뽑으라고 강요한 사람도 없다. 예를 들어 신앙교리성 장관 시모 구투소 추기경이 있다. 성품이 온화한 터라 자유주의자들까지 큰 기대를 갖고 '제2의 요한 23세'라 칭하기도 했다. 그런데 주교들의 자율권을 확대하겠다고 공약해놓고는 교황청에 들어가자마자 전임자들만큼이나 권위주의적이고 그들보다 게으른 인물로 탈바꿈하지 않았던가. 심지어 르네상스인들만큼이나 살이 찌더니, 이제는 성 카를로 궁전의 호화 아파트에서 성녀 마르타의 집까지 그 짧은 거리를(거의 옆집이나 다름없다) 걷는 것마저 힘들어했다. 전속 사제가 바로 뒤에서 가방 세 개를 들고 허겁지겁 따라왔다.

로멜리가 가방을 보며 물었다.

"친애하는 시모, 설마 전속요리사까지 몰래 들여올 생각은 아니겠지요?"

구투소는 크고 축축한 두 손으로 로멜리의 손을 잡고 거친 목소리로 대답했다.

"단장님, 언제 집에 돌아갈지 아무도 모르지 않습니까? 아니면……과연 제가 집에 돌아갈 수는 있겠습니까?"

그의 말이 잠시 허공을 떠돌았다. 로멜리는 순간 이 양반이 정말로 자기가 교황이 되리라 믿고 있는 건가?, 라고 아연했지만 구투소가 이내 윙크를 했다.

"이런, 로멜리! 당황했군요! 걱정 말아요, 농담이니까. 나야말로 내 한계를 누구보다 잘 아는 사람이랍니다. 몇몇 추기경들이야 아니겠지만……." 구투소는 로멜리의 양쪽 뺨에 키스하고 뒤뚱뒤뚱 걸어 들어갔다. 그리고 문간에서 잠시 멈춰 호흡을 고르고는 곧바로 성녀 마르타의 집 안으로 사라졌다.

구투소가 감투를 쓰고 얼마 안 있어 교황이 돌아가셨다. 그에게는 다행스러운 일이었다. 몇 달만 더 사셨더라도 분명 사임 요구를 받았을 것이다. 교황은 로멜리한테 이런 말도 자주 했다. "난 가난한 교회를 원하네. 사람들과 가까운 교회를 원해. 구투소도 영혼은 선하네만 자신이 어디에서 왔는지 잊은 것 같아." 그러면서 마태오를 인용했다. "네가 결함이 없기를 원한다면 가라, 가서 네 재산을 팔아 가난한 이들에게 나누어주라. 그럼 하늘에서 보물을 얻을지니, 와서 나를 따르라." 로멜리 생각엔, 교황은 자신이 선발한 원로 거의 절반을 내쫓으려고 했다. 예를 들어, 빌 러드가드는 구투소 바로 뒤에 도착했다. 뉴욕 출신에 월스트리트 은행가처럼 보였지만 자신의 부서인 시성성 재무관리조차 전혀 통제하지 못했다. ("우리 둘이니 하는 얘기네만, 그 일을 미국인에게 준 것부터가 잘못이었어. 그 친구들 너무 순박해서 뇌물이 어떻게 작동하는지도 모르잖아. 시복식 시세가 75만 유로라는데, 자네도 아나? 시복식이 기적이라면, 누군가 그 일에 돈을 지불한다는 사실이야……")

그다음 성녀 마르타의 집에 들어온 사람은 주교성 장관 투티노 추기경이었다. 신년에 해고당했을 위인이었다. 방 두 개를 때려 부수어 널따란 원룸으로 개조하고, 수녀 셋과 전속사제를 불러 자신을 보필하도록 하느라 50만 유로를 날렸는데, 그 사실이 매체에 알려지기까지 했다. 그렇게 방송 매체에서 엄청나게 얻어맞은 뒤라 지금은 거의 만신창이 꼴이었다. 누군가 그의 개인 이메일을 유출했기 때문인데 지금은 그게 누구인지 찾아내는 데 혈안이 되어 있었다. 그래서인지 몸놀림도 무척이나 조심스럽고 걸핏하면 어깨너머를 돌아보았다. 로멜리의 눈도 제대로 마주치지 못해, 대충 형식적으로 인사만 챙긴 후 숙소 안으로 달아났다. 겉으로 보기엔, 소지품도 싸구려 비닐 잡낭에 담아온 듯했다.

✠ ✠ ✠

5시쯤 어두워지기 시작했다. 해가 지면서 기온도 떨어졌다. 추기경들이 얼마나 더 와야 하는지 묻자 오말리가 목록을 확인했다.

"열네 분이십니다, 예하."

"그러니까 103마리 양이 해가 지기 전 안전하게 울타리 안으로 들어 왔다는 얘기로군. (전속사제를 돌아보며) 미안하지만 내 스카프 좀 가져 다주겠나?"

헬리콥터는 떠나갔으나 마지막 남은 시위대 목소리는 여전했다. 쿵 쿵 드럼 소리도 꾸준하게 들려왔다.

"테데스코 추기경이 어디쯤 왔는지 모르겠군." 그가 중얼거렸다.

"어쩌면, 오지 않으실지도 모르죠." 오말리의 대답이었다.

"설마 그런 기적이 어떻게 가능하겠나! 오, 미안하네, 내 입에서 이런 무도한 언사라니." 차마 추기경단 부단장을 무례하다고 나무랄 수가 없 었다. 로멜리 자신도 상대를 존중 못 하지 않았던가. 후에 잊지 말고 고 해성사를 해야겠다.

자네티 신부가 스카프를 가져왔을 때 트랑블레 추기경이 나타났다. 사도궁 방향에서 혼자 걸어오는 중이었다. 제의를 세탁소 비닐포장지 에 넣어 어깨에 걸치고 오른손에는 나이키 스포츠 가방을 들고 흔들었 는데, 교황이 죽은 후 내내 그런 이미지를 과시하고 다녔다. 현대 시대 에 어울리는 교황……. 수수하고 털털하고 쉽게 다가갈 수 있는 교황. 하지만 저 붉은 모관 아래 커다란 은발 하나 언제 흐트러진 적이 있었 던가? 로멜리는 이 캐나다인 후보자 이름이 하루 이틀 후에 시들어가 기를 기대했건만 이자는 방송 매체를 어떻게 요리하는지 너무도 잘 알 았다. 사도궁무처장으로서, 신임 교황을 선출할 때까지 트랑블레는 하 루하루 교회 운영을 책임져야 했다. 할 일도 많지 않건만 매일 추기경 을 시나드 홀로 불러 모임을 갖고 후에는 꼭 기자회견을 열었다. 물론 기사는 '바티칸 출처'를 인용해 그의 노련한 관리에 동료들이 크게 감 명을 받았다며 법석을 떤다. 자신을 돋보이게 하는 수단은 그 밖에도 또 있다. 인류복음화성 장관으로서 개발도상국, 특히 저개발국가의 추기경들이 찾아와 손을 벌렸다. 사절 활동에 필요한 자금도 있지만 교황의 장례식과 콘클라베 사이의 생활비도 필요했기 때문이다. 사실 인상적이지 않을 수가 없다. 누군가 그렇게 강하게 숙명을 느낀다면? 특히 자신이 선택받은 자라고 확신한다면? 다른 사람들에게는 보이지 않는 신탁을 받았다고 믿는다면? 물론 로멜리에게는 보이지 않았다.

"조, 어서 와요."

"야코포." 트랑블레가 상냥하게 이름을 부르면서 두 팔을 벌렸다. 그러고는 미안하다는 듯 미소를 지었는데 악수는 사양하니 양해해달라는 뜻이다.

트랑블레가 안으로 들어갔다. 로멜리는 행여 저자가 승리할 경우 바로 그다음 날 로마를 떠나겠다고 결심했다.

로멜리는 검은색 양모 스카프를 목에 두르고 두 손은 외투 주머니에 깊이 넣고 자갈길 위에서 동동 두 발을 굴렀다.

"안에서 기다려도 됩니다, 예하." 자네티가 제안했다.

"아냐, 얼어 죽지 않는 한 시원한 바람이 더 낫겠어."

벨리니 추기경은 5시 30분이 지나서야 모습을 보였다. 말라깽이 키다리가 광장 변두리 그림자를 따라 오고 있었다. 한 손으로는 옷 가방을 끌고 다른 손에는 크고 검은 서류가방을 들었는데 책과 서류가 어찌나 많은지 잘 닫히지도 않을 정도였다. 무슨 고민이 그렇게나 많은지 고개를 푹 숙인 채였다. 다들 인정하다시피, 벨리니는 성 베드로의 성좌를 물려받을 적임자로 부상했다. 그 사실에 대해 과연 저 양반은 무슨 생각을 할까? 그의 생각이 문득 궁금했다. 죽은 교황이 교황청을 비난할 때도 그만은 예외였다. 국무원장으로서도 열심히 일했기에, 부하

관리도 2교대로 돌아가며 매일 저녁 6시부터 새벽까지 일을 도와주어야 했다. 사실 어느 추기경보다 정신적, 물리적으로 교황이 될 자격이 충분했다. 기도도 많이 했다. 로멜리 역시 그에게 표를 주기로 결심한 터였다. 물론 그런 얘기를 입 밖에 내지는 않았으며, 벨리니도 성격이 세심한 터라 묻지 않았다. 전임 국무원장은 너무도 생각에 몰두한 탓에 환영 인사도 받지 않고 그대로 통과할 것만 같았다. 다행히 마지막 순간, 자기 위치를 확인하고는 고개를 들어 모두에게 인사를 챙겼다. 안색은 평소보다 창백하고 또 지쳐 보였다.

"내가 마지막인가요?"

"아직은 아닙니다. 괜찮아요, 알도?"

벨리니는 가는 입술에 간신히 미소를 걸치더니 로멜리를 한쪽으로 끌고 갔다.

"오, 아주 끔찍해요. 오늘 신문 보셨죠? 내가 어떻게 하면 좋겠습니까? 벌써 두 번이나《영성 수련》을 묵상했는걸요. 그렇지 않으면 그냥 허물어질 것만 같아서요."

"예, 나도 봤어요. 조언이 필요하다면, 그놈의 잘나빠진 '전문가들'은 무시하고, 뭐든 주님께 맡기라고 권하고 싶습니다. 주님 뜻이면 이루어지고 그렇지 않으면 사라지겠죠."

"하지만 주님의 수동적 도구가 되고 싶지는 않습니다, 야코포. 이 문제에 대해서도 할 얘기가 있어요. 주님께서도 우리에게 자유의지를 주셨죠." 그가 다른 사람이 듣지 못하게 목소리를 낮추었다. "교황이 될 생각은 없어요. 제정신이라면 누가 그 자리를 원하겠습니까?"

"몇몇은 원하는 듯 보이더군요."

"에, 멍청이들이라 그래요. 우리 둘 다 보았잖습니까? 교황 자리가 사람을 어떻게 만드는지. 교황직은 수난의 길입니다."

"그래도 각오는 하셔야죠. 상황으로 보아, 예하께 돌아갈 수도 있습니다."

"내가 원하지 않으면요? 자격이 없다고 나 스스로도 인정하는데요?"

"허튼 말씀. 주교님은 우리 누구보다 자격이 있습니다."

"아뇨, 없어요."

"그럼 지지자들에게 주교님을 뽑지 말라고 선언하세요. 잔을 다른 사람에게 넘기시면 됩니다."

벨리니의 얼굴 위로 괴로운 빛이 스쳐 갔다.

"그럼, **저자한테** 갑니다." 벨리니가 고갯짓으로 언덕 아래를 가리켰다. 그곳에서 땅딸막하고 뚱뚱한 인물이 씩씩하게 언덕을 오르고 있었다. 전체적으로 정말로 정사각형 상자를 보는 듯했는데 정복 차림의 키 큰 스위스 근위병들이 양옆을 호위하니 외관이 더욱더 우스꽝스러웠다. "저자는 도무지 거침이 없습니다. 지난 60년간 우리가 만들어온 업적을 아무렇지도 않게 허물고 말 거예요. 저자를 막지 못한다면 어떻게 나를 용서하겠습니까?" 그러고는 대답도 기다리지 않고 성녀 마르타의 집 안으로 부리나케 들어가 버렸다. 이윽고 베네치아 총대주교가 다가왔다.

고프레도 테데스코 추기경. 로멜리가 아는 한, 누구보다 추기경처럼 생기지 않은 성직자다. 모르는 사람한테 사진을 보여준다면 다들 은퇴한 도살자나 버스운전사 정도로 생각할 것이다. 그는 저 남쪽 바실리카타의 농가 출신으로 열두 남매 중에서 막내였다. 이런 식의 대가족은 과거 이탈리아 대가족에서는 흔한 현상이었지만 2차 세계대전 말 이후로는 거의 사라졌다. 코는 젊었을 때 부러져 지금은 펑퍼짐한 데다 살짝 구부러지기까지 했다. 머리는 너무 길고 가르마도 대충 만들었으며, 면도도 늘 하는 둥 마는 둥이었다. 때마침 해가 저무는지라 얼핏 다른 세상에서 온 사람 같기도 했다. 예를 들어, 조아키니 로시니? 하지만 저 추레한 이미지는 연기에 불과했다. 신학 학위가 두 개이고 5개 국어를 유창하게 하는 이가 아닌가? 신앙교리성에서 라칭거의 오른팔이자 철갑 추기경의 행동대원으로 유명했다. 교황의 장례식 이후, 추워서 못 있겠다며 로마를 떠났지만 물론 아무도 그 말을 믿지 않았다. 더 이상 대중을 상대할 필요가 없기에 오히려 로마를 떠남으로써 신비감을 더할 수 있음을 누구보다 잘 알고 있었다.

"미안합니다, 추기경. 베네치아에서 기차가 연착이더군요."

"건강은 괜찮으십니까?"

"오, 나쁘지 않습니다만⋯⋯ 우리 나이에 정말로 괜찮은 사람이 누가 있겠습니까?"

"그동안 소원했습니다, 고프레도."

테데스코가 웃었다.

"예, 미안하게 됐습니다. 어쩔 수 없었어요. 그래도 친구들 덕분에 소식은 다 들었죠. 나중에 뵙죠. (스위스 근위병을 향해) 아냐, 아냐, 이 친구야. 그건 나한테 주게나." 그리하여 민중의 지도자는 마지막까지 자신의 가방을 직접 들고 들어가겠다며 고집을 부렸다.

3
계시

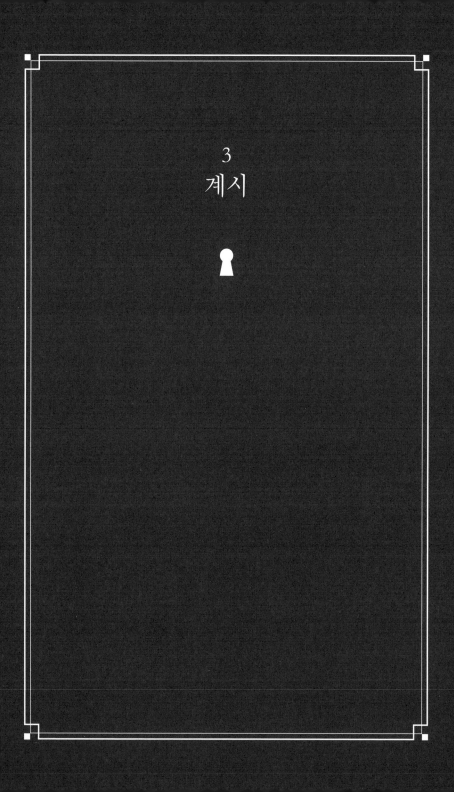

6시 15분 전, 키예프의 명예대주교 바딤 야첸코가 휠체어를 탄 채로 수행원의 도움을 받아 비탈을 올라왔다. 오말리는 탁 소리가 나도록 클립보드를 때리고는 117인의 추기경이 모두 안전하게 들어왔다고 선언했다.

로멜리는 간신히 마음을 놓고는 머리를 숙이고 두 눈을 감았다. 콘클라베 관계자 일곱이 그를 따라 고개를 숙였다.

"하늘에 계신 주님, 하늘과 땅의 창조주여, 주님께서는 우리를 주님의 일꾼으로 뽑으셨나이다. 하는 일마다 주님께 영광 드리도록 도우소서. 이번 콘클라베를 축복하시고 지혜로 이끄소서. 우리 종복들을 끌어안으사 서로 사랑과 기쁨으로 만날 수 있도록 하소서. 하느님 아버지, 지금, 그리고 영원히 주님의 이름 받들어 찬양하나이다, 아멘."

"아멘."

로멜리는 성녀 마르타의 집을 향해 돌아섰다. 덧문을 모두 걸어 잠갔기에 위층 불빛은 전혀 밖으로 새어 나오지 못했다. 어둠 속에서 보니 완전히 벙커였다. 다만 입구는 불빛이 훤했다. 두꺼운 방탄유리 저편으로 사제와 근위병 들이 조용히 움직였는데 노란 불빛에서 보니 흡사 수족관 물고기들 같았다.

로멜리가 문에 접근하는데 누군가 팔을 건드렸다.

"예하, 보지니아크 대주교께서 예하를 뵙고자 합니다. 기억하시죠?"

"오, 그래…… 야누시. 깜빡했네. 그 친구도 지금 시간이 없다는 건 알고 있지?"

"예, 예하, 6시까지 떠나야 한다고 알려드렸습니다."

"지금 어디 있나?"

"아래층 회의실에서 기다리라 말씀드렸죠."

로멜리는 스위스 근위병의 인사를 받고 성녀 마르타의 집 안으로 들어갔다. 자네티가 앞장서서 로비를 가로질렀다. 로멜리는 걸으면서 외투를 벗었는데 시원한 광장에서 들어온 직후라, 오히려 거북살스러울 정도로 더웠다. 대리석 기둥 사이에 추기경 몇 명이 서서 얘기 중이었다. 로멜리는 미소를 지으며 지나쳤다. 누구더라? 요즘 들어 기억이 더 가물가물했다. 교황 대사 시절에는 동료 외교관뿐 아니라, 그 사람들의 부인과 아이들 이름까지 빠짐없이 기억했건만, 지금은 대화하고 싶어도 이름을 틀릴까 걱정부터 들었다.

회의실 입구, 예배당 맞은편에 이른 후, 외투와 스카프를 자네티에게 건넸다.

"2층에 가져다 놓겠나?"

"제가 배석할까요?"

"아냐, 내가 처리할게. 그런데…… 저녁 기도가 몇 시지?" 로멜리가 문고리에 손을 대며 물었다.

"6시 30분입니다, 예하."

로멜리가 문을 열었다. 보지니아크 대주교는 방 끝에서 등을 돌린 채 서 있었다. 그 모습이 흡사 빈 벽을 노려보는 것 같았다. 야릇한 냄새. 희미하지만 분명 술 냄새였다. 로멜리는 다시 한 번 불안감을 억눌러야 했다. 지금껏 험한 꼴이라면 이골이 났건만!

"야누시?" 그가 보지니아크를 향해 다가갔다. 포옹을 할 생각이었건만 놀랍게도 그가 털썩 무릎을 꿇더니 성호를 긋는 것이 아닌가!

"예, 성부와 성자와 성령의 이름으로…… 마지막 고해성사는 4주 전이옵니다……."

로멜리가 손을 내밀었다.

"야누시, 야누시, 미안하네만, 지금은 고해성사 들을 시간이 없다네. 몇 분 후면 문이 닫히고 자네는 떠나야 해. 그러니 제발 앉아서 무슨 일인지 간략하게 얘기해주게나." 로멜리는 대주교를 일으켜 세우고 의자로 인도해 바로 옆에 앉혔다. "어서."

야누스의 통통한 얼굴이 식은땀으로 범벅이었다. 두 사람 거리가 가까운지라 안경 먼지 자국까지 보였다.

"예하, 미리 왔어야 했는데 죄송합니다. 하지만 절대 아무 말도 하지 않겠다고 약속했기에……."

"이해하니 걱정 말게." 대주교는 보드카를 땀으로 흘리는 것만 같았다. 보드카는 무취라 하지 않았던가? 그런데 이 악취는 또 뭐람? 주교의 두 손이 떨리고 온몸으로 술 냄새를 풍겼다. "그래, 말하지 않겠다고 약속했다면…… 누구한테 약속했다는 얘기인가?"

"트랑블레 추기경입니다."

로멜리는 살짝 움츠렸다. 평생 비밀을 들은 터라 그런 문제라면 이제 본능적으로 겁부터 났다. 천박한 자들은 늘 모든 것을 알려고 들지만, 경험을 통해 깨달은 바로는 오히려 모르는 게 약이었다.

"알겠네. 단, 야누시, 얘기하기 전에 잠시라도 주님께 여쭙도록 하게나. 트랑블레 추기경과의 약속을 어기는 게 옳은 일인지 말일세."

"수도 없이 여쭈었습니다, 예하. 제가 여기 온 까닭도 그 때문이죠. 물론 난감하시겠지만……." 보지니아크의 입술이 떨렸다.

"아냐, 아냐, 아니고말고. 아무튼 간단하게 사실 얘기만 해주게. 시간이 얼마 없어."

보지니아크가 숨을 들이마셨다.

"알겠습니다. 교황 성하께서 선종하신 날, 누구와 마지막으로 공식 면담을 하셨는지는 아시죠? 바로 트랑블레 추기경입니다."

"기억하네."

"그런데…… 그 면담에서 성하께서는 트랑블레 추기경을 교회의 모든 관직에서 해고하셨습니다."

"뭐라고?"

"트랑블레를 파면하신 겁니다."

"이유는?"

"총체적 비리 때문이었죠."

로멜리는 할 말을 잃었다.

"이런, 야누시, 그런 얘기라면 더 일찍 찾아왔어야지."

보지니아크가 고개를 숙였다.

"압니다, 예하. 죄송합니다."

"지난 3주 동안 언제든 찾아올 수 있었잖나?"

"당연히 화를 내실 만합니다. 하지만 예하, 저도 어제, 그제야 겨우 트랑블레 추기경 소문을 듣기 시작했습니다."

"소문이라니?"

"그가 교황으로 선출된다는 소문입니다."

로멜리는 잠시 호흡을 가다듬었다. 이런 노골적인 음해라니. 솔직히 불쾌했다.

"그래서 자네가 막겠다는 얘긴가?"

"제가 어떻게 해야 할지는 모르겠습니다. 기도하고 또 기도했지만, 결국 예하께 먼저 사실을 알려야겠다고 생각했을 뿐입니다. 그래야, 예하께서 다른 추기경들에게 전할지를 결정하실 테니까요."

"하지만 뭐가 사실이란 말인가, 야누시? 자넨 아무 사실도 말하지 않았어. 두 분 면담 때 자네가 참석이라도 했단 말인가?"

"아닙니다, 예하. 성하께서는 나중에 그 말씀을 해주셨죠. 함께 식사할 때."

"트랑블레 추기경을 파면한 이유도 말씀하시던가?"

"아뇨. 그저 조만간 이유가 드러난다고만 하시더군요. 하지만 무척 노하셨습니다. 정말 화가 나셨죠."

로멜리는 보지니아크를 가만히 바라보았다. 거짓말을 하는 걸까? 아냐, 그러기엔 사람이 너무 순박해. 폴란드의 작은 마을에서 데려와 요한 바오로 2세의 전속사제 겸 말벗으로 삼지 않았던가. 분명 사실을 말하고 있어.

"누가 또 아는 사람이 있던가? 자네와 트랑블레 추기경 말고?"

"모랄레스 몬시뇰이 압니다. 성하와 트랑블레 추기경의 모임에 배석했죠."

헥토르 모랄레스. 모르는 사람은 아니다. 우루과이 출신이며 교황 보좌관으로 일했다.

"이보게, 야누시. 정말로 사실이라고 확신하나? 자네가 얼마나 혼란 스러운지는 알겠네만……. 그렇다면 모랄레스 몬시뇰은 왜 한 번도 언급하지 않았지? 성하께서 선종하신 날도 우리와 함께 숙소에 있었어. 그때 얘기했을 수도 있었잖나. 아니면 다른 보좌관에게 얘기했을 수도 있고."

"예하, 예하께서는 정확한 사실을 원하셨습니다. 제 얘기는 정확하고 또 사실입니다. 벌써 마음속으로 수천 번은 되뇌고 또 되뇌었으니까요. 성하께서 돌아가셨을 때 제일 먼저 목격한 사람이 바로 접니다. 제가 의사를 부르고 의사가 트랑블레 추기경을 불렀죠. 아시다시피 규칙이니까요. '교황 선종 시 제일 먼저 공식적으로 알려야 할 기관은 사도궁무처다.' 트랑블레 추기경이 도착해 현장을 지휘했고, 물론 전 반대할 지위가 되지 못했습니다. 게다가 충격 상태이기도 했고요. 하지만 한 시간쯤 후 추기경께서 나를 부르시더니 교황께서 저와 식사 중에 특별히 하신 말씀이 있는지 묻더군요. 그때 뭐든 얘기했어야 했지만 솔직히 겁이 났습니다. 그래서 크게 흥분하셨다고만 했습니다. 자세한 얘기는 하지 않고. 그 후에 보니 모랄레스 몬시뇰과 구석에서 속닥이더군요. 짐작건대, 면담에 대해 아무 얘기도 하지 말라고 설득했을 겁니다."

"왜 그렇게 생각하지?"

"후일 몬시뇰한테 성하의 말씀을 언급했더니 아주 단호하더군요. 이렇게 말했습니다. 해고 얘기는 없었다. 성하께서는 몇 주 동안 정신이 정상이 아니었다. 교회를 위해서도 이 문제를 다시 거론하지 않겠다. 그래서 저도 입을 다물었지만 아무리 생각해도 잘못한 일입니다, 예하. 주님께서도 옳지 못하다고 말씀하십니다."

"당연히 옳지 않은 일이야." 로멜리도 동의했다. 머릿속으로는 열심히 파장을 파악하려 했지만, 어쩌면 정말 아무 일도 아닐 수 있다. 보지니아크도 어쨌든 만취 상태가 아닌가? 하지만…… 트랑블레를 교황으로 선출했는데, 차후에 추문이 드러난다면? 그럼 후폭풍이 교회 전체를 휩쓸고 말 것이다.

누군가 문을 쾅쾅 두드렸다. 로멜리가 외쳤다.

"조금만 더 기다리게!"

문이 활짝 열리며 오말리가 방안을 들여다보았다. 빙상 선수처럼 오른쪽에 체중을 싣고 왼손으로는 문설주를 붙든 채였다.

"예하, 대주교님, 방해해서 죄송합니다만, 지금 당장 가보셔야 할 것 같습니다."

"맙소사, 또 무슨 일인가?"

오말리가 슬쩍 보지니아크를 보았다.

"죄송합니다, 예하, 지금은 말씀드리기 곤란합니다. 제발, 당장 가보시죠."

그가 뒤로 물러나며 로비 쪽을 가리켰다. 로멜리는 마지못해 자리에서 일어나며 보지니아크에게 얘기했다.

"이 문제는 나한테 맡겨두게나. 아무튼 자넨 옳은 일을 했어."

"감사합니다, 예하. 언제든 예하를 찾아뵐 수 있을 겁니다. 저를 축복해주시겠습니까?"

로멜리가 대주교의 머리에 손을 댔다.

"평화롭게 가서 주님을 사랑하고 주님께 봉사할지어다. (문을 돌아보며) 그리고 자네도 오늘 밤 나를 위해 기도해주게나. 아무래도 자네보다 내가 더 기도가 필요하겠구먼그래."

마지막 순간 로비는 더 북적거렸다. 추기경들이 방에서 나와 미사 준비에 바빴기 때문이다. 테데스코는 계단 아래에서 추기경 몇 명을 붙들고 한창 떠드는 중이었다. 로멜리는 오말리를 따라 프런트데스크로 향하면서 힐끔 그 광경을 훔쳐보았다. 스위스 근위병 하나가 투구를 겨드랑이에 끼운 채 기다란 목제 카운터에 서 있었다. 그 옆에 보안요원 둘과 만도르프 대주교도 보였는데, 분위기가 어딘가 불길했다. 다들 아무 말도 없이 정면만 바라보는 통에 문득 추기경 한 명이 죽었을지도 모른다는 생각마저 들었다. 아니, 생각이 아니라 확실해. 분명히 누군가 죽은 거야!

"조금 전 대답을 피해서 죄송합니다만, 예하, 보지니아크 대주교 앞에서 할 얘기는 아니었습니다."

"무슨 일인지 정확히 알겠네. 우리가 추기경 한 분을 잃은 게지?"

"아뇨, 오히려 한 분을 더 얻었습니다." 오말리가 정신병자처럼 키득거리기 시작했다.

"지금 나하고 농담하자는 얘긴가?"

오말리는 곧바로 정색했다.

"아닙니다, 예하. 말 그대로입니다. 추기경 한 분이 지금 막 도착하셨습니다."

"어떻게 그런 일이? 목록에 빠진 분이 있었다는 얘긴가?"

"그것도 아닙니다, 예하. 한 번도 목록에 오르지 않은 분이십니다. 의중(意中) 결정 추기경이라시더군요."

로멜리는 갑자기 보이지 않는 벽에 부딪힌 것만 같았다. 그가 로비 한가운데 우뚝 멈춰 섰다.

"그럼, 협잡꾼 아냐?"

"저도 처음엔 그렇게 생각했습니다, 예하. 그런데 만도르프 대주교께서 대화를 나누시더니, 진짜 같다고 하시네요."

로멜리가 황급히 만도르프에게 다가갔다.

"도대체 이게 무슨 소린가?"

프런트데스크 안에서 수녀 둘이 아무 말도 못 들은 척 바쁘게 컴퓨터를 두드려댔다.

"이름은 빈센트 베니테스, 바그다드 대주교입니다, 예하."

"바그다드? 그런 곳에 대주교가 있을 줄은 몰랐는데? 이라크 사람인가?"

"그럴 리가요! 필리핀 사람입니다. 성하께서 지난해에 임명하셨죠."

"그래, 그러고 보니 기억나는 것 같군." 언젠가 잡지 사진이 어렴풋이 기억났다. 다 타버린 교회 안에 가톨릭 대주교가 서 있었는데…… 그 사이에 추기경이 되었단 말인가?

"누구보다 예하께서 이번 임명을 아셨어야 하지 않습니까?" 만도르프가 물었다.

"아니, 모르네. 그게 이상한가?"

"에, 그분이 진짜 추기경이라면 성하께서 적어도 추기경단 단장님께 알렸을 테니까요."

"꼭 그렇지는 않네. 기억하겠지만 선종 직전, **의중** 결정 추기경 임명 건으로 교회법을 완전히 뒤집으셨으니."

로멜리는 아무렇지 않은 척했으나 사실 그간 다른 추기경들보다 이 마지막 손님을 냉대했다는 생각이 들었다. 의중(in pectore)이란 오래된 조항으로 교황은 최측근을 포함, 누구에게도 이름을 밝히지 않은 채 추기경을 선임할 수 있다. 그러니까, 당사자가 아니면 아무도 모른다는 뜻이다. 교황청에서 오랜 세월을 지냈건만 의중 결정 추기경 얘기는 단한 번 들었을 뿐이다. 그런데 그의 이름은 교황 선종 이후에도 공포된 바가 없었다. 그 일이 2003년 요한 바오로 2세 때였는데, 지금껏 그가 누구인지는 아무도 알지 못했다. 짐작으로는 늘 중국인이며, 정부 박해를 피하기 위해 익명으로 남아 있다는 정도? 어쩌면 마찬가지로 안전 문제가 바그다드 대주교에게 영향을 미쳤을 수도 있겠다. 그런데 정말 그럴까?

문득 돌아보니 만도르프가 여전히 그를 바라보고 있었다. 더위에 땀을 비 오듯 쏟는 탓에 축축한 대머리 위로 샹들리에 불빛이 번들거렸다.

"물론 성하께서 그렇게 민감한 결정을 했을 때 당연히 최소한 국무원장과 상의는 했겠지. 미안하지만 벨리니 추기경을 찾아서 이리로 오라 하지 않겠나?"

오말리가 떠나고 로멜리는 다시 만도르프에게 돌아갔다.

"그런데 그가 진짜 추기경이라고 생각하나?"

"교황 성하의 임명장을 지녔더군요. 바그다드 대주교구 앞으로 보냈지만 성하의 요청에 따라 교구에서도 비밀로 한 듯합니다. 관인(官印)도 찍혀 있습니다. 직접 보시죠." 만도르프가 서류 다발을 로멜리에게 건넸다. "게다가 이분은 대주교이십니다. 그것도 세계에서 가장 위험한 지역에서 봉사하는……. 신임장을 위조할 이유가 있을 것 같지는 않군요."

서류는 분명 진짜처럼 보였다. 로멜리가 서류를 돌려주었다.

"그럴 것 같군. 지금 어디 있지?"

"내실에서 기다리시라 일렀습니다."

만도르프는 로멜리를 프런트데스크 안쪽으로 안내했다. 유리 벽 너머 호리호리한 인물이 보였다. 수수한 검은색 수단 차림으로 내실 모퉁이, 그러니까 인쇄기와 복사지 박스 사이 오렌지색 플라스틱 의자에 앉아 있었다. 머리는 벗어지고 모관(毛冠)을 썼다. 팔꿈치를 무릎에 댄 채 손에 묵주를 들고 고개를 숙인 것으로 보아 기도를 하는 듯했다. 검은 수염이 덥수룩한 탓에 얼굴은 알아보기가 어려웠다.

만도르프가 조용히 말했다. 마치 남자가 잠이라도 잔다는 투였다.

"문이 닫히기 직전에 입구에 도착했습니다. 당연히 목록에 이름도 없었지만 복장도 추기경답지 않았죠. 스위스 근위병이 저를 찾기에, 일단 안으로 들이게 한 다음 확인했습니다. 제가 제대로 대처한 거죠?"

"물론."

필리핀 추기경은 묵주를 돌리는 데 완전히 몰두한 듯 보였다. 이렇게 몰래 지켜보는 일이 무례하다는 생각도 들었지만 이상하게도 시선을 돌릴 수가 없었다. 부럽기도 했다. 저렇듯 집중력을 발휘해서 외부세계와 완전히 단절한 때가 언제였나 싶었다. 요 며칠, 머릿속은 소음으로 가득했다. 처음엔 트랑블레. 지금은 또 저 친구. 도대체 또 어떤 사건이 기다리고 있을는지.

"벨리니 추기경이 깨끗이 정리할 수 있을 겁니다." 만도르프가 말했다.

돌아보니 벨리니가 오말리와 함께 걸어오고 있었다. 전임 국무원장의 표정은 불안하고 당혹스럽기만 했다.

"알도, 이 사실을 알고 있었습니까?" 로멜리가 물었다.

"성하께서 실제로 실행하리라고는 상상도 못 했습니다. 저분인가요……?" 벨리니는 유리 너머 베니테스를 보았다. 마치 신비한 존재를 바라보는 듯한 눈빛이었다.

"성하께서 의사를 밝히기는 했군요."

"예, 두 달 전 가능성을 타진했죠. 전 강력히 반대했고요. 그 지역 기독교도들이 크게 고통을 겪었지만 무장 이슬람 여론에 불을 지피는 데는 완전히 실패했어요. 그런데 이라크 추기경이라니? 미국인들이 경악할 겁니다. 저 양반 안전은 또 어떻게 감당하죠?"

"성하께서 비밀로 하신 까닭도 그래서였겠죠."

"결국 알아낼 겁니다. 소문은 나게 마련이에요. 특히 이곳에서. 저 양반이 더 잘 알겠지만 말입니다."

필리핀 추기경은 조용히 묵주에만 열중했다.

"에, 이제 더 이상 비밀이 될 수는 없겠죠. 교황 성하께서 저 친구를 추기경으로 만들겠다고 하셨다니 신임장도 진짜라고 믿어야 하겠군요. 일단 받아들이는 수밖에 없겠습니다."

로멜리가 문을 열려는데, 놀랍게도 벨리니가 그의 팔을 잡았다.

"잠깐만요, 정말 그래야 할까요?" 그가 속삭였다.

"아닐 이유는?"

"성하께 정말 이런 결정을 내릴 자격이 있다고 확신하세요?"

"조심하세요, 친구. 그런 발언은 이단입니다. 우리가 성하의 옳고 그름을 판단할 수는 없어요. 그분의 바람을 존중할 의무뿐이죠."

"교황의 무류성(無謬性)은 교리 문제입니다. 임면권까지 무결하다는 얘기는 아니에요."

"교황의 무류성에 어떤 한계가 있는지는 잘 알아요. 하지만 이 문제는 교회법 문제입니다. 그리고 그 점이라면 나도 추기경 못지않게 일가

견이 있답니다. 교황령 39절은 아주 구체적이죠. '추기경 선거인단이 사전에, 즉 신임 교황이 선출되기 전에 도착한다면, 선거가 어느 단계이든 상관없이 참여하도록 허락할지어다.' 저 양반은 합법적인 추기경입니다!"

로멜리는 팔을 뿌리친 뒤 문을 열었다.

그가 들어가자 베니테스가 고개를 들고 천천히 일어났다. 키는 평균치보다 조금 작았다. 얼굴은 섬세하고 잘생겼지만 도무지 나이를 짐작할 수가 없었다. 피부는 부드럽고 광대뼈는 나왔으며 몸은 여위었다 싶을 정도로 날씬했다. 악수를 할 때 보니 완전히 탈진한 사람처럼 손아귀에 힘이 없었다.

"바티칸에 잘 오셨습니다, 대주교님. 기다리게 해서 죄송합니다만, 이쪽에서도 확인사항이 몇 가지 있어서요. 이해하시리라 믿습니다. 전 로멜리 추기경입니다. 추기경단 단장이죠."

"용서를 빌 사람은 접니다, 예하. 이렇게 마구잡이로 쳐들어왔으니. 그런데도 받아주셔서 감사할 따름입니다." 조용하고도 정확한 목소리.

"괜찮습니다. 충분히 그럴 만한 이유가 있으셨겠죠. 여기는 벨리니 추기경, 두 분이 아실 것도 같은데……."

"벨리니 추기경님? 저는 잘……."

베니테스가 손을 내밀었다. 한순간 벨리니가 악수를 거부할 것 같았으나 결국 그의 손을 잡으며 이렇게 말했다.

"죄송합니다, 대주교님. 하지만 주교께서 여기 오신 건 아무래도 크나큰 오판인 듯합니다."

"왜 그렇게 생각하십니까?"

"중동의 기독교는 이미 입지가 위태롭습니다. 예하께서 추기경이신

데 로마까지 직접 나타나신 사실이 알려지면 상황은 걷잡을 수 없게 됩니다."

"위험에 대해서는 잘 압니다. 그 때문에 고민도 많이 했죠. 그래서 여기 오기 전 오랫동안 열심히 기도했습니다."

"에, 아무튼 선택을 하셨으니 그 문제는 넘어가죠. 하지만 이곳에 오신 이상, 어떻게 바그다드로 돌아가실 생각인지 암담하기만 하군요."

"당연히 돌아가야죠. 그리고 다른 사람들과 마찬가지로, 저도 제 신앙의 결과를 받아들일 겁니다."

"추기경님의 용기와 신념을 부정하지 않습니다. 하지만 예하의 귀국은 외교 마찰을 빚을 테고 그렇게 되면 예하의 결정과 무관하게 흘러갈 수도 있습니다."

"예하의 결정과도 무관하겠죠. 예하, 제 결심은 차기 교황을 위한 것입니다."

이 양반, 보기보다 강단이 있군. 로멜리는 속으로 생각했다. 벨리니도 어떻게 대답할지 몰라 당혹스러운 눈치였다. 대답은 로멜리가 맡기로 했다.

"자자, 너무 앞서가지는 맙시다, 형제들이여. 아무튼, 이곳에 오셨으니 현실적인 문제부터 해결해야죠. 추기경께서 묵을 방이 있는지부터 알아봐야겠군요. 짐은 어디 있죠?"

"짐은 없습니다."

"예? 아무것도?"

"바그다드 공항에 빈손으로 가는 게 최선이라고 생각했죠. 의도를 숨겨야 하니까요. 어디를 가든 정부 관료들이 미행하거든요. 베이루트에서는 도착 라운지에서 잠을 자고 로마에는 두 시간 전에 착륙했죠."

"맙소사. 어쨌든 뭘 도와드릴지 살펴보리다." 일행은 내실에서 나와 프런트데스크 앞으로 빠져나왔다. "오말리 몬시뇰은 추기경단 부단장입니다. 필요하신 물품은 뭐든 준비해드려요. (오말리에게) 레이, 추기경께 세면 도구와 깨끗한 의복을 준비해드리게. 물론 제의도."

"제의?" 베니테스가 되물었다.

"시스티나 예배당에서 투표할 때 공식 복장을 해야 합니다. 바티칸 어딘가 여분이 있을 거예요."

베니테스는 갑자기 난감한 표정이었다.

"시스티나 예배당에 투표하러 간다……. 죄송합니다, 예하. 매우 당혹스럽군요. 후보를 아무도 모르는데 어떻게 제대로 투표를 하죠? 벨리니 추기경님 말씀이 맞습니다. 오지 말았어야 했는데."

로멜리가 그의 두 손을 잡았다. 뼈만 남은 손. 하지만 이번에도 강한 내면의 힘을 느꼈다.

"허튼소리! 이렇게 하시면 됩니다, 예하. 오늘 밤 함께 식사를 할 겁니다. 제가 소개를 하면 추기경께서는 형제 추기경들과 대화를 하세요. 일부는 예하를 알아볼 겁니다. 소문은 들었을 테니. 그다음은 기도뿐이에요. 다들 그러니까요. 그럼 성령께서 자연스레 누군가의 이름을 알려주시겠죠. 예, 우리 모두에게 놀라운 영적 경험이 될 겁니다."

✠ ✠ ✠

저녁 기도는 1층 예배당에서 시작했다. 평성가 소리가 로비를 가득 채웠다. 갑자기 너무나 피곤했다. 로멜리는 오말리에게 베니테스를 부탁한 뒤 승강기를 타고 자기 방으로 올라왔다. 이곳도 지독하게 덥기는 마찬가지였다. 에어컨은 아예 작동하지 않는 모양이었다. 한번은 덧문을 봉했다는 사실조차 잊고 창문을 열려고도 해보았다. 그는 낙담한 채 자기 방을 둘러보았다. 조명은 무척이나 밝았지만 흰색 벽과 잘 닦인 마룻바닥이 그 빛마저 증폭시켰다. 아무래도 두통이 시작되는 모양이로군. 로멜리는 침실 조명을 모두 끄고 더듬더듬 화장실로 향한 뒤, 코드를 찾아 거울 위 네온등을 켰다. 그리고 문을 반쯤 닫은 뒤, 푸르스름한 조명의 도움으로 침대에 엎드렸다. 기도를 할 생각이었는데 그만 그대로 잠이 들고 말았다.

꿈을 꾸었다. 시스티나 예배당. 교황이 제단에서 기도하고 있었다. 그런데 다가가려 할 때마다 교황이 점점 멀어지더니 마침내 성구실 문까지 이르렀다. 교황이 로멜리를 향해 미소를 지었다. 그리고 '눈물의 방' 문을 열고 그 안으로 사라졌다.

로멜리는 비명을 지르며 깨어났지만, 재빨리 손가락 관절을 깨물어 소리를 막았다. 잠시 넋이 나가기도 했다. 여기가 어디지? 익숙했던 물건들이 어디론가 사라졌다. 그는 그대로 누운 채 심장 박동이 잦아들기를 기다리다가, 한참 후 자신이 어떤 꿈을 꾸었는지 기억을 더듬었다. 꿈은 무척이나 다양했다. 느낄 수도 있었다. 그런데 떠올리려 할 때마다, 꿈은 물방울처럼 터져 눈앞에 아른거리다가 그대로 사라져버렸다. 오로지 교황이 성구실 안으로 곤두박질치던 끔찍한 영상만 또렷하게 머릿속에 박혔다.

두 남자가 복도에서 영어로 얘기하고 있었다. 아프리카 주교들? 잠시 후 한참 열쇠를 돌리더니 문이 열렸다가 닫혔다. 추기경 한 명은 실내화를 끌며 복도를 따라 멀어지고 다른 사람은 옆방 불을 켰다. 벽이 마분지로 만든 것처럼 얇기가 그지없었다. 옆방에서 움직이는 소리, 혼잣말하는 소리가 다 들렸다. 확신하기는 어렵지만 아데예미일 것이다. 잠시 후 변기 물 내리는 소리, 기침 소리, 가래 뱉는 소리가 이어졌다.

시계를 보니 8시쯤. 한 시간 이상 잠을 잤건만 머릿속은 잔뜩 엉켜 있기만 했다. 깨어 있을 때보다 잠들었을 때가 스트레스가 심했던 것일까? 로멜리는 향후 업무를 생각했다. *내게 힘을 주시어 이 시련을 이겨내게 하소서, 주여.* 그는 조심스레 몸을 비틀며 일어나 앉은 뒤 바닥에 발을 대고 상체를 여러 번 앞뒤로 흔들었다. 요즘은 일어나기 위해 이런 식으로 추진력을 끌어올려야 하는데 나이가 드니 도리가 없었다. 과거엔 당연히 여겼던 동작도(예를 들어 침대에서 일어나는 일) 지금은 움직임을 계산하고 정확하게 순서까지 지켜야 가능했다. 세 번째 시도에 드디어 성공해 뻣뻣한 몸을 이끌고 책상까지 짧은 거리를 걸어갔다.

로멜리는 의자에 앉아 독서 등을 켜고 갈색 가죽 폴더 위로 각도를 조정한 뒤 A5 크기의 자료 열두 장을 꺼냈다. 워터마크가 찍힌, 수공의 두꺼운 크림색 종이. 역사적 사건에 적합한 품질로 정평이 나 있다. 서체도 크고 선명하며 간격도 두 줄이다. 검토하고 나면 서류는 바티칸 기록물보관소에 영원히 소장되리라.

설교 제목은 '로마 교황 선출을 위해(Pro eligendo Romano pontifice)'. 목적은 전통에 따라 신임 교황이 지녀야 할 특성을 규정하는 데 있다. 역사적으로도 설교는 종종 교황 선거를 뒤흔들었다. 1958년, 안토니오 바치 추기경은 자유주의 시각으로 완벽한 교황을 묘사했는데(예수의 대리인은 사회와 사회, 국가와 국가의 가교가 되어……) 실제로 베네치아의 론칼리 추기경을 그대로 표현한 터라 그가 요한 23세로 등극했다. 5년 후 보수주의자들도 동일 전략을 채택, 아믈레토 톤디니 몬시뇰을 내세워 연설을 했으나('평화의 교황'에게 바치는 열렬한 박수갈채 속에 의심을 새길지어다) 온건파들의 반발만 자극했을 뿐이었다. 온건파는 연설을 품위 없다며 혹평했고, 덕분에 몬티니 추기경이 쉽게 승리를 거두었다.

그와 반대로 로멜리의 연설은 무미건조할 정도로 중립적이었다. 물론 신중하게 선택한 결과다. **최근의 교황 성하는 어느 분이나 한결같이 평화를 추구하고 국제관계에 적극 협조했습니다. 이제 미래의 교황 또한 자비와 사랑의 역사를 끈기 있게 이어가기를 기도합니다**……. 그 말에는 누구도 반발할 수 없으리라. 테데스코라면 똥개가 공을 차내듯 상대론을 비웃겠지만 이번 연설만은 아니다. 오히려 그보다는 미사 자체와 자신의 영적 능력이 불안할 따름이었다. 사람들이 그를 탐색하고 텔레비전 카메라가 얼굴을 클로즈업하려 들지 않겠는가.

로멜리는 연설문을 치우고 기도대(祈禱臺)로 건너갔다. 수수한 목재 재질로 교황의 방에 있는 것과 동일했다. 그는 무릎을 꿇고 기도대 양쪽을 잡고 고개를 숙인 뒤 그 자세로 거의 30분간 머물렀다. 이제 공식 만찬을 위해 내려갈 시간이다.

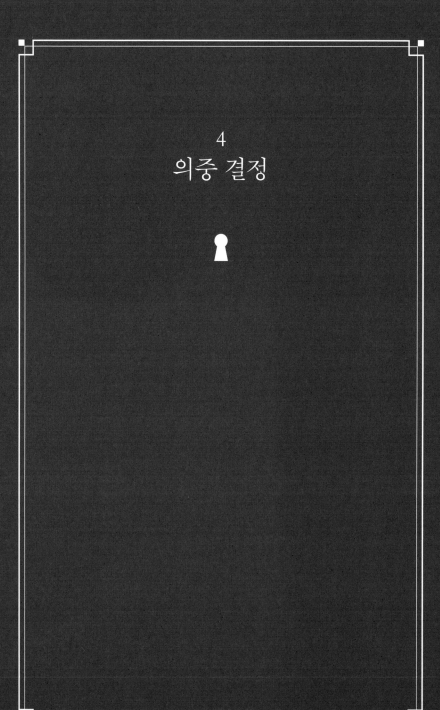

4
의중 결정

만찬실은 성녀 마르타의 집에서도 제일 큰 방이었다. 로비 오른쪽을 모두 차지했는데, 대부분 로비를 향해 열려 있고, 바닥은 하얀 대리석, 천장은 유리식 아트리움이었다. 과거에는 교황이 식사하던 자리를 화분 식물들로 장식했으나 지금은 보이지 않았다. 80인의 손님을 위해 대형 원탁 테이블 열다섯 개를 배열하고, 흰색 레이스 테이블보 위에 와인과 물병을 세팅했다. 로멜리가 승강기에서 내릴 때쯤엔 이미 만원이었다. 여기저기 목소리들이 딱딱한 공간에 메아리쳤다. 분위기도 마치 경제인 대회의 첫날 밤처럼 경쾌하고 기대심리로 가득했다. 벌써부터 성 빈센트 수녀회 수녀들이 여기저기 마실 것을 대접하고 있었다.

주변을 돌아보니 베니테스는 식당 바로 밖 열주 뒤에 혼자 서 있었다. 오말리가 용케 수단에 추기경용 붉은 현장(懸章)과 가두리 장식까지 찾아냈지만 손님한테는 다소 커보였다. 베니테스도 옷이 신경 쓰이는 모양이었다. 로멜리가 그에게 다가갔다.

"예하, 숙소는 잡으셨습니까? 오말리 몬시뇰이 방을 찾아주던가요?"

"예, 예하, 감사합니다. 꼭대기 층이더군요. 원래는 도시 전체가 훤히 내려다보인다는데 덧문이 하나도 열리지 않았습니다." 그가 손을 내밀어 열쇠를 보여주었다. 이곳에 있다는 사실이 여전히 믿기지 않는 눈치였다.

"예, 베니테스 추기경께서 비밀을 누설할 수도 있고 외부세계 정보를 받을 수도 있으니까요." 그 말에 베니테스가 난감한 표정을 짓기에 로멜리는 재빨리 덧붙였다. "농담입니다, 예하. 우리 방도 마찬가지랍니다. 아, 밤새도록 혼자 서 계실 참은 아니시죠? 절대 안 되죠. 절 따라오세요."

"여기가 정말 마음에 듭니다, 예하. 이렇게 지켜보는 쪽이……."

"말도 안 돼요. 이제 사람들한테 소개해드리죠."

"꼭 그래야 하나요? 다들 서로 담소를 나누는 중인데……."

"예하도 지금은 추기경입니다. 어느 정도는 자신감이 필요해요."

로멜리는 필리핀 추기경의 팔을 잡고 식당 한가운데로 끌고 갔다. 수녀들이 음식을 서빙하기 위해 대기 중이었다. 추기경들과 인사를 나누며 테이블 사이를 헤집고 다닌 끝에 마침내 자리를 하나 찾아냈다. 그가 나이프를 집어 와인잔을 두드리자 순간 만찬장이 조용해졌다. 카라카사의 늙은 전임 대주교가 계속 큰 소리로 떠드는 통에 동료들이 손짓으로 조용히 시키곤 로멜리를 가리켰다. 그러자 그도 주변을 둘러보며 보청기를 조정했고, 주변 사람들도 야유에 놀라 어깨를 움츠렸다. 대주교가 손을 들어 사과를 표시했다.

로멜리가 그를 향해 고개 인사를 했다.

"감사합니다, 예하. 형제들이여, 자리에 앉아주시기 바랍니다."

추기경들이 제자리로 돌아가기 시작했다.

"여러분, 식사하시기 전에 우리 추기경단의 새로운 회원을 소개하고자 합니다. 이분은 아무도 모르실 듯합니다. 불과 몇 시간 전에 바티칸에 도착하셨으니까요. (놀라움과 웅성거림) 그렇다 해도 완전히 합법적인 추기경이십니다. 요컨대, 의중 결정 추기경이시죠. 왜 그렇게 처리하셨는지는 오직 주님과 돌아가신 성하께서만 아시겠지만 그래도 짐작은 갑니다. 새 형제님의 사명이 너무도 위험했기 때문이겠죠. 그런 분이 우리와 함께하기 위해 위험한 여행을 감수하셨습니다. 그리고 결심하기 전 기도도 많이 하셨다더군요." 벨리니는 여전히 테이블보만 잔뜩 노려보고 있었다. "주님의 은총으로, 117인의 형제는 이제 118인이 되었습니다. 추기경단에 잘 오셨습니다, 빈센트 베니테스, 바그다드 추기경 대주교."

그가 베니테스를 돌아보며 박수를 치기 시작했다. 처음에는 혼자 박수를 치고 있어 당혹스러웠으나 점차 다른 사람들도 합세해 마침내 따뜻한 갈채로 바뀌었다. 베니테스도 놀라 주변을 돌아보며 비로소 미소를 지었다.

박수갈채가 끝나자 로멜리가 장내를 가리켰다.

"예하, 우리 식사를 축원해주시겠습니까?"

베니테스가 어찌나 놀란 표정을 짓던지 잠시 한 번도 식사 기도를 해보지 않았나 하는 의심까지 들었다. 마침내 그가 "물론입니다, 예하. 더할 나위 없는 영광입니다"라며 인사를 받고는 성호를 긋고 고개를 숙였다. 추기경들도 따라 했다. 로멜리도 눈을 감고 기다렸다. 한참 동안 정적이 이어졌다. 그리고 로멜리가 무슨 일이 있나 걱정할 때쯤 목소리가 들렸다. "오, 주여, 우리를 축복하소서. 이제 우리는 주님의 너그러우신 선물을 마주했습니다. 또한 이 음식을 함께하지 못하는 이들을 축복하소서. 오, 주여, 우리가 먹고 마실 때, 굶주리고 목마른 이들, 아프고 외로운 이들, 그리고 오늘 밤 우리를 위해 식사를 준비하고 식사를 도와줄 수녀들을 잊지 않도록 도우소서. 우리 주 예수님의 이름으로, 아멘."

"아멘."

로멜리도 성호를 그었다.

추기경들이 고개를 들고 냅킨을 펼쳤다. 푸른 유니폼의 자매들도 대기하고 있다가 부엌에서 수프 접시를 나르기 시작했다. 로멜리는 베니테스의 팔을 잡고 주변을 둘러보았다. 그를 따뜻하게 환영해줄 만한 테이블을 찾고 싶었다.

결국 동포가 편하겠다는 생각이 들어 그곳으로 베니테스를 이끌었다. 추기경 멘도사, 라모스, 마닐라와 코타바토의 대주교들. 넷은 아시아와 오세아니아의 주교들과 동석하다가 그가 다가가자 일어나 예를 갖췄다. 멘도사가 특히 열성이어서, 테이블 반대편에서 돌아 나와 베니테스의 손까지 잡아주었다. "너무도 자랑스럽습니다. 저도, 우리도 모두. 추기경의 승격 소식을 들으면 온 나라가 자랑스러워할 거예요. 로멜리 예하, 이분이 마닐라 교구에서 전설이라는 사실을 아십니까? 어떤 일을 하셨는지 아세요? (베니테스를 보며) 얼마나 오래전이죠? 20년?"

"30년 정도일 겁니다, 예하." 베니테스의 대답이었다.

"30년!" 멘도사가 추억을 되뇌기 시작했다. 톤도와 성 안드레스, 바할라 나와 쿠라통 발렐렝, 파야타스와 바공 실란간…… 처음에는 무슨 얘긴지 몰랐으나, 문득 베니테스가 사제로서 봉사한 슬럼가거나, 아니면 피해자들을 구하면서 맞닥뜨려야 했던 갱단 이름이라는 생각이 들었다. 그 임무는 여전히 존재했으며 사람들은 그 임무를 개척한 '부드러운 목소리의 사제' 얘기를 했다. "마침내 그분을 만나다니 우리 모두의 영광입니다." 멘도사가 얘기를 마치고 라모스를 가리키며 호응을 유도했다. 라모스도 열심히 고개를 끄덕였다.

"잠깐. 세 분은 서로 모르시나요?" 로멜리가 인상을 찌푸렸다. 아무래도 정확히 해둘 필요가 있었다.

추기경들이 고개를 젓자 베니테스가 덧붙여 대답했다.

"예, 개인적으로는 모릅니다. 필리핀을 떠난 지 오래되었으니까요."

"내내 극동에 있었다는 말씀이신가요?"

그때 등 뒤에서 누군가 외쳤다.

"아닙니다, 로멜리 예하. 한동안은 저희와 함께 계셨죠. 아프리카에서." 아프리카 추기경 여덟이 인근 테이블에 앉아 있었다. 목소리는 보프렛 무암바, 킨샤사 명예대주교였다. 노인은 바로 뒤에 서서 손짓으로 베니테스를 불러 힘껏 끌어안았다. "잘 오셨네! 잘 오셨어!" 노인이 베니테스를 자기 테이블로 이끌자 추기경들도 하나둘씩 수저를 내려놓고 일어나 악수를 교환했다. 로멜리가 보건대, 이들 역시 베니테스를 직접 만난 적은 없었다. 분명 소문도 듣고 감탄도 했으나 그의 역사는 머나먼 오지나, 아니면 교회의 전통적인 시스템 밖에서 이루어졌다. 로멜리는 그런 생각을 하면서 미소를 짓고 고개를 끄덕였다. 그러고 보니 외교관 시절 교육을 받을 때도 그랬다. 아프리카에서 베니테스의 사명은 로멜리 자신이 마닐라 거리에서 수행한 임무와 비슷했다. 활동적이고 위험천만한 일들. 심지어 내전 와중에 강간당한 여인과 소녀 들을 위해 의료원과 숙소를 짓기도 했다.

이제 이해할 수 있었다. 그렇다, 이 선교사-사제가 왜 그렇게 교황 성하의 마음을 끌었는지 정확히 볼 수 있었다. 신을 만나고 싶으면, 안락한 제1 세계 교구가 아니라, 세상에서 제일 가난하고 가장 절박한 곳으로 가야 한다. 그분이 입버릇처럼 말씀하시지 않았던가. 주님을 만나고자 한다면 용기가 필요하다. 누구든 나를 따르고자 한다면, 먼저 자신을 포기하고 날마다 십자가를 질지어다. 목숨을 부지하고자 하면 잃을 것이요, 나를 위해 삶을 버리면 구할 것이니라……. 베니테스는 정확히 그런 종류의 사람이었다. 교회의 장벽을 통해서라면 결코 이곳에 이르지 못할 사람. 그럴 생각조차 하지 않을 사람. 그래서 사회적, 사교적으로 늘 어색한 사람. 그렇다, 저렇듯 특별한 성직 수여가 아니라면 어떻게 추기경단에 속할 수 있었겠는가. 로멜리는 비로소 그 모두를 이해했다. 다만 아직까지 걸리는 부분이 있다면 비밀 관련 문제였다. 추기경으로 공식 확인할 경우, 베니테스한테는 대주교일 때보다 위험했을까? 교황은 왜 아무한테도 속내를 얘기하지 않았을까?

뒤쪽에서 누군가 잠깐 자리를 내달라며 공손히 부탁했다. 옆 테이블의 캄팔라 대주교 올리버 나키탄다가 여분의 의자와 나이프 세트를 챙겨왔다. 추기경들이 모두 움직여 베니테스가 합석하도록 공간을 마련했다. 마푸투의 신임 대주교가(이름은 로멜리도 잊었다) 손짓으로 수녀를 불러 여분의 수프를 가져오게 했다. 베니테스는 와인을 거절했다.

로멜리는 맛있게 드시라고 인사하고 돌아섰다. 테이블 두 개 너머 아데예미 추기경이 친구들에게 뭔가 떠들고 있었다. 아프리카 추기경들이 그의 유명한 이야기에 웃었지만 그런 와중에도 아데예미는 어딘가 불안해 보였다. 그러고 보니, 이따금 베니테스를 건너다보는 표정이 그렇게 당혹스럽고 초조할 수가 없었다.

✳ ✳ ✳

콘클라베에는 이탈리아 추기경들이 터무니없이 많아 좌석만 세 테이블 넘게 차지했다. 그중 하나가 벨리니와 그의 자유주의 진영 추종자들이고, 두 번째 테이블은 테데스코가 전통주의자들을 관장했다. 세 번째는 두 파벌 어디에도 속하지 않거나 은밀하게 자기 욕망을 키우는 추기경들이었다. 그런데 난감하게도 세 진영 모두 자리 하나씩이 공석이었다. 물론 로멜리를 위해 남겨둔 곳이다. 벨리니가 제일 먼저 로멜리를 보았다.

"단장님!" 목소리가 어찌나 단호하던지 거절했다가는 당장 무슨 일이라도 벌일 것만 같았다.

지금은 수프를 다 먹고 전채요리로 이동한 참이었다. 로멜리는 맞은편에 앉아 와인 반 잔을 받았다. 예의도 차려야겠기에 햄과 모차렐라도 조금 먹었으나 식욕은 영 아니었다. 탁자 주변으로 보수적인 대주교들이 진을 쳤다. 아그리젠토, 피렌체, 팔레르모, 페루자…… 그리고 투티노도 보였다. 주교성의 불명예 장관. 지금까지는 자유주의자로 분류했으나 이번에는 테데스코가 교황에 올라 자신을 수렁에서 건져주리라 기대하는 모양이었다.

테데스코는 묘한 방식으로 식사를 했다. 왼손에 접시를 들고 오른손에 나이프를 쥔 채 순식간에 먹어치우는 것이다. 식사하는 도중에도 부지런히 좌우를 살피는 탓에 누군가 음식을 빼앗아갈까 두려워하는 사람 같았다. 가난한 대가족 출신이기 때문일까?

"그래서, 설교는 준비하셨습니까?" 테데스코가 입에 음식을 가득 넣은 채 물었다.

"예."

"라틴어로 하셔야죠?"

"이탈리아어입니다, 고프레도. 아시잖아요."

다른 추기경들도 대화를 끊고 귀를 기울였다. 테데스코가 어떻게 대응할지 짐작이 가지 않았다.

"말도 안 돼! 제가 한다면 당연히 라틴어입니다."

"그럼 아무도 이해하지 못해요, 예하. 그야말로 참사죠."

그 대답에 웃은 사람은 테데스코뿐이었다.

"예, 솔직히 제 라틴어 실력이 형편없긴 하죠. 그렇다 해도 라틴어예요. 뜻이 정확히 전달되죠. 예, 실력은 부족하지만 나라면 이렇게 말할 겁니다. 변화란 뭐든 개선을 지향하지만, 언제나 예외 없이 역효과만을 초래합니다. 우리가 교황을 선택할 때 역시 그 점을 명심해야 합니다. 예를 들어, 라틴어의 포기는……." 빌리는 냅킨으로 두꺼운 입술을 닦더니 종이를 살피고는 잠시 심란한 듯 인상을 찡그렸다. 아무튼 연설을 재개하기는 했다. "이 식당을 둘러보세요, 예하. 얼마나 무의식적이고도 본능적인 배치입니까? 다들 언어가 통하는 사람끼리 앉았어요. 우리 이탈리아인들은 이곳, 부엌 가까이에 모아놨더군요. 예, 아주 현명한 처사이십니다. 스페인어군은 저쪽에 있고, 영어군은 저기 로비 가까이더군요. 하지만 예하와 내가 아직 젊었을 때 기억하세요? 트리덴티노 미사가 여전히 전 세계의 의례일 때였죠? 콘클라베 추기경들은 서로 라틴어로 소통해야 했어요. 그러다가 1962년, 자유주의자들이 사어를 버리고 보다 쉽게 소통해야 한다고 주장했죠. 그래서 지금 어떻게 되었죠? 의사소통만 더 어렵게 되지 않았나요?"

"콘클라베만 보면 그럴 수 있습니다만 우주 교회로 사명을 넓히면 결과는 다를 겁니다."

"우주 교회? 50여 개 언어로 연설을 하는데 어떻게 우주가 이해를 합니까? 언어는 매우 중요합니다. 언어에서 사고가 생기고 언어에서 철학과 문화가 태어나지 않습니까? 제2차 바티칸공의회가 벌써 60년 전이지만, 유럽에서 가톨릭교도가 된다는 의미는, 아프리카, 아시아, 남미에서와 그 뜻이 달라요. 기껏 연맹에 불과하니까요. 여기 만찬장을 둘러보시죠, 예하. 이렇게 간단한 식사에서조차 언어가 우리를 어떻게 떼어놓고 있는지 보이시죠? 그래도 제 말이 틀렸습니까?"

로멜리는 대답하지 않았다. 상대의 논리가 아무리 궤변이라도 어쨌든 중립을 표방해야 하기 때문이다. 이 와중에 논쟁에 휘말릴 수는 없었다. 게다가, 테데스코가 정말 심각하게 주장하는 건지, 아니면 그냥 찔러보는 건지도 판단이 서지 않았다.

"내가 드릴 말씀은…… 고프레도, 의견이 정 그러시다면 내 연설은 크게 실망스러우실 겁니다."

"라틴어를 포기하면 결국 로마를 포기하는 겁니다. 명심하세요."

"오, 이런…… 아무리 그래도 너무 심한 억측이십니다!"

"전 진지합니다, 예하. 사람들도 머지않아 공개적으로 묻게 될 겁니다. 왜 로마여야 하지? 아니, 벌써부터 숙덕거리기 시작했죠. 교리를 봐도 성서를 봐도, 교황이 로마에 상주해야 한다는 규칙은 없지 않습니까? 성 베드로의 성좌는 지구 어디에나 둘 수 있어요. 보아하니, 신비의 새 추기경은 필리핀 사람이라죠?"

"그래요, 아시다시피."

"그럼 이제 그 나라 추기경 선거인단이 셋이군요. 어디 보자…… 그럼 가톨릭교도가 8,400만이던가요? 이탈리아는 기껏 5,700만이지만 그마저 대부분 영성체를 하지 않아요. 그런데도 추기경 선거인단이 스물여섯이나 되는데, 이런 식의 변칙이 오래 가리라 믿습니까? 그렇다면 예하는 바보입니다!" 그가 냅킨을 집어 던졌다. "예, 죄송합니다. 제가 무례했군요. 하지만 이번 콘클라베가 우리의 성모 교회를 지킬 마지막 기회일까 봐 걱정이군요. 향후 10년이 과거 10년과 다르지 않고, 신임 교황이 전임 교황과 마찬가지라면, 교회는 결코 지금과 같지 않을 겁니다."

"그러니까, 신임 교황이 이탈리아인이어야 한다는 말씀인가요?"

"예, 그래요! 왜 안 되죠? 지난 40여 년간 이탈리아 교황은 한 명도 없었어요. 역사상 그렇게 긴 공위도 없었죠. 교황직을 되찾아야 합니다, 예하. 로마 교회를 살려야 해요. 물론 이탈리아인이시니 당연히 찬성하시겠죠?"

"그 생각엔 찬성할지도 모르죠. 하지만 이탈리아인들이 다른 일에는 절대 찬성하지 못하니 결국 승산은 불리할 겁니다. 자, 아무튼 다른 분들도 만나야겠습니다. 좋은 저녁 되시길."

그 말을 끝으로 로멜리는 추기경들한테 고개 인사를 한 후 벨리니의 테이블에 가서 앉았다.

✵　✵　✵

"베네치아 총대주교와 얼마나 즐겁게 대화하셨는지 말씀하지 않으셔도 됩니다. 얼굴만 봐도 알 수 있으니까."

전직 국무원장은 자신의 친위대원들과 앉아 있었다. 밀라노 대주교 사바딘, 토리노의 란돌피, 볼로냐의 델라쿠아. 그 밖에는 교황청 소속 두 명이었다. 산티니는 가톨릭 교육성 장관이자 선임 부제추기경이다. 즉, 성 베드로 대성당 발코니에서 신임 교황의 이름을 선언하는 자라는 뜻이다. 판차베키아 추기경은 교황청 문화평의회를 담당했다.

"저 양반을 이렇게 말할 수는 있겠어. 표를 얻겠답시고 고집을 꺾을 위인은 아니다." 로멜리가 대답했다. 그는 화를 가라앉히기 위해 와인 한 잔을 더 마셨다.

"전에도 아니었습니다. 그 점이라면 존경받을 만하죠."

사바딘이었다. 냉소주의로 유명한 인물로 벨리니에게는 선거 참모이자 최측근 격이었다.

"오늘에야 로마에 들어온 건 신의 한 수였어요. 테데스코야 늘 과유불급이죠. 신문 인터뷰에서 말 한마디 잘못 놀려 끝장날 뻔했잖아요. 그래도 내가 보기엔 내일 선방해요."

"어느 정도가 '선방'이오?" 로멜리가 물었다.

사바딘은 테데스코를 건너다보았다. 테데스코는 머리를 가볍게 좌우로 돌렸는데 마치 농부가 시장에서 짐승을 품평하는 것처럼 보였다.

"첫 선거에서 열다섯은 충분히 건집니다."

"그럼 당신 후보는?"

벨리니가 귀부터 닫았다.

"말하지 마! 알고 싶지 않네."

"스물에서 스물다섯. 첫 선거에서는 앞섭니다. 문제는 내일이에요. 뭔가 있을 거예요. 어떻게든 선거인단 3분의 2를 끌어들여야 하는데, 그러려면 79표가 필요해요."

벨리니의 길고 창백한 얼굴 위로 곤혹스러운 표정이 지나갔다. 그러고 보니 정말로 박해받는 성인처럼 보였다.

"제발 그 얘기는 하지 말자고. 표 하나 얻겠다고 애걸할 생각은 없으
니까. 이렇듯 오랜 세월이 흘렀는데 아직도 나를 모른다면 하룻밤 사이
에 아무리 떠들어봐야 믿어줄 사람도 없을 거야."

그리고 잠시 정적이 이어졌다. 수녀들이 테이블 주변을 돌아다니며
메인요리 빌 스칼로피니를 대접했다. 고기는 질겨 보이고 소스는 찐득
거렸다. 콘클라베를 빨리 끝낼 힘이 있다면 바로 음식일 것이다. 수녀
들이 마지막 접시를 내려놓자, 란돌피(62세로 최연소 참가자였다)가 입을
열었다. 늘 그렇듯 평소처럼 공손한 태도였다.

"아무 말씀 하실 필요 없습니다, 예하. 뭐든 우리한테 맡겨두세요. 다
만 부동층에게 예하의 상징을 대표로 알려야 한다면 뭐라고 전하면 좋
을까요?"

벨리니는 고갯짓으로 테데스코를 가리켰다.

"모든 면에서 테데스코와 반대라고 설명하게. 저 양반 신념은 확고하
지만 결국 확고한 헛소리일 뿐이야. 절대로 라틴어 기도 시대로 돌아가
지도 않고 사제들이 군중들에게 등을 돌린 채 미사를 집전하는 일도 없
을 걸세. 단지 부모가 무지하다는 이유로 자식이 열 명이나 되어도 안
되고. 지극히 역겹고 억눌린 시대였어. 그 시대가 끝났다는 사실에 감
사해야 하네. 나는 다른 종교를 존중하고, 우리 교회 내에서도 견해 차
이를 인정한다고 전하게. 주교들에게 권력을 이양하고 또한 여성들이
교황청 내에서 더 많은 역할을 해야 한다고……."

사바딘이 말을 끊더니, 미간을 찡그리며 고개를 갸웃했다.

"잠깐. 진심이십니까? 아무래도 여성 문제는 뺐으면 합니다. 테데스
코에게 공격의 빌미만 제공할 겁니다. 그럴 리야 없겠지만 저쪽에서는

예하께서 여성 서품을 추진하려 한다고 우길 거예요."

로멜리가 착각했을 수도 있지만 벨리니는 대답하기 전에 잠시 머뭇거렸다.

"인정하지. 여성 서품 얘기는 내가 살아 있는 동안 금지하겠네. 아마도 앞으로 몇백 년은 그렇겠지."

"아뇨, 알도, 영원히 금지해야 합니다. 이미 교황의 권한에도 명시가 되어 있어요. 성직자는 오로지 남자여야 한다. 이 원칙은 하느님의 말씀에 기초합니다." 사바딘이 단호하게 선을 그었다.

"'통상적이고 보편적인 교도권에 따라 무류적으로 시작했다.' ……그 결정은 나도 아네. 요한 바오로께 그보다 현명하고 훌륭한 선언이 많지만 아무튼 그런 말씀을 하셨지. 그래, 당연히 여성 서품까지는 아니겠지만 그렇다 해도 여성들이 교황청 고위직에 오르는 것까지 막을 수는 없네. 행정 문제이지 성직 문제는 아니니까. 돌아가신 교황께서도 종종 그 말씀을 하셨어."

"예, 하셨죠. 그래도 **실행**까지는 아니었습니다. 주교를 **선정**하는 일은 말할 것도 없고. 여자가 어떻게 주교를 가르치죠? 심지어 성체성사를 주관할 자격도 없잖습니까? 추기경단은 그 역시 편법 서품으로 여길 겁니다."

벨리니는 송아지 고기를 두어 번 찌르다가 포크를 내려놓았다. 그리고 팔꿈치를 테이블 위에 놓고는 상체를 기울여 두 사람을 차례로 보았다.

"잘 듣게, 형제님들. 이번 기회에 정확히 하지. 난 교황이 되자는 게 아니야. 솔직히 하기 싫네. 그러니 내 의견을 속이고 다른 사람처럼 행동할 생각은 전혀 없어. 부탁하지. 아니, 애원하겠네. 제발 내 선거운동은 하지 말게나. 단 한 마디도. 알겠나? 이런, 아무래도 식욕을 잃은 모양이군. 미안하지만 방으로 돌아가야겠어."

사람들이 지켜보는 가운데 벨리니가 자리에서 일어났다. 그리고 황새같이 마른 몸으로 테이블 사이를 헤집고는 로비를 가로질러 위층으로 사라졌다. 사바딘은 안경을 벗어 렌즈에 입김을 불고는 냅킨으로 닦은 다음 다시 쓰더니, 작고 검은 수첩을 꺼냈다.

"자, 친구들, 얘기 들으셨죠? 아무래도 임무를 나눠야겠어요. (델라쿠아를 보며) 로코, 당신 영어가 제일 좋으니까, 북미, 영국, 아일랜드를 맡아줘요. 스페인어는 누가 잘하죠?" 판차베키아가 손을 들었다. "좋아요. 남미 추기경들을 맡길게요. 난 이탈리아 추기경들 중에서 테데스코를 두려워하는 사람들과 얘기해보겠습니다. 사실, 대부분이 되겠지만. (산티니를 가리키며) 지안마르코, 교육성 출신이라 아프리카 추기경들을 많이 아실 테니 그 사람들을 맡아주시겠습니까? 다만 교황청 내에서의 여성 문제는 거론하지 않는 겁니다······."

로멜리는 고기를 잘게 자르고 한 번에 하나씩 먹었다. 사바딘이 테이블 추기경들한테 하는 얘기도 귀담아들었다. 밀라노 대주교 사바딘은 한때 저명한 기독민주당 원로였기에, 초기 판세를 가늠하는 데 능했다. 만일 벨리니가 교황이 되면 국무원은 그의 차지가 될 것이다. 사바딘은 임무를 모두 할당한 후 수첩을 닫았다. 그리고 와인 한 잔을 따른 뒤 만족스러운 표정으로 의자에 등을 기댔다.

로멜리가 고개를 들었다.

"교황이 되고 싶지 않다고 하셨는데, 여러분은 그 말을 믿지 않으신다는 뜻이오?"

"오, 벨리니 추기경은 진심입니다. 그래서 그분을 지지하죠. 위험한 사람들, 그러니까 막아야 하는 사람들은 오히려 정말로 교황이 되고 싶어 하는 자들이죠."

✠ ✠ ✠

로멜리는 저녁 내내 트랑블레를 지켜보았으나, 식사가 끝나고 추기경들이 커피를 마시기 위해 로비에 줄을 서기 시작해서야 간신히 접근이 가능했다. 추기경은 한구석에서 컵과 접시를 들고 콜롬보 대주교 아산카 라자팍세의 말을 듣고 있었다. 아산카는 콘클라베의 위대한 곰탱이로 정평이 난 인물이나, 트랑블레는 그에게 시선을 고정한 채 열심히 고개까지 끄덕였다. 심지어 "그럼요…… 물론, 그렇죠……"라는 소리까지 들렸다. 로멜리는 근처에서 기다렸다. 로멜리가 보기에 트랑블레도 자신의 존재를 의식하고 있으나 애써 모른 척하는 참이었다. 모르긴 몰라도 지레 포기하고 다른 곳으로 떠나기를 바라겠으나 그럴 생각은 추호도 없었다. 마침내 라자팍세가 계속 눈치를 보다가 결국 대화를 포기하고 트랑블레를 찔렀다.

"아무래도 단장께서 하실 말씀이 있나 봅니다."

트랑블레가 돌아보며 씩 웃었다.

"야코포, 어서 오세요! 정말 기막힌 저녁식사였습니다." 그의 치열은 기이할 정도로 하얬다. 설마 이번 선거를 위해 미백 치료까지 받지는 않았겠지?

"잠시 시간 좀 내주시겠습니까, 조?"

"오, 물론이죠." 라자팍세를 돌아보며 "잠시 후에 다시 얘기합시다"라고 말하고는 스리랑카 대주교가 두 사람에게 고개 인사를 하고 자리를 비켜주었다. 트랑블레는 그를 보내기가 무척 아쉬운 듯 보였다. 그래서 일까? 돌아서서 로멜리에게 말할 때는 목소리에 앙금까지 느껴졌다.

"무슨 일입니까?"

"좀 더 조용한 곳에서 얘기하죠. 예하의 방 어떠신가요?"

트랑블레의 얼굴이 굳어지고 미소도 사라졌다. 어쩌면 거절할지도 모르겠다.

"에, 필요하다면 해야겠죠. 하지만 짧게 해주시죠. 아직 만날 사람이 많습니다."

그의 방은 1층이라 계단을 오르고 복도를 통과했다. 용무를 빨리 끝내고 싶은 까닭인지 걸음도 빨랐다. 스위트룸. 교황의 방과 정확히 똑같은 규모였다. 천장 샹들리에, 협탁과 책상 램프, 심지어 욕실 등까지 모두 켜둔 채였다. 실내조명이 마치 수술실 살균 등처럼 이글거렸다. 소지품이라 해봐야, 협탁에 헤어스프레이 통 하나가 전부였다. 트랑블레는 문을 닫고도 로멜리에게 앉으라 청하지 않았다.

"무슨 일이죠?"

"교황 성하와의 마지막 면담 얘기 좀 하고 싶어서요."

"그게 어땠는데요?"

"듣기로는 어려웠다면서요?"

트랑블레가 기억하기 쉽지 않다는 듯 이마를 문지르고 인상을 찌푸렸다.

"아뇨, 내 기억으로는 아닙니다."

"좀 더 구체적으로. 들은 얘기가 있습니다. 추기경한테 모든 공직에서 사임하라고 요구하셨다더군요."

그 말에 트랑블레는 오히려 표정이 밝아졌다.

"아하! 그 헛소리? 보지니아크 대주교죠?"

"그 점은 밝힐 수 없습니다."

"불쌍한 보지니아크. 그 친구가 어떤지는 아시죠? 행사가 끝나는 대로 적절한 치료를 받게 해야 합니다." 트랑블레가 허공에서 상상의 유리잔을 흔들었다.

"사임 요구가 사실이 아니라는 말씀인가요?"

"당연히 아니죠! 그런 터무니없는 소리를! 모랄레스 몬시뇰에게 물어보세요. 그 친구도 배석했으니."

"할 수 있었다면 했겠죠. 유감스럽게도 지금은 외부와 단절된 상태입니다."

"분명 지금 내 얘기를 확인해줄 겁니다."

"그렇겠죠. 그래도, 아직 미심쩍은 구석은 남습니다. 왜 그런 이야기가 돌아다니는지, 이유가 있을까요?"

"당연하지 않나요? 내 이름은 유력한 교황 후보로 거론됩니다. 터무니없는 얘기라 더 할 말도 없지만 추기경께서도 그런 소문을 들으셨겠죠? 예, 그래서 누군가 중상모략으로 이름에 먹칠을 하려고 하는 겁니다."

"그 당사자가 보지니아크고?"

"아니면 누구겠습니까? 모랄레스한테까지 찾아가 교황께서 그런 얘기를 했다는 식으로 떠든 모양입니다. 모랄레스가 전해주더군요. 그래도 나한테 직접 와서 따질 용기는 없었나 보죠?"

"그러니까 이 얘기가 오로지 추기경을 음해하려는 음모에 지나지 않는다?"

트랑블레가 두 손을 맞잡았다.

"애석하게도 그렇다고 봐야겠죠. 슬픈 일입니다. 오늘 밤 보지니아크를 위해 기도하죠. 그가 이 난국을 헤쳐 나가도록 주님께 빌겠습니다. 자, 괜찮으시면 전 아래층으로 내려가 봐야 할 것 같군요."

그가 문으로 가려고 했으나 로멜리가 길을 막았다.

"하나만 더. 미안합니다만, 이렇게 해야 제 마음이 편할 것 같아서요. 마지막 면담 때 교황 성하와 어떤 얘기를 나누었는지 말씀해주시겠습니까?"

트랑블레는 신앙심이나 미소를 보일 때만큼이나 화도 쉽게 냈다.

"아뇨, 안 됩니다. 솔직히 말씀드린다면 단장께서 사적 대화를 고해하라는 말씀이 더 충격이군요. 교황 성하와 제가 마지막으로 나눈 정담이니까 더더욱 소중하고 사적이지 않겠습니까?"

로멜리는 손을 가슴에 대며 가볍게 고개를 숙여 사과했다.

"예, 이해합니다. 용서해주세요."

물론 추기경의 말은 거짓이다. 그리고 둘 다 거짓임을 알고 있다. 로멜리가 옆으로 비켜서자 트랑블레가 문을 열었다. 두 사람은 아무 말 없이 복도를 따라 걷다가 계단 위에서 갈라섰다. 트랑블레는 로비로 내려가 대화를 이어가고 추기경 단장은 다시 터벅터벅 방으로 돌아와 고민에 빠졌다.

5

교황 선출을 위해

Pro Eligendo Romano Pontifice

그날 밤, 로멜리는 어두운 방, 침대 위에 누웠다. 목에는 축복의 마리아 묵주를 걸고 두 팔은 포개어 가슴에 얹었다. 이런 자세는 사춘기 시절 육체의 유혹을 피하기 위해 처음 시도했는데, 아침까지 자세를 유지하느냐가 핵심이었다. 지금은 60년이 지나 그런 식의 유혹이 전혀 문제되지 않지만 그동안 습관이 붙은 터라 여전히 이렇게 무덤가 인형 같은 자세로 잠을 청했다.

금욕 때문에 수치스럽거나 욕구불만을 느낀 적은 없었다. 세속에서보면 사제가 대개 그러리라 여길지 모르지만 실제로는 오히려 힘이 나고 충족감도 있다. 예전에는 자신이 보통 사람이 아니라, 기사 계급 내부의 전사이자 고독한 무적의 영웅이라는 상상도 했다. **누구든 부친과 모친과 아내와 아이들과 형제와 자매, 그리고 자신의 삶까지 증오하지 않는 한 감히 내 제자가 될 수 없으리니.** 그도 마냥 순진하지만은 않다. 여성과 남성이 서로 욕망한다는 얘기가 어떤 의미인지 알지만 한 번도 신체적 매력에 동해본 적은 없었다. 오히려 고독한 삶을 찬미했다. 자신이 무엇을 놓쳤는지 고민하기 시작한 것도 전립선암 진단이 나왔을 때나 되어서였다. 현재의 삶과 인생 때문에? 그도 더 이상은 찬란한 기사가 아니라 그저 무력한 노인에 불과했다. 아니, 영웅은커녕 기껏 양로원의 평범한 환자와 다를 바 없지 않은가. 이따금 만사가 부질없다는 생각도 했다. 한밤의 번민이나 욕정이 아니라, 회한 때문이었다.

옆방에서 아프리카 추기경이 코를 골고 있었다. 칸막이 문이 얇은 탓에 식식거리며 코를 골 때마다 양피지처럼 진동하는 것 같았다. 아데예미가 분명했다. 다른 사람들은 잠이 들어도 저렇게 요란하지는 않았다. 로멜리는 코 고는 소리를 세기 시작했다. 그러다가 잠들 수도 있겠다 싶어서였는데, 500까지 세고는 결국 포기하고 말았다.

차라리 덧문을 열고 시원한 바람이라도 맞으면 좋으련만. 밀실 공포증이 이런 건가? 한밤중에는 성 베드로의 종소리도 울리지 않는다. 방에 갇혀 있자니 어두운 새벽 시간이 너무도 길고 무료했다.

결국 협탁 램프를 켜고 구아르디니의 《미사 전 묵상》 몇 페이지를 읽었다.

전례 생활이 어떻게 시작하는지 묻는다면, 이렇게 대답하겠다. 고요한 배움의 자세와 함께 (……) 이 고요한 집중의 순간이 있어야 주님의 말씀이 뿌리를 내릴 수 있으므로 미사가 시작하기 전에 자세를 갖춰야 할 것이다. 가능하다면 교회에 오는 도중 묵상을 통하라. 하지만 그보다 전날 저녁 짧은 평온의 순간에 이루는 것이 훨씬 좋다.

하지만 그런 식의 정적을 어떻게 만들어낸단 말인가? 그 문제에 대해선 구아르디니조차 대답을 내놓지 못했다. 더욱이 밤이 깊을수록 평온함 대신 로멜리의 마음속 소음만 커질 뿐이었다. 저자는 타인을 수도 없이 구했다면서 정작 자신은 구하지 못하는구나. 십자가 아래 서기관과 장로들의 조롱 소리. 복음의 핵심을 관통하는 역설. 미사를 집전하면서도 정작 자신은 영적 교감이 불가능한 사제.

로멜리는 거대한 암흑의 무저갱을 그려보았다. 구덩이는 하늘에서 그에게 집어 던진 조롱의 목소리들로 어지러웠다. 의심이라는 이름의 신성한 계시.

절망. 절망. 절망. 로멜리는 《묵상》을 벽에 집어 던졌다. 책은 벽에 부딪혀 탁 소리를 냈다. 코 고는 소리가 잠시 그쳤다가 다시 이어졌다.

✽　✽　✽

아침 6시 30분, 경종이 성녀 마르타의 집에 울려 퍼졌다. 땡땡, 신학교의 종소리. 로멜리는 눈을 떴다. 밤새 웅크린 채 옆으로 누워 잔 모양이다. 기운이 하나도 없고 온몸이 욱신거렸다. 얼마나 잤을까? 잘은 모르지만 한두 시간 정도이리라. 불현듯 오늘 해야 할 일들이 울컥 욕지기처럼 밀려들었다. 로멜리는 움직이지 못하고 가만히 누워 있기만 했다. 보통 때라면 잠에서 깨어 15분 정도 묵상을 하고 일어나 아침 기도를 올렸건만, 오늘은 가까스로 두 발을 바닥에 댄 후 곧바로 욕실에 들어가 최대한 물을 뜨겁게 해놓고 샤워부터 했다. 뜨거운 물줄기가 등과 어깨를 채찍질했다. 로멜리는 몸을 비틀며 고통스럽게 소리쳤다. 한참 후 거울의 김을 닦아내고 나서 시뻘겋게 덴 생살을 바라보았다. 역겨웠다. 내 몸은 흙이요, 명성은 수증기이며, 종말은 잿더미로다.

신경이 곤두선 탓에 다른 사람들과 식사를 할 수가 없었다. 로멜리는 결국 자기 방에 남아 설교를 연습했다. 기도도 하고 싶었으나 실패하고 마지막 순간까지 미룬 다음에야 아래층으로 내려갔다.

로비는 추기경들로 온통 빨간 바다였다. 성 베드로 대성당에 가기 위해 다들 옷을 갈아입은 것이다. 콘클라베 집행요원들도 만도르프 대주교와 오말리 몬시뇰을 필두로 행사 보조를 위해 숙소로 돌아왔다. 자네티 신부는 계단 아래서 기다렸다가 로멜리가 옷을 입도록 도와주었다. 둘은 소성당 맞은편 대기실로 들어갔다. 전날 밤 보지니아크를 만났던 바로 그곳이다. 자네티가 안녕히 주무셨는지 묻기에, "아주 푹 잤네"라고 대답했다. 부디 젊은 사제가 눈 밑 다크서클은 물론, 설교문을 잘 간수하라고 건넬 때 두 손이 떨린 것도 눈치채지 않으면 좋으련만. 로멜리는 붉은 제의 속에 머리를 집어넣었다. 지난 20년 동안 추기경단 단장들이 대물림하며 입던 옷이다. 그가 두 팔을 벌리자 자네티가 재단사처럼 주변을 오가며 주름을 펴고 옷매무새를 다듬어주었다. 망토 덕분에 어깨까지 무거워진 기분이었다. 로멜리는 마음속으로 기도를 올렸다. 내 멍에는 편안하고 내 짐은 가볍도다. 주께서 말씀하셨나이다. 부디 주님의 은총과 더불어 감내하도록 도우소서, 아멘.

자네티가 앞에 서더니 팔을 뻗어 흰색 물결무늬 주교관을 머리에 씌워주었다. 그러고는 한 걸음 물러나 사팔눈으로 제대로 자리 잡았는지 확인하고 다시 다가와 1밀리미터쯤 조정한 뒤 다시 돌아가 등의 리본들을 당기고 어루만졌다. 솔직히 기분은 끔찍할 정도로 불안했다. 마침내 자네티가 홀장을 건넸다. 로멜리는 황금 목양자의 지팡이를 왼손에 잡고 두어 번 무게를 가늠했다. 당신은 목자가 아니야. 당신은 관리자야. 머릿속 익숙한 목소리. 문득 홀장을 돌려주고 옷을 갈가리 찢은 뒤, 난 사기꾼이야!, 라고 소리치며 사라지고 싶었다. 로멜리가 미소를 짓고 고개

111

를 끄덕였다. "편안하군. 고맙네."

오전 10시 직전, 추기경들이 성녀 마르타의 집을 나서기 시작했다. 선임 순서로 두 명씩 짝지어 판유리 문을 지나면 오말리가 클립보드를 보며 확인했다. 로멜리는 홀장에 기댄 채 자네티, 만도르프와 함께 프런트데스크 옆에서 기다렸다. 만도르프의 부관도 합류한 터였다. 쾌활하고 땅딸막한 이탈리아인 몬시뇰 에피파노는 진행요원장이며, 미사를 집전하는 동안 로멜리의 비서장 역할을 할 것이다. 로멜리는 아직 아무와도 얘기하지 않고 눈도 맞추지 않았다. 머릿속을 비우고 주님을 받아들이고 싶었으나 헛수고였다. 오, 영원의 삼위일체시여, 주님을 비롯해, 주님께서 목숨으로 지켜주신, 산 자와 죽은 자 모두를 위해 주님께 미사를 바치고자 합니다. 부디 성직자의 과실로써 신임 교황을 선출할 수 있도록⋯⋯.

마침내 로멜리 일행도 밖으로 나가 휑뎅그렁한 11월의 아침을 맞이했다. 진홍색 예복 차림의 추기경들이 자갈 바닥을 따라 아치형 종탑까지 두 줄로 걷다가 대성당 안으로 들어갔다. 어딘가 가까운 곳에서 다시 헬리콥터 소리가 들리고, 시위대 구호도 희미하게 차가운 공기에 실려왔다. 로멜리는 소음을 몰아내고 정신을 집중하고 싶었지만 불가능했다. 스무 걸음마다 근위병이 서서, 그가 지나며 축복할 때마다 고개를 숙여 인사했다. 그는 측근들과 함께 아치를 지나고, 초기 순교자들을 위한 광장을 가로지르고, 대성당 주랑현관을 따라 가다가 육중한 청동 문을 지나 성 베드로 대성당으로 들어갔다. 장내는 TV 카메라 조명이 눈부셨으며, 2만여 명이 모여 기다리고 있었다. 돔 지붕 아래 합창 노래와 사람들이 웅성거리는 소리가 함께 윙윙거리며 울렸다. 행렬이 멈췄다. 로멜리도 곧바로 앞을 보았다. 어떻게든 진정하고 싶었으나, 엄청난 인파 때문에라도 신경 쓰지 않을 수가 없었다. 수녀와 사제와 민간인 성직자 들이 그를 보고는 수군거리며 웃었다.

영원의 삼위일체여, 주님의 은총 받들어 영광되이 이 미사를 바치나이다……

잠시 후 행렬은 다시 움직여, 신랑(身廊)의 넓은 중앙통로를 따라 올라갔다. 로멜리는 홀장에 의지한 채 양옆의 모호한 얼굴들을 향해 오른손으로 축복해주었다. 힐끔 TV 스크린을 올려다보니, 화려한 옷차림의 노인이 무표정한 얼굴로 황홀경에라도 빠진 듯 걸어갔다. 저 꼭두각시가 누구지? 저 영혼 없는 사내가? 말 그대로 육신이 완전히 떨어져 나와 바로 옆에서 떠다니는 것만 같았다.

통로 끝, 제단 후진(後陣)과 돔 천장이 만나는 지점에 이르자 다시 행렬이 멈춰 섰다. 그 옆에 베르니니의 성 롱기누스 조각상이 서 있고, 다시 그 옆에 합창단이 서서 노래를 불렀다. 마지막 몇 줄이 두 명씩 계단을 올라가 중앙제단에 입을 맞추고 내려왔다. 로멜리는 의식이 끝날 때까지 기다렸다가, 목을 가다듬고 제단 뒤쪽으로 돌아 들어가 제단을 향해 고개를 숙였다. 에피파노가 앞으로 나오더니 홀장을 받아 복사(服事)에게 넘겼다. 그러고는 로멜리 머리에서 주교관을 벗긴 다음 접어서 두 번째 복사에게 주었다. 로멜리는 습관적으로 모관으로 손을 가져가 제대로 있는지 확인했다.

그다음에는 에피파노와 함께 카펫을 밟고 넓은 계단 일곱 단을 올라가 다시 고개를 숙였다. 흰 천에 입을 맞추고 허리를 세운 뒤, 손이라도 씻을 것처럼 소매를 접어 올리고는 조수에게서 향로를 받아 체인을 쥔 채 제단 이쪽저쪽에서 일곱 번을 흔들었다. 향로는 석탄과 향을 태우는 터라 연기가 모락모락 새어 나왔다. 로멜리는 다시 걸어 나와 다른 제단 세 곳에도 각각 향을 뿌렸다. 부드러운 향내가 기억 저 너머의 감정을 자극했다. 문득 곁눈으로 보니 검은 정장 사내들이 그의 옥좌를 옮기고 있었다. 그는 향로를 돌려주고 다시 고개를 숙인 뒤 제단 앞으로 에둘러 돌아갔다. 복사가 미사 전서를 들어 페이지를 펼치자 다른 복사가 장대 끝에 마이크를 달아 내밀었다.

젊었을 때는 풍성한 바리톤 목소리로 조금 명성도 얻었다. 자랑스럽기도 했다. 하지만 좋은 와인이 쉬 쉬듯 목소리는 나이가 들면서 가늘어졌다. 그가 두 손을 맞잡았다. 잠시 두 눈을 감고, 숨을 들이쉬었다가, 마침내 떨리는 목소리로 전례가를 읊조렸다. 노랫소리가 대성당 가득 울려 퍼졌다.

"성부와 성자와 성령의 이름으로(In nomine Patris et Filii et Spiritus Sancti)⋯⋯."

그러자 대규모 회중으로부터 노래를 읊조리듯 대답이 돌아왔다.

"아멘."

로멜리가 두 손을 들어 축복하고 다시 노래를 불렀다. 이번에는 두 음보를 여섯 음보로 길게 늘였다.

"여-러-분-께 평-화."

사람들이 다시 화답했다.

"또한 사제와 함께(Et cum spiritu tuo)."

로멜리가 설교를 시작했다.

✠　✠　✠

후일 수많은 사람들이 미사 영상을 보았지만 그 누구도 집전 주교의 내적 번민을 눈치채지 못했다. 적어도 그가 설교문을 읽을 때까지는 아니었다. 통회의 기도를 하는 동안 이따금 두 손이 떨리기는 했지만 일

114

흔다섯 노인한테서 더 무엇을 기대하겠는가? 한두 번 정도는 뭘 해야 하는지 까먹은 것 같기도 했다. 예를 들어, 복음서를 읽기 전, 향로 안에 향을 한 스푼 넣어야 할 때가 그랬다. 하지만 대부분 절차는 완벽했고, 제노바 교구의 야코포 로멜리는 바로 그날의 인상적인 미사 덕분에 로마 교회 공의회에서 최고위층으로 올라섰다. 그는 냉정하고 진지하고 품위 있고 차분했다.

첫 번째 독서는, 미국 예수교 사제가 예지자 이사야서를 영어로 낭독했다. (주님의 영혼이 내게 왔도다.) 두 번째는 스페인어였으며, 에페소서에서 성 바오로의 편지를 일부 인용해, 주께서 어떻게 교회를 만드셨는지 설명했다. (육신이 자라 사랑의 이름으로 성당이 되었노라.) 포콜라레 운동으로 이름을 날린 여성인데 목소리가 무척 단조로웠다. 로멜리는 옥좌에 앉아 마음을 집중하며 저 익숙한 문구들을 번역해보았다.

누군가 주님의 은혜를 받으매, 그들이 사도가 되며, 누군가는 예언자가, 누군가는 복음 전도자가, 그리고 누군가는 사제와 교사가 되리로다…….

앞쪽에는 추기경단 전원이 반원 모양으로 자리를 배치해 앉았다. 양쪽이 인원은 비슷했지만, 한쪽은 콘클라베에 참여가 가능한 추기경들이며, 다른 쪽은 나이 80세가 넘어 투표 자격이 없었다. (50년 전 바오로 6세가 나이 제한을 도입해 지속적으로 물갈이를 함으로써 교황의 권력을 크게 강화하고 콘클라베 또한 자신의 이미지로 만들었다.) 당시 노쇠한 추기경들 일부가 권위를 빼앗긴 데 대해 얼마나 혹독하게 저항했던가! 젊은 추기경들을 얼마나 질투했단 말인가! 로멜리는 지금 그 자리에서도 노병들의 불만을 볼 수 있을 것 같았다.

……그리하여 성인들이 함께 단결하여 주님을 모시며, 주님의 몸을 세우는 데…….

로멜리는 추기경들을 둘러보았다. 의자는 넓게 네 줄로 나뉘었다. 현명한 표정, 따분한 표정, 종교적 열정이 가득한 표정……. 추기경 한 명은 아예 잠이 들었다. 아마도 옛 공화국 시절, 토가 차림의 고대 로마 원로들이 이런 모습이었으리라. 여기저기 유력 후보들도 눈에 띄었다. 벨리니, 테데스코, 아데예미, 트랑블레……. 서로 떨어져 앉았지만 다들 자기 생각에 몰두한 듯 보였다. 문득 콘클라베가 너무 부족하고 자의적인 도구라는 생각이 들었다. 기껏 인간이 만든 제도가 아니던가? 성서 어디에도 근거가 없었다. 성서를 아무리 읽어도 주께서 추기경을 만들었다는 구절은 보지 못했다. 성 바오로가 주님의 교회를 생명체로 묘사했는데, 저들이 어떻게 그 안에 들어갈 자격이 있다는 말인가?

……우리가 진리와 사랑으로 산다면 모든 면에서 자라 그리스도께 적합하리로다. 주님은 머리이며, 그 머리에 따르매 온몸이 들어맞고 함께 결합하여 관절 하나하나 그 자체로 힘을 더해…….

독서가 끝났다. 복음은 박수갈채를 받았다. 로멜리는 꼼짝도 않고 옥좌에 앉아 있었으나 마음은 여전히 좌불안석이었다. 누군가 향로를 내밀었다. 향 접시와 작은 은수저도 함께였다. 에피파노가 로멜리를 재촉해, 로멜리는 도움을 받아 석탄 위에 향을 뿌렸다. 조수는 향로를 치운 뒤 손짓으로 로멜리를 일어나게 했다. 그리고 로멜리의 주교관을 벗기면서 이렇게 속삭였다. 그의 표정을 본 것이다.

"예하, 괜찮으십니까?"

"오, 괜찮네."

"이제 곧 설교하실 시간입니다."

"그래, 알고 있어."

요한 복음서를 낭송하는 동안에도 마음을 가라앉히려 무던히 애를 썼다. (내가 너를 선택하였으니 이제 열매를 맺을지어다.) 복음은 금세 끝났다. 에피파노가 홀장을 받아 들었다. 이제 주교관을 다시 쓰고 옥좌에 앉아야 하지만, 로멜리가 깜빡하는 바람에 에피파노가 짧은 팔을 뻗어 엉거주춤 모자를 씌워주었다. 복사 아이는 원고를 건네주었다. 상좌 모퉁이를 붉은 리본으로 묶은 원고. 아이가 그의 앞에 마이크를 밀어놓고 물러났다.

순간 로멜리는 TV 카메라의 죽은 눈들, 엄청난 규모의 회중과 마주했다. 너무 거대해서 받아들이기조차 숨 가쁜 무리들. 무리는 대충 색으로 분류가 가능했다. 멀리, 청동 문 바로 안쪽에 검은 옷의 수녀들과 평신도들, 신랑 중간쯤 흰색의 사제들, 통로 위쪽엔 보라색 주교, 바로 앞, 돔 지붕 밑으로 진홍색 추기경. 정적과 기대감이 대성당을 가득 채웠다.

로멜리는 설교문을 내려다보았다. 그날 아침 몇 시간 동안 복습했건만 여전히 낯설기만 했다. 한참을 바라보고만 있자니, 주변 사람들이 불안한지 가볍게 뒤척이기 시작했다. 아무래도 더 미룰 수는 없겠다.

"친애하는 형제, 자매 여러분⋯⋯."

✠　✠　✠

처음에는 기계적으로 읽어 내려갔다.

"신성한 그리스도 교회사에서도 이 순간 막중한 책임을 받들어⋯⋯."

말은 입에서 나와 허공으로 그대로 흩어졌다. 마치 신랑 중간쯤에서 힘을 잃고 부서져 바닥에 떨어져 내리는 것만 같았다. 다만 죽은 교황을 언급하자("그분은 주님의 선물이셨습니다") 대성당 제일 바깥의 평신도 사이에서 박수 소리가 들리기 시작했다. 박수 소리는 조금씩 커지면서 마침내 추기경들까지 마지못해 대열에 합류했다. 박수갈채는 로멜리가 손짓을 하고 나서야 가라앉았다.

"이제 추기경님들의 영적 고민과 더불어 새로이 교황을 점지해달라고 주님께 간구해야 합니다. 그리고 이 시간 무엇보다 예수 그리스도의 믿음과 약속을 기억합시다. 선택받은 이에게 주께서 이르기를, '너는 베드로다. 이 반석 위에 내 교회를 세우리니 죽음의 힘도 이길 수 없으리로다. 네게 천국의 열쇠를 주겠노라.'

오늘 이날까지 교황의 권위는 한 쌍의 열쇠라는 상징으로 남아 있습니다. 하지만 이제 누구에게 이 열쇠를 맡기겠습니까? 너무도 경건하고 신성한 의무이기에 우리 중 누구라도 기꺼이 불려나가 일생을 바쳐 봉사해야 합니다. 또한 주님께서 거룩한 교회를 위해 예비해두신 사랑과 도움을 구하고, 올바른 선택을 하도록 우리를 인도해주십사 간구해야 합니다."

로멜리는 다음 쪽을 펼쳐 대충 훑어보았다. 진부한 표현과 상투적인 문장들이 솔기 없이 묶여 있었다. 세 번째, 네 번째 쪽도 다를 바 없었다. 그는 충동적으로 설교문을 옥좌에 내려놓고 다시 마이크를 향해 돌아섰다.

"예, 뻔한 얘기들이죠?" 여기저기 웃음소리가 새어 나왔다. 추기경들도 당혹스러운지 서로 눈치를 살폈다.

"잠시 마음속 얘기를 하고 싶습니다." 그는 잠시 멈추고 생각을 정리했다. 기이할 정도로 마음이 차분했다.

"예수께서 베드로에게 교회 열쇠를 맡기고 30년쯤 후, 사도 바오로가 이곳 로마에 옵니다. 지중해 주변을 돌며 전도도 하고 성모 교회의 기초를 닦을 참이죠. 그런데 이 도시에 들어오자마자 감옥에 들어갑니다. 당국에서 그를 두려워하기 때문이죠. 그 사람들 생각에 바오로는 혁명가였으니까요. 예, 혁명가답게 바오로는 끊임없이 조직을 만들어 나갑니다. 감옥에 들어가서도 멈추지 않아요. 서기 62년인가 63년, 바오로는 사절 티키코를 에페수스로 돌려보냅니다. 바오로가 3년간 살던 곳인데, 이번에는 신도들에게 저 유명한 편지를 보내려 한 겁니다. 그리고 우리는 지금 막 그 일부를 들었습니다.

자, 우리가 들은 얘기를 한번 생각해보죠. 다들 기억하시겠지만 에페수스는 유대인과 비유대인이 함께 살고 있었죠. 바오로는 그 사람들에게 이렇게 전합니다. '하느님께서 교회에 주신 선물은 다양하다. 어떤 사람은 주님의 은총으로 사도가 되고, 어떤 이는 예언자, 어떤 이는 복음 전도사, 어떤 이는 사제가 되고 또 다른 사람들은 교사가 되는데 그들은 함께 단결하여 주님을 모시고 주님의 몸을 세운다.' 예, 그들은 함께 단결하여 주님을 모십니다. 서로 다른 사람으로, 서로 다른 방식으로 교회에 봉사하죠. 어쩌면 힘도 성격도 강해 학대를 두려워하지 않을지도 모릅니다. 어쨌든 그 봉사 덕분에 그들은 함께 단결해 교회를 세웁니다. 주님께서는 단 하나의 원형을 창조하시어 봉사하게 하셨을 수도 있었지만, 결국 소위 생태계를 창조하시어 신비주의자와 몽상가, 건축가, 그리고…… 관리자들까지 함께 살도록 하셨습니다. 다들 힘도 욕망도 다른 사람들이지만 주님은 그들을 통해 그리스도의 몸을 만드셨죠."

대성당은 완전히 고요했다. 카메라맨만 제단 언저리를 돌며 로멜리를 촬영할 뿐이었다. 신기하게도 정신이 너무도 또렷했다. 어떤 말을 하고 싶은지 이때만큼 분명한 적은 한 번도 없었다.

"두 번째 독서에서 바오로는 바로 이 교회의 이미지를 살려 살아 있는 몸으로 만듭니다. '우리가 진리와 사랑으로 산다면 **모든 면에서 자라** 그리스도께 적합하리로다. 주님은 머리이며, 그 머리에 따르매 온몸이 들어맞고 함께 결합하리로다.' 손은 손이고, 발은 발입니다. 손과 발은 서로 다른 방식으로 주님께 봉사하죠. 요컨대, 다양성을 두려워하지 않아야 합니다. 그 다양성이야말로 우리 교회의 힘이기 때문입니다. 예, 바오로는 또 이렇게 말합니다. 우리가 진리와 사랑을 완성했을 때 '우리는 더 이상 어린애가 아닐지어다. 교리의 바람이 부는 대로 이리저리 흔들리거나 우왕좌왕하지 않고, 사람들의 속임수와 교활한 사기에 당하지도 않으리로다.'

저는 몸과 머리의 아이디어를 집단 지성을 위한 기막힌 은유라고 생각합니다. 종교 공동체는 함께 자라 스스로 그리스도가 됩니다. 함께 일하고 함께 성장하려면 서로에게 너그러워야 합니다. 육신의 수족 모두가 필요하니까요. 어느 누구도, 어느 파벌도 상대를 지배하려 해서는 안 됩니다. '그리스도를 향한 존경심으로 서로에게 복종하라.' 바오로는 바로 그 편지로 다른 지역 신도들을 계도합니다.

형제자매 여러분, 성모 교회에 봉사하는 동안, 제가 무엇보다 두려워하는 죄는 바로 확신입니다. 확신은 통합의 강력한 적입니다. 확신은 포용의 치명적인 적입니다. 그리스도조차 중국에는 확신을 두려워하시지 않았던가요? '**주여, 주여, 어찌하여 저를 버리시나이까**(Eli, Eli, lama sabachtani).' 십자가에서 9시간을 매달리신 후 고통 속에서 그렇게 외쳤죠. 우리 신앙이 살아 있는 까닭은 정확히 의심과 손을 잡고 걷기 **때문**입니다. 오로지 확신만 있고 의심이 없다면 신비도 존재할 수가 없습니다. 물론 신앙도 필요가 없겠죠.

의심하는 교황을 보내주십사, 주님께 기도합시다. 바로 그 의심 덕분에 가톨릭 신앙은 계속해서 생명을 얻고, 그로써 전 세계에 영감을 줄 것입니다. 죄를 짓고 용서를 구하고 또 실천하는 교황을 주십사, 주님께 기도합시다. 자, 다 함께 기도합시다. 모든 순교자와 성인, 사도의 여왕, 지극히 성스러운 마리아의 이름으로 로마 교회가 대대손손 영광되기를 바라나이다. 아멘."

✠　✠　✠

로멜리는 옥좌에서 연설문을 집어 에피파노 몬시뇰에게 주었다. 에피파노는 난감한 표정이었다. 건네받기는 했지만 어떻게 처리하라는 얘긴지 파악하기가 어려웠다. 그 연설문으로 연설하지 않았는데도 바티칸 기록실에 보내야 하는 걸까? 아닌가? 로멜리는 자리에 앉았다. 전통에 따라 설교의 의미를 되새기도록 1~2분 정도 침묵이 이어졌다. 이따금 기침 소리가 적막을 깼다. 로멜리로서도 반응을 짐작할 수가 없었다. 아마도 모두 충격에 빠졌겠지만, 아무려면 어떠랴. 그보다 지난 몇 달간의 혼란을 깨고 지금은 주님과 훨씬 가까워진 기분이었다. 아니, 평생 이렇게 가깝게 느낀 적이 없었다. 그는 두 눈을 감고 기도했다. 오, 주여, 제 기도가 주님의 목적에 이바지하였기를 비나이다. 제게 마음속 얘기를 하도록 용기와 정신적, 육체적 힘을 주셔서 감사합니다.

묵상 시간이 끝나자 복사가 다시 마이크를 내밀었다. 로멜리는 일어나 사도신경 첫 줄을 노래했다. "나는 한 분의 하느님을 믿습니다(Credo in unum deum)." 목소리도 전보다 더 단호했다. 영적 에너지도 샘처럼 치솟고 힘도 남아도는 듯했다. 때문에 그다음 성체성사에서는 정말로 성령이 자신에게 임했다고 확신까지 했다. 기나긴 라틴어 성가들, 그 노래들을 향한 기대감이 로멜리를 전율로 가득 채웠다. 세계 기도, 봉헌 성가, 서창(序唱)과 성창(聖唱), 성찬기도와 영성체……. 말씀 하나하나와 음 하나하나가 그리스도의 존재로 살아 있는 듯했다. 로멜리가 신랑으로 내려가, 회중 가운데 선택받은 평신도들에게 성체를 제공하는 동안, 그 주변과 뒤로 추기경들도 줄을 서기 시작했다. 무릎 꿇은 신도들의 혀에 면병(麪餠)을 놓는데 동료들의 시선과 표정을 느낄 수 있었다. 저 놀라운 표정들—저 침착하고 믿음직하며 유능한 로멜리, 법률가 로멜리, 외교관 로멜리—전혀 기대하지 않았건만, 로멜리가 뭔가 특별한 말을 한 것이다. 사실 그 자신도 생각지 못한 일이었다.

✠ ✠ ✠

오전 11시 52분, 폐회 예전을 읊고—**전능하신 천주 성부와 성자와 성령께서는 여기 모인 모든 이에게 강복하소서(Benedicat vos omnipotens Deus, Pater... et Filius... et Spiritus Sanctus)**—북쪽과 남쪽을 향해 각각 성호를 그었다.

"아멘."

"미사가 끝났으니 가서 복음을 전합시다."

"하느님, 감사합니다."

로멜리는 두 손을 가슴 위에 잡은 채 제단에 서 있었다. 합창단과 회중이 마리아 송가를 불렀다. 추기경단이 두 사람씩 신랑을 거쳐 대성당을 빠져나갔다. 로멜리는 담담하게 추기경들을 보았다. 저들이 돌아올 때면 그중 한 명은 교황이 되어 있을 것이다.

6
시스티나 예배당

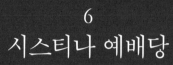

추기경들이 떠나고 몇 분 후 로멜리도 조수들과 함께 성녀 마르타의 집에 돌아왔다. 로비에 들어서자 추기경들이 조수들의 도움으로 제의를 벗고 있었다. 그런데 분위기가 어딘가 이상했다. 로멜리 자신을 대하는 태도가 달라진 것이다. 우선 아무도 다가오거나 얘기를 걸지 않았다. 홀장과 주교관을 자네티 신부한테 건네는데 젊은 사제 역시 시선을 맞추려 하지 않았다. 심지어 오말리 몬시뇰조차 제의를 벗겨주겠다고 나서기는 했어도 전혀 밝은 표정이 아니었다. 적어도 이 친구만큼은 평소처럼 농담을 던질 줄 알았건만, 정작 하는 얘기는 의외였다.

"혹시 제의를 벗는 동안 기도하실 생각은 없으십니까, 예하?"

"오늘 아침 기도만 해도 꽤 많이 했다고 생각하는데, 안 그런가, 레이?" 로멜리가 고개를 숙이자 제의가 머리 위로 빠져나갔다. 무거운 망토가 떨어져 나가니 속이 다 시원했다. 로멜리는 목을 돌려 목덜미 근육을 풀고 머리를 매만지고 관모가 제대로 붙어 있는지 확인한 뒤 로비를 돌아보았다. 일정표대로라면 추기경들은 점심시간이 길었다. 2시간

30분. 그 정도면 미니버스 군단이 성녀 마르타의 집에 와서 추기경들을 투표장으로 태워갈 때까지도 시간은 충분했다. 일부는 벌써부터 휴식이나 묵상을 위해 2층 자기 방으로 올라가기도 했다.

"홍보팀에서 계속 전화가 왔습니다."

"그래?"

"방송 매체에서 추기경 한 분이 공식 목록에 없었다는 사실을 확인했는데, 눈치 빠른 곳에선 이미 베니테스 대주교를 알아본 모양입니다. 그래서 어떻게 처리해야 할지 고심이라더군요."

"확인해주라고 하게. 상황 설명도 하고. 아무래도 구체적인 신상명세를 내놓아야 할 것 같으니 자네가 주교성에 가서 그 양반 파일을 찾아보게." 베니테스는 프런트 옆에 서서 필리핀 추기경 둘과 대화 중이었다. 추기경들은 마치 학생들처럼 관모를 삐딱하게 쓰고 있었다.

"예, 예하."

"뭐든 정리 좀 해줄 수 있겠나? 나한테도 복사본 하나 주고? 새 동료에 대해 조금 더 안다고 해될 것도 없지 않겠어?"

오말리가 클립보드에 메모했다.

"예, 예하……. 그리고 홍보팀에서 예하의 설교 원문을 배포하고 싶답니다."

"아쉽게도 원고는 나한테도 없네."

"상관없습니다. 테이프에서 녹취록을 뜨면 되니까요." 그가 다시 메모를 했다.

로멜리는 여전히 오말리의 입에서 연설이 어땠는지 논평이 나오기를 기다렸다.

"나한테 하고 싶은 얘기가 그뿐인가?"

"지금은 더 괴롭혀드릴 일이 없습니다, 예하. 지시사항이 더 있으신지요?"

로멜리가 머뭇거렸다.

"아, 하나 있네만, 민감한 문제라서……. 모랄레스 몬시뇰이라는 사람을 아는가? 교황 성하의 개인 집무실에서 일했는데?"

"개인적으로는 모르지만 어떤 사람인지는 압니다."

"자네가 그 친구와 얘기해볼 기회가 있을까? 은밀하게? 오늘 가능하면 좋겠네만……. 지금 분명히 로마에 있을 거야."

"**오늘** 말씀입니까? 예하, 그건 쉬운 일이 아닙니다……."

로멜리가 목소리를 낮추었다. 추기경들이 주변에서 아직 옷을 벗고 있기에 누군가 들을까 봐 불안했다.

"그래, 알고 있네. 미안하이. 그래도 우리가 투표하는 동안 가능하지 않겠어? 내 이름을 대고, 성하와 트랑블레의 마지막 면담에서 어떤 일이 있었는지 알려달라고 전하게. 트랑블레 추기경이 교황직을 수행하는 데 문제 될 만한 일이 있었는지도 물어봐주고." 그 말에는 늘 침착하던 오말리조차 입을 벌렸다. "이렇게 민감한 의무를 맡겨 미안하이. 당연히 내가 직접 해야 할 일이겠지만 지금은 콘클라베 중이라 외부인을 만날 수 없잖나. 물론 다른 사람한테 한 마디도 해선 안 된다는 말까지할 필요는 없겠지?"

"물론입니다."

로멜리가 오말리의 팔을 다독였다. 어쨌거나 호기심도 더 이상 억누를 수가 없었다.

"에, 레이, 그런데 내 설교에 대해 한 마디도 하지 않는군그래. 평소에도 이렇게까지 조심스러운 사람은 아니었잖아? 정말 그 정도로 형편없었나?"

"천만에요, 예하. 진심으로 명연설이었습죠. 다만, 신앙교리성 사람들 일부는 모르긴 몰라도 눈을 크게 떴을 겁니다. 그런데…… 정말 즉흥이셨습니까?"

"그래, 사실이네." 솔직히 그의 자발적 행동을 연기로 볼 수 있다는 암시에 마음이 아팠다.

"제가 여쭌 이유는 상당한 파문을 일으킬 것이기 때문입니다."

"에, 물론 좋은 쪽이겠지?"

"물론입니다. 다만, 예하께서 신임 교황을 선정하려 한다고 수군거리는 소리가 있기는 했습니다."

로멜리의 첫 반응은 실소였다.

"자네, 농담하나?" 그러다가 문득 그 연설이 어떤 식으로든 표심을 자극하려는 시도로 읽힐 수 있겠다는 생각이 들었다. 사실 교황한테 감동했기에 그 뜻을 그대로 전하려 했을 뿐이건만! 그런데 불행하게도 자신이 무슨 얘기를 했는지 정확히 기억도 나지 않았다. 연설문 없이 연설하면서 생긴 위험이리라. 과거엔 한 번도 이런 식으로 연설한 적이 없었다.

"전 들은 대로 전했습니다, 예하."

"어떻게 그런 일이! 내가 뭘 요구했나? 세 가지 아닌가. 통합, 관용, 겸손. 아니, 우리 교황이 무자비하고 오만한 종파주의자라면 좋겠나?" 오말리는 고개를 숙여 복종의 예를 보였다. 문득 로멜리는 자기 목소리가 높았음을 깨달았다. 추기경 둘이 고개를 돌려 그를 보았다. "미안하네, 레이. 미안해. 아무래도 한 시간 정도 내 방에 가 있어야겠어. 갑자기 지치는군."

그저 중립적이고 싶었다. 평생 중립을 지키며 살지 않았던가. 전통주의자들이 신앙교리성을 장악했을 때도 그저 고개를 숙인 채 미국에서 교황 사절로 묵묵히 할 일을 했다. 20년 후, 죽은 교황이 옛 근위병을 없애고 그를 국무원장 자리에서 끌어내렸지만, 그럼에도 불구하고 추기경단 단장 지위에 만족하며 충실하게 봉사했다. **충복**. 중요한 건 교회다. 그날 아침 한 얘기는 진심이었다. 신앙 문제에 관한 한, 무데뽀적 확신이야말로 큰 해악이 될 수밖에 없다.

그런데 승강기로 향하면서 둘러보니 놀랍게도 호의적인 반응은 전적으로 자유주의 파벌에서 나왔다. 친절하게 아는 척하거나, 등을 두드리며 미소 지어준 것이다. 로멜리 파일에 전통주의자로 오른 추기경들은 하나같이 인상을 찌푸리고 고개를 돌렸다. 볼로냐의 델라쿠아 대주교는 그가 지나가자 장내가 떠나도록 큰 소리로 "멋진 연설이었습니다, 단장님!"이라고 외쳤다. 전날 벨리니 테이블에 앉아 있던 사람이다. 하지만 테데스코의 최측근이자 페루야의 대주교 감비노 추기경은 손가락으로 삿대질까지 하며 로멜리를 비난했다. 마침내 승강기가 열렸는데 그 안에 붉은 얼굴의 테데스코 자신이 서 있었다. 이른 점심을 위해 식당으로 가는 중인데 시카고의 전임 대주교 폴 크라신스키가 함께 동반했다. 로멜리는 둘이 지나가도록 옆으로 물러섰다.

테데스코가 지나가면서 톡 쏘아붙였다.

"맙소사, 예하, 에페소서를 기막히게 해석하셨습니다그려. 바오로를 의심의 사도로 그리시다니요! 그런 허망한 얘기는 생전 처음 듣습니다!" 그는 아예 몸까지 돌려 토론이라도 벌일 기색이었다. "고린도서에도 이렇게 적혀 있지 않습니까? '행여 나팔이 분명하지 못한 소리를 내면 누가 전투를 준비하리오.'"

로멜리는 2층 버튼을 눌렀다.

"라틴어로 해야 입에 착착 붙지 않겠습니까? 총대주교 예하?" 문이 닫히고 테데스코의 대답도 끊겼다.

방까지 복도를 반쯤 걷는데 문득 열쇠를 안에 넣고 문을 잠갔다는 사실이 기억났다. 이런 한심한 인간 같으니. 이런 것도 내가 다 알아서 해야 하나? 자네티 신부가 좀 더 잘 보필하면 어디가 덧나나? 이제 다시 계단을 내려가서 프런트데스크 수녀에게 자신이 얼마나 멍청한지 고백하는 수밖에 없었다. 수녀는 사무실에 들어가더니 빈센트 수녀회 아그네스 수녀를 데리고 돌아왔다. 아그네스는 60대 후반의 자그마한 프랑스 여인으로, 얼굴은 섬세하고 세련됐으며 푸른 눈은 수정처럼 맑았다. 먼 조상이 프랑스 혁명 당시 기사 계급이었는데 새 체제에 충성 서약을 거부했다가 시장 한가운데서 목이 잘렸다고 들었다. 수녀는 죽은 교황이 유일하게 두려워 한 사람으로 정평이 나기도 했으나, 오히려 그 때문에라도 종종 그녀를 옆으로 부르곤 했다. "아그네스라면 나한테 솔직하게 얘기해줄 거야." 교황이 종종 한 얘기였다.

로멜리가 사정 얘기를 하자 수녀는 쯧쯧 혀를 차고는 비상열쇠를 건넸다.

"예하, 성 베드로 대성당 열쇠는 객실보다 조심해서 간수하시겠죠?"

그때쯤 추기경들도 대부분 로비를 떠났다. 휴식이나 묵상을 위해 숙소로 돌아가거나 식당에서 식사를 하는 중이리라. 만찬과 달리 점심은 셀프서비스. 접시와 날붙이 달그락거리는 소리, 따끈한 음식 냄새, 소곤소곤 대화 소리……. 로멜리에게는 모두가 매혹적이었으나, 줄을 보니 아무래도 자신의 설교가 주 화제인 듯 싶었다. 이럴 때는 그냥 지켜보는 게 상책이다.

계단을 오르다가 이번에는 벨리니와 맞닥뜨렸다. 전임 국무원장은 혼자 내려오다가 로멜리를 보고 옆으로 다가섰다.

"예하께서 그렇게 야심이 많으신 줄 몰랐습니다."

한동안 로멜리는 자기 귀를 의심했다.

"그게 무슨 말씀입니까?"

"오, 기분 나쁘라고 드리는 말씀은 아닙니다. 그래도 인정할 건 하셔야죠……. 어떻게 말을 하나? 음지에서 빠져나왔다고 할까요?"

"음지에 있다는 사람이 어떻게 성 베드로 대성당에서 두 시간 동안 미사를 집전합니까? 그것도 TV 중계방송에서?"

벨리니가 입을 삐죽이며 끔찍한 미소를 지었다.

"이런, 솔직하지 못하십니다, 야코포. 내가 무슨 말 하는지 아시잖아요. 조금 전만 해도 사임할 것처럼 그러시더니 지금은……!" 그가 어깻짓을 하고 다시 입을 삐죽였다. "상황이 어떻게 돌아갈지 누가 알겠습니까?"

로멜리는 눈앞이 아뜩했다. 현기증에라도 걸린 기분이었다.

"알도, 이런 대화 참 불편합니다. 어떻게 내가 교황이 되겠다는 생각을 할 수 있죠? 아니, 나한테 기회가 올 리도 없잖습니까?"

"이런, 이런, 이 건물에 들어온 이상 누구에게나 기회가 있어요. 적어도 이론적으로는. 추기경들도 당연히 언젠가는 자신이 뽑힐 수 있다는 환상을 키우게 되죠. 자신이 적임자임을 알리고 싶기에 이름을 선택하지 않겠습니까?"

"아무튼 난……."

"이왕이면, 지금 말고 방에 돌아가셔서 속내를 잘 헤아리신 다음에 아니라고 말씀해주세요. 소인은 이만 물러가겠습니다. 밀라노 대주교와 약속이 있어서요. 식당에서 동료 몇 명과 대화를 해볼까 합니다."

그가 떠난 후, 로멜리는 한참 동안 미동도 않고 계단에 서 있었다. 저양반, 극도의 긴장 상태인 게 분명해. 그렇지 않고서야 그런 식으로 말할 리가 없잖아? 하지만 막상 방에 들어가 침대에 누워 쉬려는데 도무지 그의 도발이 머릿속을 떠나지 않았다. 정말로 내 속내 깊숙이 야심의 악마가 숨어 있던 걸까? 그 오랜 세월 그렇게 부인해왔는데? 하지만 양심을 아무리 헤아려 봐도, 결론은 벨리니가 오해했다 쪽이었다. 그가 믿는 한은……

하지만 문득 다른 가능성이 있다는 생각도 들었다. 터무니없는 데다 훨씬 더 위험한 생각……. 그 가능성을 헤아리는 것조차 두려웠다.

주께서 나를 위해 자리를 안배하셨다면?

성 베드로 대성당에서 그렇게 충동적으로 행동했던 것도 그 때문이 아닐까? 지금은 비록 어렵사리 기억해냈지만, 그 연설 몇 마디 또한 내 연설이 아니라 성령이 나를 통해 증거했다고 할 수는 없을까?

기도를 하고 싶었다. 하지만 맙소사, 몇 분 전만 해도 그렇게 가깝게 느꼈건만 주님은 어느새 다시 사라지고 말았다. 주님의 인도를 향한 염원 또한 무저갱 속으로 곤두박질친 것만 같았다.

✢　✢　✢

오후 2시 직후, 로멜리는 침대에서 일어난 뒤 속옷과 양말 차림으로 옷장으로 건너가 제의용 액세서리들을 침대보 위에 늘어놓았다. 비닐 포장에서 하나하나 꺼낼 때마다 드라이클리닝 약품 향이 부드럽게 코를 자극했다. 이럴 때면 몇 년간 뉴욕 사절로 지내던 때가 생각났다. 그

때는 늘 이스트 72번가 세탁소에 세탁물을 맡겼다. 로멜리는 잠시 눈을 감고 머나먼 맨해튼 거리의 부드러운 자동차 소음을 떠올려보았다.

의상은 모두 감마렐리에서 재단했다. 감마렐리는 판테온 뒤쪽의 유명 양품점으로 1798년 이래로 교황청을 담당해왔다. 로멜리는 옷을 천천히 입으며, 각 액세서리의 신성한 의미를 음미했다. 물론 영적 각성을 끌어올리기 위한 시도인 셈이다.

우선 주홍색 모직 수단에 두 팔을 넣고 목에서 발목까지 서른세 개의 단추를 채웠다. 각각의 단추는 그리스도의 생애 한 해를 나타냈다. 허리는 물결무늬의 붉은 띠로 묶었는데 순결의 맹세를 상기하도록 도안한 것이다. 술 끄트머리가 왼쪽 허벅지 중간 지점까지 늘어지는지도 확인했다. 그다음엔 얇은 리넨 소백의(小白衣)를 머리부터 집어넣어 입었다. 소백의는 모관과 더불어 사법 권위를 상징한다. 옷 아래쪽 3분의 2와 소매 단은 흰 레이스에 꽃무늬 장식이며, 목에는 테이프를 나비매듭으로 묶은 다음, 옷을 아래로 당겨 무릎 바로 아래까지만 내려가게 했다. 마지막으로는 어깨 망토를 걸쳤다. 진홍색 망토는 팔꿈치까지만 내려오는데 단추는 모두 아홉 개였다.

로멜리는 협탁에서 가슴십자가를 집어 입을 맞추었다. 요한 바오로 2세가 직접 하사하신 십자가로, 뉴욕에서 로마에 돌아와 외무부 장관으로 취임할 때의 기념선물이었다. 그때쯤 교황의 파킨슨병이 크게 악화된 터라 선물할 때 두 손을 심하게 떨다가 바닥에 떨어뜨리기도 했다. 로멜리는 보호 기도를 올리고 —**나를 적으로부터 지키소서**(Munire digneris me) — 십자가를 목에 걸어 심장 옆에 오게 했다. 그다음엔 침대 끄트머리에 앉아 다 해진 검정 생가죽 신을 신고 끈을 맸다. 이제 하나만 남았다. 진홍색 비단 각모. 그는 모관 위에 각모를 얹었다.

욕실 문 뒤에 선신거울이 있었다. 스위치를 넣자 조명이 깜빡이며 켜졌다. 로멜리는 푸르스름한 형광등 불빛 아래 자기 모습을 비춰보았다. 정면, 왼쪽, 오른쪽. 옆얼굴은 나이 탓인지 새처럼 보이기도 했다. 이런, 늙은 새가 깃털 갈이를 한 것만 같군. 집을 돌봐주는 안젤리카 수녀도 너무 말랐다며 좀 더 먹으라고 잔소리를 하지 않았던가. 숙소에 걸려 있는 옷들은 40여 년 전 젊은 사제 때 처음 입은 것들이지만 지금도 잘 맞았다. 로멜리는 두 손으로 배를 문질렀다. 아무려면 어때. 허기의 고통은 곧 고행이므로 가치가 있다. 첫 번째 투표를 통해 예수의 희생과 고통을 끊임없이 상기하리라.

✠ ✠ ✠

오후 2시 30분, 추기경들이 흰색 미니버스에 올라타기 시작했다. 성녀 마르타의 집 밖에는 비가 내렸건만 버스들은 오후 내내 비를 맞으며 줄을 서 있었다.

점심 후라 분위기는 좀 더 무거웠다. 그러고 보면 지난번 콘클라베도 마찬가지였다. 투표 시간이 되면 책임감을 온전히 느낄 수 있을까? 테데스코는 이런 일에 면역이 된 듯 싶었다. 기둥에 기대 콧노래를 부르거나, 지나가는 사람마다 미소를 지어주니 말이다. 아무래도 정적들을 혼란스럽게 만들기 위해 모략을 꾸미는 중이겠다. 베네치아의 총대주교라면 충분히 가능한 일이다. 로멜리는 그 모습에 마음이 언짢았다.

추기경단 부단장 오말리 몬시뇰은 클립보드를 든 채 로비 중앙에 서서는, 여행안내원처럼 큰 소리로 추기경들 이름을 불러댔다. 추기경들도 조용히 줄을 서서 버스에 올라탔다. 순서는 서열 역순이었다. 처음 교황청 추기경들은 부제(副祭)급이며, 그다음이 사제급으로 대부분 전세계 대주교들로 이루어졌다. 마지막이 주교급이다. 이 서열에는 로멜리를 비롯해 동양의 총대주교 셋이 속해 있다.

로멜리는 수석추기경이라 마지막에 타기로 되어 있기에 벨리니 바로 뒤에 섰다. 제의 자락을 잡아 올리고 버스에 오르다가 두 사람이 잠깐 눈을 맞추기는 했지만, 굳이 대화를 시도하지는 않았다. 언뜻 보아도, 벨리니의 마음은 한창 들떠 있었다. 그 바람에 운전사 목덜미의 종기, 와이퍼가 삐걱거리는 소리, 알렉산드리아 총대주교가 걸친 어깨 망토의 지저분한 구김살 등 여기저기 명상에 장애가 되는 사소한 풍경들이 많았지만, 그런 풍경 따위는 (로멜리와 마찬가지로) 더 이상 눈에 들어오지도 않았다.

로멜리는 통로를 따라가다가 버스 중간쯤 오른쪽 의자에 앉아 사각모를 벗어 무릎 위에 놓았다. 오말리가 운전사 옆자리에서 뒤를 돌아보며 모두 올라탔는지 확인했다. 공압식 도어가 쉿 소리를 내며 닫히고 버스가 출발했다. 타이어가 광장 자갈밭을 지나며 북소리를 냈다.

버스가 움직이자 빗방울이 두꺼운 유리를 따라 대각선으로 흘러내리며 성 베드로의 경관을 흩뜨렸다. 차창 밖에서는 근위병들이 우산을 들고 바티칸 정원을 순찰했다. 버스 행렬은 천천히 폰다멘타 거리를 돌아 어느 아치문을 통과한 뒤 센티넬라 안뜰에 멈춰 섰다. 뿌연 차창 너머 여기저기 버스 브레이크 등이 마치 봉원초 불빛처럼 보였다. 스위스 근위병들은 초소 안에서 비를 피했지만 투구 깃털은 이미 빗물에 흠뻑 젖어 있었다. 버스는 조금씩 앞으로 나가며 안마당 두 곳을 통과한 뒤, 급회전하여 마레시알로 안뜰에 접어들더니 곧바로 계단 입구 맞은편에 멈춰 섰다. 그래도 쓰레기통들은 치웠군……. 그렇게 생각하다가 로멜리는 다시 불안해졌다. 또다시 이런 사소한 문제로 명상을 망친 것이다. 운전사가 문을 열자, 차고 습한 돌풍이 휙 소리를 내며 밀려들었다. 버스에서 내리자 스위스 근위병 둘이 경례를 했다. 로멜리는 본능적으로 고개를 들어, 높은 벽돌담 너머 잿빛 하늘 쪼가리를 보았다. 얼굴에 이슬비가 떨어지는 통에, 순간 기이하게도 죄수가 되어 교도소 운동장에 서 있는 기분이 들었다. 그는 재빨리 문을 지난 뒤 기다란 잿빛 대리석 계단을 올라가 시스티나 예배당으로 들어갔다.

✠　✠　✠

교황령에 따르면 콘클라베는 먼저 오후 적절한 시간에 바오로 예배당에서 모여야 한다. 바오로 예배당은 교황의 개인예배당이며, 바로 옆 건물인 시스티나 예배당보다 어둡고 은밀했다. 로멜리가 도착할 때쯤 추기경들은 이미 신도석에 앉았고 텔레비전 조명도 환하게 들어와 있었다. 에피파노 몬시뇰은 수석추기경용 진홍색 비단 영대(領帶)를 들고 문 옆에서 기다리다가 조심조심 로멜리의 목에 둘러주었다. 둘은 함께 제단을 향해 걸어갔다. 미켈란젤로의 프레스코화에서도 베드로와 바오로 사이에 제단이 놓여 있었다. 베드로는 통로 오른쪽에 거꾸로 십자가에 못 박힌 채 머리를 묘하게 비틀고 있기에, 누구든 감히 그를 바라볼 때마다 왠지 격노하며 노려보는 듯했다. 로멜리가 제단 계단을 오르는 동안에도 성인의 뜨거운 눈빛이 등에 내리꽂히는 기분이었다.

로멜리는 마이크 앞에서 추기경들을 향해 돌아섰다. 추기경들이 기립했다. 에피파노가 얇은 전례집을 건네고 그중 2절을 펼쳐주었다. '콘클라베에 다가가기'. 로멜리는 성호를 그었다.

"성부와 성자와 성령의 이름으로(In nomine Patris et Filii et Spiritus Sancti)."

"아멘."

"존경하옵는 추기경단 형제들이여, 오늘 아침 성사를 마치고 이제 새 교황을 선출하기 위해 콘클라베에 들어갑니다⋯⋯."

목소리는 마이크를 거쳐 작은 예배당을 가득 채웠다. 하지만 대성당의 대미사와 달리 이번에는 아무런 감흥이 없었다. 성령의 존재도 느끼지 못했다. 말은 그저 말에 불과하고 주문도 그저 주문일 뿐이었다.

"교회 전체가 성서 안에서 하나 되어 성령의 은총이 강림하시길 기도합니다. 부디 고귀한 목자를 선택하게 하시어 그리스도의 양 떼를 인도하도록 도우소서.

주께서 우리의 발걸음을 진리의 길로 이끄시고, 거룩하신 성모 마리아와 성 베드로, 성 바오로를 비롯해 성인들이 중재하시며 우리가 그분들 모두를 기쁘게 하도록 행케 하소서."

에피파노가 전례집을 덮고 가져갔다. 문 옆에 행렬용 십자가도 집행 요원이 제거하고, 나머지 집행요원 둘이 양초에 불을 붙여 높이 들었다. 이윽고 합창단이 열을 짓더니 성인호칭 기도를 노래하며 예배당을 나갔다. 로멜리는 콘클라베를 마주하고 서서 두 손을 잡고 두 눈을 감고 고개를 숙였다. 누가 봐도 기도하는 모습이었으나, 사실 머릿속으로는 제발 저놈의 TV 카메라 좀 치워줬으면 하는 바람뿐이었다. 클로즈업 화면에 자신의 불경이 드러날까 두려웠다. 합창단이 사도궁을 지나 시스티나 예배당을 향하면서 성인호칭 기도도 점점 작아지고, 대신 추기경들의 구둣발 소리가 그 자리를 채웠다.

잠시 후 에피파노가 속삭였다.

"예하, 가실 시간입니다."

고개를 들어보니 예배당에는 거의 아무도 없었다. 제단을 벗어나 다시 한 번 성 베드로의 고난을 지나야 했다. 일부러 시선을 앞쪽 문에 고정했으나 그래도 그림의 위세를 벗어날 수는 없었다. **그래서 네놈은? 네놈이 무슨 자격으로 내 후계를 뽑겠다는 얘기더냐?** 순교자의 두 눈은 이렇게 묻고 있었다.

사도궁에 들자, 스위스 근위병들이 차려 자세로 열병을 했다. 로멜리와 에피파노도 줄 맨 끝에 붙었다. 추기경들은 성인 이름이 나올 때마다 **"저희를 위해 빌어주소서!"**라며 화답했다. 시스티나 예배당 현관에 이르면서, 선두 추기경들이 자리를 안내받는 동안 뒷줄은 잠시 멈춰서야 했다. 로멜리 왼쪽에 쌍둥이 난로가 보였다. 후에 투표용지를 불태울 곳이다. 앞은 벨리니 추기경의 길고 좁은 등이었다. 벨리니의 어깨를 가볍게 툭 친 뒤 상체를 숙여 행운을 빌어주고 싶었으나 사방이 TV 카메라였다. 괜한 만용을 부릴 필요는 없었다. 게다가 벨리니는 주님과 영교 중인 듯 보였다.

잠시 후, 줄이 임시 램프를 따라 움직이더니 이내 칸막이 문을 통과해 예배당 안으로 들어왔다. 오르간 연주 소리가 들렸다. 성가대는 여전히 성인들의 이름을 노래했다. **"성 안토니우스…… 성 베네딕트……."** 추기경들은 대부분 자기 자리를 찾아 기나긴 테이블 앞에 섰다. 벨리니가 마지막으로 안내를 받았다. 통로에 아무도 남지 않은 뒤에야 로멜리는 베이지색 카펫을 따라 통로의 테이블을 찾아갔다. 테이블 위에 서약용 성서가 놓여 있었다. 로멜리는 각모를 벗어 에피파노에게 넘겼다.

성가대는 성령 찬미가 〈오소서, 창조의 성령이시여(Veni Creator Spiritus)〉를 부르기 시작했다.

오소서, 창조의 성령이시여

우리 피조물의 마음에 임하소서,

주께서 그 마음을 만드셨으니

천상의 은총으로 채우소서······.

성가가 끝나고 로멜리는 제단으로 향했다. 제단은 길고 좁았으며 양면 난로처럼 벽과 나란히 놓여 있었다. 그 위로 〈최후의 심판〉이 눈을 가득 채웠다. 그림이야 수천 번은 보았지만 이전에는 한 번도 그 위력을 느끼지 못했다. 지금은 오히려 그림 속으로 빨려들 것만 같았다. 계단을 오를 때엔 저주받은 자들이 지옥으로 끌려가는 장면이 바로 눈앞이라, 잠시 마음을 가다듬고 나서야 돌아서서 콘클라베를 마주할 수가 있었다.

에피파노가 눈앞에 책을 내밀었다. 로멜리는 "**주님은 여러분의 교회이시며, 안내자이자 수호자이시니**(Ecclesiae tuae, Domine, rector et custos)······"를 노래한 다음 서약식을 집전하기 시작했다. 추기경들은 지위에 따라 구절을 읽고 로멜리와 함께 큰 소리로 서약문을 낭송했다.

"우리 추기경 선거인단은 이번 교황 선출에 참여하여, 개인으로 또 단체로서, 교황령 규정에 충실하고 양심적으로 따를 것을 약속하고 맹세하고 서약합니다······.

또한, 약속하고 맹세하고 서약하오니, 우리 중 누가 주님의 안배에 따라 로마 교황으로 선출되든, 반드시 우주 교회 목자로서 베드로의 통치권을 성실하게 실천할 것입니다······.

약속하고 서약하오니, 우리는 성자와 신도를 비롯해 만인과 함께 로마 교황 선출과 관련한 사항뿐 아니라, 선출 지역과 관련해 그 어떤 내용도 발설하시 않을 것임을 맹세합니다……."

로멜리는 다시 통로 테이블로 돌아갔다. 그곳 독서대에 성서가 놓여 있어 펼친 페이지 위에 손바닥을 놓았다.

"그에 따라 나, 야코포 발다사르, 로멜리 추기경은 이렇게 성복음집에 손을 대고 약속하고 맹세하고 서약하노니, 주님, 부디 저를 도우소서."

서약식을 마친 뒤 로멜리는 제단 바로 옆 테이블 끄트머리에 앉았다. 바로 옆이 레바논 총대주교, 그 옆이 벨리니였다. 지금은 추기경들이 통로에 줄을 서서 한 사람씩 짧은 서약을 하는 시간이라 그저 지켜보기만 할 따름이었다. 덕분에 추기경 한 사람 한 사람 얼굴을 자세히 볼 수 있었다. 며칠 후면 TV 연출자들이 테이프를 돌려보며 정확히 이 순간의 신임 교황을 찾아내리라. 복음집에 손을 대고 있는 교황. 물론 그 테이프에서도 교황의 기품은 훤히 드러날 것이다. 언제나 그랬다. 론칼리, 몬티니, 보이티와…… 교황에 등극한 지 불과 한 달 후에 선종했지만, 저 자그마하고 서투른 루치아노도 그랬다. 이렇게 기억의 뒤안길을 더듬어보면 한 사람 한 사람 모두 숙명의 아우라를 발하고 있었던 것이다.

로멜리는 추기경 대열을 살피면서 한 사람 한 사람 교황의 성의를 입혀보았다. 사, 콘트레라스, 히에라, 피츠제럴드, 나키탄다, 사바딘, 산티니…… 사실 누구라도 가능했다. 굳이 선두주자여야 할 필요도 없었다. 옛말도 있지 않은가? '콘클라베에 교황처럼 들어가면 추기경으로 나온다.' 돌아가신 교황 성하도 마지막까지 아무도 예상하지 못했으나 결국 네 번째 투표에서 3분의 2를 득표했다. 오, 주여, 우리로 하여금 고귀한 후보자를 선택하게 하소서. 주께서 인도하시어 콘클라베가 길어지거나 시끄럽지 않고 다만 교회 통합의 상징이 되게 하소서, 아멘.

선거인단이 서약을 모두 마치기까지 30분 이상이 걸렸다. 그러자 전례처장 만도르프 대주교가 마이크 앞으로 올라가 차분하면서도 또렷하게 공식 제문을 읊었다. "선거인단을 남기고 모두 퇴장 바랍니다(Extra omnes)."

텔레비전 조명이 꺼지고 집행요원 넷, 사제와 관리들, 성가대, 근위병대, TV 카메라맨들, 공식 사진사, 수녀, 흰 깃털 투구의 근위병 대장이 일제히 예배당 밖으로 나가기 시작했다.

만도르프는 마지막 사람이 떠날 때까지 기다렸다가 카펫 통로를 지나 미닫이문을 향해 뚜벅뚜벅 걸어갔다. 그때가 정확히 오후 4시 46분. 콘클라베가 마지막으로 외부세계의 모습을 본 것도 그의 대머리였다. 이윽고 문이 닫히고 TV 중계도 끝이 났다.

7
첫 투표

후일, 전문가들이 비밀의 벽 너머, 콘클라베를 분석하고 상황을 추측하면서 다들 다음 사항에 동의했다. 만도르프가 문을 닫는 바로 그 순간 분열은 시작됐다.

이제 추기경 선거인단이 아닌 사람은 단둘만 시스티나 예배당에 남았다. 만도르프, 그리고 바티칸 최고령 비토리오 스카비치, 아흔네 살의 로마 주교 총대리 특임 추기경이었다.

교황 장례식 직후 추기경단은 스카비치를 선임해 교황령의 이른바 '제2의 묵상'을 주재하게 했다. 묵상은 규정상 첫 번째 투표 직전에 은밀하게 진행하는데, 콘클라베가 막중한 책임감을 깨닫고 '우주 교회를 위해 올바르게 행동하도록' 유도할 목적이었다. 집전자는 전통적으로 80세가 넘어 투표할 자격이 없는 추기경 중에서 선발한다. 요컨대, 옛 수호자에게 주는 사탕인 셈이다.

어떻게 스카비치를 선택했는지는 로멜리도 기억하지 못했다. 사실 걱정할 일이 산더미라 결정 과정에 별로 신경을 쓰지 못했다. 아마도 투티노의 제안이었을 것이다. 주교성 장관 투티노가 숙소 확장공사 문제로 수사를 받는 처지라, 지지자를 테데스코로 바꾸려 한다는 사실이 알려지기 직전이었다. 이제 노인이 만도르프 대주교의 부축을 받으며 마이크 앞으로 나서고 있었다. 노인의 쪼그라든 몸은 마냥 한쪽으로 기울고, 메모지도 주름진 손안에서 하릴없이 떨었지만, 가까스로 뜬 두 눈만은 결기로 번득였다. 로멜리는 문득 불안해졌다.

스카비치가 마이크를 아래로 끌어 내리는데 쿵 하는 소리가 앰프를 타고 시스티나의 네 벽을 때렸다. 메모지를 눈에 바짝 들이대고도 한참 동안 아무 말도 하지 않았다. 이윽고 그가 어렵사리 입을 뗐다. 크게 갈라진 목소리.

"추기경 형제들이여, 이 위대한 책무의 순간, 주님께서 친히 전하신 말씀에 귀를 기울여야 합니다. 사실 오늘 아침 수석추기경이 에페소서의 바오로 서한을 의심의 증거로 이용했을 때 이게 무슨 소린가 했습니다. 의심이라니! 우리한테 아직 의심이 부족하다는 얘긴가? 의심?"

성당이 가볍게 술렁이기 시작했다. 웅성거림, 헉하는 숨소리, 불안한 듯 뒤척이는 소리. 로멜리도 귀가 쿵쿵거리며 울리기 시작했다.

"간청하오니, 여러분, 지금 마지막 순간에나마 성 바오로가 실제로 어떤 말을 했는지 들어야 합니다. 신앙은 물론 그리스도를 배움에 있어서 모두 하나가 되어야 합니다. 아니면 어린애들처럼 교리의 바람이 불때마다 이리저리 흔들리고 휘둘릴 겁니까?

형제들이여, 수석추기경은 태풍 속 배 얘기를 하고 있습니다. 성 베드로의 돛단배, 즉 성 가톨릭교회 말입니다. 교회는 지금 전대미문의 폭풍 속에 갇혀 있습니다. '인간이 부릴 수 있는 온갖 속임수와 교활한 속임수에 휘둘리고 있습니다.' 우리 배가 뚫고 가야 할 바람과 파도는 이름도 많습니다. 무신론, 민족주의, 불가지론, 마르크시즘, 자유주의, 개인주의, 페미니즘, 자본주의……. 하지만 이놈의 '주의'는 하나같이 우리를 진리의 길에서 멀어지게 만들려 하죠.

선거인단 여러분, 여러분의 의무는 새로운 선장을 뽑는 것입니다. 그래서 우리 중 회의론자들을 몰아내고 키를 단단히 움켜쥐어야 합니다. 그놈의 '주의'야 매일 생겨나지만 사상의 값어치가 모두 같지는 않습니다. 의견이라고 다 의견이 아닙니다. 지금처럼 '상대주의의 독재'에 굴복한 채, 온갖 부질없는 당파와 변덕스러운 모더니즘에 기대 살아가려 한다면 우리 배는 끝입니다. 우리한테 필요한 교회는 세계와 함께 움직이는 교회가 아니라 세계를 **움직일** 교회입니다.

주님께 기도합시다. 이 막중한 선택의 순간, 성령이 임하시고 우리를 인도하시어 부디 작금의 표류를 끝내줄 목자를 보여주소서. 그 목자가 다시 한 번 우리를 이끌어, 주님을 알고 주님의 사랑과 진정한 기쁨을 누리게 하소서, 아멘."

스카비치가 마이크를 놓치는 바람에 앰프 소리가 다시 폭탄처럼 성당을 울렸다. 그는 흔들흔들 제단에 절을 하고 만도르프의 팔을 잡고, 그의 부축에 의지해 절뚝절뚝 통로를 내려왔다. 추기경들이 하나같이 입을 다문 채 노인을 지켜보았다. 노인은 아무도 보지 않았다. 테데스코한테조차 시선을 주지 않았다. 베네치아 총대주교는 앞 열, 로멜리와는 거의 맞은편에 앉았는데 이제야 그가 왜 저렇게 기분이 좋았는지 알수 있었다. 이미 이 사태를 알고 있었던 것이다. 아니, 어쩌면 그가 직접 연설문을 작성했을 수도 있다.

스카비치와 만도르프는 칸막이 문 뒤로 사라졌다. 사람들이 아직 당혹감에서 빠져나오지 못한 터라, 대리석 현관의 구둣발 소리는 물론,

시스티나 예배당 문 여닫는 소리, 자물쇠 잠그는 소리까지 선명하게 들렸다.

콘클라베. 라틴어로 콘 클라비스(con clavis). '열쇠를 지니다'는 뜻이다. 13세기부터 교회는 이런 식으로 추기경들이 결정을 내리도록 보안책을 마련했다. 식사와 잠을 제외하고, 교황을 선택하기 이전에 추기경들은 이곳 성당을 벗어날 수 없다.

마침내 추기경 선거인단만 남았다.

✠　✠　✠

로멜리가 일어나 마이크로 향했다. 조금 전의 타격을 어떻게 담아내야 하나 고민하느라 발걸음도 느렸다. 인신공격성 발언인지라 당연히 마음이 아팠다. 하지만 더 걱정스러운 점은 노인의 얘기가 자신의 임무에 더 큰 위협이 되었다는 것이다. 무엇보다 교회의 통일을 유지해야 하는 처지가 아닌가. 아무래도 진행속도를 늦추어 설교의 여파를 최소화하고 관용 논쟁에도 기회를 주어 추기경들의 마음을 돌려놓을 필요가 있겠다.

콘클라베를 마주하는 순간, 성 베드로의 대종이 5시를 치기 시작했다. 창문을 올려다보니 밖은 어두웠다. 그는 마지막 종소리가 끝나고 울림이 잦아들 때까지 기다렸다.

"추기경 형제들이여, 선동적 묵상 시간이 끝났습니다." 로멜리가 잠시 말을 끊자 공감의 웃음소리가 여기저기서 들렸다. "이제 곧 첫 번째 투표에 들어가겠습니다만, 교황령에 따라 콘클라베 추기경 누구든 반대가 있을 경우 투표는 연기가 가능합니다. 내일까지 투표를 미루고 싶은 분이 있나요? 특별히 길고 고된 하루이기도 했지만 어쩌면 조금 전 설교에 대해 좀 더 고민해보고 싶을 수도 있으니까요."

잠시 정적이 흐르다가 크라신스키가 지팡이를 짚고 자리에서 일어났다.

"세상의 눈이 시스티나 굴뚝을 지켜보고 있어요. 아무래도 기이하게 생각하지 않겠습니까? 오늘 밤 아무 연기도 피어오르지 않는다면? 투표를 시작하죠."

말을 마치고 크라신스키는 조심조심 다시 자리에 앉았다. 로멜리가 벨리니를 보았지만 아무 표정이 없었다. 다른 사람도 입을 다물었다.

"좋습니다. 투표하기로 하죠." 로멜리는 자리로 돌아가 규정집과 투표용지를 챙긴 후 다시 제단으로 돌아왔다. "친애하는 형제 여러분, 앞 자리를 보시면 이런 용지가 있을 겁니다." 그가 투표용지를 들고 추기경들이 붉은 가죽 폴더를 열 때까지 기다렸다. "보시다시피, '나는 아래와 같이 신임 교황을 선출합니다.'라는 글이 상단에 라틴어로 적혀 있고 아래는 빈칸으로 남아 있습니다. 바로 그 빈칸에 지지하는 후보자 이름을 적으시면 됩니다. 여러분의 투표를 타인에게 보이지 않아야 하고, 또 이름은 하나만 적으셔야 합니다. 그렇지 않을 경우 투표는 무효표가 됩니다. 글씨는 또박또박 써주시되 필체를 알아보지 않도록 해주세요.

자, 이제 교황령 5장 66절을 보시면 여러분께서 따르셔야 할 절차가 있습니다."

추기경들이 규정집을 펼치자 로멜리가 큰 소리로 읽었다. 모두 이해했는지 확인할 필요가 있었다.

"추기경 선거인은 선임 순으로 기표를 마치고 용지를 접은 뒤 손을 들어 모두가 볼 수 있게 한 채로 제단으로 가져간다. 제단에는 검표인들이 서 있으며, 제단 위에 그릇이 놓여 있고 그 위에 접시가 있는데 용지는 바로 그 접시 위에 놓는다. 제단에 이르면 선거인은 큰 소리로 다음과 같이 서약한다. **우리 주 그리스도를 증인으로 청하오니, 부디 내 인도자가 되시어, 내 표가 반드시 교황이 되어야 할 분께 가도록 이끄소서.** 이제 용지를 접시 위에 두고 접시를 이용해 용지를 용기 안에 떨어뜨린다. 투표를 마치면 제단에 인사를 하고 자리로 돌아온다.'

모두 이해하셨죠? 예, 좋습니다. 검표인들, 이제 자기 위치에 자리하세요."

지난주 검표원 셋을 제비로 뽑았는데, 빌니우스의 룩사 대주교, 성직자성 장관 메르쿠리오 추기경, 그리고 웨스트민스터 대주교 뉴비 추기경이었다. 셋은 예배당 여기저기 자기 자리에서 일어나 제단으로 이동했다. 로멜리도 자기 의자로 돌아가 펜을 집었다. 펜은 투표용으로 추기경들에게 하나씩 지급한 터였다. 로멜리는 팔로 투표용지를 가리고 대문자로 이름을 적어 넣었다. 마치 시험 중에 옆 사람에게 답안지를 보이지 않으려는 것처럼 보였다. 벨리니. 로멜리는 용지를 접어 높이 든 다음 제단을 향해 걸어갔다.

"우리 주 그리스도를 증인으로 청하오니, 부디 내 인도자가 되시어, 내 표가 반드시 교황이 되어야 할 분께 가도록 이끄소서."

제단 위에 화려한 투표 단지가 하나 놓여 있었다. 보통 제단용보다는 큰 단지였는데, 그 위에 평범한 은제 성배를 뚜껑처럼 덮어놓았다. 검표원들이 지켜보는 가운데, 로멜리는 투표용지를 성배 안에 넣은 다음, 두 손으로 들어 뒤집는 방식으로 용지를 투표함 안에 떨어뜨렸다. 그리고 성배를 제자리에 놓고 제단을 향해 고개를 숙인 다음 자리로 돌아왔다.

동방교회 총대주교 셋이 자리에서 일어나는 동안 벨리니가 앞으로 나갔다. 그가 서약을 하는데 목소리에 가볍게 한숨이 어렸다. 절차를 마치고 돌아온 뒤에는 한 손을 이마에 대고 뭔가 골똘히 생각하는 듯 보였다. 로멜리도 긴장 탓에 기도나 명상이 불가능했기에 다시 한 번 추기경들을 관찰했다. 테데스코는 그답지 않게 초조해 보였다. 투표용지를 투표 단지 안에 넣을 때에도 실수하는 바람에 용지가 제단 위에 떨어져 다시 손으로 집어넣어야 했다. 자기 이름을 적어 넣었을까? 트랑블레라면 분명 그렇게 했을 것이다. 물론 법적으로도 불가능한 일은 아니다. 서약에도 마땅히 교황이 되어야 할 사람을 선택하라고 했을 뿐이다. 트랑블레는 경건하게 고개를 숙인 채 제단에 다가가더니 눈을 들어 〈최후의 심판〉을 보았다. 어딘가 황홀경에 빠진 사람 같았다. 성호를 긋는 동작도 과했다. 자기 능력을 과신하는 사람이 또 하나 있었는데 바로 아데예미였다. 그는 특유의 저음으로 서약을 읊었다. 과거 라고스 대주교로 이름을 알렸을 때 교황이 최초로 아프리카를 순방 중이었는데, 그가 환영 미사에 동원한 인원이 무려 400만이 넘었다. 당시 교황도 설교에서 그를 언급하며 농담을 했는데, 가톨릭교회에서 마이크 없이 미사를 주관할 수 있는 사람은 바로 조슈아 아데예미뿐이라는 얘기였다.

그다음이 베니테스, 그리고 보니 어젯밤부터 통 보이지 않았다. 어쨌든 자신에게 투표할 사람은 아니다. 제의가 너무 긴 탓에 거의 땅에 닿을 지경이었다. 제단에 접근할 때는 하마터면 옷자락을 밟고 넘어질 뻔하기도 했다. 그가 투표를 마치고 자리에 돌아가면서 힐끗 로멜리를 보았다. 잔뜩 피곤한 표정이었다. 로멜리도 고개 인사를 하고 기운 내라는 표시로 미소를 지어 보였다. 딱 꼬집어 말할 수는 없지만 어딘가 매혹적인 사람이었다. 내면이 올곧기 때문이겠지? 이제 자신의 이름을 알렸으니 더 높이 오를 수 있으리라.

투표는 한 시간 이상 이어졌다. 초기에는 여기저기에서 숙덕거리는 소리가 들렸으나, 검사관들 자신이 투표를 하고, 마지막으로 부제추기경 빌 러드가드까지 자리에 돌아올 때쯤엔 다들 침묵에 빠져 정적이 흡사 영겁의 우주만큼이나 깨지지 않을 듯 보였다. 주께서 이 방에 임하셨나니, 시간과 영원이 교차하는 이 순간 우리는 안전하게 물러나 앉노라. 로멜리는 문득 그런 생각이 들었다.

룩사 추기경이 콘클라베를 향해 투표 단지를 들어 보이고는 여러 차례 흔들어 투표용지를 섞은 다음 다시 뉴비 추기경에게 건넸다. 뉴비는 용지를 펴지 않은 채 하나씩 꺼내며 큰 소리로 센 뒤 다시 제단 위 두 번째 투표 단지에 옮겨 담았다.

마침내 뉴비 추기경이 탁한 억양의 이탈리아어로 이렇게 선언했다.

"118인의 투표를 모두 마쳤습니다."

그는 메르쿠리오 추기경과 함께 제단 왼쪽에 있는 눈물의 방으로 들어갔다. 눈물의 방은 성구실을 부르는 별명으로 그 안에 서로 다른 크기의 교황 제의 세 벌이 걸려 있다. 두 사람이 들고나온 물건은 작은 탁자였다. 두 사람은 제단 앞에 탁자를 놓고 룩사 추기경이 흰 천으로 탁자를 덮고 그 위 중앙에 투표 단지를 내려놓았다. 그리고 다시 성구실로 돌아가 의자 세 개를 꺼내왔다. 뉴비는 스탠드에서 마이크를 빼내 탁자로 가져갔다.

"형제들이여, 이제 첫 투표용지를 개표하겠습니다."

그러자 몽환에서 깨어나기라도 한 듯 콘클라베가 웅성거렸다. 유권자 앞에는 빠짐없이 폴더가 하나 놓여 있고 그 안에 추기경 선거인단의 이름이 알파벳순으로 적혀 있었다. 다행히 밤새 재인쇄한 덕에 지금은 베니테스의 이름도 포함되었다. 로멜리는 펜을 집어 들었다.

룩사가 투표함에서 첫 번째 용지를 꺼내 펼쳐 이름을 기록한 뒤, 메르쿠리오에게 넘겼다. 메르쿠리오도 용지를 살피고 다시 기록한 다음 뉴비에게 건넸다. 뉴비는 '선출'이라는 단어에 은 바늘을 찌르고 붉은 비단 노끈에 꿴 다음 마이크를 향해 상체를 기울였다. 고등학교 교장 선생님처럼 편안하면서도 확신에 찬 목소리였다.

"첫 번째 득표자는 테데스코 추기경입니다."

✵   ✵   ✵

득표자 이름이 언급될 때마다, 로멜리는 후보자 이름에 표시했다. 처음에는 누가 앞서는지 알 수가 없었다. 서른네 명, 콘클라베의 4분의 1 이상이 적어도 한 표씩 받았기에 후일 기록으로 남을지 모르겠다는 얘기까지 돌았다. 추기경들은 자기 이름을 적거나 친구와 동포에게 표를 던졌다. 로멜리 자신의 이름도 초반부터 호명되어 목록에 표시까지 했다. 감개무량했다. 누군가 자신을 최고 영예 자격이 있다고 여겼다는 뜻이 아닌가. 도대체 누굴까? 그런데 그런 일이 몇 번 더 있고부터는 다소 두렵기까지 했다. 적어도 이론적으로는, 이런 식의 중구난방식 투표라면 대여섯 표만 얻어도 경쟁에 이름을 올릴 수 있기 때문이다.

로멜리는 고개를 숙인 채 표시에 집중했다. 그 와중에도 추기경들은 통로 저편에서 힐끔힐끔 그를 훔쳐보았다. 개표는 느리지만 큰 사고 없이 이어졌다. 시시자 분포도 기이할 성도로 난삽해 처음에 누세 표를 연이어 얻다가 그다음 스무 표 이상 무득표가 이어지기도 했다. 아무튼, 여든 표 정도를 개표한 후에는 어느 추기경이 교황 잠재력이 있는지 어느 정도 가려지기는 했다. 예상대로 테데스코와 벨리니, 트랑블레와 아데예미였다. 100표가 넘어갈 때까지도 그런 식으로 백중세가 이어지더니 종반 즈음에 이변이 일어나고 말았다. 벨리니의 득표가 끊겼던 것이다. 마지막으로 호명된 이름 몇은 벨리니 자신에게도 커다란 충격이었으리라. 테데스코, 로멜리, 아데예미, 아데예미, 트랑블레……그리고 무엇보다 베니테스 이름까지 나왔으니 왜 아니겠는가?

개표원들이 집계를 내는 동안에도 성당 여기저기 숙덕거리는 소리가 들렸다. 로멜리는 펜으로 목록을 짚어가며 득표수를 더하고 각 이름 옆에 숫자를 휘갈겨 적었다.

테데스코 22
아데예미 19
벨리니 18
트랑블레 16
로멜리 5
기타 38

로멜리는 자신이 얻은 표 때문에 난감했다. 행여 벨리니의 지지표를 빼앗아왔다면 무엇보다 그에게 커다란 빚을 진 셈이다. 다수표에 기대 어떻게든 교황으로 옹립하려던 기대감 역시 한풀 꺾이고 말았다. 숫자를 들여다볼수록 벨리니 편에게는 아쉽기만 했다. 그날 저녁 사바딘이 예언한 대로 첫 투표에서 최고 득표를 해야 했다. 벨리니가 스물다섯 표 이상을 얻고 테데스코는 열다섯 표 정도에 그친다 장담하지 않았던가? 그런데 아데예미한테 밀려 3위로 처지고 트랑블레한테도 겨우 두 표 앞섰을 뿐이다. 아무도 상상하지 못했던 결과다. 하나만큼은 분명했다. 선거에 이기려면 일흔아홉 표가 필요한데 그 숫자에 가까운 인물은 한 명도 없었다.

뉴비가 공식발표를 할 때 로멜리는 다른 생각에 잠겨 있었다. 발표라고 해봐야 이미 자신이 계산해놓은 결과를 확인해주는 정도가 아닌가. 로멜리는 대신 교황령을 뒤져 74항을 찾아냈다. 근대에 콘클라베가 사흘을 초과한 적은 없지만 그렇다고 그런 일이 일어나지 않으리라는 보장도 없다. 규범대로라면 3분의 2에 해당하는 득표자가 나올 때까지, 필요하다면 열두 날 동안 서른 번까지 계속해서 투표를 해야 한다. 그래도 교황을 선출하지 못할 경우에만 다른 시스템이 발동하는데, 그렇게 되면 신임 교황은 기껏 다수결로 선출이 가능해진다.

12일간의 감금이라…… 끔찍한 일이 아닐 수 없다!

뉴비는 결과 발표를 마치고 적색 비단 노끈을 집어 들었다. 그곳에 투표용지가 모두 꿴 채로 매달려 있었다. 뉴비는 양쪽을 매듭으로 묶으며 단장 쪽을 보았다.

로멜리는 자리에서 일어나 마이크를 잡았다. 제단 계단에서 보니 테데스코는 득표 숫자를 점검 중이고 벨리니는 멍한 표정이었다. 아데예미와 트랑블레는 각자 옆 사람과 조용히 얘기하고 있었다.

"추기경 형제들이여, 이렇게 첫 투표가 끝났습니다. 아무도 당선 득표수를 얻지 못했기에 오늘 저녁은 정회하고 내일 아침에 투표를 재개하겠습니다. 담당자들을 다시 불러들일 때까지 잠시 자리에 앉아 계세요. 다시 한 번 상기하자면, 추기경 여러분께서는 투표에 대한 어떤 기록도 시스티나 밖으로 내가실 수 없습니다. 물론 여러분의 메모도 수거해 투표용지와 함께 소각합니다. 바깥에 버스가 대기 중이니 그 버스들을 타고 성녀 마르타의 집으로 돌아가시면 됩니다. 다시 한 번 청하오니 제발 운전사 있는 곳에서 오늘 오후의 투표 얘기는 금물이옵니다. 오랜 시간 고생하셨습니다. 이제 부제추기경께서 우리를 내보내달라고 말씀하시겠습니까?"

러드가드가 일어나 성당 안쪽으로 걸어가더니 문을 하나하나 노크하며 소리쳤다. "문 열어요! 문 열어요!" 그 모습이 어쩐지 간수를 부르는 죄수처럼 보이기도 했다. 잠시 후, 그가 만도르프 대주교, 오말리 몬시뇰을 비롯해 담당 관리들과 함께 돌아왔다. 집행요원들은 자루를 들고 책상 사이를 오가며 투표 기록을 수거했다. 몇몇 추기경이 거부하기도 했지만 잘 달래자 결국 자루에 용지를 집어넣었다. 다른 사람들은 마지막 몇 초까지 목록을 붙들고 놓지 않았다. 수치를 암기하기 위해서가 아니면, 그저 기록을 만끽하고 싶어서이리라. 그날이야말로 교황 선출 과정에서 자신이 득표한 첫날이자 마지막 날일 테니 왜 아니겠는가.

✠ ✠ ✠

추기경 대부분은 아래층 버스 쪽으로 곧바로 가지 않고 현관에 모여 투표용지와 기록지 소각하는 광경을 지켜보았다. 결국 교회의 왕자, 즉 추기경들에게조차 대단한 경험이자 광경이 아닐 수 없었다.

투표를 확인하는 과정은 아직 끝나지 않았다. 콘클라베 이전에 역시 투표로 세 명의 추기경을 검표원으로 뽑았는데 그들이 득표수를 재확인해야 하기 때문이다. 이런 규칙은 수백 년간 이어져 왔지만 기껏 사제들이 서로를 얼마나 믿지 못하는지 보여줄 뿐이었다. 선거를 조작하려면 적어도 여섯 명이 공모를 해야 한다. 검표가 끝나자 오말리가 쪼그리고 앉아 둥근 소각로를 연 다음, 기록지를 담은 자루와 실로 꿴 투표용지, 검표지까지 모두 밀어 넣었다. 성냥불로 불쏘시개를 만들어 역시 조심스레 안에 넣었다. 오말리가 그렇게 실용적인 일을 하다니, 로멜리에게도 그 모습이 신기했다. 난로 안에 불이 붙으면서 훅하며 부드러운 소리가 나더니 잠시 후 불길이 솟아올랐다. 오말리가 난로 문을 닫았다. 두 번째 난로는 사각형으로 카트리지 안에 과염소산칼륨과 안트라센, 유황화합물을 담아 스위치를 누르면 점화하도록 해두었다. 오후 7시 42분, 시스티나 예배당의 임시 굴뚝. 11월의 어둠 속에서 탐조등이 비추는 가운데, 바로 그 굴뚝에서 시커먼 연기가 꾸역꾸역 쏟아져 나오기 시작했다.

✠　✠　✠

콘클라베 추기경들이 줄지어 성당을 빠져나갈 때 로멜리가 오말리를 옆으로 끌어냈다. 두 사람은 현관 모퉁이에 섰다. 로멜리는 난로와 등진 위치였다.

"모랄레스와 얘기해봤나?"

"전화 통화만 했습니다, 예하."

"그래서?"

오말리는 손가락을 입술에 대고 로멜리의 어깨너머를 엿보았다. 트랑블레가 미국 추기경들과 농담을 주고받으며 지나갔는데 표정이 무척이나 온화하고 밝았다. 북비인들이 어슬렁어슬렁 사도궁으로 들어간 후에야 오말리가 입을 열었다.

"모랄레스 몬시뇰 얘기로는, 트랑블레 추기경이 왜 교황 자격이 없는지 도통 이유를 모르겠다는군요."

로멜리가 천천히 고개를 끄덕였다. 사실 크게 기대하지도 않았다.

"아무튼 물어봐 줘서 고맙네."

오말리의 눈가에 음흉한 미소가 번졌다.

"하지만…… 용서하세요, 예하. 솔직히 그분 몬시뇰을 믿기가 어렵습니다."

로멜리가 그를 보았다. 콘클라베가 없을 때는 오말리가 주교성 차관이기에 5,000명의 상급 성직자 파일 접근이 가능했다. 더욱이 비밀을 찾아내는 데에도 나름 귀재였다.

"왜 그렇게 생각하나?"

"교황 성하와 트랑블레 추기경의 면담 얘기를 문자 갑자기 정색하며 순전히 일상적인 대화였다고 우기지 뭡니까? 제 스페인어가 형편없기는 합니다만 어찌나 단호하던지 오히려 의심만 키웠죠. 그래서 이렇게 넌지시 말했답니다……. 정말 그렇다가 아니라 말 그대로 암시만 했습죠. 단장님께서 보신 자료에 그와 반대되는 내용이 적혀 있을지도 모른다고요. 그랬더니 그 자료라면 걱정할 필요 없다고 자신하더군요. 'El informe ha sido retirada.'"

"엘 인포르메? 보고서? 보고서가 있었다고 하던가?"

"'보고서는 사라졌다.' 정확하게는 그런 뜻입니다."

"어떤 보고서? 언제 없어졌다던가?"

"거기까지는 저도 모릅니다, 예하."

로멜리는 아무 말 없이 그 말을 곱씹다가 두 눈을 문질렀다. 정말 힘든 하루로군. 그러고 보니 배도 고팠다.

누군가 보고서를 작성했다고 걱정해야 하는 걸까? 아니면, 보고서가 사라졌다는 사실에 안도해? 트랑블레가 겨우 4등이니 어쨌든 큰 문제가 되지 않는다고 봐야 하나? 로멜리는 불현듯 두 손으로 손사래를 쳤다. 지금으로서는 도리가 없다. 콘클라베에 묶여 있는 한.

"어쩌면 대수롭지 않은 일일지도……. 이 문제는 이 정도에서 끝내기로 하세. 나도 자네의 판단을 존중하겠네."

두 성직자는 사도궁을 가로질러갔다. 〈레판토 해전〉 프레스코화 밑에서 근위병이 두 사람을 지켜보다가, 가볍게 몸을 돌리더니 소매인지 옷깃인지에 대고 뭔가 속삭였다. 도대체 저 친구들은 무슨 얘기를 저렇게 긴박하게 나누는 걸까?

"바깥세상에 내가 알아야 할 사건이라도 있는가?"

"아뇨, 별로 없습니다. 국제 뉴스는 아무래도 콘클라베에 집중되어 있는걸요."

"비밀이 새어 나가지는 않았겠지?"

"물론입죠. 기자들도 서로를 인터뷰하는걸요." 두 사람은 계단을 내려가기 시작했다. 계단은 꽤 높았다. 서른이나 마흔 단 정도? 양쪽으로 촛불 모양의 전구들이 불을 밝혔지만, 노년의 추기경들한테는 이 계단 오르내리는 일이 여간 고역이 아니었다.

"아무래도 베니테스 추기경한테 관심이 많은 것 같습니다. 예하 지시대로 신상명세서를 받아왔습니다. 예하를 위해 출신 배경도 한 장 동봉했죠. 베니테스는 실로 어느 주교님보다 진급 경력이 화려하시더군요. 《레푸블리카》는 그분의 극적인 합류가 순전히 돌아가신 교황 성하의

비밀계획이었다고 확신하고 있습니다." 오말리가 제의 안에서 봉투를
꺼내 로멜리에게 건넸다.

　로멜리가 웃었다.

　"계획이라도 있었다면 다행이게? 비밀이든 아니든. 내가 보기에 이
번 콘클라베에 계획이 있으신 분은 주님뿐이야. 그런데 아직까지는 혼
자만 알고 계시기로 마음먹으신 듯하군."

8
모멘텀

로멜리는 버스에 올라 차가운 차창에 뺨을 댄 채 조용히 숙소로 돌아왔다. 버스들이 이리저리 안뜰을 통과했다. 젖은 자갈길에 타이어 스치는 소리가 묘하게 마음을 달래주었다. 바티칸 정원 위로 여객기 불빛들이 피우미치노 공항을 향해 날아갔다. 내일은 비가 오든 말든, 시스티나 예배당까지 걸어가야겠어. 로멜리는 속으로 다짐했다. 이놈의 답답한 버스는 건강에도 좋지 않지만 영적 묵상에도 도움이 되지 않았다.

성녀 마르타의 집에 도착하니 추기경들이 여기저기 모여 얘기를 나누고 있었다. 로멜리는 모르는 척 곧바로 자기 방으로 향했다. 콘클라베 투표를 하는 동안 수녀들이 들어와 청소를 해두었다. 의복들도 가지런히 벽장에 걸려 있고 침대보는 가지런히 개어놓았다. 로멜리는 어깨망토와 소백의를 벗어 의자 등받이에 걸쳐놓고 기도대 앞에 무릎을 꿇었다. 오늘 하루 임무를 완수하게 해주셔서 감사합니다. 심지어 가벼운 농담까지 기도에 올렸다. 주님, 감사합니다. 콘클라베 투표를 통해 우리에게 말씀하셨나이다. 부디 빠른 시일 내에 주님의 말씀을 이해할 수 있도록 지혜 주옵소서.

바로 옆방에서 우물거리는 목소리와 함께 이따금 웃음소리도 들렸다. 지금은 확실해졌다. 옆방 주인은 분명 아데예미다. 콘클라베의 어느 누구도 목소리가 그렇게 깊지 못했다. 소리로 보아 지금은 지지자들과 만나는 중인가 보았다. 이따금 커다란 웃음소리도 들려왔다. 로멜리는 거부감으로 입을 굳게 다물었다. 정말로 교황 자리가 손안에 들어왔다고 믿는다면, 저렇게 기대감에 들떠 있는 대신 지금쯤 두려움에 떨면서 어둠 속에 누워 있어야 마땅했다. 하지만 그런 생각을 하다가 자신의 오만함을 나무라기도 했다. 최초의 흑인 교황은 분명 세계적으로 대역사가 될 것이다. 주님께서 역사의 도구로 쓰신다는데 그 기쁨을 드러낸다 한들 누가 나무랄 수 있단 말인가?

문득 오말리가 넘겨준 봉투 생각이 났다. 로멜리는 아픈 무릎걸음으로 일어나 책상에 앉은 뒤 봉투를 개봉했다. 종이 두 장, 하나는 바티칸 홍보팀에서 배포한 신상명세서였다.

헥토르 베니테스 추기경

베니테스 추기경은 67세이며 필리핀 마닐라에서 태어났다. 성 카를로스 신학교에서 공부하고 1978년 마닐라 대주교, 하이메 신 추기경에게 서임했다. 첫 임무는 톤도의 산토니뇨 성당, 그 후에는 산타아나의 긍휼하신 성모 성당에서 일했다. 마닐라 극빈촌에서 주로 봉사했으며, 집 없는 소녀들을 위해 보호소 여덟 곳을 설치했다. 이른바, 코르토나의 은총의 성녀 마가리타 프로젝트다. 1996년, 부카부의 대주교 크로스토퍼 문지히르바가 암살당한 후, 베니테스는 콩고 민주공화국에 자원해, 그곳에서 선교 생활을 했다. 향후 부카바에 가톨릭 병원을 세워 집단 성폭행 여성 피해자들, 주로 제1차, 제2차 콩고 전쟁 피해자들을 돌보았다.

2017년, 몬시뇰로 진급해 올해 초 교황 성하의 명에 따라 추기경단에 의중 추기경으로 이름을 올렸다.

로멜리는 글을 두 번이나 읽었다. 혹시 놓친 게 있나 해서다. 기억이 틀리지 않는다면 바그다드 관구는 신자가 기껏 2,000명 정도에 불과했다. 그런데도 베니테스는 중간 과정 없이 선교사에서 곧바로 추기경으로 건너뛴 것으로 보였다. 이런 식의 벼락출세가 또 있었던가? 로멜리는 오말리가 동봉했다는 친필 메모도 확인하기로 했다.

예하,

사도-궁무처 파일을 확인한 결과, 성하께서 베니테스 추기경을 처음 만난 때가 2017년 방 아프리카 중이었습니다. 당시 추기경 예하의 업적에 크게 감명을 받고 몬시뇰로 임명하셨죠. 바그다드 관구가 텅 비어갈 즈음, 주교성에서 세 명을 추천했으나 성하께옵서는 모두 거부하시고 기어이 베니테스를 임명하셨습니다. 올해 정월, 베니테스 추기경은 차량 폭탄 공격으로 가벼운 부상을 입었습니다. 그 후 그 핑계로 사임하려 했으나 바티칸에서 교황 성하를 비밀리에 만난 후 철회하였습니다. 그 밖에 특별한 정보는 없었습니다.

오말리.

로멜리는 의자에 등을 기댔다. 생각할 때면 늘 버릇처럼 오른손가락 옆을 자근자근 씹었다. 그래서 베니테스가 건강이 나빴다? 이라크 테러 사건 여파로? 어쩌면 그 때문에 그렇게 안색이 창백할지도 모르겠다. 그가 근무한 지역은 대체로 험지들이었다. 그런 식의 삶은 대가를 치르게 되어 있다. 분명한 사실은, 기독교 신앙이 구현하고자 하는 최고의 가치를 베니테스가 행했다는 것이다. 아무래도 잘 지켜봐야겠어. 그를 위해 기도도 하고.

벨이 울렸다. 오후 8시 30분. 저녁식사 시간이다.

✠   ✠   ✠

"사실을 직시합시다. 우리 바람에 한참 모자랍니다." 밀라노 대주교 사바딘이 테이블을 둘러보며 말했다. 무테 안경이 샹들리에 불빛에 번득였다. 이탈리아 추기경 그룹, 벨리니의 지지자 중에서도 핵심 멤버들이 모인 식탁이었다. 로멜리는 사바딘 맞은편에 자리를 잡았다.

오늘 밤이야말로 콘클라베의 진짜 사업이 벌어진다. 추기경 선거인단에 '어떤 형태의 협상이나 협의, 약속이나 위임을 금하고 어길 경우 파문의 죄로 묻는다'고 교황령으로 정하고는 있으나 콘클라베는 이미 선거가 된 지 오래다. 선거는 숫자 싸움이다. 누가 79표를 가져갈 것인가? 테데스코는 첫 투표에서 선두를 탈환해 기분이 좋은지, 지금은 남미 추기경 테이블에서 우스갯소리를 하고는, 아예 자기 복에 겨워 냅킨으로 두 눈을 찍어 누르기까지 했다. 트랑블레는 동남아시아 추기경들 얘기에 조용히 귀를 기울이고, 아데예미는 동유럽 보수파 대주교, 브로츠와프, 리가, 리비프, 자그레브의 초대를 받아 자리를 옮겼다. 사회 문제와 관련하여 그의 견해를 듣겠다는 자리이기에 경쟁자들도 신경이 쓰일 수밖에 없었다. 심지어 벨리니마저 가만히 있지 않았다. 북미 추기경 테이블에 건너가 사바딘 옆에 자리를 잡고 주교들에게 자율권을 확대하겠다며 자신의 포부를 드러냈다. 수녀들도 음식을 나르는 터라

163

어쩔 수 없이 상황을 엿듣게 되는데, 향후 기자들이 콘클라베 내부 상황을 캐내려 할 때 그중 일부가 유용한 정보원이 되기도 한다. 한 명은 아예 냅킨을 훔치기까지 했다. 한 추기경이 그 위에 첫 선두주자들의 득표수를 기록해놓았던 것이다.

"그래서 우리가 이기지 못한다는 얘긴가요?" 사바딘이 다시 한 사람 한 사람과 눈을 맞추었다. 로멜리가 보기에도 크게 당황한 표정이었다. 벨리니가 교황이 되면 그 밑에서 교황청 국무원장이 되겠다는 야심에 균열이 생긴 것이다. "천만에요, 아직 이길 수 있습니다! 오늘 투표로 뭐든 확실해진 게 있다면 다음 교황이 네 사람 중 하나라는 사실뿐이에요. 벨리니, 테데스코, 아데예미, 그리고 트랑블레."

볼로냐 대주교 델라쿠아가 말을 끊고 나왔다.

"여기 우리의 친구, 추기경단 단장님도 계세요. 단장님도 다섯 표를 받으셨죠."

"물론 대단한 일입니다. 지지자도 거의 없이 첫 투표에서 주요 후보로 부상하셨으니."

하지만 델라쿠아는 포기할 생각이 없었다.

"1978년 제2 콘클라베 당시 보이티와도 있잖습니까? 1차에서는 별로 표를 얻지 못했지만 8차 투표에서 결국 교황으로 선출되었죠."

사바딘이 신경질적으로 손사래를 쳤다.

"좋아요. 어쨌든 100년 만에 한 번 일어날까 말까 한 경우입니다. 본론으로 돌아가죠. 우리 단장님께서 카롤 보이티와가 될 생각은 없으시죠? 아니면, 설마, 내심을 숨기고 계신 겁니까?"

로멜리는 자기 접시를 내려다보았다. 메인요리는 파나마 햄으로 감싼 닭요리였다. 닭이 퍽퍽하고 탄내까지 났지만 다들 군말 없이 먹고 있었다. 사바딘은 로멜리가 벨리니 표를 빼앗아갔다며 힐난하고 있었다. 그냥 입 다물고 있을 수만은 없는 상황이라는 얘기다.

"저도 입장이 난감해요. 누가 나를 선택했는지 알면 제발 다른 사람을 뽑으라고 애원이라도 하고 싶건만. 누굴 찍어야 하느냐고 묻는다면 당연히 벨리니라고 대답하리다."

"중립을 지켜야 하지 않습니까?" 토리노 대주교 란돌피였다.

"에, 무슨 말씀이신지 알겠소. 물론 벨리니를 위해 선거운동을 할 수는 없겠지. 하지만 누군가 의사를 묻는다면 표현할 권리는 있다오. 벨리니야말로 세계교회 수장 자리에 가장 적격 아니겠소?"

"제 말이 그 말입니다. 단장님 표만 온다면 우리도 스물세 표가 돼요. 오늘 한두 표를 얻은 후보자들이야 내일 떨어져 나가겠죠. 그럼 서른여덟 표가 공중에 뜨게 됩니다. 우린 그냥 주워 담기만 하면 돼요."

"그냥이라고요? 죄송합니다만, 그냥 되는 것은 아무것도 없습니다, 예하!"

델라쿠아의 말투는 비아냥으로 가득했으나 아무도 대꾸하지 못했다. 사바딘은 얼굴이 벌게지고, 사람들은 아무 말 없이 다시 음식을 씹기 시작했다.

✠ ✠ ✠

속세에서는 기(氣)라고 하고 신앙인들은 성령이라 믿는 힘이 있다. 그 힘이 그날 밤 누군가에게 임했다면 다름 아닌 아데예미였다. 경쟁자들도 얼핏 눈치를 챈 표정이었다. 예를 들어, 추기경들이 커피를 마시기 위해 일어나고 리스본 총대주교 루이 브란다우 드크루스가 저녁 끽

연을 하겠다며 안뜰로 나가자 트랑블레가 곧바로 뒤쫓아갔다. 모르긴
몰라도 지지를 부탁할 것이다. 그래도 아데예미는 그저 로비 모퉁이에
담담하게 서 있기만 했다. 유권자들을 그에게 몰고 와 대화를 하게 만
드는 일은 지지자들 몫이었다. 그 앞에 금세 작은 줄이 생겼다.

로멜리는 프런트데스크에 기댄 채 커피를 홀짝이며 아데예미를 지
켜보았다. 지금은 사람들과 대화 중이었다. 그가 백인이었다면 테데스
코보다 반동적이라며 자유주의자들이 비난을 퍼부었을 것이나, 단지
흑인이라는 이유 때문에 아무도 시비를 걸지 못했다. 예를 들어, 동성
애를 맹렬히 비난하면 그저 아프리카 문화유산 탓으로 돌렸다. 아데예
미를 온전히 이해하겠다는 생각도 들었다. 실제로 교회를 통합할 장본
인일 수도 있지 않은가. 게다가 도량도 커서 성 베드로의 옥좌를 가득
채우고도 남을 법하다.

문득, 너무 노골적으로 그만 지켜보았다는 사실을 깨달았다. 다른 사
람들과도 어울려야 하건만 솔직히 내키지가 않았다. 물론 로비 여기저
기를 돌아다니기는 했다. 하지만 컵과 접시를 방패처럼 들고는 가볍게
미소 짓거나 고개 인사를 하는 식으로 재빨리 추기경들을 피해 달아나
기만 했다. 그러던 중 모퉁이 주변, 그러니까 성당 문 옆에서 베니테스
를 보았다. 지금은 추기경들이 에워싼 채 그의 말에 귀를 기울이고 있
었다. 도대체 무슨 말을 하는 걸까? 베니테스도 어깨너머를 돌아보고
로멜리가 자신을 바라보고 있음을 깨달았다. 그가 양해를 구하고 로멜
리한테로 건너왔다.

"안녕하십니까, 단장님?"

"예, 안녕하세요. 그래, 건강은 어떠십니까? 힘들지 않나요?"

로멜리는 베니테스의 어깨를 짚으며 걱정스레 얼굴을 살폈다.

"건강은 아주 좋습니다, 감사합니다."

베니테스는 그 질문에 가볍게 긴장하는 듯 보였다. 건강 문제로 사임하겠다는 얘기는 로멜리도 들었으나 사실 은밀한 정보였다.

"미안해요. 무례했다면 용서하시길. 다만 여독에서 회복되셨는지 궁금해서요."

"예, 이젠 괜찮습니다. 잠을 푹 잔 덕분이죠. 감사합니다."

"잘됐군요. 함께할 수 있어서 기쁩니다." 로멜리는 추기경의 어깨를 다독이곤 얼른 손을 거두고 커피를 홀짝였다. "시스티나에서 보니, 추기경께서도 지지표가 있으시더군요."

"예, 그렇더군요. 전 예하께 투표했습니다." 베니테스가 겸연쩍게 웃었다.

로멜리가 놀라 컵을 컵 받침에 부딪쳤다.

"오, 맙소사!"

"앗, 용서하세요. 제가 발설하면 안 되죠?"

"아니, 아니, 그렇지는 않아요. 게다가 영광이기도 하지만 난 의미 있는 후보가 아니에요."

"하오나, 예하, 자격이야 추기경들이 결정하지 않겠습니까?"

"물론 그렇긴 하지만 어쨌거나 날 잘 모르시잖아요. 교황 자격과는 거리가 먼 사람이랍니다."

"스스로 가치가 없다고 믿는 사람이야말로 정말 가치 있는 사람이죠. 예하께서도 설교하실 때 그렇게 말씀하시지 않으셨습니까? 의심이 없으면 신념도 없다고? 저도 경험한 바가 있어 감명이 깊었는걸요. 정말 아프리카에서 저처럼 지냈더라면 누구든 주님의 자비를 의심했을 겁니다."

"친애하는 헥토르…… 헥토르라고 불러도 괜찮겠죠? 다음 투표에서는 부디 다른 형제한테 표를 주세요. 실제 당선 가능성이 있는 후보 말입니다. 저라면 벨리니를 뽑겠습니다."

베니테스가 고개를 저었다.

"교황 성하께서 예전에 벨리니를 이렇게 묘사하셨죠. '똑똑하지만 신경과민이다.' 제 생각도 그렇습니다. 죄송합니다, 단장 예하. 전 예하께 투표합니다."

"내가 이렇게 부탁하는 데도요? 오늘 오후, 추기경께서도 표를 받으셨죠?"

"예, 터무니없는 일이었죠."

"그럼 내가 계속 헥토르한테 투표하다가 덜컥 교황이 되면 기분이 어떻겠습니까?"

"교회의 재앙이 따로 없겠군요."

"그래요, 내가 교황이 되어도 마찬가지일 게요. 내 부탁을 다시 한 번만 생각해줘요."

베니테스는 그러겠다고 대답했다.

✠ ✠ ✠

베니테스와 대화한 뒤 다른 주요 후보자들을 찾아다녔지만 쉽지 않았다. 테데스코는 로비의 진홍색 팔걸이의자에 등을 기댄 채 앉아 있었다. 통통한 두 손은 겹쳐 넉넉한 배 위에 올려놓고 두 발은 커피 테이블 위에 올렸는데, 그 정도 덩치의 사내치고는 놀랍도록 우아해 보였다. 구두는 교정용인데 이미 심하게 닳은 데다 모양도 흉했다.

"두 번째 투표에서는 내 이름을 빼려고 애쓰는 중입니다. 그 말씀을 드리고 싶었어요."

테데스코가 실눈을 하고 로멜리를 보았다.

"왜 그런 일을 하십니까?"

"추기경단 단장으로서 중립을 지키고 싶어서죠."

"중립은 오늘 아침에 깨지 않으셨던가요?"

"그런 식으로 받아들이셨다면 유감입니다."

"아, 그 문제라면 걱정하지 않으셔도 됩니다. 제 입장이라면…… 단장께서 후보자로 뛰었으면 하는 쪽입니다. 그 주제를 공론화하고 싶으니까요. 제 생각엔 스카비치 추기경께서 명상 시간에 충분히 답을 주셨죠. 게다가……." 테데스코는 작은 발을 가볍게 흔들며 눈을 감았다. "단장께서는 자유주의 지지표를 분열시키고 있잖습니까!"

로멜리가 물끄러미 바라보자 상대가 씩 하고 웃어 보였다. 테데스코는 말 그대로 시장에서 돼지를 파는 사람만큼이나 교활했다. 40표. 베네치아 총대주교한테 필요한 표는 40표뿐이었다. 그렇게만 되면 방어선을 형성해 역겨운 진보주의자의 당선을 막을 수 있다. 할 수만 있다면 콘클라베를 며칠이고 끌어갈 위인이기도 했다. 문득 로멜리 자신의 입장이 얼마나 난감한지 깨달았다. 그 때문에라도 어서 빨리 이곳을 벗어날 필요가 있었다.

"안녕히 주무세요, 총대주교님."

"안녕히 주무세요, 단장님."

잠자리에 들기 전, 로멜리는 선두 후보자 셋을 한 명씩 만나 철회 의사를 밝혔다.

"누구든 제 이름을 언급하면 부디 그렇게 전해주세요. 그래도 진의를 의심하면 저한테 보내주시고요. 제 바람은 오로지 콘클라베에 봉사하고 옳은 결정에 이르도록 돕는 것뿐입니다. 나 자신이 후보자로 나서면 아무래도 어렵겠죠."

트랑블레는 인상을 찌푸리며 턱을 문질렀다.

"죄송합니다만, 단장 예하, 그런 말을 하면 결국 예하께서 겸손의 표본으로 보이지 않겠습니까? 마키아벨리가 있다면, 그야말로 선거판을 뒤집을 만한 신의 한 수라고 감탄했을 겁니다."

너무도 모욕적인 언사였다. 불현듯, 소위 사라진 보고서 문제를 공론화할까 생각도 했지만…… 그런다고 무슨 소용이 있겠는가? 이자가 부인하면 그만 아닌가? 로멜리는 대신 공손하게 대꾸했다. "그렇게 생각할 수도 있겠군요, 예하. 그럼 그 문제는 예하의 손에 맡기기로 하죠."

그러고는 아데예미를 만났다. 아데예미의 반응은 지극히 정치적이었다.

"지극히 합당하신 대응이십니다. 제가 단장님께 기대했던 반응이기도 하고요. 예, 지지자들에게 전해 단장님 얘기를 알리도록 조처하겠습니다."

"예, 그런데 추기경님 지지자들이 아주 많더군요." 아데예미가 로멜리를 빤히 바라보았다. 로멜리가 미소 지었다. "용서하십시오, 오늘 저녁에 어쩔 수 없이 모임을 엿듣게 되었습니다. 제 방이 바로 옆방이거든요. 벽은 아주 얇고요."

아데예미의 표정이 밝아졌다.

"아, 예, 첫 투표 말씀이군요. 다소 격앙되기는 했지만 사실 기현상이었죠. 또다시 그런 기적은 없을 겁니다."

벨리니는 막 2층 침실로 올라가는 중이었다. 로멜리는 그를 붙잡고 다른 사람들과 마찬가지로 상황을 전하고 이렇게 넛붙였다.

"비록 몇 표 되지 않지만 예하의 표를 잠식한 듯하여 무척 마음이 아픕니다."

"그럴 필요 없습니다. 오히려 마음이 놓이는걸요. 아무래도 나한테서 성배가 빠져나가고 있는 듯합니다. 대체로 그렇게들 느끼는 것 같더군요. 나도 바라마지 않지만 정말로 그렇다면…… 그 성배가 단장님께 건너가기를 바랄 뿐입니다." 벨리니는 로멜리의 팔짱을 끼고 함께 계단을 오르기 시작했다.

"우리 중 교황의 성스러움과 지혜를 지닌 분은 예하뿐입니다." 로멜리가 말했다.

"아뇨, 나보다야 단장님이죠. 난 너무 마음이 산만합니다. 교황 마음이 산만하면 쓰겠습니까? 어쨌거나 각오는 하세요. 진심입니다. 내 입지가 더 약해지면 지지자 대부분이 단장님께로 옮겨갈 테니까."

"아뇨, 아뇨, 안 됩니다. 그럼 재앙이에요!"

"생각해보세요. 동포 추기경들이야 간절하게 이탈리아 출신 교황을 기대하겠지만, 대부분 테데스코는 인정하려 들지 않아요. 내가 무너지면 그 사람들이 의지할 후보자는 단장님뿐입니다."

로멜리는 계단 중간에서 멈춰 섰다.

"그런 끔찍한 생각을 어찌! 절대 그렇게 되지 않도록 해야죠! 어쩌면…… 아데예미가 대안이 될 수도 있습니다. 분명 바람을 타고 있어요." 다시 계단을 오르며 로멜리가 덧붙였다.

"아데예미? 동성애는 살아서 교도소에 가고 죽어서 지옥에 떨어져야 한다고 떠들어대는 자 아닌가요? 절대 대안이 될 수 없어요!"

두 번째 층계, 교황 성소 밖에서 촛불들이 깜빡이며 층계참에 붉은빛을 드리웠다. 두 추기경은 잠시 멈춰 서서 닫힌 문을 바라보았다.

"마지막 몇 주 동안 도대체 무슨 생각을 하셨을까요?" 벨리니가 혼잣말처럼 중얼거렸다.

"모르죠. 지난 한 달 내내 성하를 뵙지도 못했답니다."

"아, 보셨어야 했는데. 무척 이상했어요. 무슨 생각을 하는지 도통 알 수도 없고 비밀도 많으신 듯 했습니다. 죽음이 임박하심을 감지하셨을까요? 온통 이상한 생각들만 하셨죠. 지금도 성하의 존재를 분명하게 느낍니다. 단장님은 안 그러십니까?"

"마찬가지입니다. 여전히 성하와 대화도 하고, 때때로 그분께서 우리를 지켜보고 있음을 느끼기도 하죠."

"예, 나도 그래요. 에, 이제 헤어져야겠군요. 제 숙소는 3층입니다." 벨리니가 열쇠를 살폈다. "301호실. 성하 성소 바로 위죠. 성하의 영혼이 천장을 뚫고 올라오는 걸까요? 그래서 이렇게 좌불안석일까요? 부디 안녕히 주무세요, 야코포. 내일 아침 이맘때쯤 우리가 어디에 있을지 누가 알겠습니까?"

"안녕히 주무세요."

로멜리가 그의 등 뒤에 대고 인사했다.

벨리니는 돌아보지 않고 대답 대신 손을 들어 보였다.

그가 떠난 후 로멜리는 잠깐 서서 교황 성소를 보았다. 문은 밀랍과 리본으로 봉한 채였다. 문득 성하와 베니테스의 대화가 떠올랐다. 성하께서 정말 저 필리핀 추기경을 잘 알고 계셨을까? 정말로 그 친구를 믿으신 걸까? 당신의 국무원장을 비판할 정도로? 어쨌든 그 말씀은 충분히 설득력이 있었다. '총명하지만 신경질적이다.' 마치 성하의 목소리를 듣는 것 같지 않은가?

그날 밤 로멜리의 밤도 불안하기는 마찬가지였다. 몇 년 만에 처음으로 어머니 꿈도 꾸었다. 40년을 과부로 살면서 아들이 너무 냉담하게 대한다고 투덜대셨다. 새벽에 깨어났을 때 어머니의 구슬픈 목소리가 여전히 귓전을 울리고 있었다. 그리고 잠시 후…… 그 목소리가 환청이 아니라 진짜임을 깨달았다. 분명 근처에 여자가 있었다.

여자?

로멜리는 옆으로 돌아누우며 시계를 찾았다. 새벽 3시 직전.

다시 여자 목소리. 누군가를 원망하는 듯 다급한 목소리다. 히스테리에 가까운……. 이윽고 중후한 남성 목소리도 들렸다. 부드럽게 다독이고 달래는 소리.

로멜리는 침대보를 젖히고 불을 켰다. 두 발을 바닥에 댈 때는 철제 침대의 낡은 용수철이 큰 소리로 삐걱거렸다. 로멜리는 조심조심 방을 건너가 벽에 귀를 댔다. 목소리는 더 이상 들리지 않았다. 초벽 판지 저 너머에서도 역시 이 방 인기척에 귀를 기울이고 있었을 것이다. 몇 분간 같은 자세로 귀를 기울이다가 마침내 이게 무슨 바보짓인가 하는 생각이 들었다. 의심할 일이 따로 있지. 그런데 순간 아데예미의 목소리가 들렸다. 아무리 속삭인다 한들 특유의 공명음을 놓칠 수는 없었다. 이윽고 딸깍하고 문 닫히는 소리. 로멜리는 재빨리 문으로 달려가 활짝 열었다. 그 순간 빈센트 수녀회의 청색 유니폼이 모퉁이를 돌아 사라졌다.

＊　＊　＊

후일 돌이켜보면 분명 큰 실수였다. 그 즉시 옷을 갈아입고 아데예미 방을 노크해야 했다. 상황이 정리되고 소문이 굳어지기 전에 미리 추기경을 만났다면 무슨 일인지 솔직하게 얘기할 수 있었을 것이다. 그 대신 로멜리는 다시 침대에 올라가 침대보를 턱까지 올린 채 무슨 일일까 궁금해했다.

가장 분명한 해명은—그러니까 자기 입장에서 피해를 최소화할 해석은—수녀한테 고민거리가 생겼고 그래서 깊은 밤 다른 수녀들이 건물을 떠난 후 변장한 채 아데예미를 찾아 조언을 구했다는 정도였다. 성녀 마르타의 집에 있는 수녀 상당수가 아프리카 출신이었다. 그녀 또한 나이지리아에서부터 추기경을 알았을 가능성이 얼마든지 있었다. 물론 한밤중에 동반자도 없이 수녀를 방에 들였으니 아데예미로서는 경솔하기 짝이 없는 처신이었다. 하지만 경솔한 행동을 딱히 죄라고 할 수는 없지 않은가? 그 이후 이런저런 해석이 분분했지만 어느 것이든 로멜리로서는 생각만으로도 끔찍한 종류였다. 솔직히 말해서 그런 상황을 다루는 훈련을 해본 적이 없었다. 요한 23세의《영혼 일기(Journal of a Soul)》의 구절이 젊은 사제 시절의 갈등 이후 그 자신을 인도하기는 했다.

여자 문제라면 해결책은 단 하나뿐이다. 대화하지 말라. 단 한 마디도. 이 세상에 여자가 없는 것처럼 생각하고 행동하라. 아무리 가까운 친구 사이라 해도, 여자를 어떻게 다루어야 할지 절대 상의도 하지 말라. 이 진리야말로 내 성직 초기에 가장 심오한 불변의 가르침이었다.

이는 정신훈련 중에서도 핵심이었고, 덕분에 로멜리는 60년 이상 독신으로 남을 수 있었다. **여자는 생각도 하지 말 것!** 옆방에서 어떤 일이 있었으며, 또 아데예미와 남자 대 남자로서 여자 얘기를 한다는 생각만으로도 추기경의 폐쇄적인 지적 시스템으로서는 도저히 어찌해볼 수 없는 개념이었다. 따라서 사건 자체를 아예 잊기로 결심한 것이다. 아데예미가 고해성사를 한다면 듣기는 할 것이다. 고해 신부의 입장으로. 그렇지 않다면 그 일은 아예 일어난 적조차 없는 듯 행동하리라.

로멜리는 손을 뻗어 스위치를 껐다.

9
두 번째 투표

새벽 6시 30분. 아침 미사 종소리가 울렸다.

로멜리도 잠에서 깨어났지만, 어쩐지 마음 깊은 곳에서 절망감이 잔뜩 똬리를 튼 기분이었다. 잠에서 완전히 깨는 순간, 뱀이 기어이 똬리를 풀고 달려들 것만 같았다. 욕실로 들어가 다시 뜨거운 샤워로 이 기분을 떨쳐내려 했으나, 거울 앞에 서서 면도하는 순간에도 불안감은 여전히 그곳, 로멜리의 등 뒤에 웅크린 채 숨어 있었다.

로멜리는 수건으로 몸을 닦고 제의를 입은 다음 기도대에 무릎을 꿇고 묵주기도를 올렸다. 주여, 지혜와 은총을 내리셔서 오늘의 시련을 이기도록 도와주소서. 옷을 입는데 손가락이 모두 떨렸다. 로멜리는 잠시 동작을 멈추고 마음을 가다듬었다. 수단, 허리띠, 소백의, 망토 등 옷을 하나하나 입을 때마다 기도문도 따라했다. "오, 주여, 신앙의 띠로 저를 돌보시고 욕정의 불을 끄셔서 올해도 다음 해도 정숙함이 내 안에 가득하도록 하소서." 그렇지만 기도는 기계적이어서 마치 전화번호를 알려주듯 아무런 느낌이 없었다.

방을 나서기 전 제의를 입다가 문득 거울에 모습을 비춰보았다. 사람들 앞에 나서는 모습과 자신이 알고 있는 자신의 모습이 이렇게나 딴판이라니!

로멜리는 추기경들과 함께 계단 아래 1층 성당으로 향했다. 성당은 별관이라 본관 옆에 붙어 있으며 근대주의 건축답게 지극히 무미건조했다. 둥근 돔 천장은 흰색 나무 서까래와 유리로 만들고, 대리석 바닥은 크림색과 금색으로 번쩍거렸다. 그 때문인지 로멜리에게는 공항 라운지처럼 보였으나 교황은 신기하게도 바오로 예배당보다 더 좋아했다. 벽 한쪽은 온통 두꺼운 유리 거울이고 바닥은 나무 화분으로 장식했다. 유리 너머 옛 바티칸 성벽이 길게 보였으나, 그 안에서 하늘을 보는 것은 고사하고 새벽인지 아침인지조차 알 수가 없었다.

2주 전, 트랑블레가 로멜리를 찾아와 성녀 마르타의 집 아침 미사를 주관하게 해달라고 요청했다. 때마침 '로마 교황 선출을 위해(Pro Eligendo Romano Pontifice)' 미사 때문에 부담을 느끼던 터라 기꺼이 받아들였다. 지금으로서는 후회하는 쪽이다. 저 캐나다 추기경한테 기회를 제공해, 콘클라베 추기경들한테 전례를 주관하는 기술을 보여주게 되었기 때문이다. 트랑블레는 할리우드 로맨스영화의 성직자처럼 생겼다. 노래도 잘 불렀다. 스펜서 트레이시를 염두에 두었을까? 동작도 지극히 극적이라 실제로 성령이 충만한 것처럼 보였으나 거짓되거나 이기적으로 보일 정도로 과장이 심하지는 않았다. 로멜리가 줄을 섰다가 영성체를 받기 위해 트랑블레 앞에 무릎을 꿇는데, 문득 신성모독에 가까운 생각이 들었다. 어쩌면 이 미사 한 번으로 트랑블레에게 서너 표는 넘어가지 않을까?

아데예미가 마지막으로 성체를 받았지만, 자리로 돌아오면서는 로멜리는 물론 다른 사람한테도 애써 시선을 주지 않았다. 표정이 무척이나 진지했다. 진지하고 초연하고 뭔가에 골몰한 얼굴. 점심시간이면 자신이 교황이 될지 여부를 알게 될 것이다.

축복이 끝난 뒤 추기경 몇 명이 뒤에 남아 기도를 올렸으나 대부분 곧바로 아침식사를 위해 식당으로 직행했다. 로멜리는 홍콩과 세부 대주교들 사이에 자리를 잡았다. 추기경들은 공손하게 대화하려 했으나 이내 정적이 길어지고 대화는 뚝뚝 끊겼다. 그래서 대부분 뷔페 음식을 챙기기 위해 일어났지만 로멜리는 그냥 자리에 앉아 있었다.

수녀들은 테이블 사이를 돌아다니며 커피를 제공했다. 문득 깨달았지만 지금껏 부끄럽게도 수녀들을 애써 외면했다. 대충 평균 나이가 쉰살 정도일 것이다. 인종은 다양했지만 키는 예외 없이 작았다. 아그네스 수녀가 자신보다 키가 큰 여성은 채용하지 않기로 방침을 정한 탓이다. 대부분 안경을 썼는데, 파란 유니폼, 머리 장식, 겸손한 태도, 내리깐 시선, 침묵…… 분위기는 전체적으로 추기경들의 시선을 끌지 않도록 고안했을 법하다. 추기경들의 대화에 끼어들지 말라는 지시도 있었으리라. 수녀 한 명이 아데예미에게 커피를 따라줄 때 개의치 않은 것도 그 때문이었다. 돌아가신 성하께서는 적어도 일주일에 한 번 정도 수녀들과 함께 식사를 했다. 나름대로 겸손한 자세였으나 그 때문에 교황청 내에서 입방아에 오르기도 했다.

9시 직전 로멜리는 식사에 손도 대지 않은 채 그냥 물렀다. 그리고 자리에서 일어나 이제 곧 시스티나 예배당으로 돌아가야 할 시간임을 알렸다. 로멜리를 선두로 추기경들이 출애굽기처럼 몰리기 시작했다. 오말리는 벌써 클립보드를 들고 프런트데스크 옆에 자리를 잡았다.

"안녕하십니까, 예하."

"좋은 아침이야, 레이."

"잠은 잘 주무셨습니까?"

"그래, 잘 잤네. 고마워. 비가 오지 않으면 오늘은 걷고 싶군그래."

스위스 근위병이 문을 열어주었다. 로멜리는 아침 햇살 속으로 발을 내디뎠다. 바람은 차고 습했다. 성녀 마르타의 집이 더운 탓인지 바깥 산들바람에 기운이 났다. 광장 가장자리를 따라 소형 버스들이 툴툴거리며 줄지어 서 있고 버스마다 사복 차림의 근위병들이 대기 중이었다. 로멜리가 도보로 길을 나서자 여기저기 숙덕거리는 소리가 들렸다. 바티칸 정원 쪽을 향해 떠나다 돌아보니 로멜리의 경호원들이 뒤따라오고 있었다.

평소라면 바티칸 이쪽은 교황청 관리들의 출근이나 약속 때문에 혼잡했다. 바티칸 시국 번호판 차량들도 자갈돌을 퉁기며 오갔겠지만 콘클라베 기간 중에는 지역 전체가 출입금지였다. 성 카를로 궁전은 얼간이 투티노 추기경이 초호화 아파트를 지은 곳인데 지금은 그곳마저 황량해 보였다. 흡사 엄청난 재앙이 교회에 닥쳐 종교 시설을 휩쓸고, 근위병만 빼고 모조리 죽여버린 것만 같았다. 근위병들이 말뚱가리처럼 폐허를 뒤덮고는 정원을 지날 때마다 삼삼오오 나무 뒤에 숨어 로멜리가 지나가는 동안 지켜보았다. 근위병 하나가 셰퍼드 한 마리를 짧은 가죽끈으로 붙든 채 화단에 폭발물이 있나 확인 중이었다.

로멜리는 불현듯 길을 벗어나 짧은 계단을 오르고 분수를 지나 빈터에 이르렀다. 잔디가 젖어 있어서 수단 자락을 들어 올렸다. 잔디가 푹푹 들어가고 물기가 배어 나왔다. 이곳에서는 숲 너머 로마의 낮은 언덕이 보였다. 언덕은 11월의 창백한 불빛에 회색으로 보였다. 누가 되든 신임 교황은 다시는 마음대로 도시를 돌아다닐 수 없으리라. 책방을 돌아다니거나 야외 카페에 앉아 있지도 못하고 이곳 감옥에 갇혀 지내야 하리라! 라칭거는 교황 자리를 사임했으면서도 결국 탈출에 실패한 채 평생 정원의 개량 수도원에 갇혀 유령 같은 존재로 생을 마감하지 않았던가? 로멜리는 부디 그런 운명에 처하지 않게 해달라며 다시 한 번 기도했다.

등 뒤로 무전기 잡음 소리가 명상을 방해했다. 잠시 후에는 정체 모를 전자음까지 들렸다. 로멜리가 이를 앙다물며 투덜댔다.

"오, 제발 꺼져버려!"

돌아보니 근위병 하나가 아폴로 동상 뒤에 숨었다가 모습을 드러냈다. 사실, 우스꽝스럽기까지 했다. 이렇게 어정쩡한 잠복이라니. 길 아래를 보니 추기경 몇몇이 로멜리를 따라 걷기를 선택한 모양이었다. 그 뒤로 아데예미도 보였는데 혼자였다. 로멜리는 황급히 계단을 내려갔다. 솔직히 피하고 싶었건만 아데예미가 걸음을 재촉하더니 기어이 단장을 따라잡았다.

"안녕히 주무셨습니까, 단장님."

"좋은 아침입니다, 조슈아."

두 사람은 버스들이 지나가도록 물러섰다가 다시 걸었다. 서쪽 성 베드로 대성당 고지대를 지나면 사도궁 방향이다. 로멜리 자신이 먼저 입을 열어야 한다는 생각은 들었으나 오래전 경험으로 보아 헛소리를 지껄이느니 차라리 입을 다무는 쪽이 나았다. 어젯밤 자신이 목격한 바를 언급하고 싶지도 않고 자신 말고 그 누구의 양심을 지켜줄 생각도 없었다. 결국 먼저 입을 연 사람은 아데예미였다. 첫 번째 안뜰 입구에서 스위스 근위병의 경례를 받은 직후였다.

"드릴 말씀이 있습니다만, 괜찮으시죠?"

로멜리는 조심할 수밖에 없었다.

"어떤 말씀이냐에 따라 다르겠죠?"

아데예미가 입술을 삐죽 내밀더니 고개를 끄덕였다. 짐작했던 대답이라도 된다는 투였다.

"어젯밤 단장님 설교에 크게 동의한다고 말씀드리고 싶었습니다."

로멜리는 놀라 그를 보았다.

"예? 그 반대일 줄 알았는데?"

"생각하시는 것보다 조금 더 복잡한 인물일 수 있습니다. 단장님, 우리는 모두 신앙 검증을 받습니다. 그리고 모두 실수를 하죠. 하지만 기독교 신앙은 그 어떤 용서의 메시지 위에 있습니다. 단장님 말씀의 요점이 아니었던가요?"

"용서, 그래요. 동시에 관용도 있죠."

"예, 맞습니다. 관용. 이번 선거가 끝나면 단장님의 온화한 목소리가 교회 최고위직의 조언 형태로 들릴 것입니다. 제가 할 수만 있다면 분명히. 예, **최고위직**입니다." 그가 그 말을 크게 강조했다. "이해하시겠죠? 자, 단장님, 그럼 실례하겠습니다."

아데예미는 보폭을 넓히더니 달아나듯 앞쪽 추기경들을 서둘러 따라잡았다. 그가 두 추기경의 어깨를 잡더니 힘껏 끌어안았다. 로멜리는 멍하니 뒤따라 걸었다. 지금 환각이라도 본 걸까? 아니면 입을 다물어주면 국무원장 자리를 돌려주겠다고 제안을 받은 건가?

✱　✱　✱

추기경들은 다시 시스티나 예배당에 모였다. 문이 잠겼다. 로멜리는 제단 앞에 서서 추기경 하나하나의 이름을 불렀다. 모두가 참석했음을 알렸다.

"기도합시다."

추기경들이 일어섰다.

"오, 주님, 그리하여 주님의 교회를 지도하고 지켜보나니, 주님의 종 복들에게 지혜와 진실, 평화의 축복을 내리소서. 그리하여 주님의 의지를 깨닫고 혼신을 다해 주님께 봉사하도록 도우소서. 우리 주 예수님께 기도하나이다."

"아멘."

추기경들이 앉았다.

"이제 두 번째 투표를 진행하겠습니다. 검표원들, 자기 위치를 확인 해주시겠습니까?"

룩사와 메르쿠리오, 뉴비가 자리에서 일어나 성당 안쪽으로 자리를 옮겼다.

로멜리도 자리로 돌아와 투표용지를 꺼냈다. 검표원들이 준비를 마치자 로멜리는 펜 뚜껑을 열고 옆 사람에게 보이지 않도록 조심조심 다시 한 번 '벨리니'라고 적고 자리에서 일어나 용지를 높이 들어 콘클라베가 모두 보도록 한 채 제단으로 걸어갔다. 머리 위 〈최후의 심판〉에서 저주받은 자들이 무저갱 속에 빠지는 동안 천국의 주인들이 모두 몰려들었다.

"우리 주 그리스도를 증인으로 청하오니, 부디 내 인도자가 되시어, 내 표가 반드시 교황이 되어야 할 분께 가도록 이끄소서."

로멜리는 성배 위에 용지를 올린 다음 뒤집어 투표함 안에 빠뜨렸다.

✠ ✠ ✠

   1978년, 카롤 보이티와는 콘클라베에 《마르크스주의 저널》을 들고 들어와 장장 여덟 차례 투표가 이어질 때까지 조용히 앉아 읽어 내려갔다. 그리고 콘클라베는 그를 교황으로 선출했다. 하지만 요한 바오로 2세가 된 후에는, 후계자들에게 그런 식의 혼란을 허락하지 않았다. 1996년 법을 개정해 선거인단 누구도 시스티나 예배당에 읽을거리를 들여오지 못하게 금한 것이다. 물론 성서는 예외다. 추기경들 책상마다 성서를 배치해 영감을 얻을 수 있게 해주었다. 추기경들의 임무라면 눈앞의 선택을 위해 성심껏 묵상하는 것뿐이다.

   로멜리는 프레스코화와 천장을 올려다보고, 신약을 들춰보고, 후보자들이 투표를 위해 제단으로 향하는 모습을 살펴본 뒤 눈을 감고 기도했다. 시간을 확인하니 모두가 투표를 마치기까지 총 68분이 걸렸다. 오전 10시 45분 직전, 러드가드 추기경이 마지막으로 투표한 뒤 성당 뒤쪽 자리로 돌아오고, 룩사 추기경이 투표 단지를 들어 콘클라베에게 확인해주었다. 이윽고 검표원들이 첫 투표와 마찬가지로 의식을 치렀다. 뉴비 추기경은 접은 투표용지들을 두 번째 투표함으로 옮긴 다음 118표가 될 때까지 하나하나 세어나갔다. 뉴비는 메르쿠리오와 함께 제단 앞에 탁자와 의자 셋을 준비했다. 룩사가 천으로 탁자를 덮고 그 위에 투표함을 놓았다. 세 사람이 자리에 앉았다. 룩사가 교구 기금 모금인을 위해 추첨표를 꺼내기라도 하듯, 화려한 투표함에 손을 넣어 첫 번째 투표용지를 꺼냈다. 그리고 용지를 펼쳐 읽고 기록한 뒤 다시 메르쿠리오한테 넘겼다.

로멜리는 펜을 들었다. 뉴비는 투표용지를 바늘과 실로 꿰고 마이크에 다가갔다. 특유의 형편없는 이탈리아어가 장내를 가득 채웠다.

"두 번째 투표의 첫 득표자는 로멜리 추기경입니다."

순간 끔찍한 상상이 들었다. 동료들이 몰래 나를 교황으로 뽑기로 음모를 짠 거야! 그래서 미처 대처하기 전에 몰표의 파도에 휩쓸려 교황이 되고 마는 거야! 다행히 다음 득표자는 아데예미였다. 그리고 테데스코, 다시 아데예미. 그러고도 한참 동안 로멜리의 이름은 올라오지 않았다. 로멜리는 펜으로 추기경 명단을 오가며 득표자가 나올 때마다 표시를 해나갔다. 어느덧 자신이 다섯 번째 후보자가 되어 쫓아가고 있었다. 마침내 뉴비가 마지막 이름 '트랑블레 추기경'을 호명할 때, 로멜리는 총 아홉 표를 차지했다. 첫 번째 얻은 득표에 비해 거의 두 배였다. 전혀 바라던 바는 아니었지만 아직 안심할 수준이기는 했다. 돌풍을 몰고 수위를 차지한 인물은 아데예미였다.

아데예미 35

테데스코 29

벨리니 19

트랑블레 18

로멜리 9

기타 8

이렇듯 인간 야욕의 안개 속에서도 주님의 의지가 보이기 시작했다. 언제나처럼 두 번째 투표에서 가망 없는 후보군이 떨어져 나가고 나이지리아 추기경이 그중 열여섯 표를 가져갔다. 이른바 인지(認知)에 따른 지지인 셈이다. 테테스코도 일곱 표를 더했으니 만족할 수 있다. 반면에 벨리니와 트랑블레는 거의 변화가 없었다. 어쩌면 트랑블레한테는 그다지 나쁜 결과가 아닐지 모르지만 전 국무원장 벨리니로서는 재앙이 따로 없으리라. 가능 후보군에서 생존하려면 적어도 20대 후반의 득표를 유지해야 한다.

득표수를 검토하는데 다소 의외의 현상을 발견했다. 선두군에 집중하느라 놓친 사실……. 베니테스의 득표수가 증가했다. 한 표에서 두 표로.

10
세 번째 투표

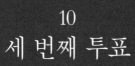

뉴비가 결과를 발표하고 추기경 검표원 셋이 검토를 마쳤다. 로멜리는 일어나서 제단으로 걸어가 뉴비한테서 마이크를 넘겨받았다. 시스티나는 저주파 잡음을 토해내는 것만 같았다. 네 줄의 테이블 여기저기 추기경들이 득표수를 계산하고 옆 사람에게 숙덕거렸다.

제단 층계에 서자 선두 경쟁자 넷의 얼굴이 한 번에 눈에 들어왔다. 벨리니는 추기경 주교이므로, 로멜리 쪽에서 보면 성당 오른쪽이었다. 지금은 수치를 살피며 검지로 자기 입술을 톡톡 두드렸는데, 어딘가 고립된 존재 같았다. 조금 더 뒤로 가면 통로 반대편에 테데스코가 의자에서 상체를 뒤로 젖힌 채 팔레르모의 명예대주교 스코차치에게 귀를 기울이고 있었다. 스코차치는 바로 뒷줄에서 테이블 위로 잔뜩 상체를 내민 채 무슨 말인가를 했다. 테데스코와 조금 떨어진 곳, 트랑블레가 마치 경기를 기다리는 운동선수처럼, 상체를 좌우로 비틀며 몸을 풀었다. 맞은편이 바로 아데예미였다. 아데예미는 정면을 바라보았는데, 어찌나 미동도 않던지 마치 상아에 새긴 조각 같았다. 추기경들이 사방에서 바라보건만 정작 당사자는 의식조차 못 하는 듯했다.

로멜리가 툭툭 마이크를 건드리자 에코음이 드럼 소리처럼 프레스 코화를 때렸다. 중얼거리는 소리도 잦아들었다.

"추기경 여러분, 교황령에 따라 이번에는 투표용지를 태우지 않고 곧바로 다음 투표를 진행하겠습니다. 기도합시다."

✠　✠　✠

로멜리는 세 번째로 벨리니를 찍었다. 절대 포기하지 않기로 다짐도 했다. 다만 벨리니의 인기가 시들고 있는 것은 물리적으로 느낄 정도였다. 로멜리는 뻣뻣한 몸으로 제단 위에 걸어가 담담하게 서약을 하고 투표를 마치고 자리로 돌아왔다. 꼭두각시. 교황이 될까 두려운 마음, 절대 그런 일이 일어나지 않으리라는 현실과 갑자기 맞닥뜨리는 일. 두 경우는 전혀 별개의 문제다. 더욱이 오랜 세월 사람들이 적자로 여기고 우러러보았건만 주께서 그들에게 다른 사람을 선택하도록 인도하신 격이 아닌가. 벨리니가 이 상황을 극복할 수 있을까? 벨리니가 바로 뒤에 투표를 마치고 돌아갈 때 로멜리가 위로하듯 등을 다독였으나 전 국무원장은 의식조차 못 하는 것처럼 보였다.

추기경들이 투표하는 동안 로멜리는 바로 옆 천장을 보며 시간을 보냈다. 예지자 예레미아는 끔찍하게 목숨을 잃었다. 반유대파 하만은 탄핵 후 살해당했다. 예언자 요나는 이제 막 대형 뱀장어에게 잡아먹힐 지경에 처했다. 불현듯 혼란스럽고도 충격적인 장면이라는 생각이 들었다. 저 폭력, 저 무력이라니. 로멜리는 목을 길게 빼내어 주님의 모습을 찾았다. 주께서 빛과 어둠을 가르고, 태양과 행성들을 창조하고, 흙에서 물을 분리해내셨다. 로멜리는 자신도 모르게 그림에 빠져들어 갔다. 그리하여, 태양과 달과 별 속에 징후가 있을 것이며, 바다와 파도가 들끓을 때마다 나라는 커다란 혼란에 빠지리라. 사람들은 세상에 닥칠 재앙을 예감하고 두려워하며 자진하리로다. 그리하여 천국의 권세가 흔들릴지니……. 순간 재앙이 닥칠 것만 같았다. 그 끔찍한 예감에 온몸이 떨리기도 했다. 주변을 둘러보니 이미 한 시간이 지나고 검표원들이 검표를 준비하고 있었다.

✠ ✠ ✠

"아데예미…… 아데예미…… 아데예미……."

두 표 중 하나는 나이지리아 추기경에게 가는 것 같았다. 표 몇 장이 남았을 때 로멜리는 그를 위해 기도했다.

"아데예미……." 뉴비는 투표용지를 진홍색 리본에 꿰었다.

"여러분, 세 번째 투표가 끝났습니다."

성당 여기저기 한숨이 흘러나왔다. 로멜리는 재빨리 아데예미의 득표수를 계산했다. 57표. 세상에 57표라니! 그는 자신도 모르게 상체를 숙이고 아데예미가 앉아 있는 테이블 쪽을 보았다. 아니, 콘클라베 절반이 그런 식이었다. 이제 세 표만 더 있으면 과반수를 넘고, 그 위에 21표를 더하면 교황이 되는 것이다.

최초의 흑인 교황.

아데예미는 특유의 대두를 숙이고 있었다. 오른손에는 가슴십자가를 꼭 쥐었다. 기도를 하는 중일까?

첫 투표에서는 34인의 추기경이 적어도 한 표씩 받았건만 지금 득표를 기록한 사람은 단 여섯뿐이었다.

아데예미 57

테데스코 32

트랑블레 12

벨리니 10

로멜리 5

베니테스 2

이 기세라면 오늘이 끝나기 전에 아데예미가 교황으로 선출되리라. 의심의 여지가 없었다. 예언이 수치로 드러났다. 테데스코가 다음 투표에서 40표를 얻어 아데예미에게 3분의 2에 해당하는 득표를 허락하지 않는다 해도 다음 투표에서 마지막 방어선마저 붕괴될 수밖에 없다. 신의 의지가 드러나는데, 어느 누가 이를 거부하며 교회 분열을 초래하겠는가? 보다 현실적인 이유도 있다. 차기 교황의 적으로 남겠다고? 더욱이 조슈아 아데예미처럼 성격 고약한 인물한테?

검표원들이 투표용지를 검토했다. 로멜리는 제단 층계로 돌아가 마이크를 잡았다.

"추기경 형제들이시여, 이제 세 번째 투표가 끝났습니다. 잠시 휴정 후 점심식사를 하고 투표는 2시 30분에 재개하겠습니다. 집행요원들이 들어올 때까지 잠시만 자리에 앉아 계세요. 기억하시겠지만, 성녀 마르타의 집으로 돌아갈 때까지 절대 투표 절차를 논의하지 마십시오. 자, 이제, 문을 열어달라고 전해주시겠습니까?"

✠ ✠ ✠

콘클라베 추기경들은 명단을 집행요원들에게 넘긴 후, 삼삼오오 수런거리며 시스티나 예배당 현관을 빠져나와 사도궁의 웅대한 대리석을 가로질러 계단 아래 버스로 향했다. 여기저기 벌써부터 아데예미에게 인사를 챙기느라 혈안이었으나, 정작 아데예미는 주변에 보이지 않는 방어벽을 쌓아둔 것만 같았다. 심지어 최측근 지지자들조차 거리를 두었다. 아데예미는 혼자 걸었다.

추기경들은 성녀 마르타의 집으로 돌아가고 지금은 몇 명만 남아 투표용지 소각 과정을 지켜보았다. 오말리는 용지 부대를 화로에 밀어 넣었다. 다른 화로에는 화학약품을 투입했다. 연기가 섞이며 연도(煙道) 위로 올라갔다. 오후 12시 37분. 검은 연기가 시스티나 예배당 굴뚝에서 나오기 시작했다. 주요 텔레비전 뉴스와 바티칸 전문가들은 연기를 보았지만 여전히 벨리니의 승리를 장담했다.

✠ ✠ ✠

로멜리는 연기를 확인한 직후 시스티나를 떠났다. 12시 45분경. 안뜰에 이르니 근위병들이 마지막 버스를 잡아두고 있었다. 로멜리는 도움의 손길을 물리고 혼자 버스에 올라탔다. 벨리니는 앞쪽에 앉아 있었다. 사바딘, 란돌피, 델라쿠아, 산티니, 판차베키아 등 평소 지지자들과 함께였다. 이제는 선거운동에도 관심이 없는지, 이탈리아 도당을 부려 범세계 유권자들의 환심을 사려 하지도 않았다. 뒷자리가 가득 차서 로멜리는 어쩔 수 없이 그들과 함께 앉았다. 버스가 출발했다. 운전사가 백미러로 지켜보고 있기에 추기경들도 처음엔 아무 말도 하지 않았다. 그러다가 사바딘이 자리에서 몸을 돌리며 로멜리에게 말을 걸었다. 짐짓 경쾌한 목소리였다.

"그런데 단장님, 오늘 아침 한 시간 내내 미켈란젤로의 천장화를 감상하시더군요."

"아, 대단한 프레스코화 아니오? 엄청난 재앙이 우리를 억압하고 있죠. 사형, 살인, 대홍수. 전에는 미처 깨닫지 못했는데 주께서 빛과 어둠을 가르실 때 그 표정을 보았다오. 그건 살인 그 자체예요."

"물론입니다. 오늘 아침 또 숙고해야 할 에피소드가 있다면, 가다라의 돼지 얘기 아닐까요? 거장께서 그 얘기를 그리지 않았다니, 정말 유감입니다."

"자자, 지울리오, 여기가 어딘지 잊지 말게나." 벨리니가 힐끔 운전사를 보며 경고했다.

그래도 사바딘은 화를 억누를 수가 없었다. 그나마 목소리를 잔뜩 낮추었기에 다들 상체를 기울여 얘기를 들어야 했다.

"솔직히 다들 제정신입니까? 지금 벼랑 끝에 내몰렸는데 모르시겠어요? 신임 교황의 세계관이 어떤지 어차피 드러날 텐데, 그럼 밀라노에 가서 뭐라고 얘기하죠?"

"최초의 아프리카 교황을 기다리는 사람도 적지 않아요." 로멜리가 속삭였다.

"오, 예, 좋습니다! 미사 중간에 춤을 추어도 좋지만 이혼 가족에게는 영성체를 허락하지 않겠다는 교황님이시죠."

"그만!" 벨리니가 손을 칼처럼 휘두르며 조용히 하라고 신호를 보냈다. 그가 그렇게 화내는 모습은 로멜리로서도 처음이었다. "콘클라베의 집단 지성을 받아들여야 하네. 콘클라베는 자네 선친의 정치 간부회의 와는 달라, 지울리오. 주님은 결코 자세하게 일러주지 않으시네." 벨리니는 곧바로 창밖을 내다보기만 할 뿐 남은 시간 내내 한 마디도 하지 않았다. 사바딘도 팔짱을 낀 채 물러나 앉았다. 여전히 좌절과 실망이 가득한 표정이었다. 백미러 속에서 운전사가 호기심에 눈을 커다랗게 떴다.

시스티나 예배당에서 성녀 마르타의 집까지 5분이 채 걸리지 않았다. 후일 로멜리 계산에 호텔 밖에 도착한 시간은 오후 12시 50분쯤이었다. 그 버스가 마지막이라 이미 추기경 절반이 자리를 잡고 서른 명 정도가 쟁반을 들고 줄을 섰으며 나머지는 객실로 돌아간 듯 보였다. 수녀들이 오가며 테이블마다 와인을 제공했다. 분위기는 다소 들떴지만 대화는 자유로웠다. 공개적인 대화가 가능했기에 추기경들은 예상 밖의 결과를 두고 의견을 나누었다. 로멜리는 줄 끝에 섰다. 놀랍게도 아데예미는 아침식사 때와 똑같은 테이블에 앉아 있었다. 아프리카 추기경 지지자들도 여전했다. 만일 로멜리가 아데예미였다면, 이런 소동 한가운데가 아니라 성당에 깊이 숨어 기도를 하고 있었을 것이다.

배식구에서 송아지 요리를 조금 접시에 담는데 등 뒤에서 시끄러운 소리가 들렸다. 곧이어 쟁반이 대리석 바닥을 때리고 유리가 깨지는 소음이 이어졌다. 여자의 비명 소리도 들렸다. (아니, 비명보다는 울음소리에 가까웠을 수도 있다. 여자의 울음소리.) 로멜리도 무슨 일인가 싶어 몸을 돌렸으나 추기경들이 자리에서 일어난 탓에 잘 보이지 않았다. 수녀가 두 손으로 얼굴을 감싼 채 식당을 가로질러 주방으로 달려갔다. 수녀 둘이 그 뒤를 쫓았다. 로멜리는 바로 옆 사람을 보았다. 젊은 스페인 추기경

비야누에바.

"무슨 일인가? 자넨 보았나?"

"와인병을 떨어뜨린 모양입니다."

어떤 상황인지는 모르겠지만 사고는 그렇게 끝나는 것 같았다. 추기경들도 다시 자리에 앉고 조분거리던 대화도 서서히 활기를 찾기 시작했다. 로멜리는 식판에 음식을 담고는 어디 앉을까 주변을 둘러보았다. 수녀 하나가 부엌에서 양동이와 자루걸레를 들고 황급히 아프리카 추기경들의 테이블로 향했다. 언제부턴가 아데예미는 보이지 않았다. 그 순간 어떤 일이 있었는지 정확히 깨달을 수 있었다. 그리고 이번에도 역시 본능적으로 외면하고 말았다(아아, 이 때문에 후일 얼마나 자신을 책망했던고!). 그저 평생의 훈련과 자기 규제에 이끌려 빈자리를 찾아 앉고 옆 사람들에게 미소로써 인사하고 두 손으로 냅킨을 펼친 것이다. 들리는 소리라고는 폭포 같은 소음뿐이었다.

보르도 대주교 쿠르트마르슈는 툭하면 홀로코스트의 역사적 증거를 걸고 넘어가는 바람에 로멜리가 늘 피해 다녔는데, 바로 옆에 추기경단 단장이 찾아와 앉으니 공식 건의를 받는 자리로 오해하고 교황 비오 10세 클럽을 위해 청원하기 시작했다. 로멜리는 건성으로 들었다. 수녀 한 명이 시선을 피한 채 다가와 바로 옆에 서서 와인잔을 채워주려 했다. 로멜리는 거절하기 위해 고개를 들었다가 수녀의 표정을 보고 말았다······. 끔찍한 저주의 표정. 그 바람에 로멜리는 할 말을 잊고 말았다.

"······마리아의 순결한 심장······ 하늘의 의지를 파티마에서 실현하고······." 쿠르트마르슈는 계속 중얼거렸다.

수녀 뒤쪽에서 아데예미와 동석했던 아프리카 대주교 셋, 그러니까 나키탄다, 므왕갈레, 주쿨라가 로멜리의 테이블로 다가오고 있었다. 가장 젊은 사제, 캄팔라의 나키탄다가 대변인으로 보였다.

"단장님, 잠깐 얘기 좀 할 수 있을까요?"

"물론이오." 로멜리는 쿠르트마르슈에게 고개 인사를 했다. "실례하겠습니다."

로멜리는 삼인조를 따라 로비 구석으로 자리를 옮겼다.

"무슨 일인가요?" 그가 물었다.

주쿨라가 슬픈 표정으로 고개를 저었다.

"우리 형제님한테 곤란한 일이 생겼습니다."

"한 수녀가 시중들다가 갑자기 조슈아에게 얘기를 걸었습니다. 처음엔 그도 무시하려고 했는데 수녀가 쟁반을 떨어뜨리며 뭔가 소리치자 갑자기 일어나 자리를 뜨더군요."

"수녀가 뭐라고 하시던가요?"

"안타깝게도 모릅니다. 나이지리아 방언으로 얘기했죠."

"요루바. 요루바였어요. 아데예미의 방언입니다." 므왕갈레가 대답했다.

"그래, 지금 아데예미 추기경은 어디 있죠?"

"모릅니다, 단장님. 아무튼 어떤 문제인지 저희도 알아야겠습니다. 시스티나에 돌아가 투표하기 전에 수녀 얘기부터 들어야겠어요. 정확하게 무슨 말을 했는지." 나키탄다였다.

주쿨라가 로멜리의 팔을 잡았다. 겉으로 보기엔 그렇게나 허약했건만 손힘이 대단했다.

"오랫동안 아프리카인 교황을 기다렸습니다, 야코포. 주께서 조슈아를 원한다면야 좋겠죠. 하지만 그전에 마음과 양심이 깨끗해야 합니다. 정말로 성스러운 자여야죠. 그렇지 않으면 우리 모두에게 재앙일 뿐이에요."

"이해해요. 내가 할 수 있는 일이 있는지 알아보리다." 시계를 보니
1시 3분이었다.

로비에서 주방으로 가려면 우선 식당을 관통해야 했다. 추기경들이
아프리카 추기경들과의 대화를 지켜보았기에 테이블을 지날 때마다
수십 쌍의 눈이 뒤를 쫓았다. 서로 상체를 기울여 숙덕거리기도 하고
어떤 이는 포크를 든 채 그대로 굳어 있었다. 로멜리가 주방문을 열었
다. 주방에 들어온 지 오랜 세월이건만 이렇게 분주할 때는 정녕 처음
이라 다소 당혹스럽기는 했다. 수녀들은 분주히 음식을 준비 중이었다.
가까운 곳의 수녀들이 고개를 숙였다.

"예하……."

"예하……."

"여러분들을 축복하오. 자, 조금 전 사고가 있었던 수녀님은 어디 계
신가요?"

"지금 아그네스 수녀님과 함께 있습니다, 예하." 이탈리아 수녀였다.

"미안하지만 그곳으로 안내해주겠소?"

"물론입니다, 예하. 이쪽으로." 그녀가 문을 가리켰다. 그런데 식당으
로 돌아가는 문이라 로멜리로서도 내키지 않았다.

"뒷문도 있겠죠?"

"예, 예하."

"그리로 갑시다."

로멜리는 수녀를 따라 저장실을 통해 직원용 통로로 들어갔다.

"수녀 이름이 뭔지 압니까?"

"아뇨, 예하. 신입이라 모릅니다."

수녀가 머뭇머뭇 사무실 유리문을 노크했다. 그러고 보니 처음 베니테스를 만났던 장소였다. 지금은 블라인드를 내린 탓에 안을 볼 수는 없었다. 잠시 후 로멜리는 직접 노크를 했다. 이번엔 좀 더 소리가 컸다. 이윽고 안에서 움직이는 소리가 들리며 문이 조금 열렸다. 아그네스 수녀였다.

"단장님 예하?"

"안녕하십니까, 수녀님. 조금 전 어떤 수녀가 쟁반을 떨어뜨렸다는데 그분과 잠깐 얘기를 하고 싶습니다."

"지금은 괜찮습니다, 예하. 제가 알아서 처리하겠습니다."

"물론 그러시겠죠. 그래도 제가 만나야겠습니다."

"쟁반을 떨어뜨렸다고 해서 추기경단 단장님께서 걱정할 이유라도 있을까요?"

"예, 있습니다. 들어가도 되겠죠?" 로멜리가 문고리를 잡았다.

"제가 충분히 다룰 수 있……."

로멜리가 문을 가볍게 밀자 아그네스는 마지막으로 저항하다가 결국 포기했다.

수녀는 베니테스가 차지했던 바로 그 의자에 앉아 있었다. 바로 옆에 사진 복사기가 보였다. 로멜리가 들어가자 수녀가 일어섰다. 50세 전후? 키는 작고 통통하고 안경을 쓰고 다소 수줍어했다. 다른 수녀들과도 인상이 비슷했는데, 하기야 유니폼과 머리 장식을 넘어 사람을 구분하기란 여간 어려운 일이 아니다. 게다가 저렇게 마룻바닥만 내려다보고 있으니…….

"앉아요. 내 이름은 로멜리 추기경입니다. 다들 수녀님을 염려한다오. 지금은 어때요?"

"많이 좋아졌습니다, 예하." 대답은 아그네스가 대신했다.

"이름이 뭐죠?"

"샤누미. 그 사람, 예하의 말씀을 한 마디도 알아듣지 못합니다. 이탈리아어를 배우지 못했거든요." 역시 아그네스였다.

"영어는? 영어는 할 줄 아오?" 샤누미가 고개를 끄덕였지만 여전히 고개를 들지는 않았다. "좋아요. 그럼 영어로 합시다. 예전에 몇 년간 미국에 살았소. 자, 앉아요."

"예하, 아무래도 제가 이 일을 마무리하는 편이……."

"미안하지만 잠깐 둘이 있게 해주시겠습니까, 아그네스 수녀?" 로멜리는 아그네스를 돌아보지도 않고 단호하게 잘라 말했다. 그리고 그녀가 다시 항변하려 들자 홱 몸을 돌려 노려보았는데, 어찌나 추상같던지 결국 아그네스도 고개를 떨구고는 뒷걸음으로 방을 빠져나가 문까지 닫아주었다. 그 앞에서라면 교황 셋과 아프리카 폭군 한 명이 한 수 양보했다던 아그네스가 아니던가!

로멜리는 의자를 끌어다 수녀 맞은편에 앉았다. 무릎이 서로 닿을 정도로 가까운 거리라 사실 로멜리로서도 고통스러웠다. 오, 주여, 이 불쌍한 여인을 돕고, 또한 필요한 정보를 알아내어 주님께 의무를 다할 수 있도록 도우소서.

"샤누미 수녀, 이 말씀부터 드리리다. 수녀님을 취조할 생각은 없어요. 그래도 우리 둘 다 주님과 성모 마리아를 위해 책무가 있으니 최대한 의무를 다하기 위해 노력하죠. 어떻게 끝이 나든 결론은 옳아야 해요. 그러니 가슴속에 있는 얘기를 있는 대로 말합시다. 아데예미 추기경과 관계있는 얘기라 괴롭겠지만 그렇게 할 수 있죠?"

수녀가 고개를 저었다.

"이 방 밖으로 한 마디도 나가지 않는다고 약속하리다."

수녀는 잠깐 망설였으나 다시 고개를 저었다.

그때 문득 좋은 생각이 떠올랐다. 후일 아무리 생각해봐도 그날 주께서 도우신 게 분명하다.

"고해성사를 하시겠소?"

11
네 번째 투표

한 시간쯤 후 소형버스가 네 번째 투표를 위해 시스티나 예배당으로 떠나기 불과 20분 전이었다. 로멜리는 아데예미를 찾아 나섰다. 로비를 샅샅이 살핀 뒤 성당에 갔더니, 추기경 대여섯이 등을 돌린 채 무릎을 꿇고 기도 중이었다. 재빨리 제단으로 올라가 얼굴을 살폈으나 아데예미는 없었다. 그다음은 엘리베이터를 타고 2층으로 올라가 복도 끝 로멜리 자신의 옆방으로 향했다.

로멜리가 쾅쾅 방을 두드렸다.

"조슈아? 조슈아? 로멜리입니다."

다시 문을 두드리다 포기할 즈음 발소리가 들리더니 문이 열렸다.

아데예미는 제의 차림이었고 수건으로 얼굴을 닦고 있었다.

"잠깐만 기다리세요, 단장님."

아데예미는 문을 열어둔 채 욕실로 사라졌다. 로멜리는 잠깐 망설이다 안으로 들어가 문을 닫았다. 덧문에서 추기경의 면도 크림 냄새가 코를 찔렀다. 책상 위 액자의 흑백사진에 아데예미가 젊은 신학도였을 때 모습이 담겨 있었다. 가톨릭 포교원 밖, 늙은 여자가 함께였다. 노인은 모자를 썼는데 무척이나 자랑스러워하는 표정이었다. 어머니나 이 모쯤 되겠지? 주인이 누워 있었던지 침대는 헝클어진 채였다. 잠시 후 변기 물 내리는 소리가 들리고 아데예미가 수단 단추를 잠그며 밖으로 나왔다. 로멜리가 복도가 아니라 실내에 들어와 있었기에 다소 의외라는 표정을 지었다.

"떠나야 하지 않습니까?"

"잠깐이면 돼요."

아데예미는 거울을 보면서 모관(毛冠)을 단단히 머리에 붙이고 매만졌다.

"무슨 말씀이신지 겁납니다. 행여 아래층 사고 얘기라면 별로 하고 싶은 생각이 없습니다만." 그러고도 아데예미는 어깨 망토에서 먼지를 털어내는 척하고 턱을 삐쭉 내밀고는 가슴십자가도 바로잡았다. 로멜리는 아무 말도 않고 지켜보기만 했다. 마침내 아데예미가 조용히 덧붙였다. "저야말로 역겨운 음모에 명예를 해쳤습니다, 야코포. 누군가 저 여자를 데려와 이 우스꽝스러운 멜로드라마를 연출했어요. 제가 교황이 되지 못하도록 만들기 위해서죠. 애초에 어떻게 그 여자가 성녀 마르타의 집에 들어온 거죠? 과거엔 한 번도 나이지리아를 떠난 적이 없는데?"

"조슈아, 수녀가 어떻게 이곳에 왔는지는 부차적인 문제입니다. 추기경과의 관계가 우선이죠."

아데예미가 두 팔을 휘저으며 격분했다.

"아무 관계 없습니다! 30년간 본 적도 없어요. 어젯밤에 갑자기 내 방에 나타났을 때 심지어 알아보지도 못했단 말입니다! 어젯밤 어떤 일이 있었는지는 잘 아시죠?"

"상황이 복잡합니다, 아데예미. 어쨌든 그 문제는 잠시 미뤄두죠. 제 근심은 오로지 추기경의 영혼뿐이니까요."

"제 영혼이라고요?" 아데예미가 몸을 돌리더니 로멜리에게 얼굴을 바짝 들이댔다. 거친 호흡에서 땀 냄새가 났다. "제 영혼은 주님과 교회를 향한 사랑으로 가득합니다. 오늘 아침 성령께서 임하기도 하셨죠. 단장님도 느끼셨죠? 예, 그래서 전 이 짐을 받아들이기로 했어요. 30년 전 단 한 번의 실수로 인해 부적격자로 모시렵니까? 그 덕분에 제가 더 강해졌다고 생각지는 않으세요? 어제 단장님 설교를 한 구절 인용해보죠. '죄를 짓고 용서를 구하고 그리하여 행하는 교황을 주께서 내려주소서.'"

"그래서 용서를 구하셨나요? 죄를 고백하셨습니까?"

"예, 예! 당시에 당연히 죄를 고했죠. 담당 주교께서 절 다른 교구로 보내셨습니다. 그 후로는 실수를 한 적이 없어요. 게다가 그런 관계가 비일비재하던 시절이었는걸요. 아프리카에서 독신은 언제나 낯선 문화일 수밖에 없으니까. 아시잖습니까."

"아이는?"

"아이?" 아데예미가 주춤하더니 말을 더듬었다. "아이는 천주교 집안에서 키웁니다. 오늘날까지 아버지가 누군지도 몰라요. 애들이 다 그렇지 않나요? 솔직히 내가 아버지인지도 확실치 않지만……."

아데예미는 냉정을 되찾았는지, 다시 로멜리를 한참 동안 쏘아보았다. 고통스러운 와중에도 당당하고 도발적인 존재…… 분명 교회를 위해서도 대단한 수장이 될 수 있으리라. 그런데 아데예미는 갑자기 기운이 빠지는지 침대 끄트머리에 털썩 주저앉아 두 손으로 자기 머리통을 움켜쥐었다. 언젠가 그런 모습을 본 적이 있었다. 그 옛날 구덩이 끄트머리에서 총살을 기다리던 죄수의 모습이 그랬다.

✠　✠　✠

　　이 무슨 끔찍한 혼란이란 말인가! 샤누미 수녀의 고해성사를 들었을 때보다 더 고통스러운 시간은 없었다. 그녀의 설명에 따르면, 일이 벌어졌을 때 그녀는 심지어 수련수녀가 아니라 어린 지망생에 불과했다. 반면에 아데예미는 마을 사제였다. 설령 강간이 아니었다 해도 죄를 면할 수는 없었으리라. 그런데, 그런 그녀한테 고해성사를 하라고? 도대체 무슨 죄를 지었기에? 오히려 당시의 고통으로 그녀의 인생은 엉망진창이 되고 말았다. 더 끔찍한 일은 그녀가 사진을 내놓았을 때였다. 우표 크기로 접은 사진에는, 예닐곱 살 정도 되어 보이는 소년이 민소매 셔츠 차림으로 카메라를 향해 씩 웃고 있었다. 접은 자리를 지난 25년간 접고 펼치는 바람에 아이는 흡사 철창 안에서 밖을 내다보는 것처럼 보였다.
　　교회는 입양을 격려했다. 아기를 낳은 후, 샤누미는 둘의 관계를 인정하는 것 외엔 어느 것도 아데예미에게 원치 않았다. 그런데도 그가 라고스 교구로 옮겨간 후에 편지는 개봉도 하지 않은 채 되돌아왔다. 그런데 그가 성녀 마르타의 집에 있다고? 샤누미는 도저히 참을 수가 없었다. 그녀가 아데예미를 찾은 것도 그 때문이었다. 아데예미는 오히려 당시 일을 모두 잊어야 한다고 주장했다. 게다가 식당에서 자기를 아예 쳐다보지도 않은 데다, 동료 수녀한테 그가 교황으로 선출된다는 얘기를 듣고는 더 이상 가만히 있을 수가 없었던 것이다. 샤누미는 먼저 지은 죄가 많다는 얘기부터 시작했다……. 욕망, 분노, 오만, 기만. 아아, 어디서부터 고해해야 하나요?

샤누미는 무릎을 꿇고 통회의 기도를 올렸다.

"하느님, 제가 죄를 지어, 참으로 사랑받으셔야 할 주님의 마음을 아프게 하였사옵니다. 악을 저지르고 선을 소홀히 한 잘못을 진심으로 뉘우치나이다. 또한 주님의 은총으로 속죄하고 다시는 죄를 짓지 않으며 죄지을 기회를 피하기로 굳게 다짐하오니 우리 구세주 예수 그리스도의 수난 공로를 보시고 저에게 자비를 베풀어주소서. 아멘."

로멜리는 죄인을 일으켜 세운 뒤 사면해주었다.

"죄를 지은 것은 그대가 아니라 교회이니라. 그러니 가서 주님께 감사하라. 주님은 선하시도다."

"주님의 자비가 영원하시도다."

✠ ✠ ✠

잠시 후, 아데예미가 목소리를 낮추었다.

"우리 둘 다 너무 어렸습니다."

"아뇨, 그녀가 어렸죠. 추기경은 서른 살이었어요."

"내 명예를 망치고 교황이 되시려는 겁니까?"

"쓸데없는 소리는 하지 맙시다. 그런 생각만으로도 예하의 가치가 떨어져요."

아데예미가 어깨까지 흔들며 흐느끼기 시작했다. 로멜리는 바로 옆 침대에 앉았다.

"진정해요, 조슈아. 이 얘기를 아는 이유는 불쌍한 여인의 고해성사를 들었기 때문입니다. 샤누미는 심지어 다른 사람들한테 발설하지도 않았어요. 아이를 보호하기 위해서죠. 나로 말하자면 고해성사의 맹세에 따라 그 얘기를 어느 누구한테도 발설하지 못합니다."

아데예미가 로멜리를 흘겨보았다. 두 눈이 번들거렸다. 여전히 꿈이 날아갔다는 사실을 받아들일 수가 없었다.

"아직 희망이 있다는 얘기입니까?"

그 말에는 로멜리도 아연했으나, 간신히 냉정을 찾고 목소리도 더욱 차분하게 가져갔다.

"아뇨, 전혀. 그 정도로 소란이 있었으니 아무래도 소문이 돌았겠죠. 교황청이 어떤 곳인지 아시잖아요."

"예, 하지만 소문이 사실은 아니죠."

"이 경우는 사실입니다. 아시잖아요. 추기경들이 뭘 제일 거북해하는지. 당연히 성추문 문제예요."

"그럼 끝난 건가요? 전 교황이 될 수 없습니까?"

"조슈아, 당신은 **아무것도** 될 수 없어요."

아데예미는 바닥에서 시선도 떼지 못했다.

"그럼 이제 어떻게 하죠, 야코포?"

"예하는 좋은 분입니다. 속죄할 방법이 있겠죠. 진심으로 참회한다면 주께서도 도와주실 겁니다. 그럼 어디로 이끌지도 보여주시겠죠."

"콘클라베는?"

"콘클라베는 내가 알아서 해요."

두 사람은 아무 말 없이 앉아만 있었다. 아데예미의 고통을 어찌 짐작할 수 있으랴. **주여, 제 죄를 용서하소서**. 마침내 아데예미가 먼저 입을 열었다.

"잠시 절 위해 기도해주시겠어요?"

"물론입니다."

두 사람은 전등 아래 무릎을 꿇었다. 아데예미에게는 어렵지 않은 일이나 로멜리한테는 이제 무릎 꿇는 일도 고통이었다. 두 사람이 나란히 기도를 올렸다. 방 안에 면도 크림 냄새가 은은하게 퍼졌다.

✳ ✳ ✳

이번에도 시스티나까지 걸어가고 싶었다. 신선한 공기도 마시고 11월의 온화한 햇볕도 쬐고 싶었으나 그러기에는 시간이 촉박했다. 로비에 도착할 때쯤 추기경들은 이미 소형버스에 나눠 탄 터였다. 나키탄다가 프런트데스크 옆에서 기다리고 있었다.

"어떻게 됐습니까?"

"공직을 모두 사임해야 할 겁니다."

나키탄다가 절망감에 고개를 떨구었다.

"오, 맙소사!"

"당장은 아니에요. 우리 모두에게 굴욕을 피할 시간이 필요하니까. 아무튼 1~2년 안에 그렇게 될 겁니다. 다른 사람들에게 뭐라고 할지는 예하께 일임하리다."

로멜리는 버스 맨 뒤에 앉아 두 눈을 감았다. 각모는 바로 옆자리에 놓아 아무도 앉지 못하게 했다. 상황 하나하나가 역겹기 짝이 없지만 유독 하나만큼은 정말로 참을 수가 없었다. 아데예미가 처음 제기한 문제, 즉 시기였다. 샤누미에 따르면, 나이지리아에서는 온도 관구의 이와로 오코 공동체에서 20년간 일했다. 에이즈로 고통받는 여성들을 돌보는 임무였다.

"그곳에서는 행복했나요?"

"무척 행복했습니다, 예하."

"이곳과는 근무 성격이 크게 달랐을 것 같군요."

"예, 그곳에서는 간호사였고 이곳에서는 주방일이니까요."

"그런데 왜 로마에 오고 싶었을까요?"

"오고 싶지 않았어요!"

어떻게 성녀 마르타의 집에 오게 되었는지는 그녀도 알지 못했다. 9월의 어느 날, 공동체를 감독하는 수녀가 부르더니 이메일을 넘겨주었다. 파리의 수녀회 총원장 사무실에서 왔는데 즉시 지시에 따라 로마로 떠나라는 내용이었다. 사실 대단한 명예인지라 동료 수녀들도 크게 부러워했다. 심지어 성하께서 직접 초대하셨다고 믿는 사람도 있었다.

"기이하군요. 교황 성하를 만난 적이 있습니까?"

"그럴 리가요, 예하." 그녀가 웃은 것도 그때가 처음이었다. 터무니없는 얘기라는 뜻이었다. "한번 뵙기는 했어요. 아프리카 순방을 오셨을 때였는데, 하지만 그땐 수백만 청중 속에 있었는걸요. 교황 성하께서는 저 먼 곳에 하얀 점으로만 보였죠."

"그런데, 로마로 떠나라는 지시는 언제 받았어요?"

"6주 전입니다, 예하. 3주간 준비를 하고 비행기를 탔어요."

"이곳에 도착한 후 교황 성하와 대화할 기회가 있었나요?"

샤누미가 황급하게 성호를 그었다.

"아닙니다. 도착한 다음 날 성하께서 선종하셨는걸요. 그분의 영혼이 평화로우시기를."

"모르겠군요. 동의한 이유가 뭐죠? 왜 아프리카 고향을 떠나 이 먼 곳까지 올 생각을 한 겁니까?"

그녀의 대답은 지금까지 했던 어떤 말보다 로멜리의 가슴을 찔렀다.

"아데예미 추기경님이 불렀을지도 모른다고 생각했기 때문입니다."

✸　✸　✸

누구든 이 얘기를 아데예미한테 전해주어야 했다. 아데예미는 마음
이 좀 진정됐는지 세 번째 투표 때처럼 품위와 위엄을 유지했다. 시스
티나 예배당에 들어올 때의 모습만 본다면, 미래와 현재가 일시에 무너
지고 파산한 사람이라고는 짐작조차 불가능했다. 추기경은 주변 사람
들을 외면하고 조용히 자기 테이블에 앉았다. 그리고 점호가 진행되는
동안 조용히 성서만 읽었다. 이름을 호명할 때도 담담하게 대답했다.
"네, 참석했습니다."

오후 2시 45분. 문이 잠기고 로멜리는 네 번째 기도를 집전했다. 이
번에도 벨리니의 이름을 적어 제단에 올라가 용지를 투표함에 뒤집어
넣었다.

"우리 주 그리스도를 증인으로 청하오니, 부디 내 인도자가 되시어,
내 표가 반드시 교황이 되어야 할 분께 가도록 이끄소서."

로멜리는 자리에 돌아와 앉아 투표가 끝나기를 기다렸다.

처음 투표한 추기경 서른 명은 콘클라베의 고위직들이었다. 총대주
교, 추기경 주교, 연륜이 높은 추기경 사제들. 성당 앞쪽에서 한 사람씩
일어났지만, 표정은 지극히 무덤덤했다. 저 두꺼운 얼굴 너머 머릿속으
로 도대체 어떤 생각들을 하는지 짐작조차 할 수 없었다. 아데예미가
중죄를 범했다는 사실은 알까? 그에게 표를 주면 어떻게 하지? 하지만

15분쯤 후, 시스티나 예배당 중간 부근, 그러니까 아데예미 주변 추기경들이 일어나 투표하러 나갈 때 보니, 투표를 마치고 돌아오면서 대부분 아데예미와 시선을 피했다. 배심원들이 판결을 위해 법정 안으로 들어올 때와 같은 심정일까? 그래서 유죄를 선고받을 피고를 바라보지 못하는 것일까? 로멜리는 추기경들을 살피면서 조금 마음이 진정되기 시작했다. 아데예미도 자기 차례가 되어 투표를 하고 서약을 외웠는데 예전처럼 발걸음도 단호하고 표정도 담담했다. 로멜리한테는 시선을 주지 않고 지나갔다.

오후 3시 51분. 투표가 끝나고 검표원들이 나서서 118개의 투표용지를 모두 확인했다. 잠시 후에는 테이블을 마련하고 개표를 시작했다.

"첫 번째 득표는 로멜리 추기경이십니다……."

오, 맙소사, 또? 제발 그만들 해요. 로멜리가 한탄했다. 아데예미도 그가 개인적 야욕에 따라 움직인다고 모욕했으나 당연히 사실과 거리가 멀다. 절대로 그렇지 않아! 그런데 득표수를 표시하다 보니, 자신의 득표가 또다시 반등을 시작했다는 사실이 드러나고 있었다. 아직 위험 수준까지는 아니더라도 안심하기에는 다소 높은 수준이었다. 로멜리는 살짝 상체를 기울여 아데예미의 자리를 훔쳐보았다. 다른 추기경들과 달리 아데예미는 득표수를 확인하지 않고 그저 반대편 벽만 바라보았다. 뉴비가 마지막 개표를 마쳤다. 로멜리도 득표수를 계산해보았다.

테데스코 36

아데예미 25

트랑블레 23

벨리니 18

로멜리 11

베니테스 5

로멜리는 결과를 테이블에 놓고 다시 검토해보았다. 팔꿈치를 세워 손으로 얼굴을 받치고 손가락으로는 관자놀이를 눌렀다. 점심 휴식 이후 아데예미는 지지자 절반 이상을 잃었다. 치명적인 출혈인 셈이다. 32표. 그중에서 트랑블레가 11표를 가져가고 벨리니 8표, 자신이 6표, 그리고 테데스코가 4, 베니테스가 3표였다. 나키탄다가 얘기를 퍼뜨린 데다, 식당에서 상황을 목격한 사람도 많았다. 그게 아니더라도 나중에 소식을 듣고 경악했을 것이다.

새로운 현실이 드러나면서 시스티나 예배당 여기저기 수군거리는 소리가 커졌다. 사람들의 얼굴만 봐도 무슨 얘기를 하는지 알 수 있었다. 점심 휴정만 없었던들 지금쯤 아데예미가 교황이 되었을 터였다. 그런데 이제 아프리카 교황의 꿈은 깨지고 테데스코가 선두를 탈환했다. 그것도 다른 사람이 3분의 2 득표를 하지 못하려면 40표가 필요한데 불과 4표가 부족한 점수였다…… **경주는 빠른 사람에게 유리하지 않고 전투는 강한 사람에게 승산이 있지 않다. 시간과 기회는 누구에게나 있다.** 트랑블레가 새롭게 선두가 될 준비가 되어 있을까? 제3 세계의 표심이 그쪽으로 이동한다고 가정한다면? (불쌍한 벨리니, 사람들이 그의 덤덤한 표정을 훔쳐보며 중얼거렸다. 도대체 이 길고도 긴 굴욕이 언제나 끝난단 말인가?) 로멜리의 득표는 아마도 상황이 불확실할 경우 늘 안정을 희구한다는 사실을 반영했을 것이다. 그리고 마지막으로 베니테스가 있다. 불과 이틀 전만 해도 아무도 모르던 사내가 아니던가? 그런데 다섯 표라니. 그야말로 기적이 따로 없었다.

로멜리는 고개를 숙인 채 계속 득표수의 의미를 고민했다. 추기경들이 그를 바라보고 있건만 그마저 의식하지 못했다. 마침내 벨리니가 레바논 총대주교 등 뒤로 상체를 기울이며, 가볍게 단장의 옆구리를 찔렀다. 깜짝 놀라 고개를 드니 통로 맞은편에서 웃음소리까지 들렸다. 이런 멍청한 인간 같으니!

로멜리는 자리에서 일어나 제단으로 향했다.

"형제들이여, 3분의 2 득표자가 아직 없으니 곧바로 5차 투표를 진행하겠습니다."

12
다섯 번째 투표

현대에 접어들며 대개 다섯 번째 투표에선 교황을 선출했다. 돌아가신 교황 성하도 다섯 번째에 당선됐다. 지금도 기억나지만, 교황은 옥좌에 앉기를 거부하고 일어난 채로 추기경들을 하나하나 포옹해주었다. 라칭거는 하나 더 빨라 네 번째 투표에서였다. 그분도 기억이 난다. 득표수가 3분의 2에 이르렀을 때 수줍은 듯 미소를 짓자 콘클라베가 우레처럼 박수갈채를 보냈다. 요한 바오로 1세 역시 네 번째 투표에서 승자가 되었다. 사실 보이티와가 예외였지만, 다섯 번째 투표 법칙은 최소 1963년까지 거슬러 올라간다. 그해 몬티니가 승리를 거머쥔 후 자신의 카리스마파 맞수 레르카로에게 이런 유명한 말을 던졌다.

"인생이 이렇군요, 예하. 예하께서 이 자리에 앉아야 하는데."

다섯 번째 투표에서 결판이 난다. 로멜리도 은근히 바라는 바였다. 보기도 좋고 마음도 편한 전통의 숫자. 그렇게 되면 분열도 일방적 추대도 없이, 오로지 명상을 거쳐 주님의 의지를 구현하는 선거가 될 수도 있다. 그런데 올해는 아무래도 어려울 모양이다. 이렇듯 분위기가 심상치 않으니.

폰티피컬 라테란 대학에서 교회법 박사 과정을 공부할 때 카네티의 《군중과 권력》을 읽었다. 당시 배운 내용이 군중을 다양한 범주로 나누는 일이었다. 겁에 질린 군중, 의욕을 잃은 군중, 반항하는 군중 등등. 사실 성직자 그룹에도 유용한 기술이다. 이 세속적 기술을 적용한다면 콘클라베는 지구상에서 가장 복잡한 군중으로 읽힐 수 있다. 성령의 집단 충동에 따라 이리저리 움직이니 왜 아니겠는가? 라칭거를 선출했을 당시에도 그랬듯 콘클라베는 소심하게 변화를 거부할 수 있다. 어떤 콘클라베는 무모해서 보이티와 같은 인물을 교황으로 선출하기도 했다. 이번 콘클라베와 관련해 로멜리가 걱정하는 바는, 카네티의 소위 분열하는 군중으로 점차 변질되는 것이다. 혼란스럽고 불안정해 쉽게 유혹에 휘둘리는 것이다. 이 경우 언제 어느 방향으로 튈지 알 수가 없다.

아침 투표만 해도 목적의식도 있고 흥미도 커갔지만, 이제 그마저 증발해버렸다. 추기경들이 줄을 서서 투표할 때, 높은 창문 너머 하늘도 어두워지고, 시스티나 예배당 또한 무덤처럼 고요하고 을씨년스러웠다. 성 베드로 대성당의 5시 종소리도 장례식 조종처럼 들렸다. 문득 이런 생각이 들었다. 우리는 길 잃은 양이야. 이제 곧 폭풍이 몰아칠 거야. 그런데…… 누가 양치기가 되어 우리를 돌봐주지? 로멜리한테는 여전히 벨리니가 최선의 선택이라 이번에도 투표했으나, 이미 승리의 기대는 사라졌다. 지금껏 네 차례 투표에서 그의 득표수는 각각 18, 19, 10, 18이었다. 이유가 뭔지 모르지만 핵심 지지자 박스권을 벗어나지 못한 것이다. 혹시 국무원장 출신이기 때문일까? 그래서 돌아가신 교황 성하와 너무 가깝기 때문에? 교황 성하의 정책은 전통주의자들의 적개심을 사고 자유주의자들을 실망시킨 바 있다.

그러고 보니 로멜리의 시선도 자꾸 트랑블레 쪽으로 돌아갔다. 투표가 진행되는 동안 초조한 듯 가슴십자가를 어루만졌는데, 용케도 특유의 온화한 성격을 야심과 잘 버무리고 있었다. 로멜리의 경험으로 볼 때 별로 특이할 것 없는 역설인 셈이다. 어쩌면 저런 온화함이 교회의 통합에 필요할 수도 있겠다. 게다가 야심이 꼭 죄라고 할 수 있을까? 보이티와도 야심가였지만, 맙소사, 처음부터 얼마나 단호했던가! 보이티와는 당선하던 첫날 밤 발코니에 나가 성 베드로 광장의 군중 수만 명에게 연설할 때, 아예 교황 전례처장을 밀쳐내고 직접 전 세계에 호소했다. 트랑블레와 테데스코 중 하나라면, 비밀보고서가 있든 말든 당연히 트랑블레에게 투표할 것이다. 다만 부디 그런 일이 일어나지 않기만을…….

　마지막 투표가 끝날 때쯤 완전히 어두워졌다. 검표원들이 개표를 시작했지만 결과는 또다시 충격이었다.

　　트랑블레 40
　　테데스코 38
　　벨리니 15
　　로멜리 12
　　아데예미 9
　　베니테스 4

　추기경들의 시선을 받자 트랑블레가 고개 인사를 하고, 두 손을 맞잡고 기도했다. 신앙심을 가장한 쇼였다고 해도 이번만큼은 로멜리도 불편하지 않았다. 아니, 오히려 그도 두 눈을 감고 기도했다. **주여, 의지를 보**

여주셔서 감사드립니다. 트랑블레 추기경이 선택이어야 한다면, 그가 사명을 완수하도록 지혜와 힘을 주소서, 아멘.

로멜리는 안도감과 더불어 자리에서 일어나 콘클라베를 마주했다.

"형제들이여, 이렇게 다섯 번째 투표가 끝났습니다. 역시 다수표가 없으므로 내일 아침 투표를 재개하겠습니다. 투표 집행요원들이 여러분의 목록을 수거할 것입니다. 어떤 기록물도 시스티나 예배당 밖으로 가져가지 마시고, 또 성녀 마르타의 집에 돌아갈 때까지 이번 심의에 대해 언급해서도 안 됩니다. 자, 이제 문을 열어달라고 부탁해주시겠습니까?"

✠   ✠   ✠

오후 6시 22분. 시스티나 예배당 굴뚝에서 다시 검은 연기가 피어오르고 성 베드로 대성당의 탐조등이 그 광경을 잡았다. 전문가들은 텔레비전에 출연해 콘클라베의 합의 실패에 놀랐다며 심경을 토로했다. 대개가 이번에는 신임 교황이 나타나리라 예측했던 것이다. 미국 방송국들도 점심 스케줄까지 미뤄둔 채 대기 중이었다. 승자가 발코니에 나타나기까지 성 베드로 광장의 분위기를 송출하기 위해서였다. 전문가들은 처음으로 벨리니의 가능성에 의심을 표명하기 시작했다. 그가 승리한다면 이미 결판이 나야 했기 때문이다. 저 구태의연한 세계에서 새로운 집단 지성이 번뜩이기도 했다. 드디어 콘클라베가 역사를 만들기 시작했어! 저 무신과 배교의 땅, 영국 얘기다. 영국에서는 콘클라베 자체를 경마 정도로 취급했는데, 바로 도박업체 래드브록스가 아데예미를 새로운 가능성으로 점찍은 것이다. 아예, 내일이면 최초의 흑인 교황이 등장하리라고 선언까지 했다.

✠ ✠ ✠

로멜리는 언제나처럼 제일 나중에 성당을 나섰다. 오말리 몬시뇰이 투표용지를 태울 때까지 지켜보다가 함께 사도궁을 가로지르는데 근위병이 계단 아래 안뜰까지 두 사람을 쫓아왔다. 로멜리 판단으로도, 오말리가 추기경단 부단장이기에 당연히 오후 투표 결과를 알 필요가 있었다. 추기경들의 투표용지를 수거해 소각하는 것까지 임무인 데다 무엇보다 비밀을 모른 척할 인물이 못 되었다. 아데예미가 몰락하고 트랑블레가 선방했다는 정도는 눈치챘으리라. 그래도 워낙에 성격이 신중한지라 곧바로 얘기를 꺼내지 못하고 넌지시 이렇게 묻기만 했다.

"내일 아침까지 지시할 문제가 있으신가요, 예하?"

"예를 들면?"

"그런 생각이 들어서요. 제가 모랄레스 몬시뇰한테 가서, 트랑블레 추기경과 사라진 보고서에 대해 뭔가 이야기가 더 있는지 알아봐야 하지 않나 하는……."

로멜리는 어깨너머로 근위병을 힐끔 돌아보았다.

"그럴 필요가 뭐 있을지 잘 모르겠네, 레이. 콘클라베가 시작되기 전에 아무 말 않는 걸 보면 지금도 할 생각이 없는 것 같아. 모랄레스도 트랑블레 추기경이 교황이 될지 모른다고 생각하겠지만, 자네가 다시 그 문제를 거론하면 정말로 그렇게 믿지 않겠나?"

두 사람이 밖으로 나갔을 때는 벌써 저녁 무렵이었다. 마지막 소형 버스도 떠나가고 어딘가 가까운 곳에서 다시 헬리콥터가 떠다녔다. 로멜리는 손짓으로 근위병을 불러 텅 빈 안뜰을 가리켰다.

"아무래도 다들 떠난 모양이로군. 자네가 연락해주겠나?"

"물론입니다, 예하." 근위병이 소매에 대고 뭔가 속삭였다.

로멜리는 오말리를 돌아보았다. 문득 지치고 외로웠다. 얼토당토않
게 짐을 모두 내려놓고 싶다는 심정까지 절박했다.

"친애하는 오말리, 이따금 너무 많이 알 필요가 없기도 하다네. 그러
니까…… 부끄러운 과거 한두 개쯤 없는 사람이 어디 있겠는가? 예를
들어, 우리도 성추행에 눈을 감지 않았던가. 외국에 있었기에 직접적인
연루를 면하기는 했지만, 글쎄, 나라고 더 단호하게 단죄를 주장했을
것 같지는 않군. 피해자들의 하소연을 심각하게 듣기보다는, 가해자들
을 다른 교구로 전근시키는 데만 급급했었지. 그저 눈 감은 사람들을
나쁘다고 비난할 문제가 아냐. 그들조차 스스로 얼마나 사악한 문제를
다루는지 이해하지 못했을 뿐이라네. 그래서 좋은 게 좋은 거다, 라고
만 생각했겠지. 지금이야 상황이 달라졌지만."

로멜리는 잠시 샤누미 수녀의 낡은 사진 생각을 했다. 철창에 갇힌
아들.

"게다가 친분이 너무 쌓여도 결국 죄를 짓고 상심하는 경우가 비일비
재하지. 저 어리석은 투티노를 보게나. 가족이 없으면 저렇게 흉악한
저택처럼, 쉽게 지위와 의전에 집착하고 그런 것에서 성취감을 느낀다
네. 자, 말해보게, 그런데도 마녀 사냥꾼처럼 동료들을 털면서 돌아다
녀야겠나? 그것도 30여 년 전의 실수를?"

"말씀에 동의합니다, 예하. '너희 중에 죄 없는 자가 먼저 돌을 던져
라.' 하지만 제 생각엔 트랑블레 추기경은 보다 최근의 사건입니다. 교
황 성하와의 면담이 지난달이었죠." 오말리가 항변했다.

"그땐 나도 걱정했네만, 교황 성하 문제도 있다네. 성하께서 하늘에 드셔서 성스러운 교황 성하들과 영원히 함께하시기를!"

"아멘!" 오말리가 화답하고 두 사람은 함께 성호를 그었다. 로멜리가 조용히 말을 이었다.

"지금 와서 생각해보면 성하께서도 마지막 몇 주간은 온전한 정신이 아니었을지도 모르겠어. 이 말은 절대 비밀이네만, 벨리니 추기경 얘기로도 성하께서 살짝 편집증을 보이셨다더군. 적어도 뭔가 비밀이 많으신 것 같았지."

"의중 결정 추기경의 존재가 그 증거일까요?"

"그래. 도대체 왜 그런 일을 하셨을까? 나도 베니테스를 높이 평가하네. 다른 형제들도 그렇고……. 그야말로 주님의 진짜 종복이니 왜 아니겠나. 하지만…… 정말로 비밀리에 임명해야 했을까? 그것도 그렇게 황급하게?"

"더욱이 건강 문제로 추기경직 사임을 앞둘 때였죠."

"그런데 심신이 모두 건강하더군. 지난밤에 건강을 물었더니 과할 정도로 정색하지 뭔가." 그러고 보니 둘은 아예 속삭이듯 말하고 있었다. 로멜리가 실소를 지었다. "나 좀 보소, 완전히 교황청의 늙은 여인네 같잖나. 어두운 구석에서 추기경 임명 얘기로 수다나 떠는 꼴이니."

소형버스가 안뜰에 들어와 로멜리 맞은편에 섰다. 운전사가 문을 열었다. 승객은 없고 대신 뜨거운 에어컨 바람이 훅하고 얼굴을 핥았다.

로멜리가 오말리를 보았다.

"성녀 마르타의 집까지 타고 가겠나?"

"아닙니다, 예하. 전 시스티나로 돌아가 투표용지를 준비해야 합니다. 내일 투표에 지장이 있으면 안 되겠죠."

"그래? 그럼 잘 쉬게, 레이."

"안녕히 주무십쇼, 예하." 오말리가 손을 내밀었다. 로멜리가 버스에 타도록 도와주겠다는 뜻인데, 문득 너무 피곤하다는 생각이 들어 그 손을 잡았다. 오말리가 덧붙였다. "물론, 좀 더 조사해볼 수 있습니다. 예하께서 허락하신다면."

로멜리는 꼭대기 계단에서 멈췄다.

"조사라니?"

"베니테스 추기경."

로멜리가 잠시 생각해보았다.

"고맙지만 아니야. 그럴 필요 없네. 오늘만 해도 비밀이 너무 많아. 어쨌거나 주님께서 이끌어주시겠지……. 그때가 부디 늦지만 않기를."

�֊   �֊   ✖

성녀 마르타의 집에 도착해서는 곧바로 승강기로 향했다. 7시 직전, 슈투트가르트와 프라하 대주교 뢰벤슈타인과 얀다체크가 보이기에 잠시 승강기 문을 잡아두었다. 체코인 추기경은 지팡이를 짚고 있었다. 피곤해서일까? 얼굴이 창백했다. 문이 닫히고 승강기가 올라가자 뢰벤슈타인이 로멜리에게 물었다.

"에, 단장, 내일 밤까지 끝날 수 있겠습니까?"

"어쩌면요. 제 맘대로 할 수 있는 일이 아니라서요."

뢰벤슈타인이 눈썹을 찡긋하며 잠깐 얀다체크를 보았다.

"통계상으로 볼 때, 더 이상 끌면 누군가 새 교황을 뽑기 전에 죽어 나갈 겁니다."

로멜리가 미소를 지으며 가볍게 고개 숙여 인사했다.

"추기경들께 그 말씀을 전해주시겠습니까? 그렇게 하면 정신들 차리시겠죠. 아, 실례해야겠군요……. 전 여기서 내립니다."

로멜리는 승강기에서 내렸다. 교황 숙소 밖에 봉납초가 켜져 있고 복도를 따라 희미하게 조명을 밝혀두었다. 복도를 지나는데 여기저기 방 안에서 샤워하는 소리가 들렸다. 숙소에 다다른 다음엔 잠시 주춤거리다 몇 걸음 더 걸어가 아데예미 숙소 앞에 섰다. 안에서는 아무 소리도 들리지 않았다. 묵직한 정적. 지난밤 웃음소리와 흥분의 괴리는 실로 참혹할 정도였다. 아무리 필요악이라지만 자신의 처리가 불현듯 소름 끼쳤다. 그가 가볍게 노크했다.

"조슈아, 로멜리입니다. 괜찮으세요?"

대답이 없었다.

로멜리의 방은 다시 수녀들이 정돈해둔 터였다. 로멜리는 어깨 망토와 제의를 벗고 침대 끄트머리에 앉아 구두끈을 풀었다. 등이 지끈거렸다. 피로 때문인지 눈물이 저절로 흘러내렸다. 하지만 이렇게 누우면 그냥 잠에 빠지고 말 것이다. 로멜리는 기도대에 앉아 기도서를 열고 그날의 독서를 찾았다. 그의 시선이 머문 곳은 시편 46편이었다.

와서 보아라, 주님의 업적을
세상에 놀라운 일을 이루신 그분의 업적을!
그분께서 세상 끝까지 전쟁을 그치게 하시고
활을 꺾고 창을 부러뜨리시며
병거를 불에 살라버리시네.

명상을 하는 동안 로멜리도 폭력과 혼란의 징후를 느낄 수 있었다. 그러고 보니 시스티나 예배당 아침 미사에서도 똑같은 환각으로 고통을 겪은 바 있다. 로멜리는 처음으로 주님한테도 파괴 의지가 있음을 보았다. 태초부터 파괴는 창조의 본질에 속하므로 탈출은 불가능하다. **주님은 분노하매 우리 중에 임하셨도다. 보라, 주께서 이 땅에 어떤 파괴를 가져왔는지!** 로멜리는 자기도 모르게 기도대 양 끝을 힘껏 잡았다. 그 바람에 누군가 방문을 쾅쾅 두드릴 때는 감전이라도 된 듯 전신이 크게 요동치기까지 했다.

"잠깐만요!"

로멜리는 힘겹게 몸을 일으킨 뒤 잠깐 가슴에 손을 댔다. 심장이 덫에 걸린 짐승처럼 펄떡거렸다. 돌아가시기 전 성하께서도 심장이 이렇게 뛰었을까? 이렇게 요동을 치다가 고통이 족쇄처럼 굳어지는 걸까? 로멜리는 잠시 마음을 가라앉힌 다음에야 문을 열었다.

복도에는 벨리니와 사바딘이 서 있었다.

벨리니가 걱정스럽게 로멜리를 보았다.

"미안해요, 야코포. 우리가 기도를 방해했죠?"

"큰일 아닙니다. 주님께서도 용서하실 거예요."

"어디 편찮으신가요?"

"전혀요. 자, 들어오세요."

로멜리는 옆으로 물러나 손님들이 안으로 들게 했다. 벨리니는 언제나처럼 장의사만큼이나 표정이 어두웠으나 로멜리의 방을 보고는 잠시 미소를 지었다.

"맙소사, 여기도 작군요. 우리 둘 다 스위트룸이에요."

"공간보다는 빛과 공기가 부족해 불편합니다. 그 때문에 악몽까지 꾸는걸요. 아무쪼록 너무 길어지지 않게 기도해야겠죠."

"아멘!"

"우리가 온 이유도 그래서입니다." 벨리니가 말했다.

"앉으시죠."

로멜리는 침대에서 망토와 제의를 치워 기도대에 걸치고는 두 사람이 앉게 했다. 로멜리 자신은 책상 의자를 가져와 서로 마주 보도록 돌려놓았다. "마실 음료라도 드리고 싶지만, 멍청하게도 내 물건을 들여오지 못했답니다. 구투소는 용케 성공했던데."

"오래 걸리지 않을 겁니다. 그저 알려드릴 말씀이 있어서 왔습니다. 아무래도 교황이 되기엔 내 지지자가 충분치 못한 듯하네요." 벨리니의 얘기였다.

로멜리는 갑작스러운 선언에 움찔했다.

"아직 모르는 일입니다, 알도. 투표가 끝난 것도 아니잖습니까."

"말씀은 고맙지만 분명한 사실입니다. 물론 헌신적인 지지자들이 있기는 합니다. 무엇보다 단장님께 고맙군요. 내가 국무원장 자리를 빼앗았으니 반감을 가지셨을 법도 한데."

"난 여전히 추기경께서 최고의 교황이 되시리라 믿습니다."

"옳소! 옳소!" 사바딘이 거들었다.

벨리니가 손을 들었다.

"자, 여러분, 그래 봐야 나만 더 힘들어집니다. 문제는 이렇습니다. 이길 수 없다면, 누굴 지지할 것인가? 첫 번째 투표에서는 반드루겐브럭에게 표를 주었어요. 이 시대 가장 위대한 신학자이지만 승산은 없었죠. 그리고 그후 네 번의 투표 모두 야코포, 단장님에게 투표했습니다."

로멜리는 깜짝 놀라 눈만 끔벅였다.

"친애하는 알도, 도무지 무슨 말씀이신지……."

"계속 단장님께 투표하고 싶습니다. 지지자들에게도 그렇게 얘기할 생각이고요. 다만……." 벨리니가 어깻짓을 했다.

"다만, 단장님도 가능성이 많지 않습니다." 사바딘이 단호하게 잘라 말하며 작고 검은 공책을 펼쳤다. "마지막 투표에서 우리가 열다섯 표를 얻었고 단장님이 열두 표였죠. 그러니 우리 표 열다섯을 몽땅 드린 대도 기껏 3위일 뿐이죠. 결국 트랑블레와 테데스코한테 뒤지는데 솔직히 그마저 어렵습니다. 이탈리아 사람들이야 늘 제멋대로 아닙니까? 베네치아 총대주교야 어차피 재앙이니까 상황은 분명합니다. 예, 이 시점에서 대안이 있다면 트랑블레뿐이죠. 우리 표가 총 스물일곱, 트랑블레가 마흔, 더하면 예순일곱. 말인즉슨 열두 표만 더 얻으면 3분의 2가 된다는 뜻이죠. 다음 투표에서 실패한다 해도 그다음엔 가능합니다. 이해하시겠죠, 로멜리?"

"예, 이해합니다…… 불행하게도."

벨리니가 설명을 이어갔다.

"나도 단장님만큼이나 트랑블레에게 시큰둥하지만 그 양반 지지기반이 폭넓다는 사실은 인정해야 합니다. 성령께서 콘클라베를 빌어 손을 쓰신다고 한다면, 우리도 성 베드로의 열쇠를 조 트랑블레에게 넘겨줘야 합니다. 주께서 원하시니까요."

"어쩌면요……. 그런데 이상하지 않습니까? 점심시간만 해도 조슈아 아데예미한테 표를 주라고 하셨던 것 같은데?" 로멜리는 힐끔 벽을 보았다. 아데예미가 엿듣고 있지는 않을까? 얘기를 어떻게 풀어가야 할지 난감했다. "솔직히 조금 당황스럽군요. 지금 우리 셋의 모임이 결과에 영향을 주기 위해 공모를 꾸미는 것 같은데…… 신성모독 아닌가요? 우리한테 필요한 건, 시가를 문 리스본 총대주교입니다. 그 양반이 시가를 피우면, 우리는 미국 정치 집회처럼 연기 가득한 방에 갇힐 테니까요." 벨리니는 슬쩍 미소를 짓고 사바딘은 인상을 찌푸렸다. "서약을 잊지 맙시다. 당연히 교황이 되어야 할 사람을 선출하겠다고 주님께 서약하지 않았던가요? 그저 차악을 위해 투표하는 것만으로는 부족합니다."

그 말에 사바딘이 조소를 머금었다.

"오, 이런, 단장님, 아무래도 그 얘긴 궤변입니다! 첫 번째 투표라면, 누구나 순수하고…… 또 선합니다. 하지만 4~5차 투표에 다다를 때쯤 개인적인 지지자는 오래전 사라지고 선택은 좁아질 수밖에 없어요. 바로 이 집중 과정이 콘클라베의 기능이죠. 그렇지 않으면 아무도 마음을 바꾸지 않고 우린 몇 주 동안 이곳에 갇혀 지내야 할 겁니다."

"테데스코가 원하는 바겠지." 벨리니가 덧붙였다.

로멜리가 한숨을 내쉬었다.

"예, 압니다. 두 분이 옳아요. 오늘 오후 시스티나에 있을 때 나도 같은 생각을 했죠. 그렇지만……." 로멜리가 상체를 내밀고 두 손을 비볐다. 이 사람들한테 그 얘기를 해도 되는 걸까? "예, 두 분이 아셔야 할 얘기가 있습니다. 콘클라베를 시작하기 직전, 보지니아크 대주교가 찾아와 이런 얘기를 하더군요. 성하께서 트랑블레와 크게 다투고 헤어졌답니다. 어느 정도냐 하면 성하께서 그를 교회의 모든 관직에서 면직할 생각이셨죠. 혹 이런 얘기를 들어본 적 있으십니까?"

벨리니와 사바딘은 놀라서 서로를 보았다.

"아뇨, 못 들었어요. 단장님은 그 얘기를 믿습니까?"

"모르겠습니다. 트랑블레에게도 물었습니다만 당연히 부인하더군요. 보지니아크가 술 마시고 헛소리를 했다고 치부했죠."

"에, 사실이 그렇지 않을까요?" 사바딘이 대답했다.

"그런데 온전히 보지니아크의 상상력만은 아니더군요."

"그래요?"

"트랑블레를 조사한 보고서가 있다는 사실을 나중에 알았는데, 그런데 그 보고서마저 사라진 겁니다."

잠시 정적이 흘렀다. 두 사람도 로멜리의 말을 곰곰이 따져보았다. 사바딘이 벨리니를 보았다.

"보고서가 있었다면 국무원장으로서 예하께서 들어보셨을 텐데요?"

"꼭 그렇지는 않네. 이 바닥이 어떻게 돌아가는지 알잖나? 게다가 성하께서 비밀이 워낙 많으셨어."

다시 침묵. 정적은 30초 정도 이어지다가 마침내 사바딘이 입을 열었다.

"오명 하나 없는 후보가 어디 있어야죠. 어떤 교황은 과거 히틀러 유겐트 일원으로 나치를 위해 싸우고, 공산주의자, 파시스트와 결탁했다고 비난받은 교황들도 있었죠. 끔찍한 성 추문 보고서를 감춘 적도 있고……. 그렇게 따지자면 한도 끝도 없습니다. 만일 단장 예하께서 교황청 소속이라면 분명 누군가 슬쩍 추문을 흘렸을 겁니다. 대주교라면 한두 번 실수할 수밖에 없지 않습니까? 우리도 사람이기에 약점은 있습니다. 이상을 추구하지만 늘 이상적일 수는 없죠."

그의 말은 흡사 변호를 위해 연습한 주문처럼 들렸다. 그래서인지 문득 사바딘이 이미 트랑블레와 접촉해 교황 선출을 지원하기로 약속하고 대가로 뭔가 약조를 받았을지도 모른다는 생각도 들었다. 그야말로 불경한 상상이지만 솔직히 밀라노 대주교가 그런 짓을 한들 놀랄 일도 아니었다. 국무원장의 야욕을 애써 감추지도 않았다. 결국 로멜리가 한 대답은 "하긴 그렇긴 하군요"였다.

"그럼 동의하는 겁니까, 야코포? 전 제 지지자들에게 얘기하고 단장님도 지지자들을 만나세요. 모두에게 트랑블레를 지지하라고 얘기하는 겁니다."

"그러고 싶어도 사실 지지자가 누군지 모르오. 벨리니와 베니테스 말고는."

"베니테스! 아, 흥미로운 친구죠. 도무지 정체를 알 수 없더군요." 사바딘이 의미심장하게 내뱉고는 자기 수첩을 뒤졌다. "게다가 마지막 투표에서 네 표를 얻었어요. 도대체 누가 지지하는 거죠? 예하께서 그 친구와 얘기해보세요. 잘 설득하면 우리와 뜻을 같이할 겁니다. 그 친구의 지지표 넷이면 상황은 완전히 달라집니다."

로멜리는 저녁식사 전까지 베니테스를 만나보겠다고 약속했다. 그의 방으로 찾아갈 것이다. 다른 추기경들 앞에서 할 만한 얘기는 분명 아니었다.

✠ ✠ ✠

한 시간 후, 로멜리는 승강기를 타고 B블록 6층으로 올라갔다. 베니테스 얘기로는 방은 호텔 꼭대기 층이고 건물 동은 도시를 마주 본다고 했는데 막상 와보니 몇 호실인지 도통 알 수가 없었다. 복도를 오가며 열두 개의 방문을 살피는데 그 문이 그 문 같았다. 한참 후 등 뒤에서 사람들 목소리가 들렸다. 돌아보니 추기경 둘이 방에서 나오고 있었다. 페루자 대주교 감비노, 지금은 테데스코의 비공식 선거 매니저로 뛰고 있는데, 그 옆이 아데예미였다.

"분명 설득할 수 있어요." 감비노는 아데예미에게 그렇게 주장하다가 로멜리를 보고 입을 다물었다.

"길을 잃으셨나요, 단장님?" 감비노가 물었다.

"사실은 베니테스 추기경을 찾는 중이오."

"아, 신입생? 음모라도 꾸미나 봅니다, 예하?"

"아뇨…… 적어도 다른 추기경들보다 유난한 일은 없다오."

"아하, 음모를 꾸미신다는 고백이십니다. 맨 끝 방 왼쪽입니다. 지금 계실 거예요." 그가 활짝 웃으며 복도 끝을 가리켰다.

감비노가 돌아서서 승강기 버튼을 누르는데, 아데예미가 잠시 머뭇거리다가 로멜리를 돌아보았다. 표정은 이렇게 말하고 있었다. 내가 끝난 줄 알겠지만 동정은 금물이외다. 아직 힘이 남아 있거든. 그러고는 감비노와 함께 승강기에 올라탔다. 문이 닫히고 로멜리는 혼자 남아 텅 빈 공간만 노려보았다. 그러고 보면 완전히 계산 착오였다. 저 나이지리아 대주교를 잊다니. 아데예미는 지난 투표에서 완전히 경쟁력을 잃었건만 그럼에도 불구하고 무려 아홉 표를 받았다. 저 충성파 중 절반만 받는다 해도 테데스코는 3분의 1 차단벽을 확보할 것이다.

로멜리는 새삼 전의를 다지며 성큼성큼 복도를 걸어가 맨 끝 방문을 쾅쾅 두드렸다. 잠시 후 베니테스의 목소리가 들렸다.

"누구세요?"

"로멜리입니다."

빗장이 풀리고 문도 반쯤 열렸다.

"단장님?" 베니테스는 단추를 잠그지 않은 채 수단 목 부분을 손으로 잡고 있었다. 갈색 발은 가늘고 맨발이었다. 방은 어두웠다.

"옷 입는데 방해한 모양이군요. 잠시 얘기 좀 나눌까 해서."

"물론입니다. 잠시만요." 베니테스가 방 안으로 사라졌다. 그의 경계심이 낯설기는 했지만, 로멜리 자신도 그런 환경에 살았다면 마찬가지로 신원부터 확인하고 문을 열었을 것이다.

복도 저편에서 추기경 둘이 나타났다. 식사를 위해 아래층으로 내려가는 중이리라. 두 사람이 로멜리 쪽을 보기에 그가 손을 흔들어주었다. 두 사람도 손짓으로 화답했다.

베니테스가 문을 활짝 열었다. 옷은 다 차려입었다. 그가 불을 켰다.

"들어오세요, 단장님. 죄송합니다. 이때쯤 늘 한 시간 정도 묵상을 하거든요."

로멜리는 그를 따라 방 안에 들어갔다. 역시 로멜리의 방만큼이나 작고 모양도 비슷했다. 여기저기 10여 개의 촛불이 깜빡거렸다. 협탁, 책상, 기도대 옆, 심지어 어두운 욕실에도 촛불을 켜두었다.

"아프리카는 전깃불이 귀했습니다. 혼자 기도할 때는 촛불이 제일 편해요. 자매님들께서 고맙게도 몇 개 구해주셨죠. 촛불 빛엔 뭔가 특별한 게 있어요."

"그래요? 나한테도 도움이 되는지 봐야겠군요."

"단장님도 기도에 어려움이 있으세요?"

로멜리는 진솔한 질문에 깜짝 놀랐다.

"이따금요. 요즘 특히 그래요. 고민거리가 많아서겠죠?" 로멜리가 손을 들고는 허공에 대충 원 모양을 그렸다.

"제가 도움이 될 수 있을까요?"

로멜리는 잠깐 자존심이 상했다. 전직 국무원장에 추기경단 단장이 아닌가? 그런 자신한테 기도하는 법을 가르치겠다고? 하지만 베니테스의 제안은 진심이었다. 그래서 자신도 모르게 대답은 이렇게 나왔다.

"예, 도움이 필요할지도 모르겠군요. 고마워요."

베니테스가 책상의자를 꺼냈다.

"자, 앉으세요. 대화하는 동안 외출 준비를 해도 괜찮겠죠?"

"물론 괜찮고말고. 원하는 대로 해요."

베니테스는 침대에 앉아 양말을 신었다. 67세의 나이치고는 신기할 정도로 젊고 날씬해 보였다. 상체를 숙이자 새까만 머리카락이 마치 잉크처럼 얼굴을 덮었는데, 그 모습이 거의 소년처럼 보였다. 요즘의 로멜리로서는 양말 신는 데에만 거의 10분이 걸린다. 그런데 필리핀 추기경의 수족과 손가락은 스무 살짜리처럼 유연하고 날렵했다. 촛불을 켜 놓고 기도가 아니라 요가 연습을 한 걸까?

문득 자기가 왜 이곳에 왔는지 생각났다.

"언젠가 내게 투표했다고 했죠? 고맙게도?"

"예, 그랬습니다."

"앞으로도 그럴 생각인지 궁금하군요. 아, 대답을 바라고 한 질문은 아니오. 혹시 그럴 생각이라면, 여전히 그만두라고 말하고 싶구려. 다만 이번에는 훨씬 더 다급한 문제가 걸려 있어요."

"그게 뭐죠?"

"첫째, 교황이 되기엔 내 영적 깊이가 부족해요. 둘째, 교황이 될 가능성도 없고. 베니테스 추기경도 이해해야 합니다. 이번 콘클라베는 벼랑 끝에 놓여 있어요. 내일 결론을 내지 못하면 규칙은 명확해요. 투표는 하루 동안 중지하고 우리가 어떤 상황에 있는지 반성한 뒤 이틀 동안 다시 시도하죠. 그리고 다시 하루를 쉬고 투표 또 하루 중지…… 그런 식으로 12일 동안 총 30회의 투표를 치르게 돼요. 그 후 신임 교황은 단순히 다수결로 선출해야 하고."

"그래서요? 문제가 뭐죠?"

"내가 보기엔 문제가 커요. 투표를 그렇게 오래 끌면 교회에 피해가 갈 수밖에 없으니."

"피해? 왜 피해가 갑니까?"

이 친구, 순진한 거야? 아니면 음흉한 거야? 로멜리는 끈기 있게 설명해나갔다.

"에, 12일을 계속 투표하고 논의해야 하니까요. 모두가 비밀이건만 바깥 로마에는 전 세계 매체 중 절반이 진을 치고 있어요. 그런데, 이 난국에 교회가 지도자 하나 뽑지 못한다면, 교회 자체가 위기라고 여기지 않겠소? 솔직히 말하면, 교회를 과거로 돌리려는 파벌이 힘을 얻을 수도 있어요. 더 솔직하게 말하면 최악의 악몽도 가능합니다. 콘클라베가 늘어지면, 지난 60년간 우리를 위협한 거대 분파가 득세하게 돼요."

"그러니까 이곳에 오신 이유가…… 트랑블레 추기경을 지지해달라 말씀하기 위해서인가요?"

이런, 보기보단 예리하군.

"그래요, 그래서 온 겁니다. 혹시 누가 베니테스 추기경을 지지하는지 알면 그분들께도 그렇게 조언해주셨으면 좋겠군요. 혹시 궁금해서 그러는데, 어떤 분인지 알아요?"

"두 사람은 제 동포인 멘도사 추기경과 라모스 추기경일 겁니다. 저도 단장님처럼 나를 찍지 말라고 사정했죠. 사실 트랑블레 추기경께서도 이 문제로 얘기하신 바 있습니다."

로멜리가 웃었다. 조금 전 마음속으로 비아냥거렸던 것도 미안했다.

"아하, 그랬군요."

"단장님께서도 트랑블레를 야심가라고 하지 않으셨던가요? 그런데 그런 사람을 지지하란 말씀입니까?" 베니테스가 로멜리를 보았다. 사람을 가늠하듯 빤히 노려보는 투라 솔직히 마음이 불편했다. 그런데 그가 추가 설명도 없이 다시 구두끈을 매기 시작했다.

로멜리는 몸을 뒤척였다. 이런 식의 정적이 마음에 들지 않았다. 마침내 그가 먼저 얘기를 꺼냈다.

"베니테스 추기경께서는 교황 성하와 아주 가까운 사이였죠. 그래서 테데스코 추기경을 지지하지 않으리라 생각했어요. 예, 어쩌면 잘못 봤겠죠. 어쩌면 그와 신념이 같을 수도 있고."

베니테스는 구두끈을 다 매고 두 발을 바닥에 내리고 나서야 다시 고개를 들었다.

"전 주님을 믿습니다, 단장님. 오로지 주님만 믿죠. 그래서 단장님과 달리 콘클라베가 길어진다고 걱정하지 않는답니다. 파벌도 마찬가지고요. 누가 알겠습니까? 그마저 주께서 원하는 바인지? 어쩌면 바로 그래서 우리 콘클라베가 단장님께서도 해결 못 할 수수께끼가 아니겠습니까?"

"파벌은 내가 지금껏 믿었고 또 평생 노력했던 모든 것을 파괴해요."

"그게 뭐죠?"

"단일 우주 교회. 신의 은총."

"그래서 제도만 통일하면, 신성한 서약 따위는 아무렇게나 깨뜨려도 좋다는 말씀인가요?"

"어떻게 그렇게 왜곡하죠? 추기경 말마따나 교회는 제도지만 성령의 현현이기도 하잖소!"

"아, 의견 차이가 있군요. 저로서는 오히려 교회 밖에서 성령과 마주하기를 바라니까요. 예를 들어, 중앙아프리카 내전 당시 군사 행동 와중에 강간당한 저 2백만 명의 여성들 안에서 말입니다."

그때 종소리가 들렸다. 화재경보만큼이나 길고 시끄러운 소음. 저녁 준비가 끝났다는 신호였다.

베니테스가 일어나 손을 내밀었다.

"단장님, 죄송합니다. 그럴 생각은 없었는데 무례했습니다. 하지만 교황 자격이 충분하다고 확신하지 않는 한 누구에게도 투표할 생각이 없습니다. 그리고 제가 보기에 자격은 트랑블레가 아니라 단장님께 있습니다."

"얼마나 더 얘기해야겠소? 난 추기경 표를 원치 않아요!" 로멜리는 답답한 마음에 손으로 의자를 때렸다.

베니테스가 손을 더 내밀었다.

"그래도 제 마음은 변치 않아요. 자, 다시 친구가 되죠. 함께 식사하러 내려가실까요?"

로멜리는 잠시 뾰루퉁하다가 결국 한숨을 내쉬고는 베니테스의 도움을 받아 자리에서 일어났다. 베니테스는 방을 돌아다니며 촛불을 일일이 껐다. 양초 심지가 검은 연기와 시큼한 냄새를 내뿜었다. 순간 밀랍 타는 냄새에 로멜리는 신학교 시절로 돌아갔다. 그때는 기숙사를 소등한 후 촛불의 도움을 받아 책을 읽곤 했다. 사제가 돌아다닐 때는 잠든 시늉도 했다. 로멜리는 욕실에 들어가 엄지와 검지에 침을 바른 뒤, 세면기 옆 촛불을 비벼 껐다. 문득 작은 세면도구함이 눈에 들어왔다. 베니테스가 도착하던 날 오말리가 준비해둔 물건들. 칫솔, 작은 치약, 방취제 병, 일회용 플라스틱 면도기…… 모두가 비닐포장지 안에 그대로 들어 있었다.

13

지성소

至聖所

그날 밤, 감금 후 세 번째 저녁식사를 할 때(이름 모를 생선에 케이퍼 소스) 신기하게도 콘클라베 분위기는 크게 들떠 있었다.

추기경 선거인단도 머리가 복잡했다. 시카고 명예대주교 폴 크라신스키치가 돌아다니며 강조하듯이, 추기경들은 '수를 헤아릴 줄 안다.' 이번 선거가 이제 테데스코와 트랑블레의 양강 구도라는 사실 정도는 다들 눈치챘다. 그 밖에도 고지식한 원칙파와 타협과 관용파가 싸워야 하고, 콘클라베를 다시 열흘 이상 끌고 갈 것이냐, 아니면 다음 날 아침 종지부를 찍을 것이냐의 문제도 있었다. 그에 따라 각 당파들도 움직임이 분주했다.

테데스코는 일찌감치 아프리카 테이블의 아데예미파와 손잡았다. 그는 언제나처럼 접시를 한 손으로 잡고 다른 손으로 음식을 입에 넣으며 얘기하다가, 이따금 포크로 허공을 찔러댔다. 로멜리는 평소처럼 란돌피, 델라쿠아, 산티니, 판차베키아 등 이탈리아 대표들과 함께 자리했다. 사실 그의 말에 신경 쓸 필요도 없었다. 언제나처럼 서구 자유 사회의 도덕적 부패를 물고 늘어질 것이기 때문이다. 다만 청중들이 심각하게 고개를 끄덕이는 점으로 미루어보아 분명 반응은 좋았다.

반면, 트랑블레는 보르도의 쿠르트마르슈, 마르세유의 봉피스, 파리의 고슬린, 아비장의 쿠루마 같은 프랑스권 친구들과 메인요리를 즐겼다. 그의 선거 전략은 테데스코와 완전히 달랐다. 테데스코는 사람들을 주변으로 끌어들여 강의하는 반면, 트랑블레는 저녁 내내 이 그룹 저 그룹을 돌아다녔다. 오래 머물지도 않았다. 기껏 몇 분 정도? 그렇게 사람들과 악수를 하고 어깨를 다독이며, 이 추기경과 가볍게 담소를 하고 저 추기경과 귓속말로 은밀한 얘기를 나누었다. 선거 참모도 없는 듯 보였지만, 로멜리는 이미 톨레도의 대주교 모데스토 비야누에바처럼 몇몇 추기경들이 큰 목소리로 트랑블레야말로 유일한 대안이라고 떠드는 소리를 들은 바 있다.

이따금 로멜리도 다른 사람들을 돌아보았다. 벨리니는 저 멀리 모퉁이에 앉아 있었다. 부동층을 공략할 생각 따위는 하지 않은 채 동료 신학자 반드루겐부럭, 뢰벤슈타인과 함께 식사하는 데만 열중한 듯 보였다. 보나 마나 토미즘과 현상학 등 추상적인 개념들을 따지고 있을 것이다.

베니테스는 식당에 도착하는 순간 초대를 받고 영어권에 합류했다. 등을 돌리고 앉은 탓에 얼굴을 볼 수는 없었으나 동료들 표정은 관찰할 수 있었다. 웨스트민스터의 뉴비, 보스턴의 피츠제럴드, 갤버스턴-휴스턴의 산투스, 시성성의 러드가드. 다들 테데스코와 아프리카 일당만큼이나 손님의 말에 흠뻑 빠진 것 같았다.

그동안 내내 쟁반과 와인 병을 들고, 빈센트 수녀회의 푸른 옷을 입은 수녀들이 고개를 떨군 채 테이블 사이를 분주히 오갔다. 그 고대종단은 교황 사절 시절부터 익히 알고 있었다. 수녀회는 파리의 뤼드박 성당 모원(母院)에서 운영하며 당시엔 로멜리도 두 번 방문한 바 있다. 성 카타리나 라부레와 성 루이즈 드 마리약의 잔해는 그곳 성당에 묻혀 있으나, 수녀들은 목숨을 포기하는 대신 추기경단의 종업원이 되는 쪽을 택했다. 원래 목적은 가난한 이들을 돕는 데 있었다.

로멜리의 테이블은 분위기가 어두웠다. 테데스코에게 투표하지 않는 한(그 선택은 모두가 거부했다) 평생 다시는 이탈리아 교황을 만나지 못하리라는 사실을 받아들여야 하기 때문이다. 대화도 저녁 내내 산만했지만 로멜리도 생각에 푹 빠진 터라 별로 관심을 주지 못했다.

베니테스와의 대화가 못내 신경이 쓰였다. 도무지 머릿속에서 밀어낼 수도 없었다. 정말로 내가 지난 30년간 주님이 아니라 교회를 숭배하며 살았을까? 베니테스의 비난은 근본적으로 그런 뜻이었건만, 마음속으로 도무지 부인할 수가 없었다. 죄, 이단. 그래서일까? 그래서 기도가 그렇게 어려웠을까?

설교를 위해 성 베드로 대성당에서 기다렸을 때도 이와 비슷한 현현을 경험한 적이 있었다.

결국 로멜리는 더 이상 참지 못한 채 의자를 뒤로 밀어냈다.

"형제님들, 오늘은 아무래도 좋은 친구가 되지 못할 듯합니다. 침실에 돌아가 쉬어야겠어요."

그의 말에 주변 사람들이 조용히 인사를 건넸다.

"안녕히 주무세요, 단장님."

로멜리는 로비 쪽으로 걸어갔다. 사실 거의 아무도 개의치 않았지만, 저 근엄한 걸음을 보며 지금 추기경단 단장 머릿속이 복잡하기 그지없다는 사실을 짐작한 사람은 더군다나 없었다.

마지막 순간, 로멜리는 2층으로 올라가지 않고, 계단에서 방향을 바꾸고는 프런트데스크 담당 수녀한테 아그네스 수녀가 아직 근무 중인지 물었다. 밤 9시 30분. 등 뒤 식당에서는 이제 막 디저트를 내가고 있었다.

아그네스 수녀가 사무실에서 나왔을 때 어쩐지 로멜리가 올 줄 알았다는 분위기였다. 미인형의 얼굴은 예리하면서도 창백했다. 눈에서 수정처럼 푸른빛이 돌았다.

"단장님?"

"아그네스 수녀, 안녕하십니까? 샤누미 수녀와 다시 얘기 좀 나누고 싶은데 괜찮을까요?"

"죄송합니다만, 불가능합니다."

"이유는?"

"지금 고향 나이지리아로 돌아가는 중이니까요."

"맙소사, 그렇게 빨리?"

"오늘 저녁 피우미치노에 라고스행 에티오피아 항공이 있었어요. 그 비행기를 타는 편이 모두에게 좋다고 생각했죠."

아그네스 수녀는 눈 하나 깜빡 않고 로멜리의 시선을 받았다.

잠시 후 그가 말했다.

"그렇다면 수녀님과 단둘이 얘기를 나눌 수는 있겠죠?"

"지금 우리 둘이 대화하는 줄 알았습니다만."

"그래요, 다만…… 수녀님 사무실에서 대화를 이어가고 싶어요."

수녀는 망설였다. 지금 근무를 끝낼 시간이라고 항변도 해봤지만, 결국 사무실로 로멜리를 안내할 수밖에 없었다. 사무실은 블라인드를 내리고 조명은 데스크램프가 고작이었다. 테이블 위 구식 라디오카세트가 그레고리안 성가를 부르고 있었다. 〈알마레뎀프토리스 마테르〉, 구세주의 존귀한 어머니, 그도 아는 곡이다. 그녀의 경건함에 마음이 숙연해졌다. 기억하기로도, 프랑스 혁명 당시 그녀의 선조가 순교해 교황의 시복을 입은 바도 있었다. 그녀는 음악을 끄고 문을 닫았다. 둘 다 자리에 선 채였다.

"샤누미 수녀가 어떻게 로마에 오게 됐죠?" 그가 조용히 물었다.

"저도 모릅니다, 예하."

"그 여인은 이탈리아어도 하지 못하고 그전엔 나이지리아를 떠나본 적도 없습니다. 누군가 끼어들지 않았다면 이곳에 올 이유가 절대 없었어요."

"수녀회 총원장 편에서 통지가 왔어요. 이런저런 수녀가 올 거라고. 절차는 파리에서 처리했죠. 그러니 뤼드박에 알아보셔야 할 겁니다, 예하."

"그래야죠. 다만 아시다시피 콘클라베 기간이라 꼼짝없이 묶인 몸이라서요."

"그럼 나중에 알아보시면 되죠."

"지금 당장 필요한 정보라서 이러는 게 아닙니까."

수녀는 굴하지 않고 특유의 푸른 눈으로 로멜리를 노려보았다. 단두대로 끌고 가든 화형에 처하든 꿈쩍도 않을 여자다. 행여 결혼을 했다면 이런 여자를 아내로 맞이했을 텐데.

"아그네스 수녀, 교황 성하를 존경하셨죠?" 그가 조용히 물었다.

"물론입니다."

"예, 성하께서도 수녀님을 특별히 아끼셨어요. 사실 수녀님을 경외하셨죠."

"전 모르는 일입니다!" 수녀의 어투는 도발적이었다. 로멜리가 무슨 말을 하려는지 알기 때문이었다. 하지만 그렇다 해도 마음속으로 그 말이 싫지만은 않았다. 그래서일까? 처음으로 그녀의 시선이 가볍게 흔들렸다.

로멜리도 물러서지 않았다.

"어쩌면 이 미천한 늙은이한테도 조금 마음이 있으셨다고 믿습니다. 내가 단장직을 사임하려 할 때도 허락하지 않으셨죠. 그 당시엔 왜 그러셨는지 이해하지 못했습니다. 아니, 솔직히 화도 났지만 이제 이해할 것도 같네요. 당신께서 얼마 살지 못하실 것임을 예감하고 내가 이번 콘클라베를 관리하기를 바라신 겁니다. 이유는 모르지만 말입니다. 그래서 주님 도움으로 지금 그 일을 하고 있죠. 교황 성하를 위해서요. 샤누미 수녀가 왜 성녀 마르타의 집에 오게 되었는지 묻는 이유도, 나를 위해서가 아니라 우리 둘의 친구이신 교황 성하를 위해서라고 믿고 있습니다."

"이해는 합니다만, 단장님, 그렇지만 성하께서 뭘 원하시는지 제가 어떻게 알죠?"

"여쭤보세요, 아그네스 수녀. 주님께 여쭤봐요."

적어도 1분 이상 아그네스는 가만히 있다가 마침내 입을 열었다.

"총원장님께 아무 말 하지 않겠다고 약속했어요. 그러니 하지 않겠습니다. 이해하시죠?" 그러고는 안경을 쓰고 컴퓨터 앞에 앉더니 엄청난 속도로 자판을 때리기 시작했다. 실로 기이한 광경이었다. 로멜리로서도 평생 잊지 못할. 노년의 고위직 수녀는 모니터를 뚫어져라 노려보며, 손가락은 마치 모터라도 매단 듯 회색 플라스틱 키보드 위를 날아다녔다. 이윽고 좌르르 흐르던 타자 소리가 점점 커지고 느려지더니 딱

딱 단음으로 변했다. 그리고 마침내 분풀이라도 하듯 한 번 때리고는 두 손을 들고 자리에서 일어나 사무실 반대편으로 자리를 옮겼다.

로멜리는 그녀의 자리에 앉았다. 화면은 총원장 본인이 보내온 이메일이었다. 10월 3일. 성하가 돌아가시기 2주 전. 이메일에는 '비밀' 표시가 있었는데, 나이지리아 온도 교구 오코 공동체의 샤누미 이와로 수녀를 즉시 로마로 전근시키고 보고하라는 내용이었다. 친애하는 아그네스, 우리 둘만 알기로 해요. 밖에는 절대 말하지 말고. 아그네스가 우리 자매를 특별히 신경 써주면 좋겠어요. 인류복음화성 트랑블레 추기경 예하께서 친히 부탁하신 일이니까요.

✳ ✳ ✳

아그네스 수녀와 작별한 후 로멜리는 식당으로 돌아왔다. 그는 줄을 서서 커피를 받은 뒤 다시 로비로 나와 진홍색 안락의자 하나를 골라 앉았다. 프런트와는 등진 위치. 지금은 기다리며 지켜볼 때였다. 트랑블레 추기경, 아, 실로 대단한 인간이로군! 전혀 미국인답지 않은 북미인, 프랑스인이 아니면서 프랑스어에 능통한 자, 교조적 자유주의자인 동시에 사회적 보수주의자(아니, 그 반대이던가?), 제3 세계의 대변인인 동시에 전형적인 서구인. 맙소사, 그런 자를 과소평가하다니 이런 멍청한 놈 같으니! 트랑블레는 이제 커피 줄을 설 필요도 없었다. 사바딘이 대신 받아오지 않는가. 밀라노 대주교가 트랑블레를 이탈리아 추기경 그룹으로 데려가자, 무리는 경의를 표하고는 자리를 넓혀 그가 합석하도록 배려해주었다.

로멜리는 커피를 홀짝거리며 시간을 죽였다. 어쨌든 해야 할 일이다.

다만 구경꾼이 없기만 바랄 뿐.

가끔 추기경이 다가와 말을 건네곤 했다. 그러면 미소도 짓고 몇 마디 잡담도 나누었다. 표정 어디에도 마음의 동요는 드러나지 않았으나, 로멜리가 자리에서 일어나지 않으면 추기경들도 눈치를 채고 곧바로 다른 곳으로 가버렸다. 추기경들은 그렇게 한 사람씩 숙소로 올라갔다.

밤 11시 30분경. 콘클라베 추기경 대부분이 잠자리에 들었을 때 마침내 트랑블레가 이탈리아 팀과의 대화를 끝냈다. 그가 마치 은총이라도 빌어주듯 손을 들자 추기경 몇몇이 가볍게 고개 인사를 했다. 트랑블레는 입에 미소를 띤 채 돌아서서 계단으로 향했다. 로멜리도 곧바로 그를 붙잡으려 했지만 그 바람에 웃지 못할 순간도 있었다. 다리가 뻣뻣한 탓에 의자에서 일어날 수가 없었던 것이다. 아무튼 한참을 낑낑거리며 간신히 일어났으나, 그를 따라잡기 위해 절뚝거리고 허우적대는 모양새가 아주 가관이었다. 트랑블레는 이제 막 계단을 오르려던 참이었다.

"예하, 괜찮으시면 잠깐만."

트랑블레는 여전히 미소를 지으며 자비를 발산했다.

"안녕하세요, 단장님. 이제 막 침실에 들 참이었는데요."

"오래 붙들지 않겠습니다. 잠깐만."

트랑블레의 미소는 여전했으나 눈은 피로감이 확연했다. 그래도 로멜리가 따라오라고 손짓하자 거부하지는 않았다. 두 사람은 로비를 가로지르고 모퉁이를 돌아 성당 안으로 들어갔다. 별관은 텅 비고 조명은 어스름했다. 강화유리 너머, 바티칸 벽이 조명을 받아 녹청색을 띠었는데, 흡사 한밤의 밀회나 살인을 위한 오페라 세트장처럼 보였다. 그 밖의 조명은 제단 위 램프불 몇 개였다. 로멜리가 성호를 긋자 트랑블레도 따라 했다.

"이상하군요. 무슨 일이죠?" 트랑블레가 물었다.

"간단합니다. 다음 투표에서 이름을 철회해주시죠."

트랑블레가 로멜리를 보았다. 그래도 아직은 불안 대신 흥겨운 표정이었다.

"어디 아픕니까, 야코포?"

"미안하지만 조, 당신은 교황이 될 자격이 없습니다."

"그야 단장님 생각이고, 지지자 마흔 명 생각은 다를 테죠."

"아직 추기경을 잘 모르기 때문입니다."

트랑블레가 고개를 저었다.

"슬픈 일이군요. 늘 단장님의 지혜와 신중함을 존경했습니다. 그런데 콘클라베에 든 이후, 크게 혼란에 빠지신 듯합니다. 단장님을 위해 기도해드리죠."

"기도는 추기경 자신의 영혼을 위해 아껴두세요. 다른 분들은 몰라도 전 추기경에 대해 네 가지를 압니다. 첫째, 추기경의 행동과 관련하여 누군가 보고서를 쓴 적이 있어요. 둘째, 교황 성하께서 돌아가시기 불과 몇 시간 전 추기경과 그 문제를 따졌다는 사실도 압니다. 셋째, 성하께서 추기경을 모든 관직에서 해고하셨죠. 그리고 넷째, 나는 해고 이유도 압니다."

어스름 속에서 일순 트랑블레의 얼굴이 굳었다. 망치로 뒤통수를 한 대 얻어맞은 표정이 저럴까? 그가 황급히 가까운 의자를 찾아 앉았다. 그러고는 한동안 아무 말 없이 멍하니 제단 위 십자가만 노려보았다.

로멜리는 바로 뒤에 자리를 잡고 앉아, 상체를 숙이고는 조용히 트랑블레의 귀에 속삭였다.

"조, 당신은 좋은 분입니다. 그건 분명해요. 능력껏 주님을 섬기고 싶어 하는 것도 알아요. 다만 그 능력이 교황 자격에 이른다 믿는 모양인데, 미안하지만 사실이 아닙니다. 친구로서 얘기하는 겁니다."

"친구?" 트랑블레는 조롱하듯 그 말을 씹었다. 여전히 로멜리를 등진 채였다.

"그래요, 진심입니다. 다만 난 동시에 추기경단 단장이기도 해요. 때문에 책임도 있고. 사실을 알고도 방기한다면 나 역시 치명적인 죄를 짓게 되겠죠."

"소문 말고 단장님이 아는 게 정확히 뭡니까?" 트랑블레의 목소리는 공허했다.

"아프리카 선교단과 접촉한 적이 있죠? 30년 전 아데예미 추기경이 유혹을 이기지 못해 큰 실수를 저질렀다는 사실도 그때 아셨을 테고, 그래서 상대 여자가 로마에 오도록 주선하셨을 테죠."

트랑블레는 처음엔 미동도 않다가 마침내 뒤를 돌아보았다. 뭔가를 기억해내려는 사람처럼 표정이 잔뜩 일그러졌다.

"그 여자는 어떻게 알죠?"

"그건 중요한 문제가 아닙니다. 요점은 조, 당신이 여자를 로마로 불렀다는 사실이죠. 물론 아데예미가 교황이 되지 못하게 방해하려는 목적으로……."

"아니, 그렇지 않아요."

로멜리가 경고하듯 손가락을 들어 보였다.

"말하기 전에 신중하시길. 이곳은 신성한 장소입니다."

"원하신다면 성경을 가져오시죠. 맹세할 수 있어요."

"분명하게 하죠. 수녀회 총원장한테 수녀를 로마로 보내달라고 부탁하지 않았다는 말씀인가요?"

"아뇨, 부탁했습니다. 하지만 나를 위해서는 아니에요."

"그럼 누구를 위해서였죠?"

"교황 성하."

로멜리는 놀라서 한 발짝 물러났다.

"교황이 되겠다고 감히 교황 성하를 중상모략합니까? 그것도 그분의 성당에서?"

"중상모략이 아니라 사실입니다. 성하께서 아프리카 수녀의 이름을 건네며 부탁하셨어요. 그리고 난 복음화성 장관으로서 수녀원에 요청해 수녀를 로마로 불러들였죠. 성하께 질문도 하지 않았습니다. 그저 복종할 따름이었으니까."

"믿기 어려운 말씀이오."

"그래도 사실입니다. 아니, 솔직히 말씀드리면, 단장께서 믿지 않으신다니 저로서도 충격이군요." 트랑블레가 일어섰을 때는 이미 특유의 자신감을 모두 회복한 터였다. 이제 그가 로멜리를 내려다보았다. "이 대화는 없었던 걸로 하죠."

로멜리는 어렵사리 자리에서 일어났다. 목소리에서 분노를 삭이는 일 또한 쉽지 않았다.

"불행하게도 대화는 있었습니다. 내일 직접 교황 후보로서 거론되고 싶지 않다고 선언하시죠. 그렇지 않으면 교황 성하의 마지막 공무가 당신을 해고하는 일이었다고 콘클라베에 공표하겠습니다. 동료를 음해했다는 이유로."

트랑블레가 두 손을 펼치더니 로멜리에게 한 발짝 다가갔다.

"그래, 그 터무니없는 선언을 뒷받침할 증거는 있으시겠죠? 없습니까? 야코포, 한 마디만 하죠. 나 또한 친구로서 충고하지만, 그런 식의 사악한 주장은 거두도록 하시죠. 단장의 얄팍한 야심을 추기경들이 눈치 못 챌 것 같습니까? 어차피 경쟁 후보의 이름에 먹칠하려는 잔꾀로 보일 게요. 아니, 단장이 지지하는 후보에게 역효과를 부를 수도 있어요. 63년, 몬티니 추기경을 보수파가 어떻게 음해하려 했는지 기억합니까? 이틀 후 그분이 교황이 되셨죠."

트랑블레는 제단을 향해 무릎을 꿇고 성호를 그은 다음, 로멜리에게 작별인사를 하고 성당을 나섰다. 로멜리는 망연히 서 있었다. 트랑블레의 발소리가 대리석 복도를 따라 울리며 멀어져 갔다.

✠ ✠ ✠

그 후 몇 시간 동안 로멜리는 옷도 벗지 않고 침대에 누워 천장만 올려다보았다. 빛이라고는 욕실 조명이 전부였다. 격벽 너머 아데예미가 코를 골았으나 생각에 몰두한 터라 그 소리도 거의 듣지 못했다. 두 손에는 마스터키가 들려 있었다. 성 베드로 대성당에서 아침 미사를 마치고 성녀 마르타의 집에 돌아왔을 때 방이 잠긴 탓에 아그네스 수녀한테 열쇠를 빌려야 했다. 로멜리는 이리저리 열쇠를 돌려보며 기도하고 혼잣말했다. 기도와 혼잣말이 마치 하나의 독백처럼 섞여들었다.

오, 주여, 주께서는 이 신성한 콘클라베를 주관하도록 임무를 주셨나이다……. 그저 동료들이 신중하게 투표하도록 준비만 하면 되나요? 아니면 어떻게든 개입해 결과에 영향을 줄 책임이 있습니까? 저는 주님의 종복이오니 주님의 의지에 혼신을 바칩니다……. 어떤 행동을 취하든 간에 성령께서 우리를 이끄셔서 훌륭한 교황을 선출하도록 도우소서……. 주여, 부디 저를 통해 주님의 의지를 실현하소서……. 너는 종복이니, 너 스스로 판단하여…….

로멜리는 두 번이나 일어나 문까지 갔다가 돌아와 다시 누웠다. 물론 지금 그곳에 통찰력이 숨어 있을 리도 없고 갑자기 확신의 샘이 생겼을 리도 없다. 기대도 하지 않았다. 주님은 그런 식으로 임하지 않으신다. 이미 필요한 징후를 모두 내려보내셨으니 판단하고 행동하는 일은 로멜리 몫이었다. 어쩌면 궁극적으로 어떻게 할지 이미 판단이 섰을 수도 있다. 그래서 열쇠를 돌려주지 않고 협탁 서랍에 보관하고 있었을지도 모르겠다.

로멜리는 세 번째로 일어나 마침내 문을 열었다.

교황령에 따르면, 자정 이후 성녀 마르타의 집에는 추기경 외에 아무도 머물 수 없다. 수녀들도 숙소로 돌아가고 근위병들은 차 안에서 잠을 자거나 구내를 순찰했다. 의사들도 50미터 거리의 성 카를로 궁전에서 대기했다. 의료사고를 포함해 비상사태가 발생하면 추기경들은 무조건 화재경보기를 누르도록 되어 있었다.

다행히 복도에도 아무도 없었다. 로멜리는 재빨리 층계참으로 향했다. 교황 숙소 밖, 붉은 유리마다 봉납초들이 깜박였다. 로멜리는 문을 노려보았다. 마지막 순간 겁이 나기도 했다. **무슨 일을 하든 오직 주님만 바라봅니다. 주님께서 제 마음을 보시고 의도가 순수함을 아십니다. 저를 버리노니 주께서 보호하소서.** 로멜리는 열쇠를 잠금장치에 넣고 돌렸다. 문이 안쪽으로 조금 열렸다. 교황이 죽은 후 트랑블레가 리본을 달아놓은 탓에 문은 활짝 열리지 못했다. 봉인을 보니 붉은 밀랍 안에 교황궁무처 문장이 새겨져 있었다. 접은 우산 아래 열쇠를 십자가 모양으로 교차한 디자인. 봉인의 역할은 순전히 상징적이라 약간의 힘도 견디지 못한다. 조금 힘을 주자 밀랍이 쪼개지고 리본도 떨어져 나갔다. 드디어 교황 숙소가 열렸다. 로멜리는 성호를 긋고 문지방을 넘은 뒤 문을 닫았다.

방은 답답하고 지린내가 났다. 로멜리는 더듬더듬 조명 스위치를 찾았다. 익숙한 방. 교황이 죽은 그날 밤 그대로였다. 레몬색 커튼도 단단히 드리운 채였다. 조개 모양 등받이의 청색 소파, 팔걸이의자 둘, 커피 테이블, 기도대, 책상…… 교황의 낡고 검은 가죽 가방이 책상 옆에 놓여 있었다.

로멜리는 의자에 앉은 뒤 서류가방을 무릎에 올려놓고 열었다. 안에는 전기면도기, 박하 통, 성무일과서, 토마스 아 켐피스의 책《준주성범(遵主聖範)》이 들어 있었다. 바티칸 홍보팀에 따르면, 교황이 심장마비로 죽기 전 마지막으로 읽은 책으로 유명했다. 교황이 읽던 부분에는 낡은 버스표가 끼워져 있었는데 20년도 더 전에 교황의 고향에서 발행한 표라고 들었다.

　우정의 위험에 대하여
　너의 심중을 타인에게 고하지 말고 신을 두려워하는 현자에게 조언을 구하라. 젊은이와 낯선 이를 멀리하고 부자를 찬양하지 않으며 유명인과 만나지 말라. 그보다 가난하고 소박하며 독실하고 고결한 이를 친구로 둘지어다.

로멜리는 책을 덮고 가방에 넣은 뒤 제자리에 두었다. 가운데 서랍을 당겨봤다. 잠겨 있지 않았다. 로멜리는 서랍을 통째로 꺼내 책상 위에 올려놓고 내용물을 뒤졌다. 빈 안경 케이스, 렌즈 세척제 플라스틱 용기, 연필 몇 자루, 아스피린 한 병, 휴대용 계산기, 고무줄, 주머니칼, 낡은 가죽 지갑과 그 안에 든 10달러 지폐 한 장,《최신 교황청 연감

(Annuario Pontifico)》, 붉은 장정의 두꺼운 전화번호부엔 교회 주요 관리들 연락처가 거의 모두 적혀 있었다. 나머지 서랍 세 개도 열었으나 교황이 사인한 선물용 엽서 몇 장을 빼면 서류는 하나도 없었다.

로멜리는 등을 기대고 잠시 생각에 잠겼다. 비록 전통적인 교황 숙소에서 지내지는 않았어도 교황은 사도궁의 전임자 업무실을 종종 이용했다. 매일 아침 서류가방을 들고 그곳까지 걷기도 하고, 저녁이면 일거리를 들고 숙소에 들어와 검토도 했다. 교황 업무는 끝도 한도 없었다. 로멜리와 함께 있는 동안에도 바로 이 자리에서 편지와 서류에 사인을 하고 있었다. 그렇다면 임종 전 일찍이 업무를 중단했거나, 아니면 누군가 책상을 치웠을 것이다. 당연히 유능한 개인비서 모랄레스 몬시뇰 솜씨다.

로멜리는 자리에서 일어나 방을 서성거렸다. 침실 문을 열기까지는 의지가 필요했다.

낡고 거대한 침대. 시트는 벗기고 베개 커버도 없었으나, 안경과 자명종은 협탁 위에 그대로이고, 벽장을 여니 수단 두 벌도 유령처럼 가로장에 걸려 있었다. 소박한 의상 두 벌. 교황은 화려한 제의를 한사코 거절했다. 그 옷들을 보자, 장례식 이후 간신히 다독였던 감정이 그만 복받치고 말았다. 로멜리는 손으로 두 눈을 가리고 고개를 숙였다. 눈물은 간신히 참았으나 온몸이 격하게 요동쳤다. 마른 오열은 30초 가까이 이어졌다. 겨우 오열이 끝나자 그때부터는 오히려 기이할 정도로 기운이 났다. 그는 잠시 숨을 가라앉힌 후 돌아서서 침대를 살피기 시작했다.

침대는 몇백 년 전 물건이라 이루 말할 수 없이 흉측했다. 모퉁이마다 커다란 사각 다리를 박고 머리와 발치 벽판에는 문양을 새겼다. 교황은 일부러 이 흉물을 배에 실어 성녀 마르타의 집으로 가져왔다. 이유는 지금까지 수백 세대를 거쳐 교황들이 잠든 곳이기 때문이다. 모르긴 몰라도 외문을 통과하기 위해 분해를 했다가 다시 조립해야 했을 것이다.

로멜리는 교황이 죽은 그날 밤처럼 조심조심 무릎을 꿇었다. 그리고 두 손을 맞잡고 두 눈을 감고 이마를 매트리스 끄트머리에 댄 뒤 기도를 시작했다. 노인의 참담하고도 외로운 삶을 생각하니 다시 가슴이 미어졌다. 로멜리는 두 손을 벌려 침대 양쪽 프레임을 움켜잡았다.

그 자세로 얼마나 있었을까? 사실 나중에 생각해도 자신이 없었다. 2분일 수도, 20분일 수도 있었다. 분명한 사실은, 어느 시점엔가 교황이 머릿속에 들어와 말을 걸었다는 것이다. 아니, 그마저 상상력의 장난일 수도 있다. 합리주의자라면 만사에 해답을 마련해두고 있으니, 영감인들 설명이 불가능하랴. 다만 무릎을 꿇기 전만 해도 상황이 절망적이었으나 간신히 두 발로 일어나 침대를 바라볼 때는, 분명 고인이 이렇게 저렇게 하라고 지시하고 있었다.

✤　✤　✤

제일 먼저 든 생각은 분명 비밀 서랍이 있다, 였다. 로멜리는 무릎을 꿇고 침대 아래를 더듬어보았다. 텅 빈 공간. 매트리스도 들어봤지만 짐작대로 헛수고였다. 교황은 벨리니와 체스를 두면 거의 예외 없이 이겼다. 그런 그가 이렇게 뻔한 수를 썼을 리 없다. 로멜리는 선택의 수를 모두 조사하고 마지막으로 침대 기둥을 노려보았다.

우선 머리판 오른쪽 기둥을 조사했다. 전체적으로 광택이 나는 오크 나무였으며 위쪽은 둥근 모양이었다. 언뜻 보아도 육중한 침대를 지탱하느라 전체가 한 덩어리였다. 손으로 구슬선 장식을 더듬어보니 작은 원반 장식 하나가 조금 느슨했다. 로멜리는 협탁 램프를 켜고 매트리스 위로 올라간 뒤 원반을 눌러보았다. 아무 반응이 없었다. 그런데 다시 두 발을 바닥에 내려놓느라 침대 기둥을 잡았는데 갑자기 꼭대기 부분이 떨어져 나왔다.

그 아래에 빈 공간이 있었다. 바닥은 평평한 맨 나무로 그 중간에 나무 손잡이가 손에 잡혔다. 너무 작아 눈에 띄지 않을 정도. 로멜리가 엄지와 검지로 손잡이를 잡아당기자 평범한 나무 케이스가 천천히 딸려 나왔다. 상자는 놀라울 정도로 공간에 꼭 들어맞았는데 크기는 구두 상자 정도였다. 상자를 흔들자 안에서 뭔가 덜그럭거렸다.

로멜리는 매트리스에 앉아 뚜껑을 밀어 열었다. 안에는 수십 장의 자료가 두루마리처럼 말려 있었다. 자료를 펼치자 무슨 장부처럼 보였다. 은행 보고서, 송금 내역, 주소. 페이지 여기저기 연필로 주석이 달려 있었다. 글자가 작고 각진 것으로 보아 분명 교황의 필체였다. 로멜리 자신의 이름도 보였다. **로멜리, 2호실, 신앙교리성, 445평방미터.** 교황청에서 일하거나 은퇴한 사람들의 숙소 목록이겠지? 목록은 교황의 요구로 사도좌 재산관리처에서 작성했으며, 숙소를 배당받은 선거인단 이름마다 밑줄을 그었다. **벨리니**(410평방미터), **아데예미**(480평방미터), **트랑블레**(510평방미터)…… 자료 아래에 교황이 자기 이름도 추가해 넣었다. **교황. 성녀 마르타의 집. 50평방미터!**

추가 자료 첨부.
교황 성하 외 열람 금지

존경하옵는 교황 성하,

분명한 사실은, 사도좌 재산관리처 소유 부동산 표면적은 총 347,532평방미터이며, 기대가치는 최고 2,700,000,000유로입니다. 공식 장부가액은 389,600,000유로입니다. 세수 부족은 유료 객실용률이 56퍼센트에 불과한 데서 연유합니다. 때문에 성하께서 짐작하신 대로, 상당수 수입이 제대로 기록되지 않은 듯 보입니다.

교황 성하의 가장 헌신적이며 순종적인 종복,
D. 라브리올라(특별감독관)

다른 페이지에도 로멜리의 이름이 있었다. 그런데 자세히 보니 놀랍게도 바티칸 은행의 개인 은행 보고서였다. 매달 총액은 10여 년 전까지 포함했는데, 최근 기록은 9월 30일로 결산 잔고가 38,764.76유로였다. 그 숫자는 로멜리 자신도 처음 알았다. 그러니까 그가 이 세상에서 소유한 총액이었다.

로멜리는 수백 개의 이름을 훑어 내렸다. 읽는 것만으로도 기분이 께름칙했지만 그렇다고 멈출 수도 없었다. 벨리니는 예금 잔고가 42,112유로, 아데예미는 121,865유로, 그리고 트랑블레가 519,732유로였다. 상당한 액수이기 때문인지 교황은 또다시 느낌표를 두 개나 덧붙였다. 예금 잔고가 형편없는 추기경들도 몇 있었다. 테데스코는 2,821유로에 불과했고 베니테스는 아예 저축이 하나도 없는 듯 보였다. 그 밖에는 대개 부자였다. 팔레르모의 지명대주교 칼로제로 스코차치는 잔고가 무려 2,643,923유로에 달했다. 마르친쿠스 교황 시절 교황청 종교사업협회에 근무할 때 실제로 돈세탁 혐의로 수사까지 받은 인물이다. 아프리카와 아시아 출신 추기경들 상당수가 지난 12개월간 저축이 크게 늘었다. 교황은 흔들리는 필체로 한 페이지 가득 성 마르코의 경구를 써넣기도 했다. '내 집은 온 세상 기도의 집으로 불릴지어다'라는 말도 듣지 못했단 말인가? 당신들은 내 집을 강도 소굴로 만들었어!

로멜리는 다 읽은 후 서류를 단단히 말아 상자에 넣고 뚜껑도 닫았다. 썩은 감이라도 씹은 듯 입맛이 씁쓸했다. 교황은 재산관리처를 압박해 동료들의 금융 기록을 몰래 손에 넣었다! 관료들이 모두 부패했다고 여겼을까? 어느 정도는 새로운 일도 아니었다. 예를 들어, 몇 해 전 교황청 아파트 추문은 신문에까지 실린 바 있다. 그런데도 형제 추기경들의 개인 재산을 오랫동안 의심했다고? 교황직에 불과 한 달밖에 머물지 못했지만, 심지어 루치아니가 1978년 당선된 이유도 이탈리아 추기경 중에서 유일하게 부패하지 않았기 때문이라고들 하지 않았던가? 그렇다. 처음 읽는 순간 그가 충격을 받은 이유는 서류를 보고 교황의 마음 상태를 알 수 있었기 때문이었다.

로멜리는 상자를 제자리에 넣고 기둥 조각도 다시 끼워 맞췄다. 열두 제자가 예수에게 했다는 끔찍한 말이 떠올랐다. 이곳은 외로운 곳입니다. 이제 시간도 늦었습니다. 그는 잠시 딱딱한 나무 기둥에 매달려 주님께 가르침을 구했다. 주께서 이곳으로 인도했지만 이제 또 무엇을 보게 될지 두렵기만 하옵니다.

아무튼 다시 한 번 마음을 다지고 머리판 반대쪽으로 돌아가 둥근 조각 아래 구슬선 장식을 살폈다. 이곳에도 손잡이가 숨어 있었다. 로멜리는 침대 기둥 윗부분을 벗기고 두 번째 상자를 끄집어냈다. 그리고 침대 발치로 돌아가 세 번째, 네 번째 상자도 꺼냈다.

14
성직 매수

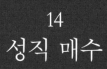

로멜리는 새벽 3시가 다 되어서야 교황 숙소를 빠져나왔다. 문을 살짝 열고 진홍색 촛불 너머 층계참도 확인하고 귀도 기울였다. 1백여 명의 추기경들은 대개 70대인지라 지금쯤 잠을 자거나 아니면 조용히 기도를 하고 있으리라. 건물은 쥐 죽은 듯 고요했다.

문은 닫았으나 어차피 다시 봉인하려 해도 소용이 없었다. 밀랍은 깨지고 리본은 늘어졌다. 추기경들이 깨어나면 당연히 알아보겠지만 돌이킬 수 없는 노릇이다. 층계참을 가로질러 계단을 오르려는데 문득 벨리니의 말이 생각났다. 내 방이 바로 교황 숙소 바로 위라 고인의 영혼이 마룻바닥을 통해 올라오는 것 같다. 로멜리는 그 말을 믿기로 했다.

마침내 301호를 찾아 가볍게 노크했다. 노크를 하다가 객실 절반을 깨울까 봐 걱정도 했지만, 놀랍게도 거의 동시에 인기척이 들리더니 문이 열리고 벨리니가 나타났다. 게다가 수단 차림이 아닌가. 로멜리를 바라보는 시선엔 동병상련의 아련함마저 가득했다.

"야코포? 이런, 단장님도 잠을 못 이루시는군요. 어서 들어와요."

로멜리는 주인을 따라 방으로 들어갔다. 방은 아래층 교황 숙소와 비슷했다. 거실 조명은 모두 꺼졌으나 침실 문이 살짝 열려 그곳에서 조명이 흘러나왔다. 예배 중이었던지 묵주는 기도대에 드리우고 성무일도도 스탠드에 펼쳐두었다.

"잠시 함께 기도하시겠어요?" 벨리니가 청했다.

"그럼요."

두 사람은 무릎을 꿇고, 벨리니가 고개를 숙였다.

"오늘 우리는 대성 레오를 기억합니다. 주님, 주님께서는 사도 베드로의 단단한 반석 위에 주님의 교회를 세우시고, 지옥의 문이 절대 침범하지 못하게 하시겠다 약속하셨나이다. 대성 레오의 기도를 받들어 부탁하오니 부디 교회가 주님의 진리에 충성토록 하시며, 우리 주님을 통해 영원히 평화롭게 지키소서. 아멘."

"아멘."

잠시 후 벨리니가 입을 열었다.

"뭐라도 좀 드릴까요? 마실 물이라도?"

"예, 주세요. 고맙습니다."

소파에 앉자 동시에 지치기도 하고 불안하기도 했다. 중요한 결정을 하기엔 최악의 상태였다. 수돗물 소리가 들리고 곧이어 벨리니의 목소리가 들렸다.

"미안하지만, 이 방엔 물밖에 없습니다." 벨리니는 큰 컵 두 개에 물을 따라와 하나를 로멜리에게 건넸다. "그래, 이 시간에 웬일로 잠을 못 이루시고?"

"알도, 아무래도 계속 교황 선거에 나서야겠습니다."

벨리니는 신음을 흘리고는 의자 위에 털썩 주저앉았다.

"제발! 아뇨, 절대 안 됩니다! 이미 끝난 얘기예요. 원치도 않거니와
이길 수도 없어요."

"어느 쪽이 더 신경 쓰이십니까? 원치 않는 쪽? 아니면 이기지 못한
다는 쪽?"

"내가 자격이 있다고 추기경 3분의 2가 생각했다면 당연히 의심을
거두고 콘클라베의 의지에 따랐겠죠. 하지만 그렇지 못했잖아요. 고로
지금은 질문도 성립하지 않아요." 로멜리가 수단 안에서 서류 세 장을
꺼내 커피 테이블 위에 놓았다. "뭐죠?"

"성 베드로의 열쇠. 원하시면 추기경의 것입니다."

그리고 한참 정적이 이어졌다.

"아무래도 단장님 방으로 돌아가는 게 좋겠습니다."

"그래도 쫓아내지는 않으시겠죠, 알도?" 로멜리는 물을 꿀꺽꿀꺽 들
이키기 시작했다. 맙소사, 얼마나 갈증이 났는지조차 모르고 있었다니.
벨리니는 팔짱을 낀 채 아무 말도 하지 않았다. 로멜리는 물을 마시며
물잔 너머로 벨리니를 지켜보았다. 이윽고 물잔을 내려놓고 서류들을
테이블 너머 벨리니에게 밀어주었다.

"인류복음화성 활동 보고서예요. 구체적으로는 인류복음화성 장관
트랑블레 추기경 얘기죠."

벨리니는 서류를 힐끗 보고는 인상을 찌푸리며 시선을 돌렸다. 잠시
후 그가 팔짱을 풀고 마지못해 서류를 집었다.

"일단 그가 성직 매매에 관여했다는 것만은 확실해 보입니다. 상기하
자면 성경에서도 규정한 범죄죠. 사도들이 손을 얹어 성령을 받게 하자, 시몬
은 이를 보고 돈을 내며 이렇게 말하였노라. '내게도 그 힘을 주시오. 그리하여 내게
안수를 받으면 누구나 성령을 받게 해주시오.' 그때 베드로는 그에게 이렇게 답하였

도다. '당장 그놈의 은화를 들고 꺼지시오. 감히 돈으로 주님의 선물을 사려 하다니!'"

로멜리가 얘기하는 동안, 벨리니는 계속 읽어 내려갔다.

"성직 매매가 어떤 의미인지는 압니다."

"그간에도 공직이나 성사를 매수한 사례가 있었지만 이보다 더 분명한 경우가 있었던가요? 트랑블레가 첫 번째 투표에서 그만큼 득표한 이유는 매수했기 때문입니다. 주로 아프리카와 남미 추기경들이 대상이었죠. 이름도 모두 적혀 있습니다. 카르데나스, 디엔, 피가렐라, 가랑, 파풀루테, 밥티스테, 싱클레어, 알라타스. 트랑블레는 심지어 현찰을 지불했어요. 추적을 피하기 위해서죠. 이 과정이 모두 지난 12개월 사이에 이루어졌습니다. 필경 교황 성하께서 선종하실 날이 얼마 남지 않았다고 확신했겠죠."

벨리니는 서류를 다 읽고 난 후 멍하니 앞을 바라보았다. 정보를 소화하고 증거 가치를 가늠하는 중이리라. 마침내 그가 입을 열었다.

"돈을 지불한 이유가 불법이라는 사실을 어떻게 알죠?"

"은행 보고서를 봤으니까요."

"맙소사!"

"이 시점에서 핵심은 추기경들이 아닙니다. 그 사람들을 부패 혐의로 고발할지 여부도 잘 모르겠어요. 자기 교회를 위해 돈을 쓸 생각이겠지만 필경 아직 구경도 못 했겠죠. 게다가 투표용지도 모두 소각했으니 누가 누구한테 투표했는지 어떻게 알겠습니까? 그래도 이것만은 확실합니다. 트랑블레는 공식절차를 부시고 수만 달러씩 건넸어요. 당연히 당선 가능성을 높이기 위해서였죠. 잘 아시겠지만 성직 매수의 경우 처벌은 무조건 파면입니다."

"트랑블레는 부인할 텐데요."

"부인하라죠. 보고서가 드러나면 이 추문은 그 어떤 추문도 덮을 대사건이 될 겁니다. 예를 들어, 보지니아크가 진실을 말했다는 방증이되기도 하겠죠. 성하께서 마지막으로 트랑블레에게 사임하라는 지시를 했다고 증언했거든요."

벨리니는 아무 대답 없이 서류를 테이블에 놓았다. 그러고는 특유의기다란 손가락으로 조심스레 각을 맞춰 완벽하게 정리까지 마쳤다.

"이 정보를 어떻게 손에 넣었는지 물어도 되겠습니까?"

"교황 성하의 숙소."

"언제?"

"오늘 밤."

벨리니가 놀란 표정을 하며 고개를 들었다.

"봉인을 깼어요?"

"선택의 여지가 있나요? 점심시간에 그 광경을 봤잖습니까? 트랑블레는 의도적으로 아프리카에서 여자를 불러와 아데예미를 곤경에 빠뜨렸습니다. 교황이 될 기회도 망가뜨렸죠. 정황은 충분했지만 트랑블레는 부인하더군요. 그래서 증거를 찾아야겠다고 생각한 겁니다. 양심때문에라도 그냥 물러나 그런 위인을 교황이 되게 두고 볼 수만은 없었으니까요. 적어도 조사는 해봐야죠."

"정말인가요? 정말로 아데예미를 곤란에 빠뜨리려고 여자를 불러들였습니까?"

로멜리가 머뭇거렸다.

"모르겠습니다. 전근을 요청한 것만은 사실인데 교황 성하의 지시라고 하더군요. 어쩌면 사실일지도 모르겠어요. 성하께서도 동료 추기경들을 상대로 일종의 스파이 작전을 벌인 것 같으니까. 그분 방에서 비밀 이메일과 전화 녹취록도 많이 찾아냈습니다."

"세상에, 야코포! 그야말로 악마의 공작이로군요!" 벨리니는 정말 몸이 아프기라도 하듯 신음을 내뱉더니 고개를 젖혀 천장을 올려다보았다.

"예, 맞는 말씀입니다. 어쨌거나 지금 처리해야 하지 않겠어요? 다행히 콘클라베가 아직 끝나지 않은 덕에 비밀리에 끝낼 수 있습니다. 자칫 신임 교황을 뽑은 후에 진실이 드러나면 문제가 더 커져요."

"투표도 막바지인데 어떻게 처리하시게요?"

"우선 추기경들에게 트랑블레 보고서를 알려야겠죠?"

"어떤 식으로?"

"추기경들한테 보여줘야죠."

벨리니는 다시 경악하고 말았다.

"진심입니까? 개인 은행 보고서에 입각한 자료를? 그것도 교황 성하 숙소에서 훔쳐서? 그랬다가는 모두 절망에 빠지고 말 겁니다. 우리한테 역풍이 불 수도 있어요."

"국무원장께서 해야 한다는 뜻이 아닙니다. 당연히 이 문제에서 빠져 계셔야죠. 나한테 맡겨두세요. 사바딘한테 도움을 청할 수도 있지만 어쨌든 책임은 내가 지겠습니다."

"예, 좋은 말씀입니다. 물론 고맙죠. 그런데 문제는 단장님한테서 끝나지 않아요. 소문은 어차피 샐 테니까. 게다가 교회가 어떻게 될지도 생각해보세요. 그런 상황에서 나보고 모른 척 교황이 되라고요? 싫습니다."

로멜리는 자기 귀를 의심했다.

"상황이라니요?"

"추악한 음모 상황이죠. 침입, 훔친 자료. 동료 추기경 비방. 나보고 교황청의 리처드 닉슨이 되란 말씀인가요? 가능성도 없지만 설령 선거에서 이긴다 해도 처음부터 오명을 안고 교황직을 수행해야 하겠죠. 그런데 그렇게 할 경우 최대 수혜자가 테데스코라는 정도는 알고 계시겠죠? 그자가 교황이 되려는 이유는, 교황 성하께서 개혁이라는 미명 하에 교회를 재앙으로 이끌었다고 믿기 때문이에요. 그 패거리들한테 교황 성하께서 은행 계좌를 훔쳐봤다는 사실을 폭로한다고요? 교황청이 제도적으로 부패했다는 보고서를 의뢰한 겁니다. 그 사실만으로도 저자들의 주장을 증명하는 셈이에요."

"우리가 이곳에 있는 이유는 주님께 봉사하기 위해서입니다. 교황청이 아니라."

"오, 야코포, 순진한 척하는 겁니까? 다른 사람도 아니고 단장께서? 전 단장님보다 오랫동안 이 싸움을 벌였습니다. 맙소사, 문제의 본질은, 우리는 예수님의 교회를 통해서만 주님께 봉사할 수 있어요. 다소 약점이 있기는 해도, 교황청은 교회의 심장이자 머리예요."

갑자기 끔찍한 두통이 일기 시작했다. 정확히 오른쪽 눈 안쪽. 탈진과 신경과로면 늘 이런 식이었다. 과거 경험으로 볼 때 조심하지 않으면 하루 이틀 침대에 누워 지내야 할 것이다. 지금도 그래야 할까? 교황령에 보면, 병든 추기경은 성녀 마르타의 집, 자기 방에서 투표할 수 있다. 추기경 3인이 **병자 집표인**으로 선정되어 투표용지를 취합한 뒤, 상자에 담고 자물쇠로 채워 시스티나 예배당에 전달하면 그만이다. 로멜리는 정말로 시트로 얼굴을 푹 뒤집어쓴 채 침대에 누워 있고 싶은 마음이 간절했다. 이놈의 난장판이야 다른 사람들이 알아서 하겠지? 하지만 곧바로 주님께 나약함을 고하고 용서를 구했다.

벨리니가 조용히 말했다.

"교황 성하의 업무는 전쟁이었습니다, 야코포. 사람들은 몰라요. 전쟁은 첫날부터였죠. 즉위식 때 교황을 상징하는 예복과 표상을 한사코 거부하고, 또 사도궁이 아니라 이곳에서 지내겠다며 고집을 부리셨으니까. 사고는 그 이후로 날마다 일어났어요. 기억하십니까? 살라 볼로냐에 교구장들을 모두 불러 소개 모임을 할 때였죠. 성하께서는 특히 재정 투명성을 요구했어요. 장부를 제대로 작성하라, 회계를 공개하라. 아무리 사소한 건축이라도 반드시 외부 입찰을 하고 영수증을 챙겨라. 세상에, 영수증이라뇨! 재산관리처에서는 영수증이 뭔지도 몰랐어요! 그리고 회계 경영 컨설턴트들을 불러들여 파일 하나하나를 확인하고, 성녀 마르타의 집 1층에 아예 사무실까지 만들어주었죠. 그런데도 왜 교황청이 그 일을 꺼려했는지도 의아해했습니다. 늙은 근위병들은 말할 것도 없고!

그러다가 누수가 시작됐죠. 신문이나 방송을 볼 때마다 당혹해하셨죠. 투티노 같은 친구들이 빈민구호자금에서 얼마나 뜯어내 집을 개조하거나 퍼스트클래스를 타고 해외에 갔는지 하는 뉴스들이 매번 터져 나왔으니까. 그리고 그동안 내내 테데스코 일당이 성하를 노렸습니다. 동성애나 이혼, 여성 인권 등에 대해 호의적인 말을 할 때마다 이단이라며 비난까지 서슴지 않았죠. 때문에 교황직 수행 자체가 커다란 역설이었죠. 외부세계가 그분을 사랑할수록 교황청 내에서는 점점 고립되었으니까. 결국 아무도 믿지 못했던 겁니다. 솔직히 저를 믿었는지조차 확신할 수 없군요."

"저도 마찬가지겠죠."

"아뇨, 누구보다 단장님을 믿으셨을 겁니다. 그렇지 않았으면 사임

의사를 밝혔을 때 수락하셨겠죠. 아무튼 우리끼리 이런 소리 해봐야 무슨 소용이겠습니까? 성하께서는 병자셨어요. 그래서 판단이 흐트러지셨고." 벨리니가 상체를 기울여 보고서를 두드리고는 테이블 너머 로멜리에게로 밀었다. "이 보고서를 공개한다면 그분에 대한 기억까지 망가질 겁니다. 제 의견을 말씀드리자면, 감추거나 파괴하라는 겁니다."

"그래서 트랑블레를 교황으로 뽑는다?"

"더 나쁜 교황도 있었잖아요."

로멜리는 한참 그를 바라보다가 자리에서 일어났다. 통증 때문에 눈을 뜨기도 어려웠다.

"슬픈 일입니다, 알도. 정말로. 전 국무원장께 다섯 차례나 투표했어요. 교회를 이끌어갈 적임자라고 확신했기 때문이죠. 그런데 이제 보니 콘클라베가 역시 지혜롭군요. 추기경들이 옳았어요. 내가 틀렸고. 원장은 교황이 될 용기조차 없는 사람입니다. 예, 이제 떠나드리죠."

❊　❊　❊

세 시간 후, 6시 30분 종소리의 여운이 아직 가시지 않았다. 야코포 발다사르 로멜리, 오스티아 추기경 주교는 제의를 제대로 챙겨입고 방에서 나와 빠른 걸음으로 복도를 따라 걸었다. 교황 숙소를 지날 때 보니 침입 흔적이 역력했다. 그는 재빨리 계단을 내려가 로비에 들어갔다.

다른 추기경은 아직 나타나지 않았다. 판유리 문 너머 근위병 하나가 수녀들의 신분을 확인 중이었다. 아침식사 준비를 위해 출근하는 길이겠지만 아직 어스름 녘이라 얼굴을 알아보기는 불가능했다. 그저 움직이는 그림자가 길게 줄을 선 것만 같았다. 그 시간이라면 세계 어디서

나 볼 법한 광경이 아닐까? 어느 곳이나 가난한 이들이 아침을 여는 법이니까?

로멜리는 재빨리 프런트데스크를 돌아 아그네스 수녀 집무실로 들어갔다.

추기경단 단장이 복사기를 사용해본 것도 실로 수십 년 만이었다. 아니, 복사기를 보니 실제로 사용해봤는지조차 자신이 없었다. 로멜리는 이리저리 세팅을 살펴보다 이 버튼 저 버튼 누르기 시작했다. 작은 화면에 불이 켜지고 메시지가 나타났다. 상체를 숙여 확인해보니 **오류**였다.

등 뒤에서 소리가 들렸다. 돌아보니 아그네스 수녀가 문간에 서 있었다. 그녀의 단호한 눈빛엔 늘 주눅이 들었다. 이놈의 어설픈 실수를 언제부터 지켜보았던 걸까? 로멜리는 항복이라도 하듯 두 손을 들어 보였다.

"그저 복사나 몇 장 하려던 겁니다."

"단장님, 제게 맡기시면 대신해드리겠습니다."

난감했다. 제일 위쪽 제목도 마음에 걸렸다. '**보고서 : 트랑블레 추기경의 성직 매수 혐의 건, 교황 친전. 일급비밀.**' 일자는 10월 19일, 바로 교황이 사망한 당일이었다. 하지만 선택의 여지가 없었다. 결국 아그네스에게 서류를 넘겼는데, 수녀는 힐끗 보기만 할 뿐 아무 논평도 하지 않았다.

"몇 장이 필요하시죠?"

"118장."

그녀의 눈이 조금 커졌다.

"그리고 하나 더. 가능하다면 원본을 훼손하지 않고 단어 몇 개를 감추고 싶어요. 방법이 있을까요?"

"예, 단장님, 가능합니다." 어쩐지 흥이 묻어나는 목소리였다. 수녀는 복사기 커버를 들고 한 페이지씩 복사해서 로멜리에게 건넸다. "이 복사본에 표시한 다음 그걸 복사하면 돼요. 기계의 성능이 좋기 때문에 복사 품질도 거의 떨어지지 않습니다." 아그네스는 로멜리에게 펜을 주고 의자를 꺼내 앉게 해주었다. 그러고는 재치 있게 돌아서서 벽장을 열고 복사지를 한 묶음 꺼냈다.

로멜리는 한 줄 한 줄 읽어 내려가며 조심조심 추기경 여덟 명의 이름을 지웠다. 트랑블레가 현금을 제공한 사람들…… 세상에 현금이라니! 로멜리가 이를 앙다물었다. 현금은 에덴동산의 사과와도 같다. 무수한 죄를 잉태한 최초의 유혹. 돌아가신 성하께서도 늘 그렇게 말씀하지 않았던가. 현금은 바티칸 시국에서 시냇물처럼 흘러나가 크리스마스와 부활절에는 거대한 강이 된다. 그럼 주교와 몬시뇰, 탁발 수사들이 때를 지어 봉투와 서류가방, 양철 상자 등을 들고 바티칸을 드나드는데 물론 그 안에는 신자들에게 받은 지폐와 동전 들이 그득했다. 교황 지지자가 10만 유로를 기부한다고 하자. 방문객들은 떠나면서 교황 수행원들 손에 몰래 돈을 넘기고 그동안 교황은 모르는 척한다. 그 돈은 곧바로 바티칸 은행의 추기경 금고실로 들어가도록 되어 있다. 특히 인류복음화성은 제3 세계 선교단에게 돈을 보내야 하는데 제3 세계는 뇌물이 성행하고 은행은 믿을 수 없기에 거액의 현금을 다룰 수밖에 없다.

보고서를 모두 처리한 후 로멜리는 다시 처음으로 돌아가 빠뜨린 이름이 없는지 확인했다. 교정을 마치자 보고서는 훨씬 더 불길해 보였다. 이거야 정보공개법에 따라 공개한 CIA 비밀문건 같지 않은가. 물론 이 보고서도 결국 기자들 손에 들어갈 것이다. 시간문제일 뿐 비밀이다 그렇지 않은가. 루카 복음서에 나와 있듯이, 예수 그리스도께서도 직접 예견하신 바 있다. 숨겨진 것은 드러나고 감추어진 것은 알려져 훤히 나타나기 마련이다. 이 말에 비추어, 트랑블레와 교회, 어느 쪽 명예가 더 상처를 받게 될지는 자명해진다. 로멜리는 수정 원고를 넘기고 아그네스가 118장을 복사하는 동안 지켜보았다. 기계의 푸른빛이 왔다 갔다 왔다 갔다 하는 모양이 흡사 낫질을 하는 것처럼 보였다.

"주여, 용서하소서."

로멜리가 중얼거리자 아그네스 수녀가 힐끗 그를 돌아보았다. 그때쯤 이미 자신이 뭘 복사하는지 알았을 터였다. 어떻게 보지 않을 수 있겠는가?

"단장님 마음이 순수하다면 주께서 용서하실 겁니다."

"친절하신 말씀 감사합니다. 저야 그렇다고 믿지만 자신이 어떤 이유로 행동하는지 어느 누가 확신하겠습니까? 경험상 아무리 저급한 죄악도 동기는 고귀할 때가 많더군요."

복사를 하는 데 20분, 페이지를 맞추고 스테이플로 묶는 데 다시 20분이 걸렸다. 두 사람은 아무 말 없이 함께 일했다. 한번은 수녀가 컴퓨터를 사용하기 위해 들어왔지만 아그네스 수녀가 일언지하에 내보냈다. 일을 마친 후 로멜리는 성녀 마르타의 집에 봉투가 충분한지 물었다. 보고서를 봉투에 넣어서 나눠주고 싶었다.

"찾아보겠습니다, 예하. 앉아 계세요. 지쳐 보이십니다."

수녀가 떠난 후 로멜리는 책상에 앉아 고개를 숙였다. 추기경들이 아침 미사를 위해 로비를 지나가는 소리가 들렸다. 로멜리는 가슴십자가를 쥐었다. 주여, 용서하소서. 오늘은 다른 방식으로 주를 섬길까 하나이다……. 1분 후 아그네스 수녀가 A4 마닐라 봉투 두 상자를 들고 돌아왔다.

두 사람은 보고서를 봉투에 넣기 시작했다.

"우리가 뭘 도와드릴까요? 보고서를 추기경 숙소로 하나씩 배달할까요?" 아그네스가 물었다.

"투표하러 가기 전에 추기경들 모두 보고서를 읽었으면 좋겠는데 시간이 부족합니다. 식당에서 배포할 수 있을까요?"

"원하신다면."

두 사람은 보고서를 봉투에 넣고 봉한 뒤 다발을 둘로 나눠 식당으로 건너갔다. 식당에서는 수녀들이 아침식사를 위해 식기를 세팅 중이었다. 로멜리는 방 한쪽에서부터 봉투를 의자에 올려놓기 시작하고 아그네스 수녀가 반대편을 맡았다. 성당에서는 트랑블레가 미사를 집전 중이라 전례가 노랫소리가 들려왔다. 가슴이 콩닥콩닥 뛰고 두 눈의 통증도 심장이 뛸 때마다 쿡쿡 쑤셨다. 그래도 멈출 수는 없었다. 마침내 식당 중앙에서 아그네스 수녀와 만났다. 보고서는 하나도 남지 않았다.

"감사합니다." 로멜리가 인사를 챙기며 손을 내밀었다. 그녀의 거침없는 도움이 고맙기만 했다. 그런데 악수를 기대하며 내민 손이건만 놀랍게도 아그네스가 무릎을 꿇고 반지에 입을 맞추었다. 그녀는 일어나 치마를 매만지고는 아무 말 없이 식당에서 나갔다.

이제 로멜리로서는 가까운 식탁에 앉아 기다리는 것 말고 달리 할 일이 없었다.

✠　✠　✠

목격자의 범주는 대충 두 가지로 나눌 수 있겠다. 제일 먼저 성당을 나와 식당에 들어온 사람들은 무엇보다 로멜리를 보고 놀랐다. 중앙 테이블에 혼자 앉아 양쪽 팔뚝을 테이블보에 올려놓은 채 멍하니 앞만 바라보는 추기경단 단장. 그 부류가 기억하는 또 다른 모습은 정적이었다. 추기경들이 봉투를 발견하고 보고서를 읽기 시작하면서 식당의 정적은 충격적이기까지 했다.

그와 반대로 몇 분 후 도착한 부류가 있었다. 대개 아침 미사를 빠지고 자기 방에서 기도하거나, 영성체를 받은 후 성당 안에서 어슬렁거린 사람들인데, 그들이 들어왔을 때 식당은 이미 왁자지껄 소란스러웠다. 그때쯤 일군의 추기경들은 로멜리에게 달려와 해명을 요구하기도 했다.

다시 말해서 진실은 관점의 문제라는 뜻이다.

사실 한 부류가 더 있기는 했다. 보다 소규모이긴 하지만 방이 2층에 있거나 보다 위층에서 계단을 타고 내려온 사람들인데 당연히 교황 숙소의 봉인이 깨졌다는 사실을 눈치챘을 것이다. 그 때문에 첫 번째 부류와 대조적으로, 여기저기 밤사이에 강도가 들었다는 얘기들이 나돌기 시작했다.

그동안 로멜리는 자리에서 꼼짝도 하지 않았다. 사, 브로츠쿠스, 야첸코 등 그에게 달려온 사람들에게 같은 대답만 했을 뿐이다. 예, 자료는 내가 배포했습니다. 예, 봉인도 내가 깼습니다. 아뇨, 분명히 제정신입니다. 파문의 죄를 저지르고 어떻게든 덮으려 했겠지만, 우연히 내가 그 사실을 알아냈죠. 아무래도 조사를 해야겠기에 증거를 찾기 위해 불가불 교황 성하 처소에 들어가야 했답니다. 이 문제를 책임지고 처리하고 싶습니다. 여러분들 앞에 정보가 있습니다. 여러분께도 신성한 의무가 있으니 그 정보를 보시고 어떻게 판단할지 결정해야 합니다. 전 다만 양심에 따랐을 뿐입니다.

자신의 엄청난 정신력도 놀라웠지만 그 확신이 밖으로 발산되어 심지어 그에게 따지러 왔던 추기경들까지 종국엔 고개를 끄덕이며 돌아가곤 했다. 물론 이를 가는 사람들도 있었다. 사바딘은 뷔페 테이블로 가는 도중 상체를 숙이더니 귓속말로 으르렁거렸다.

"도대체 좋은 무기를 내버린 이유가 뭡니까? 트랑블레가 당선돼도 이 건으로 조종할 수 있었어요. 이래 봐야 결국 테데스코에게만 좋은 일 아닌가요?"

매사추세츠 보스턴의 피츠제럴드 대주교는 트랑블레의 최측근이었다. 그는 성큼성큼 걸어와 로멜리를 향해 보고서를 집어 던졌다.

"이건 정의도 아니오. 트랑블레 형제한테 변호할 기회조차 주지 않았잖습니까. 혼자 판사, 배심에 사형 집행까지 북 치고 장구 치고 다 하셨군요. 그러고도 기독교인이라고 하실 수 있겠습니까?"

추기경 몇몇이 옆 테이블에서 듣고 있다가 중얼거리며 비난에 동조했다. 일부는 아예 큰 소리로 환호까지 보냈다.

"말씀 잘하셨습니다!"

"아멘입니다!"

로멜리는 끝까지 태연했다.

베니테스가 빵과 과일을 가져다주고 손짓으로 수녀를 불러 커피를 따라주게 한 뒤 옆자리에 앉았다.

"식사는 하셔야죠, 단장님. 그러다가 병 걸리십니다."

로멜리가 나지막이 물었다.

"내가 올바른 일을 했을까요, 헥토르? 추기경 생각은 어때요?"

"양심을 따르는 이는 절대 잘못하지 않습니다, 예하. 결과가 생각과 다를 수 있고 실수를 저지를 수도 있겠죠. 그렇다고 잘못했다는 뜻은 아닙니다. 누군가의 행동을 이끄는 이정표는 당연히 양심이어야죠. 주님의 목소리를 제일 잘 듣는 곳이 바로 양심이니까요."

트랑블레는 9시가 넘어서야 나타났다. 식당 바로 옆 승강기를 타고 내려왔는데 누군가 가져다주었던지 손에 보고서를 말아 쥐고 있었다. 그나마 테이블 사이로 다가올 때 보니 표정은 지극히 침착했다. 추기경들은 대부분 대화와 식사를 중지했다. 회색 머리는 두건으로 가리고 턱을 앞으로 내밀었는데 주홍색 제의가 아니었다면 서부영화에서 최후의 대결장으로 가는 보안관처럼 보였을 것이다.

"한 마디 할 수 있겠죠, 단장?"

로멜리는 냅킨을 놓고 일어났다.

"물론입니다, 예하. 조용한 곳을 원하시나요?"

"아니, 괜찮으시다면 사람들 앞에서 하죠. 형제들이 제 말을 들어야 하니까. 이번 일은 단장님이 책임지셔야 합니다."

"아뇨, 추기경께서 책임지셔야죠. 추기경께서 하신 일이니."

"이 보고서는 완전히 날조예요! 절대 세상에 나와서는 안 될 물건입니다. 로멜리 추기경이 콘클라베 결과를 조작할 양으로 교황 성하 숙소에 침입하지 않았던들 애초에 빛을 보지 못했겠죠!"

"창피한 줄 아쇼!" 누군가 소리쳤지만 누군지 알 수 없었다.

트랑블레가 계속 몰아붙였다.

"이런 상황이라면 추기경은 단장직을 사임해야 합니다. 이래서야 누가 추기경이 공정하다고 믿겠습니까?"

"추기경 말씀대로 보고서가 가짜라면 해명해보시죠. 교황 성하께서 왜 마지막 공식 업무로 추기경에게 사임을 명하셨을까요?"

헉, 하는 경악성이 장내를 휩쓸었다.

"그런 일 없었소! 증인도 있습니다. 모랄레스 몬시뇰이 확인해줄 겁

275

니다."

"보지니아크 대주교 얘기도 있습니다. 성하께서 저녁식사 중에 당시 대화에 대해 말씀하셨다더군요. 그날을 회상하며 어찌나 흥분하시던지 그 때문에라도 더 일찍 돌아가셨을지도 모른다는 말까지 했습니다."

트랑블레의 분노는 극에 달했다.

"성하께서는 말기에 병환이 깊으신 까닭에 종종 제정신이 아니셨습니다. 교황 성하를 자주 본 사람이라면 누구나 확인해줄 겁니다. 그렇지 않습니까, 벨리니 추기경?"

벨리니는 자기 접시를 보며 인상을 찌푸렸다.

"그 문제라면 드릴 말씀이 없습니다."

식당 구석에서 테데스코가 손을 들며 자리에서 일어났다.

"제삼자지만 대화에 끼어도 될까요? 비밀회담 관련 추문이라니, 애석한 일이군요. 이 문제는 보고서가 사실이냐 아니냐가 핵심입니다. 추기경 8인의 이름이 지워져 있는데 물론 단장님께서 누구인지 말씀해주시리라 믿습니다. 그분들이 지금 이 자리에서 돈을 받았는지 아닌지 확인만 해주면 되는 일 아닌가요? 정말로 받았다면 트랑블레 추기경이 그 대가로 표를 원했는지도 밝혀야겠죠."

그가 다시 앉고 사람들의 눈이 일제히 로멜리를 향했다. 로멜리가 조용히 대답했다.

"아니, 그럴 생각 없습니다." 여기저기 항의 소리가 들렸다. 그가 손을 들었다. "내가 그랬듯, 각자 자기 양심을 따라야겠죠. 당사자 이름을 뺀 이유는 이번 콘클라베를 참담하게 만들고 싶지 않아서입니다. 그렇게 되면 우리가 주님의 목소리를 듣고 신성한 의무를 이행하기가 더 어려워질 테죠. 전 옳다고 생각하는 대로 행동했습니다. 제가 지나쳤다고 생각하시는 분도 많겠지만 그것도 이해합니다. 상황이 상황이니 단장직은 기꺼이 내려놓겠습니다. 벨리니 추기경께서 콘클라베에서 두 번째 선임 멤버이시니 콘클라베를 마저 이끌어주실 것입니다."

그 즉시 식당 여기저기에서 고성이 오가기 시작했다. 찬성하는 목소리, 반대하는 목소리. 벨리니가 가장 격렬하게 고개를 저었다.

"절대 안 될 말씀입니다!"

이런 난장판 속이라서였을까? 처음엔 거의 들리지도 않았다. 어쩌면 여자 목소리라 더 했을 것이다. 그래서 그녀는 더욱 단호하게 그 말을 반복했고 이번엔 소음을 뚫고 분명하게 들려왔다.

"죄송하오나, 한 말씀 드려도 되겠습니까? 물론 예하들께서 허락하신다면."

여자 목소리! 어떻게 이런 일이! 추기경들이 화들짝 놀라 돌아보니, 아그네스 수녀가 작지만 단호한 자태로 테이블 사이를 뚫고 뚜벅뚜벅 걸어오고 있었다. 순간 정적이 장내를 휩쓸었다. 모르긴 몰라도, 어떤 얘기를 할지 궁금하기도 했지만 그보다 그녀의 무례한 행보에 경악했을 것이다.

"물론 성 빈센트 수녀회는 눈에 띄지 않아야 하겠지만 그럼에도 불구하고 주께서는 우리에게 눈과 귀를 주셨고 또한 전 수녀들의 안녕을 책임지고 있습니다. 어젯밤 추기경단 단장께서 무슨 연고로 성하의 숙소에 들어가셔야 했는지 그 이유를 알고 있다고 말씀드리고 싶습니다. 제게 미리 언질을 주셨기 때문이죠. 어제 수녀 한 명이 유감스러운 장면을 연출했습니다. 그 점에 대해서는 사죄드립니다만, 단장님께서는 그 아이가 로마에 불려온 이유가, 누군가 이번 콘클라베의 추기경 한 분을 곤란에 빠뜨리려고 했기 때문이라고 의심하고 계셨죠. 예, 그 의심은 정확하셨습니다. 그 아이가 실제로 이곳에 온 이유는 바로 트랑블레 추기경님의 특별 요구가 있었기 때문이니까요. 단장님께서 보고서를 찾아낸 이유도 어떤 사악한 의도가 있어서가 아니라, 바로 그 사실 때문이라고 믿습니다. 감사합니다."

아그네스 수녀는 추기경들을 향해 무릎을 꿇어 보인 후 곧바로 돌아서서 고개를 똑바로 들고 식당을 빠져나가 로비를 가로질렀다. 트랑블레는 충격에 빠져 입을 다물지 못한 채 그녀를 지켜보다가, 황급히 두 손을 들며 추기경들에게 이해를 구했다.

"형제들이여, 제가 요청한 것은 사실입니다. 다만 그 역시 교황 성하의 지시였습니다. 그 여자가 누군지는 저도 몰랐어요. 정말입니다!"

잠시 아무도 입을 열지 못했다. 그때 아데예미가 일어나더니 천천히 손을 들어 트랑블레를 가리켰다. 그날 아침, 아데예미 특유의 깊고 세련된 목소리는 그 어느 때보다 청중들에게 똑똑히 들렸다. 마치 신의 분노를 증거하듯 그가 단 하나의 단어를 내뱉었다.

"유다여!"

15
여섯 번째 투표

콘클라베를 멈출 수는 없다. 이 불경과 일탈에도 불구하고 콘클라베는 일종의 신성한 기계처럼 삐걱거리며 세 번째 날을 맞이하고 말았다. 아침 9시 30분, 교황령에 따라 추기경들은 이번에도 줄을 지어 버스에 올랐다. 일정은 이미 인이 박일 정도였다. 추기경들은 연로하고 병약했지만 하나도 빠짐없이 자리를 잡아 앉았다. 버스도 곧 출발해 성녀 마르타 광장을 가로질러 시스티나 예배당으로 향했다.

로멜리는 각모를 벗어 손에 들고 호텔 밖에 서 있었다. 하늘은 잔뜩 흐렸다. 추기경들의 기분도 잔뜩 가라앉았다. 크게 당혹해하는 이들도 있었다. 트랑블레가 건강 평계로 선거에서 물러나지 않을까 기대했건만 그렇지도 않았다. 피츠제럴드 대주교의 팔에 의지해 버스에 올라타는데 겉으로 보기엔 더할 나위 없이 차분했다. 다만 차가 떠나면서 창밖을 내다볼 때는 얼굴이 시체만큼이나 창백했다.

벨리니가 로멜리 옆에 다가와 서더니 담담하게 내뱉었다.

"점점 우승 후보가 줄어드는군요."

"그러게요. 그런데 누가 다음 주자가 될지조차 모르겠으니."

벨리니가 힐끔 로멜리를 보았다.

"저한테는 명백합니다. 단장님이죠."

로멜리는 손으로 이마를 짚었다.

"식당에서 말씀드린 그대로입니다. 제가 단장 자리를 내놓고 원장님께서 선거 관리를 해주셔야 모두에게 최선이라고 믿고 있습니다."

"아뇨, 그럴 수는 없습니다, 단장님. 게다가 모임 분위기 보셨잖아요. 끝까지 단장님과 함께였죠. 단장님께서 이번 콘클라베를 운영하고 계세요. 정확히 어디로 갈지는 모르겠지만 분명 단장님께서 조종하이십니다. 물론 사람들은 단장님의 조종 솜씨를 찬양할 겁니다."

"그럴 리가요."

"어젯밤 트랑블레를 폭로하면 누구든 역풍을 맞을 거라고 경고했는데, 이번에도 또 제 판단이 틀렸군요. 결국 콘클라베는 단장님과 테데스코 간의 싸움이 될 겁니다."

"그럼 이번에도 틀리시기를 바라야겠군요."

벨리니가 씁쓸하게 웃었다.

"이러다가 이탈리아 출신 교황은 40년 후에나 나오겠어요. 동포들 실망이 눈에 선합니다. 단장님, 진심으로 단장님을 위해 기도하죠." 벨리니가 로멜리의 팔을 잡았다.

"부디. 제게 투표하지만 않으신다면야."

"오, 투표도 당연히 해야죠."

오말리가 서류철을 거두었다.

"떠날 준비 끝났습니다, 단장님."

벨리니가 먼저 탔다. 로멜리는 각모를 쓰고 자리를 잡은 뒤, 마지막으로 하늘을 한 번 보고 알렉산드리아 총대주교를 따라 버스에 올라탔다. 운전석 바로 뒷자리가 비어 그곳에 앉자 오말리도 옆자리에 앉았다. 문이 닫히고 버스가 털털거리며 자갈길을 밟기 시작했다.

성 베드로 대성당과 법원 사이를 지나는데 오말리가 상체를 기울이더니 다른 사람들이 엿듣지 못하도록 나지막이 속삭였다.

"예하, 조금 전 상황도 있고 하니까, 오늘도 결론을 내기는 쉽지 않겠죠?"

"자네가 어떻게 아나?"

"내내 로비에 있었는걸요."

로멜리는 끙하고 신음을 흘렸다. 오말리가 안다면 조만간 세상 사람 모두가 알게 되리라.

"에, 그럴 테지. 산술적으로 봐도 교착 상태가 불가피하네. 아무래도 내일은 묵상에 전념하고 투표는 내일…… 내일이 무슨 요일이지?" 그러고 보니 성녀 마르타의 집과 시스티나 예배당을 오가며 거의 낮을 보지 못했다. 시간이 어떻게 흘러가는지도 모르고 산 것이다.

"금요일입니다, 예하."

"금요일, 고맙네. 금요일에 네 차례, 토요일에 네 차례 투표하고 일요일엔 다시 묵상. 진척이 없으니 할 수 없지. 세탁, 새 옷 등등도 준비해야 할 걸세."

"모두 준비해두었습니다."

버스가 잠시 멈추었다. 앞쪽 버스에서 승객을 내리고 있었다. 로멜리는 사도궁의 무미건조한 벽을 바라보다가 오말리를 보며 이렇게 속삭였다.

"그래, 매체에서는 뭐라고 하던가?"

"오늘 아침이나 오후에 결과가 나오리라 예견하고 있습니다. 여전히 아데예미 추기경님을 유력하게 보고 있죠." 오말리가 로멜리의 귀에 입술을 가져갔다. "저희끼리 얘기지만, 오늘 흰 연기가 없으면 아무래도 상황은 걷잡을 수 없게 될 겁니다."

"무슨 뜻이지?"

"매체에서야 결국 교회가 위기에 처했다고 진단할 텐데 홍보팀에서 뭐라고 대처하겠습니까? 그쪽에서도 어쨌든 방송시간을 채워야 하지 않겠어요? 모르긴 몰라도 꽤나 막막할 겁니다. 게다가 보안 문제도 시급합니다. 신임 교황을 보기 위해 로마에 들어온 순례자가 400만이라고 하더군요."

로멜리가 운전석 거울을 보니 검은 눈 두 개가 둘을 지켜보고 있었다. 저 친구가 독순법을 쓸까? 그걸 어찌 알겠는가? 로멜리는 각모를 벗어 입을 가린 다음 오말리에게 속삭였다.

"비밀 서약을 했네만 레이, 자네를 믿고 하는 말일세. 아무래도 은밀하게 홍보팀에 알려주었으면 좋겠어. 콘클라베가 최근 어느 때보다 길어질 것 같다고 말일세. 그 입장을 기반으로 매체에 대처하라고 전해주게나."

"이유를 뭐라고 할까요?"

"진짜 이유는 안 돼! 절대로! 그냥 후보군이 탄탄해서 선택이 어렵다고 하자고. 그래서 시간을 두고 기도도 많이 하는 중일세. 주님의 의지를 물어야 하니까. 새 양치기를 정하는데 며칠 더 걸린다고 전하게. CNN 편의를 위해 주님을 재촉할 수는 없지 않느냐고 너스레를 떨 수도 있지 않겠어?"

로멜리는 머리를 어루만지고 다시 각모를 썼다. 오말리는 지시를 수

첩에 기록하고 이렇게 되물었다.

"하나 더 있습니다, 예하. 아주 사소한 문제니까 원치 않으시면 신경 쓰지 않으셔도 됩니다."

"얘기해봐."

"베니테스 추기경을 조금 더 조사했는데 별일은 아닙니다."

"그래? 얘기해봐." 로멜리는 고해성사라도 받듯 두 눈을 감았다.

"올 정월에 그분이 성하와 독대했다고 말씀드렸잖습니까? 기억하시죠? 건강상 이유로 대주교직을 사임하고 싶다고 요청하는 자리였죠. 사직서는 현재 주교성에 있습니다. 사임 청원을 철회하라는 교황 집무실 문건도 함께. 그게 전부이긴 한데, 우리 자료 검색엔진에 베니테스 추기경 성함을 입력해보니 그 직후에 제네바행 왕복표를 끊었더군요. 지불은 교황 개인계좌에서 했고요. 그 기록은 별개의 대장에 들어 있었습니다."

"의미가 있나?"

"에, 필리핀 국적이기 때문에 비자 신청을 해야 합니다. 여행 목적은 '진료'라고 적었기에 체류 기간 동안 스위스 주소를 찾아보니 개인병원이더군요."

그 말에 로멜리가 눈을 떴다.

"왜 바티칸 의료시설이 아니지? 무슨 치료를 받았기에?"

"모르겠습니다, 예하. 아마 바그다드 폭격에서 부상을 입으셨다니 그 일과 관계있지 않겠습니까? 이유는 모르지만 중병은 아니었던 모양입니다. 비행기 표는 취소되고 추기경께서는 나가지 않으셨으니까요."

✠ ✠ ✠

그후 30분 동안, 로멜리는 바그다드 대주교를 잊었다. 버스에서 내린 다음 오말리와 추기경들을 먼저 보내고 혼자 높은 계단을 오르고 제왕의 홀을 가로질러 시스티나 예배당으로 걸어갔다. 마음의 공간을 깨끗이 하기 위해 혼자 있을 필요가 있었다. 마음을 비워야 주님을 받아들일 수 있다. 그래서 지난 48시간의 의혹과 스트레스, 저 벽 너머에서 애절하게 결과를 기다리는 수백만 명의 신자들까지 머릿속에서 몰아내기 위해 성 암브로시우스의 기도를 암송하기도 했다.

지엄하시고 위대하신 자비의 주님,

주님의 보호를 청하옵니다.

주님의 치유를 간구하옵니다.

혼란에 빠진 불쌍한 죄인이

모든 자비의 기원이신 주님께 호소하옵나이다.

주님의 재판을 견디지 못하오나

주님의 구원을 믿사옵니다……

만도르프 대주교와 그의 보좌진이 난로 구역 옆에서 기다리고 있었다. 로멜리는 현관에서 만나 함께 시스티나 안으로 들어갔다. 성당 안은 말 한 마디 없이 고요했다. 추기경들이 이따금 기침하거나 의자에서 뒤척이는 소리만 윙윙거리며 장내에 메아리쳤다. 소리로만 보면 미술화랑이나 박물관 분위기였다. 추기경 대부분은 기도를 올리고 있었다.

285

"고맙네. 점심에 다시 만나지." 로멜리가 만도르프에게 속삭였다. 문 닫은 후에는 조용히 자리에 앉아 고개를 숙인 채 장내의 정적이 이어지도록 내버려두었다. 추기경들 생각도 대체로 명상 시간을 통해 신성한 분위기를 회복해야 한다는 쪽이겠으나, 그로서는 저 밖의 순례자들 생각을 하지 않을 수 없었다. 평론가랍시고 카메라 앞에서 헛소리를 지껄여대는 인간들도 문제다. 로멜리는 5분 후에 일어나 마이크 쪽으로 걸어갔다.

"추기경 형제들이여, 지금부터 알파벳 순서로 호명을 하겠습니다. 제가 호명하면 '예'라고 대답해주시기 바랍니다. 아데예미 추기경?"

"예."

"알라타스 추기경?"

"예."

알라타스는 인도네시아 출신으로 통로 중간 오른쪽에 앉아 있었다. 트랑블레한테 돈을 받은 인물. 저 친구는 이제 누구에게 표를 줄까?

"밥티스테 추기경?" 알라타스보다 두 줄 뒤쪽이었다. 카리브 연안 세인트루시아 출신이며 역시 트랑블레의 수혜자였다. 사실, 그 지역은 선교원 자체가 지극히 가난했다. 울기라도 했는지 목소리가 크게 갈라져 있었다.

"예."

로멜리는 계속 추기경 이름을 불러나갔다. 벨리니…… 베니테스…… 브란다우 디크루즈…… 브로츠쿠스…… 카르데나스…… 콘트레라스…… 쿠르트마르슈…… 이제는 모두들 더 잘 알게 되었다. 약점과 결점까지 모두. 칸트의 얘기 한 줄이 문득 떠올랐다. **심성이 비뚤어지면 올곧은 행위는 불가능하다.** 교회는 비틀린 재목으로 만들었다. 어찌 아니

286

겠는가? 하지만 다행히 주님의 은혜 덕에 재목은 자리를 잡고 2000년을 버텨냈다. 필요하다면 교황 없이 2주일은 더 버틸 수 있다. 문득 동료들을 향한 근본적이고도 기이한 애정이 가슴을 가득 채웠다. 저들의 약점까지도 사랑스러웠다.

"야첸코 추기경?"

"예."

"주쿨라 추기경?"

"예, 단장님."

"감사합니다, 모두 참석하셨습니다. 기도합시다."

드디어 여섯 번째 콘클라베가 시작했다.

"오, 주여, 우리를 인도하시고 교회를 지켜주소서. 우리 주님의 종복을 위해 지혜와 진리, 평화의 축복을 내려주시어 우리가 주님의 의지를 알고, 주님께 혼신으로 봉납하게 하소서. 우리 주 예수 그리스도의 이름으로 기도하옵나이다."

"아멘."

"검표원들, 준비해주시겠습니까?"

시계를 보니 10시 3분 전이었다.

✠ ✠ ✠

빌니우스 대주교 룩사, 웨스트민스터 대주교 뉴비, 성직자성 장관 메르쿠리오 추기경이 제단의 제 자리를 찾아 앉았다. 로멜리는 자기 투표용지를 확인했다. 상단에는 **엘리고 인 숨뭄 폰티피켐(Eligo in Summum Pontificem)**, 즉 '**나는 이분을 추기경으로 선출합니다**'라고 적혀 있고 하단은 공란이었다. 로멜리는 펜으로 하단을 툭툭 두드렸다. 결정의 시기가 도래했건만 도무지 누구의 이름을 적을지 판단이 서지 않았다. 벨리니에 대한 신뢰는 크게 망가졌으나 다른 가능성을 고려해도 그다지 나아 보이지가 않았다. 로멜리는 시스티나 예배당을 돌아보며 주님께 징후를 내려달라고 기도했다. 눈을 감고 기도도 했지만 소용이 없었다. 그러다가 다른 사람들이 기다리고 있음을 깨닫고는 용지를 가린 뒤 머뭇머뭇 벨리니의 이름을 적었다.

그리고 용지를 반으로 접은 다음 자리에서 일어나 용지를 높이 쳐든 채 카펫 통로를 지나 제단에 접근했다. 그가 단호한 목소리로 선언했다.

"우리 주 그리스도를 증인으로 청하오니, 부디 내 인도자가 되시어, 내 표가 반드시 교황이 되어야 할 분께 가도록 이끄소서."

용지를 성배에 넣고 뒤집자 투표함 바닥을 때리는 소리가 들렸다. 자리로 돌아와서는 실망감에 가슴이 아팠다. 주께서 여섯 번이나 같은 질문을 던졌건만 여섯 번 모두 대답을 잘못했다는 기분이 들었다.

✠ ✠ ✠

투표가 어떻게 이루어졌는지는 전혀 기억이 없다. 전날 밤 사건이 많았던 터라 자리에 앉자마자 지쳐서 잠들어버린 것이다. 바로 앞에서 펄럭거리는 소리에 화들짝 깼더니 벌써 한 시간이 지나고 그는 턱을 책상에 대고 있었다. 메모지 하나가 접힌 채 책상에 놓여 있었다. '**그때 호수에 큰 풍랑이 일어 배가 파도에 뒤덮이게 되었다. 그런데도 예수님께서는 주무시고 계셨다. 마태오 8장 24절.**' 뒤돌아보니 벨리니가 상체를 숙인 채 지켜보고 있었다. 문득 사람들 앞에서 약한 모습을 보였다는 사실이 당혹스러웠으나 정작 신경 쓰는 사람은 없는 듯 보였다. 맞은편 추기경들도 성서를 읽거나 멍하니 앞만 바라보았다. 검표원들이 제단 앞에서 테이블을 세팅하는 것으로 보아 투표도 끝난 모양이었다. 로멜리는 펜을 들어 인용문 아래, '자리에 들면 자나 깨나 여호와께서 이 몸을 붙들어주십니다. 시편 3장'이라고 휘갈겨 적은 후 다시 돌려주었다. 벨리니는 그 글을 읽고 고개를 끄덕여주었다. 로멜리가 그레고리안 학교의 옛 제자이고 대답을 잘했다는 듯한 표정이었다.

뉴비가 마이크에 대고 선언했다.

"자, 이제 여섯 번째 투표를 개표하겠습니다."

이제는 일상이 되다시피 한 절차다. 룩사가 투표함에서 용지를 꺼내 이름을 적으면 메르쿠리오가 검토를 한 후 다시 기록했다. 마지막으로 뉴비는 진홍빛 실로 용지를 꿴 다음 득표자 이름을 공표했다.

"테데스코 추기경."

그리고 15초 후 다시.

"테데스코 추기경."

테데스코의 이름이 연이어 다섯 번 오르면서 로멜리는 끔찍한 생각을 해야 했다. 자신의 폭로를 콘클라베는 결국 강한 리더십이 필요하다는 뜻으로 받아들인 것이다. 이렇게 베네치아 총대주교가 교황으로 선출된다는 말인가? 여섯 번째 투표는 룩사와 메르쿠리오가 뭔가 수군거리며 논의를 하는 탓에 조금 더 길어졌다. 로멜리에게는 고문이 따로 없었다. 마침내 득표자 이름이 발표되었다.

"로멜리 추기경."

다음 세 표는 연이어 로멜리였다. 그다음 두 표는 베니테스, 베니테스가 다시 한 표, 테데스코가 두 표였다. 로멜리의 손이 명단 위아래로 바쁘게 오르내리면서도 어느 쪽이 더 끔찍한지는 생각지도 못했다. 테데스코의 이름 옆에 쌓이는 표시? 아니면 자기 이름 옆에 몰리기 시작한 숫자? 놀랍게 트랑블레도 아데예미와 마찬가지로 마지막 즈음에 두 표를 획득했다. 이윽고 투표가 끝나고 검표원들이 득표수를 점검하기 시작했다. 테데스코의 득표를 헤아리는데 로멜리의 손이 떨렸다. 제일 중요한 문제이기 때문이다. 베네치아 총대주교가 40표를 얻어 콘클라베를 완전히 봉쇄했을까? 그 바람에 결과를 확신하기 전에 두 번이나 검토를 해야 했다.

테데스코 45
로멜리 40
베니테스 19
벨리니 9
트랑블레 3
아데예미 2

시스티나 예배당 반대편에서 누군가 가볍게 승리의 환호를 보냈다. 돌아보니 테데스코가 재빨리 손으로 자기 입을 가려 승리의 미소를 감추었다. 지지자들이 데스크 너머로 상체를 내밀고는 그의 등을 두드리거나 조용히 축하 인사를 건넸다. 테데스코는 마치 파리 떼라도 대하듯 그들을 무시하고는, 통로 반대편의 로멜리를 힐끔거리더니 흡사 공모자라도 된다는 듯 싱글거리며 눈썹을 깜빡거렸다. 이제 둘의 경쟁이 된 것이다.

16
일곱 번째 투표

추기경 100여 명이 옆 사람과 나지막이 숙덕거리기 시작했다. 그 소리가 시스티나 예배당 프레스코 벽화를 통해 증폭되면서 문득 기억 하나를 끄집어냈다. 처음에는 그저 아련하다가 불현듯 제노바 바다 생각이 난 것이다. 파도가 해변의 조약돌을 넘나드는 곳. 어린 시절 어머니와 함께 수영을 하러 그곳으로 뛰어나가곤 했다. 기억은 몇 분간 이어졌다. 이윽고 뉴비가 추기경 검표원 3인과 상의한 후 최종 결과를 발표하기 위해 일어났다. 순간 선거인단이 조용해졌으나, 발표는 기껏 이미 아는 내용을 확인해줄 뿐이었다. 검표원들이 발표를 마치고 테이블과 의자를 치우고는 투표용지를 성구실로 옮겨간 후 추기경들이 득표수를 계산하며 속닥거렸다.

그동안 내내 로멜리는 멍하니 앉아 있기만 했다. 아무 생각도 없고 아무와도 얘기하지 않았다. 벨리니와 알렉산드리아 총대주교가 시선을 끌어보려 했지만 소용이 없었다. 투표함과 성배를 제단에 두고 검표원들이 자리를 잡은 후에야 그가 일어나 마이크로 향했다.

"형제들이여, 이번에도 3분의 2 득표자가 나오지 않았습니다. 곧바로 일곱 번째 투표에 들어가겠습니다."

겉으로는 누구보다 담담했으나 로멜리의 머릿속은 똑같은 질문들이 끊임없이 공중제비를 돌았다. **누구? 누구?** 이제 1분 내에 투표를 해야 한다. 하지만 **누구한테?** 자리로 돌아올 때까지도 어떻게 할지 결정하지 못했다.

교황이 되고 싶지는 않다. 그것만은 분명했다. 온 마음을 다해 교황의 고난만은 피하게 해달라고 기도하지 않았던가. **주여, 가능하다면 다른 이에게 성배를 넘기소서.** 그런데 기도는 외면당하고 독배가 주어지면? 그 경우 거절하기로 각오는 했다. 1978년 천 번째 콘클라베에서 루치아니도 그렇게 했다. 십자가의 길을 거부하는 것 또한 이기심과 비겁이라는 중죄에 해당하기에 결국 루치아니도 동료들의 간원을 받아들였으나 로멜리는 끝까지 버틸 심산이었다. 주께서 자기인식의 재능을 허락하셨다면 당연히 사용할 의무도 있지 않을까? 교황으로서의 고독과 고통과 고난이라면 얼마든지 견딜 수 있다. 도저히 묵과할 수 없는 건 교황이 성스럽지 못하다는 데 있다. 성스럽지 않은 교황이라니, 불경도 이만저만한 불경이 아니리라.

하지만 테데스코가 콘클라베를 장악한다면 그 책임 또한 받아들여야 했다. 추기경단 단장으로서 선두주자의 파멸을 공모하고 또 다른 주자의 몰락을 주도하지 않았던가. 테데스코를 막아야 한다는 생각에 변함이 없으면서도 정작 그에게 날개를 달아준 격이 되고 말았다. 벨리니는 더 이상 대안이 되지 못했다. 그에게 투표해봐야 아집에 불과할 것이다.

로멜리는 책상에 앉아 폴더를 열고 투표용지를 꺼냈다.

그럼, 베니테스? 그 양반이라면 틀림없이 숭고하면서 이해력도 깊다. 그 점에서라면 그 누구보다 믿을 수 있지 않은가? 그가 교황이 된다면 아시아, 그리고 어쩌면 아프리카까지 교회 선교에 큰 변화가 있을 것이다. 매체도 그를 좋아하고, 발코니에서 성 베드로 광장을 내려다보는 광경도 감동적이리라. 하지만 정체가 뭐지? 종교적 신념은 어느 쪽이고? 더욱이 덩치가 너무 왜소했다. 교황직을 수행할 만한 체력은 되는 걸까?

로멜리의 관료적 사고는 매우 논리적이었다. 경쟁자 벨리니와 베니테스를 제거하자 테데스코를 막을 후보는 단 한 사람뿐이었다. 로멜리 자신. 일단 40표를 지켜 콘클라베를 연장한 다음 성령께서 성 베드로의 성좌를 누구한테 상속할지 인도해주시기를 기다릴 수밖에 없다. 아니면 그 일을 누가 하겠는가?

도리가 없군.

로멜리는 펜을 잡고 잠깐 눈을 감았다가 투표용지에 이름을 기입했다. 로멜리.

그러고는 아주 천천히 자리에서 일어나 투표용지를 접어 모두가 볼 수 있게 들어 올렸다.

"우리 주 그리스도를 증인으로 청하오니, 부디 내 인도자가 되시어, 내 표가 반드시 교황이 되어야 할 분께 가도록 이끄소서."

이 끔찍한 위증에 충격을 받은 것도 성배에 용지를 넣기 위해 제단 앞에 섰을 때였다. 그 순간 미켈란젤로의 저주받은 존재와 눈이 마주쳤다. 죄인은 범선에서 끌려 나와 지옥으로 끌려가고 있었다. **주여, 제 죄를 용서하소서.** 그렇다고 예서 멈출 수는 없었다.

용지를 투표함 안에 떨구는데 갑자기 쾅 하고 엄청난 소음이 들렸다.

바닥이 흔들리고 등 뒤에서 유리창이 깨져 대리석 바닥에 부딪히는 소음도 들려왔다. 한동안 로멜리는 이렇게 죽는구나 생각했다. 시간도 멈춘 듯했다. 그리고 잠시 후 생각이 시간순이 아니라는 사실을 실감해야 했다. 생각과 인상은 마치 슬라이드 필름처럼 서로 중첩된 채 떠올랐다. 그래서 주님의 심판이 드디어 자기 머리 위에 떨어졌다고 겁을 먹은 동시에, 주님께서 스스로 실재를 증명하셨다는 생각에 기쁘기도 했다. 평생을 헛되이 살지는 않았구나! 두려움과 기쁨 속에서도 존재의 다른 차원으로 이동했다고 굳게 믿었던 것이다. 그런데 두 손을 보니 여전히 구체적이었다. 최면술사가 손가락을 튕기기라도 한 듯, 시간도 정상으로 돌아가고 있었다. 검표원들의 겁먹은 얼굴도 보였다. 다들 로멜리의 등 뒤를 보고 있었다. 돌아보니 시스티나 예배당은 무사했다. 추기경 몇 명이 일어나 무슨 일인지 살폈다.

로멜리는 제단에서 내려와 성큼성큼 베이지색 카펫을 걸어갔다. 복도 양쪽의 추기경들에겐 제자리에 앉으라고 손짓으로 제지했다.

"진정하세요. 진정하고 자리를 떠나지 마세요." 다친 사람은 없는 것 같았다. 앞쪽에 베니테스가 있기에 소리쳐 불렀다. "무슨 일이오? 미사 일이라도 날아왔습니까?"

"차량폭탄 같습니다, 예하."

저 멀리 두 번째 폭발음이 들렸다. 첫 번째보다 소리는 작았으나 추기경 몇몇이 헉하고 경악성을 삼켰다.

로멜리는 칸막이 문을 지나 현관으로 나갔다. 대리석 바닥은 깨진 유리로 뒤덮였다. 그는 수단 자락을 잡아 올린 채 조심조심 나무 경사로를 내려갔다. 고개를 드니, 난로 연통이 하늘로 돌출한 부분의 창문 두 개가 모두 깨져 유리가 안쪽으로 떨어져 내렸다. 길이가 4~5미터에 수백 개의 유리창으로 만들었으니 엄청난 대형 유리였다. 파편 또한 눈의 결정이 떠다니는 듯 보였다. 문 뒤에서 남자들 목소리가 들렸다. 허둥대거나 말다툼하는 소리. 잠시 후 열쇠가 돌아가고 문이 활짝 열리며 검은 정장의 근위병 둘이 나타났다. 둘 다 총을 꺼내 든 채였다. 오말리와 만도르프가 그 뒤에서 만류를 하고 있었다.

로멜리도 당황해 유리 파편을 밟고 서서는 두 팔을 벌려 근위병들의 입장을 막아섰다.

"안 돼! 나가! 어서 나가게. 이곳은 성지야, 다친 사람도 없잖은가?" 로멜리는 마치 비둘기를 내쫓듯 두 손으로 근위병들을 내몰았다.

"죄송합니다만, 예하, 여러분을 안전한 곳으로 옮겨야 합니다." 근위병 하나가 주장했다.

"시스티나 예배당은 안전하네. 언제나 주께서 보호하시는 곳이야. 자, 어서들 나가주게나." 그래도 근위병들이 머뭇거리자 로멜리가 목소리를 높였다. "지금은 신성한 콘클라베 기간이야. 이러면 자네들 영혼까지 위험해지네!"

근위병들은 서로를 바라보다가 머뭇머뭇 뒷걸음으로 문지방을 넘어갔다.

"다시 문을 잠그게, 오말리 몬시뇰. 필요하면 다시 부르지."

오말리는 평소에도 얼굴이 불그레했건만 오늘은 잿빛에 부스럼까지 도드라져 보였다.

"알겠습니다, 예하." 그가 고개를 숙이며 대답했다. 목소리가 떨렸다.

문이 닫히고 열쇠가 돌아갔다.

로멜리가 성당을 향해 돌아서는데 몇백 년 묵은 유리가 발밑에서 우두둑 소리를 내며 깨졌다. 주님 감사합니다. 제단 쪽 유리가 깨졌으면 추기경들 머리 위로 쏟아졌을 터이니 천만다행이 아닐 수 없었다. 만약 그랬다면 그 아래 사람들은 조각조각 살점이 찢겨나갔으리라. 실제로 몇 명이 불안한 듯 천장을 올려다보기도 했다. 곧바로 마이크로 건너가는데 그 와중에도 테데스코는 완전히 무관심한 듯 보였다.

"형제들이여, 범상치 않은 사건이 있었습니다. 바그다드 대주교 말씀으로는 차량폭탄 같다는데 아시다시피 그분께서는 경험도 있습니다. 제 생각으로는 주님께서 우리를 구해주셨으니 주님을 믿고 투표를 이어가야 할 것 같습니다. 다만 생각이 다른 분들도 계실 테죠. 여러분의 종복으로 묻습니다. 콘클라베는 어떻게 할까요?"

테데스코가 곧바로 일어났다.

"너무 앞서나갈 필요는 없을 듯합니다, 단장님. 실제로 폭탄이 아니라 단순히 가스관이 터졌을 수도 있죠. 사고가 났다고 달아나면 세상도 우습게 생각할 겁니다. 설령 테러면 어떻습니까? 우리가 겁먹지 않고 성스러운 임무를 포기하지 않을 때 우리의 흔들림 없는 신앙을 세상에 제대로 보여줄 수 있지 않겠습니까?"

로멜리가 생각해도 좋은 얘기였다. 그럼에도 불구하고 세속적 의심을 지울 수가 없었다. 오로지 콘클라베 선두주자로서 권위를 부각하기 위해 저 말을 했겠지?

"다른 분은 의견 없으신가요?" 로멜리가 물었다. 추기경 몇은 여전히 머리 위 15미터 높이의 창문을 불편한 듯 바라보기만 했다. "없습니까? 좋습니다. 그래도 콘클라베를 재개하기 전, 잠시 기도할 시간을 갖고 싶군요." 사람들이 일어나고 로멜리가 고개를 숙였다. "고귀하신 주님, 조금 전의 폭발로 고통받았거나 지금 이 순간 고통받는 사람들을 위해 기도합니다. 죄인의 속죄를 위해, 죄의 사함을 위해, 죄의 보상을 위해,

영혼의 구원을 위해……."

"아멘."

로멜리는 30초 정도 묵상을 이어간 후 선언했다.

"투표를 재개하겠습니다."

깨진 창문 너머 아련하게 사이렌 소리가 들리더니 곧이어 헬기도 등장했다.

✱　✱　✱

투표는 방해받은 그 순간부터 이어졌다. 처음엔 레바논, 안티오크, 알렉산드리아 총대주교들, 그리고 벨리니, 그다음이 추기경 사제들. 이번에는 유권자들이 눈에 띄도록 빠른 속도로 제단을 오갔다. 어서 투표를 끝내고 따뜻한 성녀 마르타의 집으로 돌아가고 싶을 것이다. 심지어 일부는 신성한 서약마저 콩 구워 먹듯 해치웠다.

로멜리는 두 손을 책상 위에 올렸다. 두 손이 너무 떨렸다. 근위병을 내몰 때만 해도 그렇게나 차분했건만 의자에 앉는 순간 충격이 밀어닥친 것이다. 폭탄이 터진 이유가 투표용지에 자기 이름을 적었기 때문이라 믿을 만큼 자기중심적은 아니지만, 만사가 서로 관계가 있다는 사실을 외면할 정도로 기계적인 성격도 아니었다. 폭발은 시기도 딱 들어맞았다. 번개와도 같은 타이밍이 아니었던가? 주께서 이런 음모에 불만이 많다는 징표가 아니라면 무엇이겠는가?

임무를 주셨습니다만, 주여, 제가 실망시켰나이다.

사이렌 소음이 저주받은 자들의 합창처럼 점점 커져만 갔다. 어떤 소리는 울부짖고, 어떤 소리는 함성을 지르며, 또 어떤 소리는 단말마처럼 비명을 질렀다. 헬리콥터도 두 번째 소리가 더해졌다. 흡사 콘클라베의 고립을 조롱하는 것 같았다. 차라리 나노바 광장 한가운데서 콘클라베를 진행하는 편이 나았을 것도 같았다.

마음이 편치 않아 명상은 어려웠으나 적어도 주님께 도움을 청할 수는 있었다. 이곳에서는 사이렌 소리가 오히려 마음을 집중하는 데 도움이 되었다. 덕분에 추기경들이 투표하기 위해 지나갈 때마다 로멜리는 한 사람 한 사람을 위해 기도했다. 벨리니를 위해 기도했다. 벨리니는 마지못해 성배를 받아들이려 했으나 성배는 그의 입술을 거부하고 달아나 버렸다. 아데예미를 위해서도 기도했다. 진중하고 품위 있는 인물로서 역사상 가장 위대한 인물이 되기에 부족함이 없었으나 그만 30년도 더 된 과거의 추문 때문에 망가지고 말았다. 트랑블레를 위해서도 기도했다. 트랑블레는 로멜리를 지나치며 슬쩍 노려보았다. 그의 불행은 평생 로멜리의 양심을 건드릴 것이다. 테테스코를 위해 기도했다. 성큼성큼 제단으로 올라가는데, 건강한 상체가 짧은 다리 위에서 흔들거리는 모습이 흡사 낡고 망가진 예인선이 험한 바다와 맞서는 것만 같았다. 베니테스를 위해서도 기도했다. 그의 표정은 그 어느 때보다도 진지하고 단호했다. 아마도 조금 전 폭발로 잊고 싶었던 과거를 떠올렸으리라. 그리고 마지막으로 자기 자신을 위해 기도했다. 주여, 서약을 어겼나이다. 용서하소서. 하지만 그러면서도 콘클라베를 구하기 위해 어떻게 해야 할지 주께서 징표를 내려주실지 모른다는 기대도 잊지 않았다.

✠ ✠ ✠

손목시계가 12시 42분을 가리켰다. 마침내 마지막 투표가 끝나고 검표원들이 용지를 세기 시작했다. 사이렌 소리도 조금씩 잦아들고 몇 분동안은 조용하기까지 했다. 긴장과 자의식의 정적이 성당을 뒤덮었다. 이번에는 추기경 명단을 아예 폴더에서 꺼내지도 않았다. 투표결과를 하나씩 따라가는 동안 그 지난한 고문을 또다시 겪고 싶지 않았던 것이다. 멍청하게 보일까 봐 그렇지, 차라리 손가락으로 귀라도 막고 싶었다.

오, 주여, 제발 성배를 받지 않게 하소서!

룩사가 투표함에서 첫 번째 용지를 꺼내 메르쿠리오에게 주고 메르쿠리오가 다시 뉴비한테 넘겼다. 뉴비는 용지를 실에 꿰었다. 세 사람역시 빨리 끝내고 싶었던지 종종 실수가 보였다. 웨스트민스터 대주교가 일곱 번째로 득표자를 호명하기 시작했다.

"로멜리 추기경⋯⋯."

로멜리는 두 눈을 질끈 감았다. 일곱 번째 투표는 상서로워야 했다. 일곱은 성취와 완성의 숫자가 아니던가. 주께서 세상을 창조하고 휴식을 취한 날. 아시아의 일곱 교회도 그리스도의 완벽한 신체를 상징한다고 했다.

"로멜리 추기경⋯⋯."

"테데스코 추기경⋯⋯."

그리스도의 오른손에 새긴 일곱 별, 심판의 일곱 봉인, 일곱 천사와 일곱 개의 트럼펫, 주님 성좌 앞에 선 일곱의 성령⋯⋯.

"로멜리 추기경······."

"베니테스 추기경······."

······일곱 차례 예리코 시 순회, 요르단 강에서의 일곱 차례 침례······.

그런 식으로 할 수 있는 데까지 해봤지만 뉴비의 우렁찬 목소리를 완전히 차단할 수는 없었다. 결국 그도 포기하고 귀를 기울였으나 누가 선두인지는 도무지 알 길이 없었다.

"이렇게 일곱 번째 투표, 개표를 마감합니다."

로멜리가 눈을 떴다. 추기경 검표원 셋은 자리에서 일어나 제단으로 이동한 뒤 득표수를 계산했다. 통로 맞은편 테데스코를 보니 펜으로 목록을 두드리며 자신의 득표수를 더하고 있었다. "열넷, 열다섯, 열여섯······." 입술은 움직였으나 표정을 읽는 것은 불가능했다. 이번에는 속닥거리거나 중얼거리는 소리도 없었다. 로멜리는 팔짱을 끼고 책상만 노려보며 뉴비가 그의 운명을 발표할 때를 기다렸다.

"여러분, 일곱 번째 투표 결과는 다음과 같습니다."

로멜리는 망설이다 펜을 집었다.

로멜리 52

테데스코 42

베니테스 24

로멜리가 선두였다. 그 숫자를 불로 작성했다 한들 이보다 더 기가 막힐 수는 없었다. 하지만 득표수는 분명한 사실이며 아무리 노려본다 한들 변하지도 않을 것이다. 주님의 법은 아닐지라도 선거법이 그를 무자비하게 벼랑 끝으로 내몰고 있었다.

사람들이 일제히 그를 바라보고 있었다. 로멜리는 의자 양쪽 끝을 잡고 나서야 가까스로 힘을 내 자리에서 일어날 수 있었다. 이번에는 마이크까지 걸어가지도 않고 그저 목소리만 높여 추기경들에게 선언했다.

"형제들이여, 이번에도 역시 다수 득표자가 없었습니다. 따라서 오늘 오후 여덟 번째 투표를 진행해야 합니다. 진행요원들이 메모지를 거둘 때까지 잠시만 자리를 지켜주시죠. 최대한 빨리 떠나도록 하겠습니다. 러드가드 추기경, 문을 열어달라고 부탁 좀 해주시겠어요?"

✠　✠　✠

로멜리는 부제 추기경이 임무를 수행하는 동안 그 자리에 그대로 서 있었다. 깨진 유리 때문에 현관 바닥을 가로지르는 발소리가 지극히 선명하게 들렸다. 이윽고 그가 문을 두드리며, **"문을 열어요! 문 열어요!"**라고 외쳤다. 목소리가 너무도 절박하게 들렸다. 러드가드가 돌아온 후에야 로멜리는 자리를 떠나 통로를 따라 내려갔다. 러드가드가 제자리로 돌아오는 도중이라 통로 중간쯤에서 만났는데 로멜리가 미소를 지으며 격려하려 했지만 그가 고개를 돌려버렸다. 뿐만 아니라 추기경들도 하나같이 그의 시선을 피했다. 처음에는 적대감이라고 여겼는데 문득 깨달은 바가 있었다. 그건 분명 최초의 복종 표시였다. 끔찍하게도 그가 교황이 될지 모른다고 추기경들이 깨닫기 시작한 것이다.

칸막이 문을 통과하는데 만도르프와 오말리가 성당으로 들어오고 있었다. 보조 역의 사제 둘과 수도사 둘이 동행했다. 그 뒤 사도궁에도 일단의 근위병들과 스위스 근위병 장교 둘이 어슬렁거렸다.

만도르프는 열심히 유리를 헤치고 나와 로멜리를 향해 두 손을 내밀었다.

"예하, 괜찮으십니까?"

"아무도 다치지 않았네, 레이. 주님 덕이지. 아무튼 추기경들께서 나가기 전에 이 유리부터 청소해야겠지? 혹 발을 다칠지 모르니까."

"예하께서 허락하신다면요."

만도르프가 문밖 남자들에게 손짓하자, 네 명이 빗자루를 들고 들어와 로멜리에게 인사만 하고 곧바로 통로를 치우기 시작했다. 일을 하면서 소음이 크게 났지만 다들 개의치 않고 바삐 손을 놀렸다. 동시에 진행요원들이 부랴부랴 성당으로 들어와 추기경들의 메모를 수거하기 시작했다. 사람들이 하나같이 서두는 걸 보면, 최대한 빨리 콘클라베를 철수하라는 결정이 내려진 듯했다. 로멜리는 만도르프와 오말리의 어깨를 안고 가까이 끌어당겼다. 신체 접촉이 기분 좋았다. 둘 다 아직 투표결과를 몰랐기에 움찔하거나 애써 거리를 두지도 않았다.

"얼마나 심각한가?"

"아주 심각합니다, 예하." 오말리가 대답했다.

"상황은 파악했나?"

"자폭이자 차량폭탄으로 보입니다. 리소르지멘토 광장인데, 일부러 순례자들이 많은 장소를 선택한 것 같습니다."

로멜리는 두 사람을 풀어주고 잠시 그대로 서서 상황을 되새겼다. 리소르지멘토 광장은 400미터 거리, 바티칸 시 성벽 바로 바깥이며, 공공장소로서는 시스티나에서 제일 가까웠다.

"얼마나 죽었지?"

"최소 서른입니다. 성 마르코 에반젤리스트에서는 미사 도중에 총격까지 있었습니다."

"맙소사!"

"뮌헨의 드레스덴 성모교회에서도 총격이 있었고 루벵의 대학에서는 폭발 사건이 있었죠." 만도르프였다.

"유럽 전체에서 공격을 받는 중입니다." 오말리가 덧붙였다.

문득 보안팀장과의 대화가 기억났다. 젊은이는 '동시다발적 연쇄 공격'이라고 했다. 바로 이 건을 두고 하는 말이리라. 평신도에게 테러의 완곡어법은 라틴어 미사만큼이나 포괄적인 동시에 불가해할 수밖에 없다. 로멜리는 성호를 그었다.

"주께서 희생자들의 영혼을 축복하소서. 누구 짓인지는 밝혀졌나?"

만도르프가 고개를 저었다.

"아직은요."

"아무튼 이슬람이겠지?"

"리소르지멘토 광장에 목격자가 몇 명 있습니다. 자살폭탄 테러범이 '알라흐 아크바르!'라고 외쳤다니 아마도 맞을 겁니다."

"'신은 위대하다'라니. 도대체 얼마나 더 전지자를 모독할 셈인지!" 오말리가 역겹다는 듯 고개를 저었다.

"흥분하지 말게, 레이. 상황을 정확하게 봐야 하네. 로마를 무력 공격했다니 그 자체로 끔찍하지만, 신임 교황을 선출하는 바로 그 순간 3개국의 세계 교회를 동시다발로 공격해? 신중하지 않으면 세상은 이 사건을 종교전쟁의 시작으로 여길 수도 있어."

"실제로 종교전쟁의 시작입니다, 예하."

"게다가 지휘관이 없을 때 의도적으로 공격했습니다." 만도르프가 거들었다.

로멜리는 손으로 얼굴을 문질렀다. 우발적인 상황이라면 어느 경우든 충분히 대비했으나 이번 사건은 상상도 하지 못한 종류였다.

　"맙소사, 우리를 얼마나 무기력하다고 여길꼬! 로마 광장의 폭발에서도 검은 연기, 시스티나 예배당 굴뚝에서도 검은 연기. 게다가 깨진 창문들까지! 그런데 뭘 어떻게 해야 하지? 콘클라베를 연기해서 희생자들을 추모해야 하나? 아니, 그렇게 하면 교황 부재 문제를 해결할 수 없어. 오히려 더 심각해지겠지. 그렇다고 투표를 이어가자니 교황령을 어기는 셈이니……."

　"교황령 문제는 교회도 이해할 겁니다, 예하." 오말리가 재촉했다.

　"그렇게 하면 교황을 선출했다 해도 정통성 문제가 발생할 수 있네. 말 그대로 재앙이지. 절차에 티끌만큼의 하자라도 있으면, 교황의 권위는 등위 첫날부터 도전받을 거야."

　"문제는 그뿐이 아닙니다, 예하. 콘클라베는 세상과 단절해야 하고 때문에 바깥세상 얘기도 몰라야 합니다. 당연히 추기경 선거인단은 실제로 이 사건을 상세히 알지 못해야 합니다. 결정에 영향을 줄 수 있으니까요." 만도르프가 지적했다.

　"세상에, 맙소사, 대주교님, 그분들도 당연히 상황을 아셔야죠." 오말리가 발끈했다.

　"물론입니다. 다만 추기경님들은 이번 교회 공격이 어떤 의미인지 잘 모르십니다. 실제로 콘클라베에 메시지를 전달하려는 의도라고 주장하면요? 그게 사실이라면, 선거인단을 뉴스로부터 보호해서라도 판단에 영향을 미치지 못하도록 해야죠. 어떻게 하면 좋을까요, 단장님?" 만도르프가 안경 너머 투명한 눈을 끔벅였다.

　근위병들은 깨진 유리창 사이로 통로를 만들고 지금은 파편을 삽으로 떠서 외바퀴수레에 담고 있었다. 시스티나 예배당은 대리석과 유리가 부딪는 소리에 마치 전쟁터처럼 소란스러웠다. 이런 신성한 장소에서 이렇듯 무도하고 불경스러운 소음이라니! 칸막이 문 안에서는 붉은 법복의 추기경들이 자리에서 일어나 현관을 향해 줄을 서기 시작했다.

"지금은 아무 얘기도 하지 말게. 혹 괴롭히는 사람이 있으면 내 지시라고만 얘기하고. 폭파 사건 얘기는 절대 하면 안 되네. 알았지?"

두 사람이 고개를 끄덕였다.

"콘클라베는 어떻게 할까요, 예하? 그냥 계속 할까요?" 오말리가 물었다.

로멜리로서도 난감한 문제였다.

＊　＊　＊

로멜리는 시스티나 예배당을 나가 사도궁의 근위병 무리를 뚫고 바오로 예배당으로 들어갔다. 실내는 동굴처럼 어두웠다. 사람은 없었다. 로멜리는 문을 닫았다. 이곳은 콘클라베가 진행되는 동안 오말리와 만도르프, 진행요원들이 대기하는 곳이다. 입구 옆으로 의자들이 원형으로 배열되어 있었다. 투표 시간이 짧지 않은데 뭘 하며 시간을 보냈을까? 콘클라베가 어떻게 끝날까 추측했을까? 아니면 책을 읽어? 의자 배치는 카드놀이를 하기 딱 좋게 생겼지만, 물론 터무니없는 얘기다. 그럴 리는 없다. 의자 옆에 물병이 있었다. 물병을 보자 갑자기 목이 마르다는 생각이 들었다. 로멜리는 꿀꺽꿀꺽 들이마신 뒤 통로 끝 제단으로 향하며 생각을 정리해보았다.

전에도 그랬듯이, 미켈란젤로의 프레스코화에서 베드로가 십자가에 거꾸로 못 박힌 채 성난 눈으로 로멜리를 노려보았다. 로멜리는 제단까지 걸어가 무릎을 꿇었지만 다시 충동적으로 돌아서서는 통로 중간쯤으로 돌아가 그림을 살피기 시작했다. 근육질에 반 벌거숭이 성인이 십자가에 못 박혀 있고, 50명 정도의 주변인들이 지켜보았다. 십자가는 이제 막 거꾸로 세워질 참이었다. 오로지 성 베드로 자신만이 프레임 너머 실세계를 내다보았다. 기막힌 점이라면, 관찰자를 똑바로 보는 게 아니라, 곁눈으로 노려보고 있는데, 마치 지나가는 나그네를 향해 어서 꺼지라고 힐난하는 것만 같았다. 한낱 그림에 이렇게 압도적으로 감정이입을 해본 적은 맹세코 없었다. 로멜리는 각모를 벗고 그 옆에 무릎을 꿇었다.

오, 최초 최고의 사도이자 축복의 베드로시여, 당신은 천국 열쇠의 관리자이십니다. 지옥의 어떤 힘도 당신께 미치지 못하나이다. 당신은 교회의 반석이며 우리 양 떼들의 목자이십니다. 저를 죄의 바다에서 건지시고 모든 역경에서 자유롭게 하소서. 도와주소서, 선한 목자시여, 제게 길을 보여주소서…….

성 베드로에게 기도하며 적어도 15분 이상은 지체한 모양이었다. 생각에 몰두한 탓에 추기경들이 사도궁을 가로지르고 계단 아래 미니버스로 향하는 소리도 듣지 못했다. 문이 열리는 소리도 오말리가 바로 뒤에까지 다가오는 소리도 못 들었다. 자신도 모르게 어느덧 마음이 평화롭고 자신감도 생겼다. 이제 어떻게 해야 할지도 알겠다.

예수 그리스도와 성 베드로를 찬양합니다. 선한 삶을 다한 후, 당신의 도움으로 천국에서 영원한 행복을 보상받고자 합니다. 천국 문의 영원한 수호자이자 목자이신 이께 비나이다, 아멘.

그때 오말리가 불안한 듯 조심스레 부르는 소리에 로멜리도 몽상에서 빠져나왔다.

"단장님?"

"용지는 태웠나?" 그가 돌아보지도 않고 물었다.

"예, 역시 검은 연기였습니다."

로멜리는 다시 묵상에 들고 그렇게 30초가 흘렀다.

"괜찮으십니까, 단장님?" 오말리가 다시 물었다.

로멜리는 마지못해 그림에서 눈을 떼고 오말리를 보았다. 그런데 그의 태도가 어딘가 달라져 보였다. 불안, 초조, 조심. 아마도 오말리가 일곱 번째 투표 결과를 알고 추기경단 단장이 어떤 위험에 빠졌는지 깨달았기 때문이리라. 로멜리가 손을 들자 오말리가 부축해 일으켜주었다. 그가 수단과 소백의의 매무새를 매만졌다.

"힘내게나, 레이. 이 엄청난 걸작을 봐. 기막히게 예언적이지 않은가? 그림 끝에 어둠의 장막 보이지? 예전엔 그저 구름이라고 여겼는데, 지금 보니까 연기가 틀림없구먼. 어딘가에 불이 났어. 가시권 너머일 텐데 미켈란젤로가 감추려 한 걸 보니…… 폭력, 전쟁, 갈등의 상징일까? 그리고 베드로가 고개를 똑바로 들려고 애쓰는데…… 자네도 보이지? 지금 거꾸로 처박힐 지경인데 왜 저러고 있을까? 지금 자신에게 가해진 폭력에 굴복하고 싶지 않기 때문이야. 안간힘을 써서 자신의 신앙과 존엄성을 보이려는 게지. 세상은 문자 그대로 뒤집히고 있지만 그럼에도 불구하고 평정을 유지하고 싶은 걸세.

그야말로 징후가 아닐까? 교회의 시조께서 우리한테 보내는? 악마는 세상을 뒤집으려 한다네. 하지만 이렇듯 고통스러운 세상에서조차 축복의 사제 베드로는 우리가 이성을 유지하고, 부활의 구세주 그리스도를 향한 믿음을 잃지 말라고 가르치고 계시네. 주께서 원하시는 대로 일을 마무리하세나. 콘클라베는 멈추지 않아."

17
주님의 양 떼

로멜리는 경찰차 뒷좌석에 타고 황급히 성녀 마르타의 집으로 돌아 갔다. 근위병도 둘이 동행해, 하나는 운전사 옆에, 다른 하나는 로멜리 옆에 앉았다. 경찰차는 속도를 올려 마레시알로 안뜰을 빠져나와 속도 를 줄이지 않은 채 모퉁이를 돌았다. 타이어가 자갈길 위에서 비명을 지르며 재빨리 안뜰 세 곳을 연이어 통과했다. 지붕 위 경광등이 번쩍 번쩍 사도궁의 어두운 담벼락을 때렸다. 스위스 근위병이 놀란 얼굴로 로멜리를 돌아보았다. 로멜리는 미국 추기경 고 프란시스 조지의 유언 을 떠올렸다. **나는 내 침대에서 죽고 싶소. 후계자는 감옥에서 죽고 그의 후계자는 광장에서 순교자로 죽을 것이오.** 그 말이 히스테리에 가깝다고 여겼는데, 이 제 성녀 마르타의 집 앞 광장에 차를 대고 이미 경찰차 여섯 대가 경광 등을 번쩍거리고 있는 광경을 보노라니, 지금은 정말 예언 같다는 생각 마저 들었다.

스위스 근위병이 다가와 차 문을 열어주었다. 시원한 바람이 얼굴을 스쳤다. 차에서 빠져나와 하늘을 올려다보니 먹구름이 짙었다. 멀리 헬리콥터 두 대가 아랫배에 미사일을 매달고 윙윙거렸다. 그 모습이 흡사 검은 벌레가 잔뜩 독이 올라 당장에라도 독침을 찌르려는 것처럼 보였다. 사이렌 소리도 들렸다. 성 베드로 대성당의 육중하면서도 냉담한 지붕……. 돔 지붕의 낯익은 모습에 로멜리도 각오를 다질 수 있었다. 그는 경찰과 스위스 근위병들을 지나 곧바로 건물 로비에 들어갔다. 인사도 경례도 눈에 들어오지 않았다.

교황께서 돌아가신 날 밤이 딱 그랬다. 당혹감과 억눌린 두려움. 추기경들이 삼삼오오 모여 수군거리다가 그가 들어가자 일제히 고개를 돌렸다. 만도르프, 오말리, 자네티, 진행요원들은 프런트데스크 앞에 모여 있었다. 식당 안에는 추기경들 일부가 자리를 잡고 앉았으나 수녀들은 벽 주변에 서 있을 뿐이었다. 아무래도 점심 접대를 시작해야 할지 말지 갈피를 잡지 못하는 것이리라. 이 모두를 로멜리는 한눈에 파악하고 먼저 손짓으로 자네티를 불렀다.

"새로운 소식 있나?"

"예, 단장님."

로멜리는 명백한 사실만을 요구했다. 해설은 사절이다. 자네티가 종이 한 장을 넘겼다. 대충 훑어보기만 했을 뿐이건만 긴장감에 저절로 손이 감기며 종이가 살짝 구겨졌다. 로멜리가 요원들에게 지시했다.

"여러분, 미안하지만 수녀들을 부엌으로 들여보내고 로비든 식당이든 아무도 들어오지 못하게 해주시겠습니까? 철저한 비밀 보장이 필요합니다."

식당을 향해 걸어가는데 벨리니가 혼자 서 있었다. 그는 벨리니의 팔을 잡고 속삭였다.

"상황을 발표하기로 했습니다. 제가 옳은 일을 하는 걸까요?"

"모르겠습니다. 판단은 단장께서 하셔야겠지만, 무슨 일이 있든 지지하겠습니다."

로멜리는 벨리니의 팔꿈치를 한 번 잡아주고 장내를 향해 돌아섰다.

"형제들이여, 잠시 자리에 앉아주시겠어요. 몇 마디 드릴 말씀이 있습니다."

로멜리는 로비에서 사람들이 들어와 자리 잡기를 기다렸다. 그간 식사를 하면서 서로를 보다 잘 알게 된 덕에 지금은 다양한 언어군이 함께 섞여 있었다. 그런데 별생각 없이 돌아보니 위기의 순간, 추기경들은 무의식적으로 첫날 밤 그 자리에 돌아와 있었다. 이탈리아인들은 부엌 근처, 스페인어군은 중앙, 영어 사용자들은 접수처 바로 옆…….

"여러분, 상황 설명을 하기 전에, 우선 콘클라베의 권한을 확인하고자 합니다. 교황령 5항, 6항에 따르면 특별한 상황의 경우, 참석 추기경 과반수가 동의하면 특정한 문제나 상황을 논의할 수 있습니다."

"내가 한 말씀 드려도 되겠소, 단장?" 손든 사람은 크라신스키, 시카고 지명 대주교였다.

"물론입니다, 예하."

"단장과 마찬가지로 나도 이번 콘클라베가 세 번째요. 교황령 4항에 이런 내용도 있지 않던가요? '교황 선출 과정에 영향을 미칠 우려가 있으면 추기경단은 어떠한 행동도 할 수 없다.' 내 기억으로는 정확히 그렇게 적혀 있는데? 시스티나 예배당 외부에서 이런 모임을 개최하는 사실 자체가 절차 방해라고 생각하오이다."

"선거 자체에 영향을 줄 생각은 없습니다. 투표는 법에 규정한 대로 오늘 오후에 계속해야겠죠. 제가 묻고자 하는 바는, 오늘 오후 교황청 밖에서 일어난 사건을 콘클라베가 알아야 할지 여부입니다."

"하지만 사건을 아는 것 자체가 개입이고 방해 아니겠소?"

그때 벨리니가 일어났다.

"단장님 태도로 보아 상황이 심각한 것만은 분명합니다. 따라서 저로서는 무슨 일인지 알고 싶군요."

로멜리는 눈짓으로 감사를 표했다. 벨리니가 앉자 여기저기서 "찬성이요, 찬성", "옳소" 같은 합창이 들렸다.

테데스코가 일어서자 식당이 일순 조용해졌다. 그는 두 손을 불룩한 배 위에 얹고(로멜리가 보기엔 벽에 기댄 것처럼 보였다) 잠시 뜸을 들였다가 입을 열었다.

"상황이 그토록 심각하다면, 콘클라베도 불안감 때문에 결론을 성급하게 내리려 하지 않겠습니까? 그런 식의 압박은 아무리 사소하다 해도 개입이 될 수밖에 없습니다. 우리가 이곳에 온 이유는 주님의 말씀을 듣기 위해서예요, 단장님. 뉴스 보도를 알기 위해서가 아니라."

"베네치아 총대주교는 우리가 폭발 소리를 듣지 않았다고 믿으시는 모양인데, 사실은 모두 들었는걸요."

여기저기 웃음소리가 들렸다. 테데스코가 얼굴을 붉히더니, 끝내 고개를 돌려 얘기한 사람이 누군지 확인했다. 사우바도르 데 바이아 대주교 사 추기경. 자유주의 신학자로서 테데스코와는 친구도 지지자도 아니었다.

로멜리도 바티칸식 모임에 이력이 난 터라 언제 치고 들어가야 할지 정도는 알고 있었다.

"제안 하나 할까요?" 테데스코를 보며 기다리자 베네치아 대주교도 마지못해 자리에 앉았다. "가장 공평한 방법은 역시 투표겠죠? 여러분이 허락하신다면 그렇게 하겠습니다."

"잠깐만……."

테데스코가 불쑥 나섰으나 로멜리가 더 빨랐다.

"콘클라베가 이번 사건을 알아야 한다고 생각하시는 분은 손을 들어주세요." 곧바로 주홍색 소매 수십 개가 올라왔다. "그럼 반대하시는 분은?" 테데스코, 크라신스키, 투티노를 포함해 10여 명이 쭈뼛쭈뼛 손을 들었다. "결정됐습니다. 물론 얘기를 듣고 싶지 않으시면 나가도 좋으십니다." 로멜리가 기다렸으나 아무도 움직이지 않았다. 그가 종이를 펼치며 덧붙였다.

"그럼 좋습니다. 시스티나를 떠나기 직전, 홍보팀에 교황청 보안팀의 협조를 받아 상황보고서를 만들어달라고 부탁했습니다. 간단하게 요약하면 이렇습니다. 오늘 오전 11시 20분 리소르지멘토 광장에서 차량 폭탄이 터졌습니다. 그 직후 사람들이 현장에서 달아나려는데, 어떤 사람이 몸에 폭탄을 매달고 자폭했죠. 다수의 믿을 만한 증인에 따르면 그가 '알라후 아크바르!'라고 외쳤다더군요."

추기경 몇몇이 끙하고 신음소리를 냈다.

"이 공격과 동시에 두 명이 총을 들고 성 마르코 에반젤리스트 교회에 난입해, 미사 진행 중에 무차별 난사를 가했습니다. 그 순간에조차 미사는 콘클라베의 순영을 기도했다고 하더군요. 보고서에 따르면 치안군이 인근에 있었기에 범인 둘 모두 그 자리에서 사살되었습니다.

11시 30분. 그러니까 10분쯤 후 가톨릭 루뱅 대학 도서관에서도 폭발이 있었습니다."

반드루겐브럭 추기경이 "오, 이런 맙소사!"라고 외쳤다. 그는 루뱅 대학의 신학 교수로 재직한 바가 있다.

"……그리고 뮌헨의 프라우엔 성모교회 안에서도 총격이 있었습니다. 그 사건은 현재 포위 상태에서 대치 중인 듯합니다.

피해 상황은 아직 집계 중이나, 조금 전 보고에 따르면 현재는 다음과 같습니다. 리소르지멘토 광장에서 사망 서른여덟, 성 마르코 사망 열둘, 벨기에 대학 사망 넷, 뮌헨 최소 둘. 사망자는 불행하게도 증가할 것으로 보입니다. 부상자 숫자만도 수백에 이르니까요."

그가 종이를 낮추었다.

"제가 아는 얘기는 여기까지입니다. 형제들이여, 모두 일어나세요. 사망자와 부상자를 위해 1분간 묵념을 올리겠습니다."

✠ ✠ ✠

보고가 끝나고 나자 신학자와 교회법 학자 모두에게 분명해진 사실이 있었다. 콘클라베를 운영하는 규범, 즉 '주님의 양 떼'는 보다 순수한 시대에나 어울릴 법한 법이었다. 요한 바오로 2세가 규범을 발표한 1996년은 9/11 테러가 있기 5년 전이었고, 교황은 물론 조언자들 역시 동시다발적 테러 공격은 상상도 하지 못했다.

콘클라베 사흘째 되는 날, 점심 휴식을 위해 성녀 마르타의 집에 모인 추기경들에게는 모든 것이 모호했다. 1분의 묵념 후 식당 여기저기 수군대는 소리가 들리기 시작했다. 겁먹은 목소리, 불안한 목소리, 놀란 목소리. 이런 참사가 벌어졌는데 어떻게 콘클라베를 계속하지? 그렇다고 중지할 수도 없잖아? 정적이 끝나고 추기경은 대부분 다시 자리에 앉았지만 일부는 여전히 일어선 채였다. 로멜리와 테데스코도 앉지 못했다. 베네치아 총대주교는 인상을 쓰며 주변 분위기를 엿보았다. 그도 어떻게 해야 할지 난감한 것이다. 지지자 셋만 등을 돌리면 3분의

1의 방어벽이 무너지고 교황 꿈은 깨지고 만다. 그래서일까? 어딘가 처음으로 불안해 보이기까지 했다.

식당 맨 안쪽에서 베니테스가 조심조심 손을 들었다.

"단장님, 드릴 말씀이 있습니다."

멘도사, 필리핀의 라모스 등 주변 추기경들이 얘기를 들어보자며 사람들을 조용히 시켰다.

"베니테스 추기경께서 하실 말씀이 있습니다." 로멜리가 선언했다.

테데스코가 당혹해하며 두 팔을 흔들었다.

"단장님, 이런 식으로 총회로 몰아가시겁니까? 이 정도에서 끝내시죠?"

"추기경께서 발언을 원하시면 허용해야 한다고 생각합니다."

"무슨 근거로 허용하죠?"

"무슨 근거로 허용하지 않죠?"

"단장님, 그냥 얘기하겠습니다!" 베니테스가 목소리를 높인 건 그때가 처음이었다. 고음의 목소리가 추기경들이 숙덕거리는 잡담을 뚫고 퍼져나갔다. 테데스코는 지지자들을 향해 과장되게 어깻짓을 하고 눈을 굴렸다. 말인즉슨, 이 무슨 터무니없는 상황이냐는 얘기겠으나, 그렇다고 더 이상 반발하지도 않았다. 장내의 소음도 잦아들었다. "감사합니다, 짧게 끝내겠습니다." 베니테스의 두 손이 가볍게 떨렸다. 그가 두 손을 등 뒤로 돌리고 꼭 잡았다. 목소리도 다시 조용해졌다. "추기경단의 예절에 대해선 아무것도 모릅니다. 그 점에 대해서는 사죄드리겠습니다. 하지만 제가 제일 늦둥이 멤버라는 바로 그 이유 때문에라도 저 밖에 있는 수백만 순례자를 위해 몇 마디 드려야겠다고 생각했습니다. 지금 이 순간에도 저분들은 바티칸이 갈 길을 인도해주기를 간절히 바랄 것이기 때문입니다. 우리는 모두 좋은 사람들입니다. 안 그렇습니까?" 그가 아데예미와 트랑블레를 향해 고개를 끄덕이고 테데스코와 로멜리에게도 똑같이 했다. "지금 우리 성모 교회에 악이 들이닥쳤는데, 이런 식의 사소한 야심과 어리석음과 불화가 다 무슨 소용이겠습니까?"

추기경 몇이 중얼거리며 동의를 표했다.

"제가 이렇게 용기를 내서 나선 것도 여러분께서 고맙게도, 그리고 어리석게도 절 위해 투표하신 덕분입니다. 형제들이여, 우리가 이런 식으로 매일매일 투표를 이어가다가 그저 다수결로 교황을 선출한다면 결코 용서받지 못할 것입니다. 제가 보기엔 지난 투표 이후, 우리에게는 분명 지도자가 생겼습니다. 따라서 오늘 오후 그분을 중심으로 단결할 것을 애원합니다. 부디 애원컨대, 제게 표를 주신 분 또한 이제부터 우리 단장님, 로멜리 추기경을 지지해주십시오. 시스티나로 돌아가면 우리는 그분을 교황으로 선출해야 합니다. 감사합니다. 그리고 죄송합니다. 제가 드릴 말씀은 여기까지입니다."

로멜리가 대답하기 전, 테데스코가 먼저 나섰다.

"오, 안 돼! 말도 안 돼! 안 돼!" 그가 고개를 젓다가 짧고 통통한 손을 휘젓기 시작했다. 당혹감에 미소는 절박해 보이기까지 했다. "자, 보셨죠? 제가 반대한 이유가 이 때문입니다, 여러분! 순간적으로 흥분한 탓에 주님은 잊고 이제 상황 논리에 따라 반응하고 있습니다. 지금 전당대회를 하자는 겁니까? 교황을 거래해요? 교황이 웨이터예요, 아무렇게나 부르면 나타나게? 형제들이여, 부탁합니다. 우리가 주님께 서약했다는 사실을 잊지 맙시다. 가장 적임자를 교황으로 선출하자고 맹세하지 않았던가요? 오늘 오후 군중을 달래자는 핑계로 성 베드로 대성당 발코니에 손쉽게 밀어낼 수 있는 사람이 아니라!"

돌이켜보면, 테데스코가 그쯤에서 멈췄다면 모임을 자기편으로 끌어들였을 수도 있다. 거기까지는 완전히 합법적이었다. 문제는 일단 화두를 던졌다 하면 도중에 자제할 인물이 아니라는 데 있었다. 바로 그 점이 그의 장점이자 비극인 셈이다. 그래서 지지자들이 그를 사랑하면서도, 동시에 콘클라베 이전 로마에 들어오지 못하도록 말린 이유이기도 했다. 테데스코는 그리스도의 설교에 나오는 사내와 같았다. **마음에 차는 대로 입으로 말하는 사람.** 마음에 찬 것이 선이든 악이든, 지혜이든 어리석음이든 상관없었다. 결국 테데스코가 로멜리를 가리키며 얘기를 이어갔다. 끔찍한 미소도 다시 나타났다.

"그리고 내 생각을 말하자면…… 단장님이 과연 이 위기에 최고 적임자일까요? 저도 단장님을 형제이자 친구로 존중하지만 지도자로서는 아닙니다. 상심한 이들을 치유하지도 상처를 봉합하지도 못합니다. 부활의 트럼펫을 불 수도 없습니다. 딱히 주장할 만한 신학적 입장이 있는지 모르겠지만 있다 해도 우리를 지금처럼 상대주의의 난류 속에 표류하게 만들겠죠. 그 속에서 신앙은 모두 헛된 망상으로 치부될 터이고. 자, 주변을 돌아보세요. 거룩한 로마 교회의 고향이 무하마드 사원과 첨탑으로 빼곡하지 않습니까?"

그때 누군가 소리쳤는데, 돌아보니 벨리니였다.

"불경하오!"

테데스코가 홱 하고 그를 돌아보았다. 황소를 막대기로 찌르면 저런 모습이리라. 분노 때문에 얼굴도 벌겋게 달아올랐다.

"불경하다고 했습니까? 예, 불경 맞습니다. 오늘 아침 리소르지멘토 광장과 성 마르코 성당과 무고한 이들의 피를 생각해보시죠! 우리한테도 어느 정도 책임이 있다고 생각지 않으십니까? 우리는 이 땅에 이슬람을 허락하지만 그들은 그들의 땅에서 우리를 배척합니다. 우리 고향에서 그들을 먹이나 그들은 그들의 땅에서 우리를 말살하려 들죠. 수만 명, 수십만 명씩 말입니다. 아무도 얘기하지 않지만 이 시대의 대학살입니다. 그런데 저들이 말 그대로 우리 성 안에 있건만 우리는 아무 대책도 없지 않습니까? 아니, 얼마나 더 이렇게 저자세로 살아야 하죠?"

이제 크라신스키까지 손을 내밀어 말리려 했으나 테데스코는 그마저 뿌리쳤다.

"아뇨, 이번 콘클라베에서 어차피 해야 할 얘기였습니다. 그러니 지금이라도 해야죠. 추기경 형제들이여, 투표하기 위해 줄지어 시스티나 예배당에 들어갈 때마다 우리는 사도궁의 프레스코화 〈레판토 해전〉을 지납니다. 저도 오늘 아침 그림을 봤습니다. 교황 비오 5세가 외교력으로 결성했죠. 그 후 로사리오 성모의 중재에 힘입어 축복받은 가톨릭 함대가 오스만 제국 갤리선을 대파하고 지중해를 이슬람 군대의 손에서 구해냈습니다.

오늘날 우리한테 필요한 것은 바로 그런 리더십입니다. 이슬람이 그들의 가치를 신봉하듯, 우리도 우리 가치를 중심으로 결속할 필요가 있습니다. 제2차 가톨릭 공회 이후, 지난 50년간 교회는 하릴없이 표류했습니다. 그 덕에 악과 맞서 나약할 수밖에 없었지만 이제 그 오명에도 종지부를 찍을 때가 되었습니다. 베니테스 추기경께서 말씀하셨듯, 이 끔찍한 순간에도 저 밖에는 수백만 교인들이 지침을 기다리며 우리를 바라보고 있습니다. 예, 그 말씀에 동의합니다. 우리 성모 교회 내에서 가장 성스러운 임무가 주어질 때마다, 요컨대 베드로의 열쇠를 물려주려 할 때마다, 로마 내에서의 폭력으로 방해를 받았습니다. 우리 주 예수 그리스도께서 예언하셨듯, 이제 지고의 위기가 닥쳤습니다. 그러니 마침내 가열차게 떨치고 일어나 위기에 맞서야 합니다. 그리고 해와 달과 별들에는 표징이 나타나고, 땅에서는 바다와 거센 파도 소리에 자지러진 민족들이 공포에 휩싸일 것이다. 사람들은 세상에 닥쳐오는 것들에 대한 두려운 예감으로 까무러칠 것이다. 하늘의 세력들이 흔들릴 것이기 때문이다. 그때 사람의 아들이 권능과 큰 영광을 떨치며 '구름을 타고 오는 것을' 사람들이 보리라. 이러한 일들이 일어나기 시작하거든 허리를 펴고 머리를 들어라. 너희의 속량이 가까웠도다." 테데스코는 암송까지 마친 후 성호를 긋고 인사를 한 후 재빨리 자리에 앉았다. 호흡도 거칠었다. 그 후 정적이 오랫동안 이어질 것만 같았으나 이윽고 베니테스가 조용히 침묵을 끊고 나섰다.

"친애하는 총대주교님, 제가 바그다드 대주교임을 잊으신 모양입니다. 미국이 침략하기 전만 해도 이라크엔 기독교도가 150만이었습니다. 지금은 고작 15만밖에 남지 않았습니다. 나 자신도 교구가 거의 텅텅 비었습니다. 무력은 그 정도에서 끝내시죠! 중동과 아프리카에서 우리 성소들이 폭격당하고, 형제자매들의 시체가 즐비하게 늘어섰습니다. 제가 직접 목격도 했고요. 전 상처받은 이들을 위로하고 직접 시신들도 매장했지만, 그들 중 누구도, 어느 누구도 다시는 폭력과 폭력이 맞서는 광경을 보고 싶지 않을 것입니다. 그 사람들은 우리 주 예수 그리스도의 사랑 안에서, 또 그 사랑을 위해 목숨을 바쳤습니다."

라모스, 마르티네스, 할코를 비롯해 추기경들이 박수로 동의를 표했다. 그리고 박수갈채는 점점 커지며, 아시아에서 아프리카까지, 미국에서 이탈리아까지 번져나갔다. 테데스코는 놀라 주변을 돌아보며 고개를 저었으나, 추기경들의 어리석음을 탓해서인지, 아니면 자신의 어리석음을 깨달았기 때문인지는 알 수가 없었다. 어쩌면 둘 다일 수도 있겠다.

벨리니가 일어났다.

"형제들이여, 베네치아 총대주교님의 말씀 중에 적어도 하나는 맞습니다. 우리는 전당대회가 아니라 교황을 선출하기 위해 이곳에 모였습니다. 예, 이제 준엄한 교황령에 따라 그 임무를 실천해야 합니다. 우리가 어떤 분을 선출하든, 당연히 정당성에 의심의 여지가 없어야겠지만, 때가 때인 만큼, 이 위기의 순간 성령께서 지침을 내려주시리라 기대해봅니다. 따라서 점심은 포기하고 당장 시스티나 예배당으로 돌아가 투표를 재개할 것을 제안합니다. 어쨌든 별로 식욕들도 없으시죠? 점심을 거른다고 신성법 위반은 아니겠죠, 단장님?"

로멜리는 동료가 던져준 생명줄을 움켜잡았다.

"네, 위반은 아닙니다. 규정상 오늘 오후 투표를 연속 두 번 진행해야 합니다. 그래도 결정에 실패하면 내일은 투표 대신 묵상을 해야 하고요. (장내를 훑어보며) 벨리니 추기경께서 즉시 시스티나 예배당으로 돌아가자고 제안하셨습니다. 제안에 다들 동의하십니까? 찬성하시면 손을 들어주시기 바랍니다." 주홍색 소매가 일제히 올라왔다. "반대하시는 분은?" 손을 든 사람은 테데스코뿐이었으나, 마치 이번 일과 무관하다는 듯 시선을 다른 곳으로 돌렸다. "콘클라베의 의지가 정해졌습니다. 오말리 몬시뇰, 버스를 준비해주시겠어요? 자네티 신부, 콘클라베가 여덟 번째 투표를 곧 시작한다고 홍보팀에 알려주세요."

사람들이 흩어지자 벨리니가 로멜리에게 귓속말을 했다.

"각오하세요, 단장님. 오늘 오후, 단장님이 교황이 되실 겁니다."

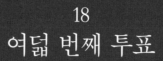

18
여덟 번째 투표

버스는 별로 필요가 없었다. 갑자기 집단 충동에라도 사로잡힌 듯, 건강한 추기경들이 성녀 마르타의 집에서 시스티나 예배당까지 걸어가기로 한 것이다. 추기경들은 서로 팔짱까지 끼고 무리 지어 행군했다. 겉으로야 시위라도 하는 듯 보였지만 사실 어떤 의미에선 그 말도 사실이었다.

게다가 섭리가 통하려고 해서인지, 아니면 성령이 개입한 덕인지, 몇몇 TV 뉴스 사에서 공동으로 임대한 헬리콥터가 때마침 리소르지멘토 광장 위를 떠돌며 참사 현장을 촬영 중이었다. 바티칸 시국의 방송시간은 끝났지만 카메라맨은 망원렌즈를 통해 추기경들을 촬영할 수 있었다. 그때 추기경들은 성녀 마르타 광장을 가로지르고, 성 카를로 궁전과 법원, 성 스테파노 성당을 지난 뒤 사도궁 단지 내 안뜰로 사라졌다.

주홍색 옷차림의 허약한 이미지들. 방송국들이 전 세계로 생중계하고 하루 종일 재방송한 덕에 천주교 신자들도 어느 정도 마음을 돌릴 수 있었다. 그 화면은 목적의식, 그리고 조화와 도전의식을 불러일으켰다. 비록 잠재적이나마 이제 곧 신임 교황이 탄생하리라는 암시도 느낄 수 있었다. 로마 전역의 순례자들도 새로운 발표를 기대하며 성 베드로 광장으로 몰려들기 시작해, 한 시간 내에 1만 명 이상이 집결했다.

물론 이런 상황이라면 로멜리도 후일 전해 들었을 뿐이었다. 지금은 그룹 한가운데로 걸어가 한 손으로는 제노바 대주교 데 루카의 손을 잡고, 다른 손으로는 뢰벤슈타인을 끌어안았다. 고개를 들어 창백한 하늘 빛을 올려다보았다. 뒤쪽에서 아데예미가 〈오소서, 창조주 성령이여〉를 부르기 시작했다. 처음에는 작은 목소리였으나 특유의 풍부한 성량을 살리자 이윽고 추기경 모두가 따라 불렀다.

> 우리에게서 원수를 몰아내시고
> 진정한 평화를 내려주소서
> 주님의 신성한 날개를 내리시어
> 어떤 위협에서도 안전하게 이끄소서……

로멜리도 따라 부르며 주님께 감사 인사를 했다. 이 치명적 위기의 순간, 이렇듯 황량한 자갈길 위에서, 콘클라베가 감동할 거리라고는 황량한 벽돌담밖에 없었다. 그런데 마침내 성령께서 우리들 속으로 임하신 것이다. 이제 결과도 받아들일 수 있을 듯했다. 하늘이 선택한다면, 결국 따를 수밖에. 주여, 주님의 뜻이라면, 내게 성배를 내리소서. 그 또한 내가 아니라 주님의 뜻이옵니다.

추기경들은 계속 노래를 부르며 사도궁 계단을 올랐다. 대리석 바닥을 가로지를 때, 로멜리는 바사리의 웅대한 프레스코화 〈레판토 해전〉을 올려다보았다. 언제나처럼 관심은 우측 하단 모퉁이였다. 조잡한 해골 모양의 죽음이 낫을 휘두르고, 그 아래 교황군과 이슬람군이 이제 막 전투를 벌일 태세였다. 테데스코가 과연 앞으로 이 그림을 볼 수가 있을까? 〈레판토 해전〉은 오스만 제국의 갤리선 함대처럼 그에게서 교황의 꿈을 통째로 빼앗아 삼키고 말았다.

시스티나 예배당 현관의 깨진 유리는 깨끗이 치웠다. 창문을 봉쇄하기 위해 합판들도 쌓아두었다. 추기경들은 두 줄로 서서 경사로를 오르고 칸막이 문을 통과하고 카펫 통로를 지나 자기들 자리를 찾아 흩어졌다. 로멜리는 제단으로 걸어가 콘클라베가 전부 모일 때까지 기다렸다. 머릿속은 완전히 깨끗한 터라 언제라도 주님의 존재를 받아들일 수 있었다. 불후의 씨앗은 내게 있습니다. 그 덕분으로 이제 끝없는 탐구에서 내려설 수 있습니다. 이곳 주님의 집에 속하지 않으면 뭐든 버릴 수 있나이다. 이제 자라고 또 자라 정직하게 주님의 부름에 답하겠사옵니다. '주여, 제가 여기 있나이다.'

추기경들이 모두 자리에 앉은 뒤 로멜리는 만도르프에게 고갯짓을 했다. 만도르프는 성당 안쪽에 서 있다가 역시 고갯짓으로 신호를 보낸 뒤 오말리, 진행요원들과 함께 성당을 떠났다. 열쇠가 돌아가고 문이 잠겼다.

로멜리가 출석 점검을 하기 시작했다.

"아데예미 추기경?"

"예."

"알라타스 추기경?"

"예······."

서두를 필요도 없었다. 호명은 주문과도 같아, 한 사람 한 사람 부를 때마다 당사자 역시 주님께 한 걸음 다가가게 된다. 모두 참석했음을 확인한 후 그가 고개를 숙였다. 추기경들은 일어났다.

"오, 주여, 주님의 교회를 인도하고 지킬 수 있도록, 우리 종복들에게 지혜와 진실, 평화의 축복을 내리소서. 우리가 주님의 의지를 알고 오로지 주님께 헌신하도록 도우소서. 우리 주 예수 그리스도의 이름으로 기도하옵나이다."

"아멘."

3일 전만 해도 콘클라베 의식이 그리도 낯설었건만, 지금은 아침 미사만큼이나 익숙해졌다. 검표원들도 지시 없이 앞으로 나와 투표함과 성배를 제단에 준비했다. 로멜리는 자기 책상으로 내려와, 폴더를 열고 투표용지를 꺼내고 펜 뚜껑을 열고 앞을 바라보았다. 이젠 누구한테 표를 주지? 자신은 아니다. 그 짓은 한 번으로 족했다. 더욱이 참극도 있지 않았던가. 지금 가능성 있는 후보는 한 명뿐이었다. 로멜리는 잠시 용지 위에 펜을 놓았다. 불과 4일 전만 해도 상상도 하지 못했던 일이었다. 그때까지 한 번도 만나보지 못했던 사람, 심지어 그런 추기경이 있었다는 사실도 몰랐고 지금도 역시 잘 알지도 못하는 인물이 아닌가. 하지만 그럼에도 불구하고 그는 자신 있게 굵은 글씨로 그 이름을 적었다. 베니테스. 다시 이름을 확인했지만 묘하게 올바른 선택이라는 확신이 들었다. 로멜리는 자리에서 일어나 모두가 볼 수 있게 용지를 들었다. 이제 순결한 마음으로 서약할 수도 있었다.

"우리 주 그리스도를 증인으로 청하오니, 부디 내 인도자가 되시어, 내 표가 반드시 교황이 되어야 할 분께 가도록 이끄소서."

로멜리는 성배 위에 용지를 넣고 뒤집어 투표함에 떨구었다.

＊　＊　＊

콘클라베 추기경들이 투표하는 동안 로멜리는 교황령을 읽었다. 추기경용 인쇄물에는 교황령도 들어 있었다. 교황령을 통해 다음에 어떻게 해야 할지 그 과정을 확실하게 머릿속에 정리하고 싶었다.

7장 8절. 추기경이 3분의 2 득표를 하면 부제 추기경에게 지시해 문을 모두 열고 만도로프와 오말리가 필요한 기록을 들고 들어온다. 로멜리는 단장으로서 당선자에게 이렇게 묻는다. "귀하는 교회법상 교황으로의 선출을 받아들이겠습니까?" 당선자가 동의하면 곧바로 다음 질문을 해야 한다. "귀하는 어떤 이름으로 불리기를 원합니까?" 그러면 만도르프는 공증인 자격으로 수락증명서에 당선자가 선택한 이름을 적고, 진행요원 둘이 합류해 증인 역할을 수행한다.

수락 선언이 끝나면 그 순간부터 당선자는 로마 교회 주교이자, 진정한 교황이자, 주교단 수장이 되며, 그런 식으로 우주 교회에 대해 최고 권력을 획득하고 실행할 수 있다.

인정한다는 말 한 마디, 마음에 둔 이름 하나, 사인 한 번이면 끝나는 것이다. 단순하기에 오히려 더 영광된.

신임 교황은 이제 성구실, 속칭 눈물의 방으로 물러나 옷을 갈아입는다. 그동안 시스티나 예배당에 성좌를 준비하고, 교황이 나오면 추기경 선거인단은 줄을 서서 기다린다. '규정에 따라 경의와 복종의 예를 바쳐야 하기 때문'이다. 이제 흰 연기가 굴뚝에서 솟아오른다. 가톨릭 교육성 장관이자 선임 부제추기경 산티니가 발코니에 나가 성 베드로 광장을 내려다보며 '하베무스 파팜', 즉 '교황이 나셨도다'라고 선언하면 잠시 후 신임 교황이 세상에 모습을 드러낸다.

그런데 신경 쓰이는 일이 하나 있다. 너무나 터무니없기에 생각 자체가 난감하기 그지없지만, 애써 무시하자니 또 무책임할 수밖에 없는 얘기……. 행여 벨리니의 예견대로 성배가 내게 오면, 그럼 어떻게 하지?

그 경우 벨리니가 로멜리 다음으로 콘클라베 원로이므로, 교황으로서의 이름을 묻는 것도 그의 몫이 될 것이다.

생각만으로도 아찔했다.

콘클라베 초기, 벨리니가 그를 야심가라고 비난하며 추기경이라면 누구나 교황으로서 사용하고 싶은 이름이 있다고 주장했을 때, 로멜리는 그 사실마저 부인했다. 하지만 머릿속으로는 애써 부르지 않으려 했을지언정, 이제 그 자신도 마음속에 항상 이름 하나를 품고 있었음을 인정해야 했다. 오, 주님, 제 위선을 용서하소서.

그 이름을 염두에 둔 것도 벌써 몇 년 전이었다.

요한.

12사도 요한. 게다가 로멜리 자신이 성장한 배경도 혁명적인 교황 요한 23세 휘하였다. 그 이름이라면 개혁가로서의 의지를 가장 잘 드러낼 것이다. 요한은 또한 전통적으로 임기가 짧은 교황들과도 관계가 있다. 물론 로멜리 자신도 교황직을 오랫동안 수행할 생각은 없다.

교황이 된다면 요한 24세가 될 것이다.

어쩐지 무게감도 있어 보인다. 진짜 같기도 하다.

발코니로 나가면 첫 행동은 물론 교황 강복이 되리라. **우르비 에트 오르비**, '로마와 온 세상을 위해.' 뭔가 사적인 얘기도 할 필요가 있겠다. 자신의 영도를 이끄는 수십억 인류를 달래고 또 감동시켜야 하지 않겠는가. 맙소사, 인류를 이끄는 목자라니. 그런데 놀랍게도 그런 상상을 하면서도 전혀 겁이 나지 않았다. 문득 구세주 그리스도의 말씀이 머릿속에 떠올랐다. 어떻게 얘기하고 무슨 말을 할지 걱정하지 말지어다. 네가 할 말은 그 말을 할 순간에 주어질 것이니라. 아무리 그렇다 해도 (관료적인 성격은 도무지 떨쳐낼 수가 없다) 어느 정도 준비는 해야겠지? 그리하여, 마지막 20분간은 시스티나 예배당 천장 벽화를 보며 영감을 구하고 교황으로서 교회를 안심시키기 위해 어떤 말을 할지 구상하는 데 몰두했다.

✠　✠　✠

성 베드로의 종이 세 번 울렸다.

투표가 끝났다.

✠　✠　✠

룩사 추기경이 제단에서 투표함을 들어 성당 양쪽에 보여주었다. 그가 투표함을 세게 흔들자 안에서 용지 움직이는 소리가 들렸다.

실내는 썰렁했다. 깨진 창문들을 통해 부드러우면서도 기이한 소음이 들려왔다. 거대한 웅성거림. 속삭임, 한숨? 추기경들은 그 소리를 이해하지 못했으나 로멜리는 곧바로 알 수 있었다. 바로 성 베드로 광장에 군집한 수만 명 인파가 내는 소리였다.

룩사가 투표함을 뉴비 추기경에게 건넸다. 뉴비가 그 안에 손을 넣고 용지 하나를 꺼내 큰 소리로 세었다. "하나……" 그러고는 제단으로 돌아가 두 번째 투표함에 넣고 다시 룩사를 향해 돌아서서 그 일을 반복했다. "둘……."

메르쿠리오 추기경은 기도하듯 두 손을 가슴에 모으고 룩사가 행동을 취할 때마다 가볍게 고개를 돌려가며 지켜보았다.

"셋······."

그 순간까지만 해도 로멜리는 초연했다. 심지어 평온하기까지 했다. 그런데 막상 투표용지를 세기 시작하자, 보이지 않는 사슬이 가슴을 옥죄는 듯 숨을 쉬기가 어려웠다. 머릿속을 기도로 채우려 해도 들리는 소리라고는 끝도 없이 반복하는 단조로운 숫자뿐이었다. 소리는 물고문처럼 이어지다가 마침내 뉴비가 마지막 투표용지를 끄집어냈다.

"백열여덟 표."

뉴비와 메르쿠리오가 제단을 떠나 눈물의 방으로 들어갔다. 룩사는 흰 천을 들고 대기하다가, 두 사람이 테이블을 들고 돌아오자 조심스럽게 덮고 반듯하게 매만진 후, 제단에서 투표함을 들고 와 조심스레 중앙에 놓았다. 뉴비와 메르쿠리오는 의자 셋을 설치하고 뉴비가 마이크를 가져왔다. 검표원 셋이 자리를 잡고 앉았다.

시스티나 예배당은 추기경들이 자리에 앉아 후보자 목록을 챙겼다. 로멜리도 자기 폴더를 열고 자신도 모르게 펜 끝을 자기 이름 위로 가져갔다.

"첫 번째 득표는 베니테스 추기경입니다."

로멜리는 펜을 위쪽으로 옮겨 베니테스 이름 옆에 표시하고 다시 자기 이름으로 돌아왔다. 그리고 고개를 들지도 않고 기다렸다.

"베니테스 추기경."

다시 펜이 목록을 올라가 표시하고 원래의 위치로 돌아왔다.

"베니테스 추기경."

이번에는 표시한 후 고개를 들었다. 룩사는 투표함에 손을 넣어 투표용지를 찾은 다음 이름을 확인, 기록하고 메르쿠리오에게 건넸다. 메르쿠리오도 신중하게 이름을 적고 뉴비한테 넘겼다. 뉴비는 이름을 확인한 뒤 상체를 숙여 마이크에 대고 발표했다.

"베니테스 추기경."

처음 일곱 표는 모두 베니테스였다. 여덟 번째는 로멜리였다. 아홉 번째도 자기 이름을 듣고는 아마도 베니테스의 득표가 초반의 몰표 때문이라고 생각했다. 콘클라베 내내 그런 경우는 여러 차례 있었다. 하지만 그 뒤로도 베니테스, 베니테스, 베니테스가 이어지며 로멜리도 결국 주님의 은총이 그에게서 멀어지고 있음을 느꼈다. 잠시 후 그는 베니테스의 득표수를 세며 다섯 표마다 줄을 그었다. 다섯 그룹이 열 개. 그러니까 쉰하나…… 쉰둘…… 쉰셋…….

그 이후로 자신의 득표수는 개의치 않았다.

일흔다섯…… 일흔여섯…… 일흔일곱…….

베니테스가 교황에 필요한 득표수에 접근할수록 시스티나 예배당 분위기는 대기가 마력으로 늘어난 듯 팽팽해지는 것만 같았다. 추기경 수십 명이 고개를 숙인 채 덧셈에 열중했다.

일흔여덟…… 일흔아홉…… 여든!

사람들이 일제히 한숨을 내쉬었다. 반쯤은 손으로 책상을 두드리기도 했다. 검표원들이 잠시 검표를 중단하고 무슨 일인가 살펴보기까지 했다. 로멜리는 잔뜩 몸을 기울여 통로를 따라 베니테스를 찾아보았다. 고개를 턱에 댄 모습이 기도라도 하는 듯 보였다.

개표는 계속 이어졌다.

"베니테스 추기경……"

로멜리는 메모지를 집어 잘게 찢어버리기 시작했다. 대충이나마 연설 내용을 준비까지 했건만.

✠ ✠ ✠

마지막 개표를 한 후(우습게도 마지막 득표는 로멜리였다) 로멜리는 의자에 등을 기대고 앉아 검표원들이 공식 집계를 마칠 때까지 기다렸다. 후일 벨리니에게 자신의 감정을 설명할 기회가 있었을 때, 마치 돌개바람이 하늘로 몸을 들어 올려 소용돌이치게 하다가 그런 식으로 계속 돌면서 갑자기 누군가를 쫓아가는 기분이라고 고백했다. "아마도 성령이었겠죠. 그때의 기분은 무서우면서도 왠지 신이 나기도 했습니다. 잊지 못할 경험이었어요. 고맙게도. 하지만 그 순간이 지나자 마음이 편안해지더군요." 어느 정도는 사실이었다.

뉴비가 마이크를 잡았다.

"이제 여덟 번째 투표 결과를 발표하겠습니다."

로멜리는 습관적으로 펜을 들고 숫자를 적어 내려갔다.

베니테스 92

로멜리 21

테데스코 5

뉴비의 마지막 발표는 박수갈채 속에 묻혔다. 그중에서도 로멜리가 제일 크게 박수를 쳤다. 로멜리는 미소 띤 얼굴로 주변을 돌아보며 고개도 끄덕였다. 여기저기 환호가 일었다. 반대편의 테데스코는 천천히 두 손을 부딪쳤는데 말 그대로 장송곡 박자를 맞추는 사람 같았다. 로멜리는 더욱 강하게 박수를 치며 일어났다. 그 모습을 신호로 콘클라베 전원이 일어나 우레와 같이 환호를 보냈다. 베니테스 혼자만 앉아 있었다. 추기경들이 그의 뒤와 양쪽에서 내려다보며 박수를 치고 있으니, 베니테스는 승리의 순간에조차 전보다 훨씬 작고 또 어색해 보였다. 그만큼 왜소한 체구이기도 했다. 여전히 고개를 숙여 기도를 하는 중이라 검은 머리가 흘러내려 얼굴 표정마저 가렸는데, 로멜리가 제일 처음 아그네스 수녀 사무실에서 보았을 때도 딱 저 모습이었다.

로멜리는 교황령 책을 들고 제단으로 향했다. 뉴비가 마이크를 넘겼다. 추기경들이 자리에 앉으며 박수 소리도 잦아들었다. 베니테스는 여전히 움직이지 않았다.

"마침내 신임 교황을 선출했습니다. 부제 추기경께서는 전례처장님과 추기경단 부단장님을 불러주시겠습니까?"

러드가드가 현관으로 나가 밖을 향해 문을 열라고 소리쳤다. 1분 후 만도르프와 오말리가 성당 뒤쪽에서 나타났다. 로멜리는 통로를 따라 베니테스를 향해 걸어갔다. 만도르프와 오말리의 얼굴 표정도 볼 만했다. 어정쩡하게 칸막이 문 바로 안에 서서는 넋 나간 얼굴로 로멜리를 보고 있지 않은가. 틀림없이 로멜리가 교황이라고 믿었건만 지금의 상황에 의아한 것이다. 로멜리는 베니테스 앞에 서서 교황령 항목을 읽었다.

"추기경단을 대표해서 묻겠습니다. 베니테스 추기경, 예하는 합법적으로 교황에 선출되었습니다. 그 지위를 받아들이겠습니까?"

베니테스는 듣지 못한 사람처럼 고개를 숙이고만 있었다.

"받아들이겠습니까?"

기다란 침묵이 이어졌다. 100여 명의 추기경이 일제히 숨을 죽였다. 문득 이 양반이 거절할지도 모르겠다는 생각도 들었다. 맙소사, 그렇게 되면 그야말로 재앙이야! 로멜리가 조용히 덧붙였다.

"예하, 교황령 항목을 읽어드릴까요? 요한 바오로 2세께서 직접 쓰신 글입니다. '선출된 이여, 부담감 때문에 주께서 맡기신 일을 두려워하지 말고, 주님의 의지에 공손히 복종할지어다. 주님은 짐을 지으시되, 그 손으로 또한 부축해주시리니 능히 감당할 수 있으리로다.'"

마침내 베니테스가 고개를 들었다. 검은 눈에도 결의가 번쩍였다. 그가 자리에서 일어났다.

"받아들이겠습니다."

성당 양쪽에서 일제히 환호가 터져 나왔다. 박수갈채도 뒤를 이었다. 로멜리는 미소 지으며 자기 가슴을 두드려 안도감을 표했다.

"그러면 어떤 이름으로 불리기를 원하십니까?"

베니테스가 다시 머뭇거렸다. 문득 로멜리는 그 이유를 알 것도 같았다. 자신도 몇 분 동안 교황 이름을 정한답시고 고민하지 않았던가. 어쩌면 베니테스는 교황 이름을 정하지 않은 채 콘클라베에 들어온 유일한 인물일 수도 있겠다.

이윽고 베니테스가 단호한 목소리로 말했다.

"인노켄티우스."

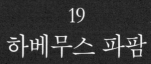

19
하베무스 파팜

베니테스의 이름 선택에 로멜리는 또다시 놀라고 말았다. 성인이 아니라 순수, 신앙, 온유 등 가치에서 교황명을 선택하는 전통은 이미 몇 세대 전에 사라진 터였다. 지금까지 인노켄티우스 교황은 열셋이었지만 지난 300년간은 한 명도 없었다. 그런데 불과 몇 초나마 이유를 생각하면 할수록 더할 나위 없이 적절하다는 생각이 들었다. 이 참혹한 유혈 시대에서의 상징, 대담하게 그 의도를 선언하는 모습…… 모두가 인상적이었다. 그 이름은 전통으로의 복귀는 물론 전통에서의 해방 모두를 약속하는 듯 보였다. 게다가 교황청이 즐겨하는 그런 류의 모호성이 아닌가. 무엇보다 베니테스의 고귀하면서도 천진난만하고 우아하면서도 조용한 품성과도 완벽하게 어울렸다.

교황 인노켄티우스 14세. 그렇게나 기다리던 제3 세계 출신 교황이다! 로멜리는 주님께 감사했다. 이번에도 기적적으로 주께서 올바른 선택으로 인도하신 것이다.

그러고 보니 추기경들이 다시 박수를 치기 시작했다. 교황명을 인정한다는 뜻이다. 로멜리는 신임 교황 앞에 무릎을 꿇었다. 베니테스가 깜짝 놀라 일어나더니, 살짝 미소를 지으며 로멜리의 각모를 당겼다. 어서 일어나라는 뜻이다.

"단장님께서 받으셔야 할 인사입니다. 저도 매번 예하께 투표했죠. 단장님 조언이 필요하니, 계속 추기경단 단장으로 일해주세요."

로멜리는 베니테스의 손을 잡고 일어난 뒤, 조용히 화답했다.

"성하, 제 보잘것없는 첫 조언입니다. 아직은 아무한테도 공직을 약속하지 마십시오. (만도르프를 보며) 주교, 미안하지만 증인을 들이고 수락서를 작성해주시겠소?"

로멜리는 뒤로 물러나 전례를 진행하도록 했다. 길어봐야 5분이면 끝날 것이다. 자료는 이미 마련해두었기에 그저 베니테스의 본명, 교황 명과 날짜를 적고, 신임 교황이 사인한 뒤 증인 서명을 하면 되기 때문이다.

만도르프가 증서를 책상에 놓고 공란을 채우기 시작할 때 로멜리는 문득 오말리를 보았다. 마치 몽환에라도 빠진 듯 멍하니 수락서를 바라보고 있었다. 로멜리가 말했다.

"오말리, 방해해서 미안하네만······." 하지만 오말리가 반응하지 않아 다시 이름을 불러야 했다. "레이?" 그제야 오말리가 고개를 돌려 그를 보았다. 오말리의 표정은 당혹감을 넘어 겁에 질린 듯 보였다. 로멜리가 말했다. "추기경 기록물을 수거해야 하지 않겠나? 난로에 빨리 불을 붙여야 신임 교황 탄생을 세상에 알릴 수 있잖아? 레이?" 로멜리는 걱정스럽게 손을 내밀었다. "자네, 괜찮나?"

"죄송합니다, 단장님. 괜찮습니다." 하지만 로멜리가 보기엔 괜찮지가 않았다. 그저 아무 일 없는 듯 보이기 위해 무던히 애쓸 뿐이었다.

"무슨 일이지?"

"그저 제가 기대했던 결과가 아니라……."

"그래도 얼마나 다행인가." 로멜리가 목소리를 낮추었다. "이봐, 내 입지가 걱정이라면 걱정하지 말게. 나도 마음이 편하니까. 주님께서 늘 그렇듯 자비로써 우리를 축복하셨다네. 신임 교황은 나보다 훨씬 위대한 교황이 될 거야."

"예." 오말리는 애써 어색한 미소를 짓고 진행요원 둘과 함께 추기경들의 용지를 수거하기 시작했다. 그렇게 몇 걸음 시스티나 예배당 안으로 들어가더니 갑자기 걸음을 멈추고 로멜리에게 돌아왔다. "단장님, 제 양심에 커다란 짐이 있습니다."

그 순간 불안감이 다시 한 번 로멜리의 가슴을 옥죄기 시작했다.

"도대체 무슨 소리를 하는 건가?"

"은밀히 드릴 말씀이 있습니다." 오말리는 로멜리의 팔꿈치를 잡고 황급히 현관 쪽으로 이끌었다.

누군가 보는 사람이 있나 주변을 둘러보았으나 추기경들은 온통 베니테스한테만 집중했다. 신임 교황은 수락서에 사인하고 의자에서 일어나 담당자들의 안내를 받아 성구실로 향하는 중이었다. 로멜리는 마지못해 몬시뇰의 고집을 받아들여, 함께 칸막이 문을 지나 차갑고 황량한 성당 로비로 나갔다. 고개를 드니 깨진 창문을 통해 바람이 들어왔다. 오말리의 표정은 마치 또다시 폭발사고라도 난 것 같았다.

"죄송합니다, 예하."

"어떤 고민인지부터 말하게. 할 일이 많아."

"예, 아무래도 좀 더 일찍 말씀드렸어야 했는데 그때는 하찮아 보였습니다."

"그런데?"

"첫날 밤 베니테스 추기경께 세면도구를 가져다드릴 때, 면도기 걱정은 하지 않아도 좋다고 하시더군요. 면도를 전혀 하지 않으신다면서."

"뭐?"

"그렇게 말씀하실 때도 미소를 지으셨습니다. 상황도 상황이기에 그때는 별다른 생각을 하지 못했습니다. 단장님, 특별한 일은 아니지 않습니까?"

로멜리는 도무지 무슨 말인지 이해가 가지 않아 몬시뇰을 노려만 보았다.

"레이, 미안하네만, 도대체 무슨 말인지 모르겠군." 그러고 보니 베니테스의 욕실에서 촛불을 불어 끈 적이 있다. 그때도 면도기가 비닐 포장지 안에 그대로 있었다.

"그런데 스위스의 의료원에 대해 뭔가 알아보니……." 오말리가 말끝을 흐렸다.

"의료원? 제네바 병원 얘긴가?" 로멜리가 되뇌었다. 갑자기 대리석 바닥이 물처럼 가라앉는 기분이었다.

오말리가 고개를 저었다.

"아뇨, 그게 핵심입니다, 단장님. 뭔가 계속 신경을 건드렸는데 오늘 오후 콘클라베가 베니테스 추기경을 선택할 가능성이 없지 않다는 생각에 다시 한 번 찾아보기로 했죠. 그런데 일반 병원이 아니라 의료원이었습니다."

"무슨 의료원?"

"소위, '성전환 전문'이었습니다."

✻   ✻   ✻

로멜리는 황급히 성당 안으로 돌아갔다. 진행요원들이 책상 사이를 오가며 분주히 종이쪽지를 모았다. 추기경들은 여전히 자리에 앉아 주변 사람들과 숙덕거렸다. 지금은 베니테스의 자리만 비어 있었다. 로멜리 자신의 자리와 함께. 제단 앞에는 교황 성좌가 마련되었다.

로멜리는 시스티나 예배당 맨 안쪽의 성구실로 걸어가 문을 두드렸다. 자네티 신부가 문을 조금 열었다.

"성하께서 의상을 채비 중이십니다, 단장님." 그가 속삭였다.

"성하께 드릴 말씀이 있네."

"하지만 단장님."

"자네티 신부, 제발!"

젊은 사제는 로멜리의 말투에 놀라 잠시 바라보다가 안으로 들어갔다. 그리고 안에서 잠시 수군거리는 목소리가 들리고 문이 열렸다. 로멜리는 안으로 미끄러져 들어갔다. 낮은 돔형의 방은 극장 소품실처럼 생겼다. 검표원들이 사용했던 테이블보, 의자, 테이블들도 어지럽게 쌓여 있었다. 베니테스는 이미 교황 전용의, 물결무늬의 비단 수단을 입고 마치 보이지 않는 십자가에 못 박힌 듯 두 팔을 들고 서 있었다. 감마렐리 가문의 교황 전속 재단사가 입에 핀을 물고 가두리를 꿰매는 중이었는데, 일에 몰두한 터라 고개를 들지도 않았다.

베니테스가 로멜리에게 겸연쩍게 웃어 보였다.

"제일 작은 옷인데도 나한텐 너무 큽니다."

"성하와 단둘이 얘기할 수 있을까요?"

342

"물론입니다." 베니테스가 재단사를 내려다보았다. "다 끝났나요?"

입에 핀을 물었기에 대답은 알아듣기가 힘들었다.

"잠시 쉬고 나중에 마저 끝냅시다." 로멜리가 퉁명스럽게 지시했다. 재단사는 주변을 보다가 핀을 금속 상자에 뱉고 바늘에서 실을 뽑아 얇고 가벼운 비단 천에 시침질을 했다.

"자네도 나가 있게." 로멜리가 덧붙였다.

두 사람이 절을 하고 밖으로 나갔다.

문이 닫힌 후 로멜리가 먼저 입을 열었다.

"제네바 의료원에서의 치료에 대해 얘기해주셔야겠습니다. 어떻게 된 일이죠?"

사실 다양한 반응을 기대했다. 분노와 부인, 애원과 고백. 하지만 베니테스는 긴장하기는커녕 흥겨운 표정이었다.

"그래야 할까요, 단장님?"

"예, 성하, 말씀해주셔야 합니다. 조금만 있으면 성하는 세상에서 제일 유명한 인물이 되십니다. 당연히 매체에서는 성하에 대해 뭐든 알아내려 들겠죠. 그보다 동료들이 먼저 알 권리가 있습니다. 다시 묻죠. 어떻게 된 일입니까? 입장 표명을 해주시죠."

"입장이라. 입장은 사제 서임을 받았을 때, 대주교가 되고 추기경이 되었을 때와 다르지 않습니다. 사실 제네바에서 치료한 적도 없어요. 고민은 했습니다만, 주님께 기도하고 포기를 결심했죠."

"어떤 종류였죠? 그 치료가?"

베니테스가 한숨을 내쉬었다.

"아마도 의료용어로 음순융합 교정 수술, 즉 여성 포경수술이었을 겁니다."

로멜리는 가까운 의자에 털썩 주저앉아 두 손으로 머리를 감쌌다. 잠시 후 베니테스가 의자를 끌어당기는 소리가 들렸다.

"어떤 상황인지 말씀드릴게요, 단장님. 사실은 이렇습니다. 전 필리핀 극빈자 가족에서 태어났어요. 남자애들이 여자보다 더 대접받는 곳이죠. 유감스럽지만 그런 식의 남아 선호 사상도 전 세계적 현상이겠죠? 기형인지 아닌지는 모르지만, 난 덕분에 아주 자연스럽게 남자아이로 통했어요. 부모도 내가 사내아이라고 믿었고 나도 마찬가지였죠. 잘 아시겠지만 신학교 생활은 정숙해야 하잖아요? 덕분에 되도록 신체를 드러내지 않기에 의심받을 이유도 없었죠. 다른 사람들과 마찬가지로. 평생 순결의 서약을 지켰다는 얘기를 굳이 할 필요도 없을 겁니다."

"정말 한 번도 짐작 못 했습니까? 60년 동안?"

"네, 전혀요. 물론 돌이켜보면 사제로서 그런 임무를 맡은 이유가 무의식적으로 내 정체성을 반영했기 때문이라는 생각은 듭니다. 주로 고통받는 여성들과 함께였으니까요. 그래도 당시엔 전혀 몰랐어요. 바그다드 폭발사고로 병원에 갔을 때, 생전 처음으로 소위 종합검진을 받았죠. 의사가 검진 결과를 설명하는데 말이 나오지 않더군요. 맙소사, 그때의 절망감이란! 평생 치명적인 죄를 지으며 살아온 격이었으니까요. 성하께 사임서를 낸 것도 그래서입니다. 이유는 설명하지 않고. 그런데 저를 로마로 불러들이시더니 사임을 말리시더군요."

"그래서 사임 이유를 말씀드렸나요?"

"예, 결국 그럴 수밖에 없었죠."

로멜리는 그를 바라보았다. 믿을 수가 없었다.

"그런데도 성직자로 계속 일해도 좋다고 하셨다는 말씀인가요?"

"성하께서는 제게 맡기셨어요. 우리는 함께 기도하며 인도를 구했죠.

결국 수술을 받고 성직을 떠나기로 했죠. 하지만 비행기를 타고 스위스에 가기로 한 날 밤, 마음을 바꿨습니다. 단장님, 전 주님께서 만드신 존재입니다. 오히려 그분의 작품에 손을 대느니 있는 그대로 사는 쪽이 죄가 덜하다고 믿어요. 그래서 약속을 취소하고 바그다드로 돌아갔습니다."

"그런데 성하께서 기꺼이 허락하셨다?"

"그렇게 봐야 하지 않겠습니까? 결국 저를 의중 결정 추기경으로 임명하셨으니까요. 내가 누군지 너무나 잘 아시고도."

"분명 제정신이 아니셨을 겁니다." 로멜리가 외쳤다.

그때 누군가 문을 노크했다.

"아직 아냐!" 로멜리가 소리쳤다.

하지만 베니테스는 달랐다.

"들어와요."

산티니 선임 부제추기경이었다. 그 후 로멜리도 이따금 고개를 갸웃하곤 했다. 그때 그 상황을 보고 산티니는 무슨 생각을 했을까? 신임 교황과 추기경단 단장이 무릎이 닿을 정도로 가까이 앉아 뭔가 심각한 대화를 하고 있었으니 말이다.

"용서하십시오, 성하. 하오나 언제 발코니에 나가 발표하실는지요? 광장 주변에 25만 인파가 모여 있다고 하옵니다." 그리고는 애원하듯 로멜리를 보았다. "투표용지를 태우기 위해 대기 중입니다, 단장님."

"조금만 더 말미를 주게." 로멜리가 말했다.

"알겠습니다." 산티니가 인사를 하고 물러났다.

로멜리가 이마를 문질렀다. 두 눈이 다시 욱신거리기 시작했다. 전보다 더 끔찍했다.

"성하, 얼마나 많은 사람이 이 사실을 알고 있습니까? 오말리 몬시뇰은 짐작하고 있지만 나 말고는 아무한테도 얘기하지 않겠다고 맹세했습니다."

"그럼 우리 둘뿐이에요. 바그다드의 담당 의사도 그 직후 폭격에 희생당했죠. 교황 성하는 선종하셨고."

"제네바의 의료원은 어떻죠?"

"예비 상담으로 예약했을 뿐인걸요. 그것도 가명으로. 가지도 않았으니 가짜 환자가 누구인지 그쪽에서 알 리가 없죠."

로멜리는 의자에 기대앉아 생각지도 못한 일을 고민했다. 그런데 마태오 10장 16절에 이렇게 적혀 있지 않던가? **뱀처럼 현명하고 비둘기처럼 순수하라**…….

"단기적이라면 비밀에 부칠 수 있습니다. 오말리는 대주교로 승진시켜 다른 곳으로 보내죠. 절대 발설하지 않을 친구지만 내가 다룰 수 있습니다. 하지만 성하, 장기적이라면 어떤 식으로든 진실은 드러날 겁니다. 그건 분명합니다. 성하께서 스위스 체류를 위해 비자 신청을 하셨다니, 의료원 주소를 댄다면 언젠가 드러나겠죠. 아니면 나이가 드시면 병원 치료도, 신체검사도 받아야 할 테죠. 심장발작이 있을 수도 있고, 선종하실 경우 시신에 방부 처리를…….

두 사람은 한참을 가만히 있었다. 베니테스가 입을 열었다.

"잠깐 잊었는데 비밀을 아는 분이 또 있어요."

로멜리가 놀라 그를 보았다.

"누구죠?"

"주님이시죠."

두 사람은 5시가 되어서야 밖으로 나왔다. 그 후 바티칸 홍보팀은 교황 인노켄티우스 14세가 전통의례를 거부하고 교황 성좌에 앉아 복종 서약을 받는 대신 제단 앞에 선 채로 추기경 선거인단 한 명 한 명과 인사를 했다고 발표했다. 교황은 추기경들을 한 명 한 명 따뜻하게 안아 주었다. 특히 한때 그 자리를 꿈꾸었던 이들은 더 따뜻하게 대해주었다. 벨리니, 테데스코, 아데예미, 트랑블레. 그들에게는 하나하나 위로를 전하고 경하했으며 각자에게 지원을 약속했다. 교황은 이렇듯 사랑과 용서를 보여줌으로써 결코 보복은 없을 것이며, 위기의 세월을 화합의 마음으로 맞설 것임을 시스티나 예배당 모두에게 분명히 보여주었다. 추기경들도 다들 안도했다. 테데스코 자신도 머뭇머뭇 그 사실을 인정했다. 성령이 도우사 적임자를 선출한 것이다.

로멜리는 현관에 서서 오말리를 지켜보았다. 그는 투표용지를 담은 봉투와 콘클라베의 메모와 기록 모두를 둥근 난로에 넣고 불을 붙였다. 선거 비밀은 쉽게 불이 붙었다. 오말리는 다시 사각 난로에 염소산칼륨, 유당, 송진을 깡통에서 쏟아부었다. 로멜리는 천천히 눈을 들어 연통을 보았다. 연통은 깨진 유리창을 통해 어두운 하늘로 빠져나갔기에, 굴뚝도 흰 연기도 볼 수가 없었다. 탐조등 불빛이 천장 그림자에 희미하게 반사되기는 했다. 그리고 잠시 후 멀리 수십만의 목소리가 우렁차게 희망의 함성을 터뜨렸다.

콘클라베

신의 선택을 받은 자

1판 1쇄 인쇄 2018년 1월 24일
1판 1쇄 발행 2018년 1월 31일

지은이 로버트 해리스
옮긴이 조영학

발행인 양원석
편집장 김지연
디자인 RHK 디자인팀 박진영, 김미선
해외저작권 황지현
제작 문태일
영업마케팅 최창규, 김용환, 정주호, 양정길, 신우섭, 임도진, 이규진, 김보영
독자교정 함형준, 최윤희(서혜현규), 이창준

펴낸 곳 ㈜알에이치코리아
주소 서울시 금천구 가산디지털2로 53, 20층 (가산동, 한라시그마밸리)
편집문의 02-6443-8846   **구입문의** 02-6443-8838
홈페이지 http://rhk.co.kr
등록 2004년 1월 15일 제2-3726호

ISBN 978-89-255-6309-1 (03840)